TALES
OF ANCIENT
CHINA

TALES OF ANCIENT CHINA

COLLECTED AND RETOLD BY GARY CHALK

Frederick Muller

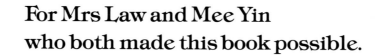

For Mrs Law and Mee Yin
who both made this book possible.

First published in Great Britain in 1984 by Frederick Muller

Frederick Muller is an imprint of Muller, Blond & White Limited,
55/57 Great Ormond Street, London, WC1N 3HZ.

British Library Cataloguing in Publication Data

Chalk, Gary
    Tales of ancient China.
    1. Tales — China
    I. Title
    398.2′1′0951   PZ8.1
ISBN 0-584-62064-0
ISBN 0-584 62086-1 Pbk

Contents

How the World Was Made

At the beginning of the universe nothing existed but an egg. In the egg was chaos: fire, water, heat, frost and all the other things the world is made of, all mixed up together.

One day the egg hatched, and out of the shell came a giant called Phan Ku, and out spilled all the mixed-up things that had been in the egg with him. The light elements rose and formed the sky and the heavy elements sank and formed the earth.

Each day the giant grew ten feet and pushed the sky and the earth further apart, ten feet a day for eighteen thousand years.

When Phan Ku's life came to an end, the various parts of his body became different parts of the universe. His breath became the wind, his right eye became the moon and his left eye became the sun. Phan Ku's bones formed the mountains while his hair and his eyebrows grew into trees and plants.

But what about men and women?

When the giant died all the hundreds of tiny fleas living on his body hopped off and became people.

The Great Misfortune of Lay Tee-Kwai

Long ago in the ancient days of China there lived a great philosopher named Lao Tzu. Lao Tzu had many followers, of whom the wisest and most handsome was Lay Tee-Kwai. As he lived far away from his master, Lay Tee-Kwai would travel in spirit to talk with him and listen to his teaching, then his spirit would come home again and return to his body.

One day as Lay Tee-Kwai was preparing to visit Lao Tzu in spirit he said to one of his own students, "Now, young fellow, I am going to visit Lao Tzu. My spirit will be gone for forty-nine days. While I am away I want you to look after my body and see that no harm comes to it. Do you understand?"

"Yes, master," said the young man.

Then Lay Tee-Kwai sat down, crossed his legs and started to meditate. His breathing became slower and slower and at last, when it seemed to stop altogether, his soul left his body and winged its way to Lao Tzu.

Day after day, night after night, the young man looked after Lay Tee-Kwai's empty body until the forty-eighth day. Then he received some terrible news: the day before, in the nearby city, his old father had died. The student could imagine how his family would be grieving, and he had such a longing to be with them that every other thought went out of his head. Without more ado he set off for home, completely forgetting his promise to his master.

In a few hours the still and silent body of Lay Tee-Kwai was discovered, apparently dead where it sat. What a weeping and wailing filled the air! The servants cried, the relatives wept and tore their hair, and

before the day was out the body of Lay Tee-Kwai was placed in its tomb and the door sealed tight.

Meanwhile, many miles away Lay Tee-Kwai was coming to the end of his talk with the old philosopher and on the forty-ninth day he went quietly gliding back home to find his body. But alas, it was gone! After searching in vain for hours, Lay Tee-Kwai stopped to rest, floating above his house and trying to think what to do.

Sometimes things that happen are very strange. In this very city, at the same time that one soul was trying to enter a body another soul was trying to leave one. A poor old beggar, lame, ragged and dirty, was sitting in a doorway at the point of death.

As the spirit of Lay Tee-Kwai hovered in the air, not knowing which way to turn, he looked down and saw this poor old man dying. Silently and swiftly the spirit of the young philosopher flew down and entered the body as the other spirit left it. It was not a good exchange for the strong, handsome body that was now sealed in its tomb but there was no other empty body in the whole city, so Lay Tee-Kwai showed himself a true philosopher and accepted what fate offered.

Although he did not know it, Lay Tee-Kwai's troubles had been observed, and by no less a personage than the mighty Emperor of Heaven, ruler of both gods and men.

"Oh, what a misfortune!" he sighed. "However can I make it up to the poor man?"

Well, the answer is that Lay Tee-Kwai is alive today. Because of his great misfortune the Emperor of Heaven made him immortal. He is still a beggar, thin and ragged and walking with a crutch, but he carries a gourd full of marvellous medicine that can cure all ills. This he gives to those in need who have been kind to anyone less fortunate than themselves.

Imperial Left-Overs

This is the story of how a favourite Chinese dish called Chop-Choy came to be invented.

Once upon a time there was a cook who worked in a small inn, the only inn in a very small village; and the village was in an out-of-the-way corner of a remote, very quiet province.

He was a rather good cook but he was not ambitious. While he was leading his quiet life in that out-of-the-way village, the Emperor of China was leading his life, a life that was anything but quiet. His Celestial Majesty was in fact making a journey through his empire to see if everything was in good order. This meant travelling many thousands of miles, carried in a swaying litter which upset his stomach. Before him went Imperial guards with gongs to clear the way — which gave him a headache — and he was surrounded by ministers, mandarins, concubines, eunuchs, soothsayers, geomancers, astrologers and generals, all of whom needed to be told what to do — which frayed his nerves terribly.

At the end of a long, hot and dusty day the emperor's procession, led by Imperial guards with their noisy gongs, wound its way towards the village in which the rather good cook worked.

As the emperor strode into the inn, all the servants prostrated themselves in a deep kow-tow of respect. Now in addition to having a headache and terribly frayed nerves the emperor was extremely hungry and he called upon the cook to produce something for him to eat.

"Immediately, and make it something special!"

The cook scuttled off to the kitchen and there he realised with horror that he had no food at all except some left-over vegetables. He went white with terror as he thought of the ingenious tortures and punishments that lay in store for him if he failed to provide something tasty for the emperor.

As he cut up the vegetables and threw them into the pot he prayed as he had never prayed before. He prayed to the House God, to the Kitchen God, to the souls of his ancestors . . . And maybe it was one of these who gave him the desperate idea of throwing some sharp tamarind spice and hot chillies into the pot.

He placed the dish before the emperor with the bold assurance: "His Celestial Majesty will never have tasted anything like this dish before." Then he returned to his prayers in the kitchen. When he felt a hand on his shoulder he thought: I did my best but I've failed. The torturers have come for me . . .

But as he turned round he saw the beaming face of the emperor's chief minister.

"I don't know what you put in that dish but the emperor loved it. He is more cheerful than he has been for weeks."

And so the rather good cook was saved and became a rather rich man because he was so much in demand. Everyone wanted to eat the emperor's favourite dish, Chop-Choy.

It is especially at festival times that people eat Chop-Choy. When Chinese families get together and a lot of cooking and eating goes on there are sure to be plenty of left-over vegetables for making it. With its delicious sharp taste Chop-Choy is indeed the "something special" that the hungry emperor ordered. And although it was invented by a worried man almost accidentally, that worried man was also a rather good cook.

Why the Flat Fish is Flat

What we know today as a flat fish was not always flat – at one time its body was round and fat just like other fish. This story tells how the change came about.

There was once a poor widow who had only one son, and although they were poor they were very happy together. Their little cottage kept them safe from the weather, and by working hard they managed to have enough to eat, with a little rice put by for times of need.

Things went along well enough until it happened that one year no rain fell and all the crops failed. The winter that followed was the most severe they had ever known and both mother and son often went hungry. At last the worst happened: the mother fell ill. The young boy looked after her as best as he could, keeping the fire burning and preparing for her what food they had, but it was in vain, she seemed to be wasting away.

One day the mother said: "Come here, my boy, and listen to what I have to say. You can see how sick I am – the truth is that now unless I can have one special food I am sure to die. Now don't look so sad, the food I need is not far away. You must go to that large pond a mile to the west of here and catch a fish from there. If you boil that up and give it me with rice I shall get well again."

The young lad bundled himself up against the cold and set off through the snow, the bitter wind howling around him like crying demons. It took him a long time to find the pond, for the snow had drifted in places and several times he lost the path. When he did find the pool it was completely frozen over. He had to chop a hole in the ice – which wasn't easy – but he did it at last and dropped his fishing line through into the water.

The afternoon was nearly over before he felt a tug on his line and pulled out a struggling fish. By now the boy was as cold as a snowman and terribly hungry. He had been giving his share of food to his mother in the hope that it would make her well. When he saw this fine fat fish in front of him he couldn't bear to wait. He took out his knife, cut the fish lengthways and, just as it was, swallowed half of it down.

The wonderful feeling of food in his stomach quickly gave way to horror at what he had done. The boy imagined his mother as she lay at home dying, and thought of himself and how he had eaten half of the only thing that would cure her. He burst into tears of remorse.

His tears fell on the remains of the fish in his hand, and before the startled boy's eyes a strange transformation took place. The fish became whole again, not the same shape as before but smooth and flat where he had cut it in half. With a cry of joy he ran off through the snow as fast as his tired legs would carry him.

The strange fish did indeed make his mother well again and they lived happily together for many years. But ever since that day some of the world's fish have been flat.

The Dragon Who Cried

There was once a little boy called Wen Peng who lived with his mother by the great River Min. His father had died, and the boy and his mother had to work very hard to make a living. While she toiled all day in the fields Wen Peng would go to the river and fish.

One day he was completely out of luck. He had not caught a single fish and the poor boy was in despair. "How can I go home to mother with nothing!" he sighed. He resolved to have one last try. Baiting his hook he cast the line out into the river. After a while he felt the line tug. Oh, thank heaven — a fish was biting! And a heavy one! He started trying to pull it to the shore.

But the more he pulled, the more the fish struggled, and Wen Peng was nearly exhausted when he landed it at last. It was a great, gleaming, golden fish such as he had never seen before. And imagine his amazement when the fish began to speak.

"Wen Peng," cried the fish, "put me back into the water or I shall die. If you help me I will give you a reward."

Wen Peng felt really sad to see the beautiful golden fish gasping on the bank, so he gently put the fish back into the river.

In return for his kindness the golden fish gave Wen Peng a magic pearl. As long as he possessed it, said the fish, he and his mother would be free from want.

Time passed and, as the fish promised, Wen Peng and his mother prospered. Their few scrawny chickens grew sleek and fat and laid large eggs every day. Their vegetables grew three times their former size. For the first time in his life Wen Peng and his mother had plenty to eat.

But their happiness was short-lived . . .

One night a band of ruffians burst into their cottage and demanded to know the secret of the widow's sudden prosperity. They must have some gold or silver or precious jade somewhere. When the widow assured them that they had none of these things the ruffians started searching her house.

It was not long before one of the men found the pearl and brought it to the leader. But before he could grasp it Wen Peng snatched it away and swallowed it.

How the ruffians roared with anger! But soon their shouting died away as Wen Peng began to change and grow. His shape altered before their astonished eyes. A great thirst came over him and he ran to the river as the terrified ruffians leaped out of his way. He drank gallons and gallons of water but to no avail. His neck grew longer, his nails became great curved claws, until instead of a boy there stood in the middle of the village, an enormous, shining dragon.

The dragons of ancient China were not at all like European dragons. They did not eat young maidens or burn houses. People considered it lucky to see a dragon if ever one came from its palace of coral among the clouds.

So it was with two minds that the dragon that was Wen Peng stood towering over the villagers. Half was still the boy who wanted to stay with his mother, and half was the dragon who wanted to fly to his magnificent palace in the sky. Wen Peng's mother burst into tears for she knew that she had lost her son for ever. The dragon began to flap his wings and as he rose into the air he too started to cry.

The tears of a dragon are much larger than the tears of a small boy and as he flew along, enormous drops of water fell from his eyes and splashed onto the land below. Ever since that time there are a great number of small lakes around the course of the River Min — each of them formed, so it is said, by a single tear from the dragon who cried.

Lam Ku, the Basket Lady

In every country children play fortune-telling games — with skipping rhymes or cherry stones, for instance. In China they have a game with a basket turned upside down, covered with a red cloth. They hold the basket in turn and say these words:

   O Basket Lady of Fu San, O beautiful Lam Ku,

   Your husband's smoking opium, his mother's starving you.
   When I ask my question, please come and answer, do!
Then they ask their question and if the basket tilts towards the child holding it the answer is "yes", if it tilts away the answer is "no".

   Who was this Lam Ku and why is she called the Basket Lady?

   She was a lovely young girl who was married to a man who smoked opium. That is a drug that brings forgetfulness. His mother was a tyrant who was very cruel to his young wife. She shouted at her, beat her, worked her like a slave and never gave her enough to eat, but the husband was lost in his opium dreams and took no heed. Lam Ku was completely at the mercy of her terrible mother-in-law.

   One day, before she went out to the market, the cruel old woman put all the food in the kitchen into a large basket and placed it high among the rafters out of reach to make sure that the young girl would have nothing to eat.

Poor Lam Ku was starving. She took a ladder, climbed up to the basket and began to eat the rice that she found there. Suddenly the old woman came back and the girl had such a fright that she choked on the food, fell to the floor and died.

The gods took pity on Lam Ku who had suffered so much in her short life. They took her up to heaven and made her immortal.

And to this day girls and boys ask the Basket Lady of Fu San to tell them their fortunes.

How Salt Was Discovered

There was once a poor peasant who lived near the sea. He worked very hard but still he was poor and never seemed to prosper. One day, as he was hoeing his field, his eye caught something bright-coloured, like a shimmering piece of rainbow, some distance away. He stopped hoeing and walked towards it but as he came near, the bright thing flew away and he realised it was a beautiful phoenix.

His mother had often told him stories about this magical bird when he was a little boy. "Just my luck," he thought. "If only I could have captured that phoenix I would have been a rich man."

He turned for home but then remembered something his mother had said: "A phoenix will alight on the ground only where there are riches or hidden treasure. Even the eggs of the phoenix are of gold."

The poor man set off at a run to the spot where the bird had stood but he was bitterly disappointed: there was nothing there. However, as he had his hoe with him he started to dig away the soil to see if anything lay buried underneath. After digging for an hour he was forced to admit that there was no fortune there. It was only then that he noticed something unusual about the soil he had dug up. It was full of little white flecks and, here and there, quite large, shiny crystals; it looked different from any soil he had seen before.

Could this strange earth be worth anything? he wondered. "I shall take it to the emperor and see if he will give me something for it. It might be extremely rare," he thought hopefully. He put a large lump of the soil in a sack, said goodbye to his wife and son and set off for the capital city.

After a long journey he reached the emperor's palace and gained admittance, telling the various chamberlains that in his sack he had an object of great rarity that was for his majesty's eyes only. They did not want to let him in but he was obstinate and, at last, he found himself in the throne room.

The peasant's first glance at the emperor was not reassuring. A frown was creasing his majesty's forehead and the royal fingers were drumming impatiently — as much as their elegant six-inch fingernails would allow.

"I wondered if your Imperial Highness would be interested to know . . ."

"Never mind all that nonsense," cut in the emperor. "What have you got in that sack?"

"Well, Your Majesty, I was digging in my field one day when . . ."

"Oh, for heaven's sake, one of you, stop this idiot drivelling on and empty out his sack for him."

The command was carried out and the whole court burst out laughing when, from the depths of the sack appeared neither gold nor jade but a lump of earth. The only person who was not laughing was the emperor.

"You stupid idiot," he shouted, "you have wasted more than enough of my precious time with your silly soil. What do you expect to find in a field? We all like a little joke, so here's one for you. Executioner, take this man out and remove his head. I doubt if you will find much of value there either."

Someone shovelled up the soil and left it on a shelf in one of the corridors, then hurried into the courtyard with the rest to watch the execution.

No one gave that lump of earth another thought. Months went by and it remained there untouched. Untouched, that is, until the gods took a hand in the matter.

This corridor happened to be the one that led from the palace kitchens to the royal dining-room. Every day a long procession of cooks, each one bearing a different dish, would march solemnly along it, passing beneath the shelf where the peasant's lump of earth was lying.

Whether it was mice, the wind from a window or some other chance that moved the soil no one will ever know. The gods willed it, and so, sooner or later, it was bound to happen. One day a tiny piece of earth detached itself from the main lump and fell with a splash into the dish of the smallest cook at the end of the line — a dish with mushrooms. What was he to do? If he went back to fetch another dish it would arrive late at the emperor's table. Better, he decided, since he was at the end of the line and none of the other cooks had seen the accident, to say nothing and hope for the best.

The cooks were all back in the kitchen preparing food for later in the day when a chamberlain appeared in the doorway.

"Who prepared the last dish for his majesty's dinner, the one with the mushrooms? Whoever it was, the emperor demands to see him at once."

A very anxious man was brought before the emperor.

"I can safely say that I have never in my life tasted anything like that dish with the mushrooms," said the emperor. "Can you explain why it was so extraordinary?"

Trembling, the cook told the emperor of the unfortunate accident and was astonished to hear him exclaim:

"So that's what happened! It was the most delicious dish I have ever eaten."

It was too late to do anything for the unlucky peasant but his son grew rich in charge of the land from which those strange white crystals came. For the crystals were salt — to us, now, a familiar blessing, a 'treasure' indeed! And this tale tells of the strange way that salt was discovered — by a poor peasant who followed the trail of a phoenix.

The Ugly Son-In-Law

Long, long ago there was war between China and a neighbouring kingdom, and China was on the point of defeat. The enemy won a decisive battle and the Chinese army was forced to retreat. With his generals quarrelling and his soldiers beginning to desert, the emperor was deeply worried. But one day, sitting in his tent, he hit upon an idea that would give his men something to fight for and at the same time deal the enemy a crushing blow.

A proclamation was issued throughout the army: "Any member of the army, of any rank whatsoever, who brings the emperor the head of an enemy general will be given the hand of the emperor's daughter in marriage and raised to the rank of prince."

Unfortunately no one came forward. From the generals down to the humblest archer, there was no one brave enough to venture as far as the enemy camp. Not even the promise of marriage to a princess could stir their courage.

However, a large dog had heard the proclamation. Realising that nobody was volunteering, this brave animal decided that he could win the hand of the princess. He slipped away that same night and trotted boldly into the enemy camp. There was no need for him to hide – who, after all, could tell which side a dog was on? He wandered through the camp, listening to the soldiers' talk, and soon came to the general's tent. At the back of the tent, away from the sentinels, he slipped under the richly painted fabric and leaped upon the general, killing him instantly. He bit off the man's head and, carrying it in his powerful jaws, made his way silently back to the Chinese camp.

As day broke the emperor was amazed to see a dog lay the gory trophy at his feet. Here was an unexpected turn of events! And furthermore, this remarkable dog could speak up for himself! It was no use the emperor praising him and saying he would be given a reward. The dog reminded the emperor of his precise bargain: the head of an enemy general for the hand of the princess.

"Well," said the emperor, trying to wriggle out of it, "I naturally assumed when I issued the proclamation that a human being would attempt this brave deed — not that I have anything against dogs, very excellent . . . er . . . people they are," he added, rather at a loss.

The dog insisted on his claim to the princess, but declared that if the emperor was worried about having a dog for a son-in-law, he would turn himself into a man with the aid of magic. If he were placed under a large bronze bell for 280 days and not disturbed during the whole of that time, he would emerge as a man.

The emperor could think of no way out. He had the head of the general he had asked for, and indeed, from where he stood he could see the enemy troops streaming away in retreat. The dog had achieved what neither he nor his generals had been able to do, and if the animal could also remove the last obstacle to the marriage the emperor had no choice but to agree. Wearily he ordered his servants to procure a large bronze bell.

The bell was placed over the dog and for a long time he was out of sight and out of mind, but as day followed day and the end of the allotted time came nearer the emperor's curiosity grew. On the 279th day he could bear to wait no longer: he ordered his servants to lift up the edge of the bell. Two human feet came into view, human legs and body and hands . . . that was magic indeed! But alas, the head was still the head of

a dog — the emperor had broken the spell!

The princess was obliged to marry the dog-headed man (who, for the wedding ceremony, tactfully covered his face with a red cloth). She soon got used to her strange husband, though, and the couple were very happy together. When their children were born they were quite normal except for their heads, in which feature they all took after their father. If only their grandfather had contained his curiosity and waited until the 280th day before looking under the bell!

The Kitchen God

Amongst all the gods of China is one whose special domain is the kitchen. In every Chinese kitchen stands a shrine dedicated to him.

At first this god was just a humble mortal, a mason who seemed to attract bad luck like a magnet. He never knew the meaning of joy and happiness, only grief and adversity, and in the end he took his own life. When he reached heaven the Emperor of Heaven was truly sorry for him and decided to make him a god and give him a cheerful, homely realm to rule, namely the kitchen.

Since that day it is best to behave yourself in a Chinese kitchen. If people are quarrelsome, lose their tempers or tell lies, Cho Kuan, the Kitchen God hears of it and may tell the Emperor of Heaven — and then, woe betide the offenders.

But in his earthly life the Kitchen God worked as a mason and had no time to learn to read and write, so his reports of the year's conduct in the kitchens of earth have to be delivered by word of mouth.

Cho Kuan, the Kitchen God makes his reports at the time of the New Year Festival, the most important celebration in the Chinese calendar. At New Year the kitchens of earth are very busy, people scurry about making everything ready for the great day, but they are never so busy that they forget the Kitchen God and his yearly report.

A special cake is cooked and is offered up at his shrine in the kitchen. This cake is extremely rich and very, very sticky — which is lucky, to say the least, because when the Kitchen God does make his way to heaven he can never utter a word. The cakes he has eaten are so gooey that his lips are stuck tightly together, and the kitchen's secrets are safe for another year.

The Shepherd and the Emperor's Daughter

The Emperor of Heaven had seven beautiful daughters, who would sometimes come down to earth and walk among the flowers and trees in some secluded spot, as a change from the regal splendours of heaven.

One day the seven heavenly sisters came down on some beautiful mountains where they spent the day chattering and playing in the clear mountain air.

Now it happened that a handsome young shepherd was bringing his sheep up the mountainside and, hearing the sound of laughter and girls' voices, made his way in that direction, full of curiosity, because strangers were rare in the mountains.

However, the seven girls, playing hide-and-seek, caught sight of the shepherd before he saw them. Not wishing to be seen by mortal eyes, the young ladies, one by one, started to vanish — except the youngest and loveliest of them. She had looked too long at the young shepherd as he approached and had seen how handsome he was. It was love at first sight. In vain her sisters begged her to be quick and vanish too. "No. You go back to heaven without me," she said. "I shall stay here with this handsome shepherd."

Thereupon she changed her appearance so that, although still very beautiful, she looked like a peasant girl. The shepherd fell in love with her. There was no saying which loved the other more. They were married and their only wish was to live together happily for ever.

But this was not to be. The Emperor of Heaven was furious that one of his daughters refused to return to his realm and, even worse, had become the wife of a mere mortal. He sent messengers to earth ordering his daughter to return, but each time she refused, saying that she was far too happy to leave her husband. The emperor became so angry that everyone in heaven kept out of his way, terrified that the storm of his fury would break over them.

In the end it broke over the unfortunate general in command of the army.

"Come here, you cringing fool," roared the emperor. "I can see you skulking at the back there, trying to look inconspicuous. My eyes miss nothing."

"I wasn't hiding, Your Majesty."

"Silence!" bellowed the enraged god, "and stop shivering, it makes your armour rattle. It's about time something was done to make my disobedient daughter come home. Go down to earth and order her back to her devoted father. Kill that upstart shepherd, then there'll be no reason for her to stay there!"

The general fled the emperor's presence and set off on the journey to earth. He soon found the girl but seeing how happy she was, felt guilty about having to kill her husband. He told her how angry her father was and said: "If you return to heaven with me, I will not kill the shepherd as your father ordered."

The emperor's daughter burst into tears when she realised that in order to save her husband's life she must leave him and never see him again. Stricken with grief, she returned to heaven with the general.

When the Emperor of Heaven saw how sad his daughter was, his anger cooled. He dearly loved his youngest daughter and to see her crying so bitterly wrung his heart.

"Stop crying, my dearest," he said. "It's all right, I have relented. I had decided that you and your shepherd should never meet again but because I am soft-hearted I will be merciful: you shall meet this mortal once a year. Now dry your tears and be off and join your sisters before I change my mind."

Every year on the seventh day of the seventh month it is said that the lovers still meet. As heaven is such a long way from earth, the birds of the air make a bridge across the middle of the sky where the emperor's daughter and the shepherd are reunited for their day of happiness.

Luck in a Strange Place

There was once a fortune-teller who lived in a large and prosperous city where most of the people who consulted him were large and prosperous too. One of the largest and most prosperous he had ever seen came one day to ask his advice. Should he put money into a particular venture and were the omens good for its success?

Now a good fortune-teller needs to be an astrologer, one who studies the stars, and he needs also to take into account all sorts of facts about a person's life in order to understand what effect the stars are likely to have on his future fortunes. The merchant gave the astrologer the information he asked for and said he would return shortly for the answer. This was the usual arrangement.

The fortune-teller set to work but the more he looked at the facts: the merchant's date of birth, place of birth, height, weight, health and so on, the more confused he became. This man who was so obviously rich should have been a beggar! The astrologer checked his calculations over and over again but there was no mistake – this rich, fat merchant ought to have been starving in a hovel.

Perhaps the information the merchant had given him was not correct. The astrologer, excusing himself from his task for several more months, followed the merchant in secret, for he was determined to get at the truth. But all he saw and all he discovered through his numberless questions proved that his information was indeed correct and only strengthened his belief that this fat, successful man ought really to have been a terrible failure.

Somewhere there must be something to account for the man's luck, if only he could guess what it was. The question so obsessed the astrologer that he put on a disguise and entered the merchant's service. Now, every night, after a long, hard day as a servant, the astrologer would sit up over his calculations. He devised cunning methods of weighing his master; measured him while he slept; noted his diet and in short left no stone unturned. The fortune-teller knew more about the merchant than the merchant himself, but still the riddle remained.

Then came a day at the end of summer, very hot with a hint of distant

thunder. The merchant entered the garden waving his fan and demanded a bath. The servants ran about fetching hot water and towels while the fortune-teller stood by to receive the merchant's clothes. The merchant removed his tunic and as he did so, something caught the fortune-teller's eye. Forgetful of everything he bent down and peered at the man's navel. There in the navel was a wart, just an ordinary wart, but significant enough to upset even the delicate calculations of luck! The fortune-teller stuck his finger into the man's navel with a great cry:

"There it is! At last I have found out where you hide your luck!"

What the astonished merchant said is not recorded.

Dumplings in the River

Long ago, an emperor of the royal house of Chin had a wise counsellor whose name was Wat Yin. This ruler was young and headstrong and liked to have his own way, but Wat Yin, old and experienced, would tactfully point out the reasonable course and save his young master making mistakes.

But as time went on the emperor became less inclined to listen to good advice. When he wanted more money he thought all he had to do was raise the taxes, although Wat Yin advised against it. The taxes were raised so high that the peasants went hungry and became rebellious. When the peasants rebelled the emperor had to raise soldiers to keep them under control. This cost a great deal of money, all the money, in fact, that had been raised by the new taxes.

The peasants became crafty and hid a large portion of their crops from the tax-collectors. The emperor knew this but could not prove it. He called for Wat Yin and asked his advice in the matter.

"The best thing that Your Majesty could do would be to remove these heavy taxes, because they are what make the people cunning. If the taxes are fair the peasants will give the tax-gatherers their due and the treasury will be full again."

"Leave my palace at once, you stupid old fool," burst out the young emperor. "I don't need you to show me how to govern!"

Tears sprang to the old man's eyes, not for himself but for the country and its people, and for the emperor himself. Wat Yin left the palace and retired to his house by the river.

Still harsher laws soon made the peasants' lives intolerable. The poor continued to hide their crops and now they began to take out old swords that had not seen service for a hundred years, clean the rust off, sharpen them and hide them in the thatch of their huts. A clash between the farmers and the emperor's men was bound to come. Throughout the land soldiers and peasants died, villages were burned and the fields went untilled.

The emperor once more sent for Wat Yin. The old man came before him with a heavy heart. "The answer is simple, Your Majesty," he said.

"Remove the new taxes and the harsh new laws that oppress the poor farmers and all will be well."

"But that would be a sign of weakness!" cried the emperor. "I have to show these stupid peasants who is master."

Once more the old man's eyes filled with tears. He departed full of foreboding.

The last of the money in the treasury was used to raise more soldiers to put down the peasants. Wherever the soldiers won the peasants fled into the marshes and mountains and became bandits, disrupting trade and terrorising the countryside. Where the peasants beat the soldiers the rebellion continued unabated. Whether winning or losing, the new soldiers had to be paid, but with no taxes being collected the treasury was bare, and the unpaid soldiers began to join up with the bandits.

The emperor, his power threatened on all sides, was at his wits' end. In desperation he sent for his old counsellor once more.

Wat Yin received this latest summons with dignity and watched the messenger gallop back to the palace. Then his calm deserted him and he gave way to despair. He could not refuse to obey the summons nor could he bear to obey it and fail yet again — for he was certain the emperor would still ignore his advice. Grief overcame the old man's reason; he resolved to kill himself. He threw himself into the river with a sorrowful cry, sank into the deep water and drowned.

The wise old man had been greatly loved by the people and when his death was discovered the life of the city came to a stop and people stood crying and wailing in the streets. At last the sound of the general lamentation reached the palace, and the emperor was informed of Wat Yin's death.

The news had a profound effect on the young ruler. All the soldiers still under his control were recalled and the heavy taxes were instantly removed. From that moment forward he became a model ruler.

The young emperor felt that he alone was responsible for the death of Wat Yin who had tried so hard to help him. The thought that the old man's body now lay in the depths of the river, a prey to hungry fish, weighed heavily upon his conscience. He therefore issued a proclamation: everyone was to throw dumplings in the river so that the fish

would eat these and leave poor Wat Yin in peace.

Unlike previous orders from the palace, this one was immediately obeyed. Hundreds of special dumplings made of rice and pork wrapped in bamboo leaves were thrown into the river.

Ever after, when a problem arose, the emperor would ask himself: "Now what would poor Wat Yin do if he were here?"

The empire was once more at peace, and in memory of the wise counsellor Wat Yin those special dumplings are still made every spring on the anniversary of his death — but nowadays the people don't throw the dumplings into the river, they enjoy them themselves; the day has become a feast day.

The Tears of Blood

Once upon a time there lived a young farmer who was very hot-tempered. Everyone was scared of him: his fellow workers in the paddy field, the children in the village and his own family. They would all keep out of the way if they saw signs of his temper rising. In spite of this, his mother loved him dearly, and of course he was not always in a temper — just nearly always.

One morning Choy San, for that was his name, was working as usual in the fields. Quite near him in a bush was a nest and Choy San's attention was drawn to it by a bird constantly fluttering in and out.

He crept nearer to the bush and saw that in the nest were some chicks. The bird busily flying to and fro was their mother. Back and forth, back and forth she flew, bringing grubs and grasshoppers to feed her babies, never tiring and seldom stopping to eat, herself.

Every day Choy San's mother walked a long way from their home to bring him his lunch and every night when he returned from the fields she had his dinner ready.

"How like that bird my mother is," he thought. "When I was little she cared for me and even now when I'm big and strong she looks after me so well . . . yet even she is afraid of my terrible temper."

These thoughts filled him with remorse for the first time in his life. All the times when he had shouted, stamped, raged and made his mother cry came back to him and his cheeks burned with shame.

Each day his mother brought him his food exactly at noon, but today she was late. As she hurried through the fields she could see him in the distance; the thought of his rage at her lateness terrified her.

Choy San looked up as his mother approached and his heart filled with tenderness. He began to run towards her. But she mistook the meaning of his sudden move: she was late with the food and here was her angry son bearing down on her, his hoe still clasped in his hand like a weapon. Choy San's mother panicked and fled.

Seeing his mother fleeing made Choy San even more intent upon telling her of his change of heart and so he pursued her. But fear lends speed even to ageing feet. Choy San's mother made for a well, the nearest place she could see to hide. As she climbed over its lip her frail hands missed their hold on its slippery surface, and with a cry, down she fell into the dark water.

Choy San reached the well too late to save his mother. Helpless, he stood there and burst into tears. The tears flowed and flowed and at last he cried so much that he began to shed tears of blood. He stood, a grief-stricken figure, hoe in hand, with the blood trickling down his face and onto the ground. But this is not quite the end of the story.

The spirit of Choy San's mother ascended to heaven and there the gods told her what had happened and showed her the scene below. So great was Choy San's grief and his mother's pity that the gods took him up to heaven too. Here, after being reunited with his mother, he became a spirit of good luck and his statue stands in temples to this day.

The Clever Sewing-Maid

There was once a rich old man who had three sons, of whom he was very fond. Two of them were married and lived in their father's house, as was the custom. The eldest son was still without a wife.

The two wives were content enough in their father-in-law's house, where they managed the household for him and his sons, and bossed the servants, but every now and then they felt restless and wanted a change. They decided it was time to take a holiday and visit their mothers, so they went to ask the old man's permission.

Their father-in-law graciously gave his consent although the two girls always seemed to him to be far too pleased with themselves, and with little reason for they were by no means as clever as they thought they were. It would be amusing, he decided, to use this occasion to have some fun with them by setting them a little test.

To the first wife he said, speaking in humble tones, as people do in China when they wish to show politeness: "When you come back from visiting your exhalted mother at the new moon, dear daughter-in-law, would you please bring this thoroughly unworthy man two insignificant gifts. The first is the food that I like best at that particular time and the second is a small amount of fire in a piece of paper."

The young girl's eyes widened and she looked nervously at the other wife before saying sweetly: "Certainly, illustrious father-in-law."

"Now," said the old man, "you, my other dear daughter-in-law, shall also bring back some presents for this unworthy old man. When you return at New Year, please bring me the food that I like best at that season of the year, and something else . . . Ah yes, I know — a breath of wind . . . and give it me on a piece of paper."

Wife number two was speechless.

The old man chuckled softly to himself and added: "These trifling conditions should prove no problem to such intelligent young ladies as yourselves, and gratifying the whims of this totally insignificant old man should be your dearest wish."

Having said this, he left them.

The younger of the two wives turned to the elder and said: "One day I

shall wring that old devil's neck."

"Or poison him," put in the other.

The two young wives returned to their own apartments. There a young girl they had engaged to do sewing had arrived and was already busily at work; they paid no attention to her, but went on talking about the old man's awkward requests and puzzling over what he meant. They cudgelled their brains all afternoon but were no nearer to finding the solutions.

The sewing-maid smiled to herself and went on quietly sewing for two or three hours before she ventured to say: "Please excuse this worthless servant interrupting you, but perhaps I could solve your riddles."

Two pairs of eyes fixed her with a gaze sharp enough to cut glass.

"Noble ladies," she said, "I only want to see if my guess agrees with what you are thinking, for undoubtedly you have an answer in mind."

Their stares mellowed a little.

"You may continue, worthless one."

"Well," said the maid, "the food that everyone likes at the new moon is moon cake made of lotus seeds and egg yolk wrapped in a piece of pastry, and the fire in a piece of paper is of course a lantern."

"It is lucky that your answer agrees with mine," said the first wife, secretly relieved to have the answer, "or I should have been forced to have you beaten for your presumption."

To the other wife the sewing-maid said, "In your case the favourite food at the New Year is the New Year cake that is offered to the Kitchen God. And the best way to bring somebody some wind on a piece of paper is to bring him a fan."

"Of course," was all the second wife said to the maid in haughty tones, but she too was delighted to have the answer. She had given up hope of thinking of anything, herself.

Thus it came about that when they returned from their visits they both brought the correct presents for their father-in-law. He accepted them with a graceful bow, saying: "This worthless old man thanks his honourable daughters-in-law for their well-chosen gifts."

He was rather surprised that the young wives had understood his riddles but no hint of this appeared in his serious face. He still felt sure he had not been wrong in thinking them stupid and he resolved to keep his ears open. It was as if they had set him a riddle now, and he meant to find the answer. Someone must have helped them.

As he went quietly about the house he often caught snatches of chatter from the women's apartments. One day he heard one wife say to the other:

"Have we any more things to give that sewing-maid to do?"

The second wife giggled. "Do you mean dress-making or riddles?"

So that's the truth of it! said the old man to himself. That's who answered my riddles for them! He was determined to pay them out for tricking him and he saw the perfect way to do it, a way which would, at the same time, settle another family matter very nicely.

He assembled all his relations and servants in the main hall of his house and sent for the sewing-maid to come before them. Then he announced that she was to marry his eldest son, the heir to all his wealth. (For in those days fathers decided these matters!)

"It will be good for the wives of my other two sons to have someone to help them look after this useless old man," he said, and added: "She will be the wife of my eldest son and thus the senior wife in the household, so she will be in charge and it will be their duty to do whatever she says."

There was the hint of a smile on the old man's face as he caught the sewing-maid's eye and they both looked at the two horrified wives.

When the two wives were alone one said to the other: "One day I shall wring that old devil's neck!"

"Or poison him," said the other.

But they never did, for they were kept far too busy doing what they were told. They got some satisfaction, however, from the fact that the former sewing-maid ruled not only them but also their father-in-law. The tale does not record whether he had any regrets.

The Festival of the Seven Maidens

There was once a poor man named Tung Wing, whose beloved father had just died. Tung Wing was so poor that he had no money to pay for his father's funeral, so he took a drastic decision: he would sell himself as a slave to raise the money he needed. There seemed no other way.

Now the fairies who live in heaven sometimes come down to earth disguised as mortal women, and just such a fairy in disguise happened to be in the market place on the day that poor Tung Wing put himself up for sale. When she found out why he was selling himself she was deeply moved and instantly fell in love with him.

The couple were married and after nine months they had a fine baby son. However, fairies may stay on earth for only one year, no more, so three months later Tung Wing's wife vanished. She left her husband and son and returned to heaven.

The son grew strong and sturdy and was a happy little boy, except for one thing. He was very troubled by the fact that he had no mother. Other children had mothers, where was his? Tung Wing was embarrassed by his son's questions for he had to admit that he had no idea where she was. Her disappearance was a mystery.

Time passed and when the little boy went to school he asked his teacher the same question. The teacher, who was very wise, thought hard for a long time before giving him this answer:

"Your mother cannot have been a mortal, my boy. From what you tell me, I believe you are the son of a fairy. It is quite likely that she will return to earth from time to time and if you wish to see her again I think I know what you should do. Go to the river bank on the seventh day of the seventh month; there you will see seven maidens and the last in the line will be your mother."

The little boy thanked his teacher and waited impatiently for the special day to arrive.

On the seventh day of the seventh month he crept out early and walked and walked until he came to the river. There he waited where he could not be seen. He had to wait a long time but at last seven maidens appeared. The little boy burst out of his hiding place, ran to the last in

the line and hugged her tightly, crying: "Mother, I have found you at last!"

At this the rest of the beautiful fairies vanished but the little boy held on to his mother and would not let her go. She admitted that she was his mother and told him how sad she had felt at leaving him and his father but, being a fairy, she had been obliged to return to heaven.

The little boy was happy at last: he had found his mother and the answer to the mystery. Better still, she promised him: "On the seventh day of the seventh month next year, I shall return to earth to spend another whole day beside this river. Come and see me then."

"But how shall I find you?" asked the little boy, for he was far from home and was afraid he would never find this spot again.

"Take this fruit," said his mother, "and you will find your way home, but as you go drop the seeds behind you to make a trail. This will lead you to me when next I come down to earth."

This the little boy did, but when he returned twelve months later he found that the seeds had grown into an enormous forest completely blocking his way to the river.

Nowadays the seventh day of the seventh month is called the Festival of the Seven Maidens, and fruits like the one the fairy gave the little boy are offered to the gods in the hope that mother and son will be reunited.

Meng Chiang and the Great Wall of China

Once upon a time in the heart of China lived two humble families whose lands were separated by a garden wall where pumpkins grew. The Meng family's plants grew up one side of the wall and the Chiang family's plants grew up the other, but one year the plants from each side reached the top of the wall and became entwined. In this tangle of creepers grew an enormous pumpkin. As they couldn't tell to whom it belonged, the two families decided to cut it in half; so when the pumpkin was ripe they all gathered together, the Mengs and the Chiangs, and carefully cut the fruit. Imagine their surprise when the two pieces fell apart to reveal a beautiful little girl. Both families wanted her so they decided to share her, and they brought her up between them, calling her Meng Chiang. The lovely child grew into a beautiful woman.

This all happened at the time when the Emperor Shih Huang Ti

started building the Great Wall across the northern frontier to keep out the savage invaders from Central Asia. Building work on the Wall was slow and constantly ran into difficulties. Every time a section was completed it fell down. Different methods were tried, new kinds of mortar, new designs, but nothing seemed to help. Such mysterious ill-luck was most disturbing. The people were superstitious and came to believe that there must be some supernatural power against them. In this mood of fear one of the emperor's advisers thought of a terrible solution: every mile along the Wall a living person was to be entombed.

The cruel emperor accepted this advice and sent out soldiers to bring in the victims. As the Wall was ten thousand miles long, the whole empire was thrown into a state of terror. Everyone lived in fear of a knock on the door and brutal arrest.

Then a wise man went to the emperor with another proposal: he advised him to find a man called Wan who could take their place and thus spare the lives of ten thousand people – for the name Wan means "ten thousand".

The emperor's officials scoured the land and found a man called Wan but before the soldiers could arrest him, he, went into hiding.

In the garden of Meng Chiang's house was a beautiful pool surrounded by trees. Here the girl loved to bathe, especially at night when no one could see her. One night as she floated in the water she felt so happy that she couldn't help saying so out loud. "Oh, how happy I am! If any man could see me now I would marry him!"

A voice replied in a whisper quite distinctly, "I can see you!" Startled, Meng Chiang looked up and saw a handsome face peering through the leaves. It was Wan who had been hiding in the trees and admiring the beautiful girl in the pool.

Of course Meng Chiang had never intended her words seriously but a promise is a promise, and luckily Wan was young and handsome. In fact, she found him charming.

The couple did marry; Meng Chiang was as good as her word. But in the middle of the festivities, a party of the emperor's soldiers broke down the door and carried off the struggling bridegroom to his terrible fate.

Although Meng Chiang had known Wan for only a few hours she had fallen deeply in love with him. She resolved to travel to the Great Wall to find her husband's remains and perform the customary funeral rites. It was a dangerous journey of many months and when at last she reached the Wall she didn't know where to start searching, the Wall was so long and Wan's grave was not marked. She searched for many days until she sat down exhausted and began to cry. The tears ran down her beautiful face and her heart-rending sobs filled the air. She wept so much that even the stones of the Great Wall took pity on her. With a great rumble and a cloud of dust a section of the Wall fell down, revealing the bones of poor Wan.

Far away in his palace, Shih Huang Ti heard of Meng Chiang's long search and of the strange way in which it had ended. His curiosity aroused, he sent servants to bring her to him, and he was so struck by her beauty that he resolved to make her his wife. Although she hated the tyrant, Meng Chiang agreed to marry him, but only if the bones of Wan were laid decently to rest at a ceremony with the emperor and his court in attendance. In his eagerness to marry her, the emperor agreed. A feast was planned that would last forty-nine days, and on the river bank an altar forty-nine feet high was erected, on which offerings were made to Wan's departed spirit.

Meng Chiang mounted the altar, but instead of making offerings to her husband she began to upbraid the evil emperor in front of the whole court for his bloody deeds. Shih Huang Ti was furious, but he made no move to stop her, thinking that soon she would be in his power as his wife. Meng Chiang knew this, and crying out that she would never be the wife of such a cruel man, she flung herself into the river and drowned.

Shih Huang Ti had her body dragged out of the water and ordered the soldiers to cut her into pieces. Unwillingly they set about their grisly task, but miraculously each piece of Meng Chiang turned into a beautiful, silver fish which leaped into the river and swam away. Thus the wicked emperor was cheated of his revenge.

LA COMMUNICATION MASS-MÉDIATIQUE AU CANADA ET AU QUÉBEC

UN CADRE SOCIO-POLITIQUE

Alain Laramée

Presses de l'Université du Québec
Télé-université
1989

Collection COMMUNICATION ET SOCIÉTÉ

dirigée par Kevin Wilson, professeur à la Télé-université.

Ouvrages déjà parus

UNE INTRODUCTION À LA COMMUNICATION
Danielle Charron

THÉORIES DE LA COMMUNICATION, HISTOIRE, CONTEXTE,
POUVOIR
Paul Attallah

Ce document est utilisé dans le cadre du cours *Cadre politique
et institutionnel de la communication* (COM 2005) offert par la
Télé-université.

ISBN 2-7624-0140-2

Dépôt légal — 3er trimestre 1989

Bibliothèque nationale du Québec
Bibliothèque nationale du Canada

Imprimé au Canada

Presses de l'Université du Québec
Case postale 250
Sillery, Québec
G1T 2R1

Télé-université
2635, boulevard Hochelaga, 7e étage
Case postale 10700
Sainte-Foy, Québec
G1V 4V9

REMERCIEMENTS

Je tiens à remercier toutes les personnes qui ont participé à la réalisation de ce livre. En premier lieu, M. Harold Gendron qui a collaboré à la rédaction des chapitres 6 et 7 et à l'esquisse de plusieurs graphiques. Je tiens à souligner également le travail de Mme André Babin qui a supervisé la qualité didactique. Enfin, Mmes Chantale Fournier et Jacqueline Fortin ont assuré la révision linguistique et la présentation graphique.

Alain Laramée, Ph. d.

TABLE DES MATIÈRES

LISTE DES TABLEAUX

LISTE DES FIGURES

LISTE DES CARTES

Note.– Dans ce document, le générique masculin est utilisé sans aucune discrimination et uniquement dans le but d'alléger le texte.

PREMIÈRE
PARTIE

L'APPROCHE THÉORIQUE

INTRODUCTION

Pour être en mesure de comprendre et d'interpréter le cadre politique et institutionnel dans lequel se meut le système de communication canado-québécois, nous devons avoir une représentation théorique, une sorte d'image de ce dont est composé un système de communication sociale. La première partie de ce livre vise à fournir cette perspective théorique. Elle comporte quatre chapitres.

Le chapitre 1 présente les liens entre la communication sociale et ce que l'on appelle l'espace médiatique. Il s'attache à présenter les composantes sociales et spatiales de la communication médiatisée, les lieux que peut occuper la communication médiatisée et les principales technologies traditionnelles de communication.

Le chapitre 2 explicite les liens entre l'espace médiatique et le contexte culturel d'une société. On y verra : une définition de la culture dans le processus communicationnel, les liens entre la souveraineté culturelle et l'espace médiatique, les principales stratégies susceptibles d'être adoptées pour développer et protéger la culture et les principaux lieux d'application de ces stratégies.

Le chapitre 3 scrute l'espace médiatique en fonction de la notion d'accessibilité à l'information. Il comprend une description des étapes et des conceptions historiques de la notion d'accessibilité à l'information, une explication des liens entre ces différentes conceptions et une présentation des variables affectant la mise en application de la notion d'accessibilité à l'information.

Le chapitre 4 s'attache à présenter les composantes de l'analyse des institutions de communication de masse. On commence par définir la notion d'institution. Puis on distingue les étapes et les composantes du processus d'institutionnalisation pour enfin identifier les catégories d'institution de communication.

CHAPITRE

1

LA COMMUNICATION SOCIALE : LES ÉLÉMENTS DE LA THÉORIE

LES OBJECTIFS

Dans ce chapitre
vous apprendrez à :
■ identifier les
composantes
sociales et spatiales
de la communication
médiatisée;
■ distinguer les
lieux que peut
occuper la communi-
cation médiatisée;
■ distinguer les
principales technolo-
gies traditionnelles
de communication.

INTRODUCTION

Parce que la majorité des individus des sociétés occidentales a vu le jour dans un univers social déjà très médiatisé, chacun est porté à penser qu'il en a toujours été ainsi.

En effet, il semble que ce soit un réflexe naturel de rapporter l'histoire de son environnement socio-économique à son vécu personnel. Ce réflexe, pour valable qu'il soit dans le développement et le renforcement de l'ego, n'est pas sans causer quelques problèmes lorsqu'on l'utilise pour représenter une réalité sociale complexe et motiver quelques interventions sur cette réalité. Il en serait ainsi, par exemple, de l'adoption d'une politique de télécommunication qui serait fondée sur notre seule expérience personnelle de l'utilisation des médias de communication.

Pour contrer les effets négatifs de ce réflexe, nous devons recourir à des connaissances de plus grande envergure et qui permettent de situer non seulement l'évolution de notre environnement mais également les rapports que notre groupe d'appartenance entretient avec ce même environnement. Nous trouvons ces connaissances d'abord dans l'histoire de notre société ou de l'une de ses dimensions. Cependant, l'histoire n'est pas que la reconstitution d'une série d'événements et de faits. Elle est à la fois descriptive et analytique dans le sens qu'en rapportant des événements on pose toujours un minimum de jugement sur les faits. Chaque fois que nous décrivons un phénomène passé ou présent nous le faisons consciemment ou non à l'aide d'une perspective théorique particulière ou d'une grille de lecture et d'analyse, à l'intérieur de laquelle s'entremêlent toutes sortes de connaissances d'ordre intuitif, empirique, impressionniste, etc.

Par exemple, regarder l'évolution des moyens de communication en fonction des ressources financières que nous possédons pour se procurer leurs contenus ne signifie pas la même chose que d'analyser leur évolution en fonction de ceux qui détiennent les moyens de produire et de diffuser ces contenus. Ces distinctions peuvent paraître trop abstraites ou trop minutieuses pour être pertinentes dans le cadre de nos conversations quotidiennes.

Elles n'en revêtent pas moins une importance primordiale pour toute prise de décision conduisant à une intervention planifiée. À cet effet, pour bien saisir l'ampleur des enjeux et des impacts socio-économiques de l'utilisation des technologies de communication, il importe, dans un premier temps, de comprendre la *dynamique communicationnelle de l'organisation sociale*. Ainsi, nous serons en mesure de mieux situer et analyser le contexte actuel de la communication médiatisée au Canada et au Québec.

Ce chapitre consiste donc à expliciter la perspective théorique avec laquelle nous aborderons ultérieurement les dynamiques politique et institutionnelle de la communication sociale au Québec et au Canada. Cette perspective repose sur quatre éléments :

1. Les relations entre le processus de la communication et le lien social.
2. L'importance du contexte dans le processus communicationnel.
3. Les liens entre la communication et les espaces physique et politique.
4. La place de la technologie dans la communication sociale.

LES RELATIONS ENTRE LE PROCESSUS DE LA COMMUNICATION ET LE LIEN SOCIAL

Pour saisir les relations entre la communication et le lien social, il faut d'abord avoir une connaissance de ces deux concepts pris de manière isolée, pour, par la suite, les relier.

Une définition de la communication

Depuis les années 20, et de manière plus accentuée depuis les années 70, c'est devenu une mode de rapporter nos analyses des problèmes sociaux à la communication. Que l'on parle de la société de l'information, de l'ère de la communication, de la civilisation de l'image, de l'ère audiovisuelle, de société post-industrielle, tout semble passer par la communication. On va même jusqu'à attribuer à la communication les causes de nos échecs et de nos réussites. En effet, la majorité des gens parle de la communication comme si c'était une notion bien connue et comprise par tous. Toutefois, et ce qui est paradoxal, on ne trouve qu'une minorité d'individus qui soit en mesure de la définir autrement que par l'utilisation de quelques exemples isolés n'illustrant que la manifestation de quelques-unes de ses composantes dans un contexte précis. C'est comme s'il existait une sorte de *fétichisme* autour du concept à savoir que le simple fait de le prononcer nous inspirait des sentiments de connaissance, de confiance et d'emprise sur une réalité qu'on ne peut aborder autrement. Curieusement, c'est souvent lorsqu'on ne peut plus communiquer qu'on place cette activité au centre de nos discussions.

Cependant, lorsque l'on veut aborder la réalité sociale de manière à pouvoir la comprendre et poser quelques interventions, il importe, dans un premier temps, de bien définir les concepts que nous utilisons pour se la représenter, et, dans un deuxième temps, d'éliminer, en autant que faire se peut, leur contenu mythique.

À cet effet, le concept de communication présente une difficulté à surmonter du fait de sa familiarité. Pour contourner cette difficulté, nous allons utiliser une définition très légitimée dans la communauté scientifique, celle d'Edgar Morin (1976) :

> *La communication constitue une liaison organisationnelle qui s'effectue par la transmission et l'échange de signaux.* (p. 236)

Dans cette définition, trois idées sont importantes à retenir.

1. La première consiste à considérer la communication d'abord comme un processus de *transmission de signaux.* C'est le volet technique et directement observable de la communication.

2. La deuxième idée est celle de *l'échange.* Qui dit échange dit partage, réciprocité, valeur, reconnaissance.

3. Enfin, la troisième idée relie le processus communicationnel à *l'organisation* au sein de laquelle il se déroule. En ce sens, la communication n'est pas réduite à la transmission et à l'échange mais elle est partie intégrante du *lien organisationnel*.

Pour illustrer cette définition, prenons l'exemple d'un parent X qui encourage verbalement son enfant Y à persévérer dans ses études.

$$X \longleftrightarrow Y$$

Le lien organisationnel préalable à la communication est celui du parent à l'enfant qui se définit d'abord par une dépendance biologique et physique de Y envers X et une responsabilité de X envers Y.

Cette dépendance biologique entraîne une dépendance affective réciproque entre X et Y. Le signal est transmis au moyen d'un langage verbal (ce qui suppose le partage d'une langue commune) et gestuel (la communication non verbale). L'échange consiste à partager des significations et des valeurs du message transmis. Ce partage de sens emprunte deux voies complémentaires soit celle de la reconnaissance des significations apprises et celle de la création de nouvelles connaissances.

On appelle **savoir codifié** (ou tout simplement **code**) le premier ensemble de connaissances et **savoir symbolique**, le deuxième ensemble. Dans la communication sociale, contrairement à l'information programmée, tout message est composé de ces deux savoirs.

Enfin, un sens est attribué au signal par le biais de la liaison organisationnelle soit les liens entre les différents savoirs et les attentes de comportements plus ou moins implicites entre les acteurs. C'est ce sens que nous appellons **message**. Ce message émerge de la transmission des signaux et de la nature de l'échange entre les acteurs. En ce sens, il contribue à confirmer et à développer ou à infirmer et à briser le lien organisationnel.

Ainsi, c'est par la communication que s'effectue la *liaison* de même que c'est grâce à l'existence d'une liaison organisationnelle que peut s'effectuer la communication entre deux ou plusieurs acteurs sociaux. Transposé sur le plan de la société, ce lien organisationnel se nomme *lien social.*

La transmission de signaux

Par transmission de signaux, notre définition fait référence à la dimension physique et sensorielle de la communication. En effet, pour qu'il y ait possibilité de prise en compte d'une donnée sensible dans notre environnement, il faut qu'un signal quelconque mais perceptible par nos sens nous soit acheminé au moyen d'un canal. Ce processus d'acheminement et de réception sensoriels de la communication est appelé transmission. Il existe des exemples typiques de transmission de signaux avec l'utilisation des systèmes télégraphique et téléphonique, avec l'utilisation des ondes sonores pour la parole, ou encore avec l'utilisation des antennes ou du câble pour la transmission des signaux télévisuels.

L'échange de signaux

Par échange de signaux nous faisons intervenir la notion de sens dans la communication. En effet, qui dit échange, dit valeur, évaluation, comparaison, signification, partage et négociation. En affirmant que la communication est réalisée au moyen de l'échange, cela signifie que communiquer n'est pas un processus statique et que le sens des signaux n'est pas donné une fois pour toute mais qu'il peut faire objet de négociation, d'entente, de partage et de conflits. Le sens que l'on attribue à tel ou tel signal est tributaire d'un processus d'adhésion volontaire aux significations proposées par les acteurs en situation de communication.

Le lien organisationnel

La liaison organisationnelle signifie, dans le contexte social, *le lien social.* Mais qu'entend-on par lien social? Dans le dictionnaire *Petit Robert 1*, au mot « lien » se trouve la définition suivante :

« Ce qui unit entre elles deux ou plusieurs personnes. Liaison, relation. Lien de parenté, de famille. Les liens du sang, de l'amitié. Nouer des liens étroits avec quelqu'un. Lien conjugal. » Dans le même dictionnaire, le mot « social » est défini ainsi : « Relatif à un groupe d'individus, d'hommes, conçu comme une réalité distincte; qui appartient à un tel groupe et participe de ses caractères. Qui constitue les hommes en communauté, en société. »

En reliant ces deux concepts on obtient donc une première définition du lien social : ce qui unit un ensemble d'individus de manière à les constituer en un groupe d'appartenance.

Mais de quoi est composé ce lien? Dans sa plus simple expression, il est la manifestation des formes privilégiées et légitimées par un ensemble d'individus pour résoudre les problèmes relatifs à leur existence. Ces formes peuvent varier énormément allant de l'imposition de normes légales à la conduite d'un projet de société, en passant par un code de bonne conduite, etc. Ces composantes du lien social ont pour objectif de présenter des solutions à une série de besoins et de désirs : besoin de partager sa représentation du monde, besoin d'appartenance à un groupe, besoin d'identification, besoin de survie individuelle et de l'espèce, désir de se développer, désir d'améliorer sa qualité de vie, besoin de communiquer, besoin de sécurité, besoin de se sentir utiles, etc.

Avec ces précisions, nous pouvons donc avoir une définition opératoire du lien social :

Le lien social constitue l'ensemble des formes privilégiées et légitimées par un ensemble d'individus qui ont choisi de se grouper en communauté pour satisfaire leurs besoins et assouvir leurs désirs existentiels.

Selon cette définition, on comprendra que le lien social se traduit sur le plan organisationnel par une multitude d'interdépendances : interdépendances politiques, économiques, biologiques, sociales, culturelles et écologiques. Ce lien social se constitue, se développe ou se brise selon la nature des échanges de biens et de symboles entre les individus.

De plus, comme ce lien est le fruit du partage et de l'échange de valeurs physiques ou symboliques, il importe que les acteurs en interaction aient une représentation assez homogène de leur existence sociale, sans quoi ils ne pourront pas se comprendre ni partager les mêmes normes et conventions. Cette représentation se manifeste sous plusieurs formes regroupées sous la notion de *culture.* Vu l'importance de cette notion dans le processus communicationnel, nous lui consacrons le deuxième chapitre de ce volume.

Ainsi, la communication se présente non seulement comme se situant au coeur du lien social mais également comme *le processus par lequel nous pouvons échanger, voire partager nos représentations de ce lien.* C'est par la communication que les acteurs sociaux se sensibilisent à la subjectivité des autres et qu'ils se tissent des liens conduisant à la formation de réseaux ou de groupes de toutes sortes. On peut trouver une infinité de situations de communication dans notre vie quotidienne, comme le simple fait d'échanger sur un endroit pour aller prendre le lunch le midi peut servir de prétexte pour marquer notre intérêt à passer un moment avec l'autre acteur et en même temps lui manifester notre appréciation de sa compagnie.

La communication comme fondement du lien social

La médiation

En se référant à notre définition de la communication, il est possible de déduire qu'en permettant le partage et l'échange de représentations entre les acteurs, la communication joue un rôle de médiation.

Comme son sens l'indique, la médiation sert d'intermédiaire entre les acteurs en situation d'interaction. Cette médiation se fait au moyen d'un langage et d'un médium. Ce qui est médiatisé est toute représentation ou image mentale exprimée par les acteurs.

Le code commun

Cependant, ce langage et ce médium peuvent se présenter à la fois comme une contrainte et une condition nécessaires à l'interaction. En effet, tout langage et toute utilisation d'un médium pour mettre deux acteurs en contact, nécessitent un minimum de partage d'un code commun. Ce code est fait d'associations sémantiques entre des concepts, des idées et des objets de sorte qu'à un concept ou à une image correspond un ensemble prédéterminé de significations. Le code est le produit d'un apprentissage social et culturel des sens à attribuer aux signes et aux symboles utilisés pour fin de compréhension. Présenté ici comme une condition préalable à l'échange social, le code utilisé, lorsque non connu, non maîtrisé et non partagé par l'un des acteurs, peut devenir une entrave à l'interaction.

Par contre, le partage d'un code commun (sous forme linguistique, picturale, musicale, gestuelle, comportementale, etc.) permet de créer d'autres symboles et d'autres significations. En effet, lorsque deux acteurs se parlent, ils ne se disent pas toujours des choses qu'ils savent déjà mais très souvent construisent ensemble de nouvelles significations et de nouveaux symboles. Le propre d'un nouveau symbole est de définir sous forme d'image, de concept, une réalité jusque-là non définie. C'est pour cette raison que créer un nouveau symbole consiste à partir du connu (du code) pour représenter quelque chose d'inconnu, (du moins non défini dans le code), comme un sentiment, une émotion, une nouvelle manière de voir la réalité, etc.

Aussi, en servant de base à la création de nouveaux sens entre les acteurs, le code commun s'enrichit et se présente à la fois comme un outil de transmission de signes et de création de symboles. Cependant, en créant de nouveaux symboles, les acteurs en interaction se construisent une nouvelle représentation commune et exclusive de la « chose » qui était inconnue. Ce nouveau sens leur appartient en exclusivité et est le produit de leur consensus. Or, tout échange menant à une forme de partage d'un nouveau sens est de nature à renforcer le lien social et

message à un impact

l'identité des acteurs en interaction. En effet, c'est lors de la création d'un nouveau symbole que les acteurs en interaction s'impliquent le plus. Évidemment, l'impact de la création des nouveaux symboles sur le lien social est proportionnel à son envergure et à sa complexité. Par exemple, trouver une nouvelle expression pour traduire une émotion instantanée n'a pas la même ampleur que de créér une nouvelle religion vouée à remettre en question la manière dont on conçoit l'être humain.

L'émancipation sociale

Aussi, par rapport à la fonction de transmission de l'information, et comme cette activité de communication est très étroitement reliée au développement et au renforcement du lien social, on l'appelle la fonction d'émancipation sociale. De manière synthétique, la fonction d'émancipation sociale de la communication consiste à renforcer le lien social au moyen de la création et du partage de nouveaux symboles.

modif. du code

Il importe donc de bien se rappeler qu'en plus d'assurer une transmission de l'information au moyen d'un langage et d'un médium donné, la communication peut, dans sa fonction d'émancipation, contribuer à modifier le code utilisé dans l'interaction et la nature du lien social. Ce sera donc en développant la fonction d'émancipation sociale que nous favoriserons le plus l'échange des subjectivités (points de vue, perspectives, opinions, valeurs, jugements, croyances, etc.) des acteurs entre eux, ce que l'on appelle *l'intersubjectivité*. Cette intersubjectivité n'est possible que si la communication est réciproque et que si les acteurs peuvent modifier ou jouer avec le code commun.

À cette étape de notre exploration du processus communicationnel nous avons suffisamment d'éléments pour aborder l'importance du contexte spatio-temporel dans le déroulement de tout acte communicationnel.

L'IMPORTANCE DU CONTEXTE DANS LE PROCESSUS COMMUNICATIONNEL

Toute communication se situe dans un contexte spatio-temporel. *Par contexte, nous entendons la configuration particulière de plusieurs dimensions dans un espace et un moment précis de l'interaction.* Mais quelles sont ces dimensions?

Même si plusieurs chercheurs ne s'entendent pas tout à fait sur leur nombre et leur catégorisation, ils en arrivent néanmoins à un certain consensus sur les cinq dimensions suivantes : technologique, organisationnelle, symbolique, physique et chronologique.

1. La dimension *technologique* inclut autant les procédés utilisés pour accomplir la transmission de l'information que les supports et les technologies utilisés. Il s'agit des instruments et des outils conceptuels et physiques au service de l'échange et de la transmission des symboles. Par exemple, ce peut être l'utilisation de la télévision lors d'une campagne électorale, ou l'utilisation de la radio pour animer une discussion sur un sujet d'actualité (ce qui est le cas des lignes ouvertes).

2. La dimension *symbolique* comprend tout le contenu de la communication soit le message et le métamessage. Par message nous entendons la signification de la communication qui est explicitée dans un langage (verbal ou non verbal) compréhensible par les acteurs. Par exemple, dire que « l'avenir de la planète est menacé par la diminution de la couche d'ozone » est une information scientifique. Le métamessage par ailleurs est le contenu pragmatique du message, c'est-à-dire le système de représentation contextuel explicite (sous forme d'énoncé) ou implicite (sous forme d'évocation) qui dicte comment interpréter le message, comment en disposer ou, du moins, qui présente les clés de sa lecture. Par exemple, la phrase énoncée précédemment aura une portée différente si le ton est alarmiste ou monotone. Le message contient une information alors que le métamessage oriente la motivation du comportement.

3. La dimension *physique* concerne l'espace géographique de la communication. Il s'agit de la localisation des acteurs en interaction.

4. La dimension *chronologique* se rapporte au temps de la communication c'est-à-dire au degré d'interactivité entre les acteurs (en mode direct ou en mode différé). Par exemple, la différence entre lire un livre d'un écrivain décédé il y a cent ans et discuter avec une personne près de soi, ou celle entre une émission de télévision en direct et une autre enregistrée sur un vidéo, puis montée et diffusée quelques semaines plus tard.

5. La dimension *organisationnelle* concerne la structure des interactions entre les individus, leur type d'interdépendance fondamentale et conjoncturelle, la raison d'être de l'interaction, les ressources des acteurs et les rapports de pouvoir. Pour les individus en société, il s'agit de la nature de leurs liens sociaux qui sont plus ou moins institutionnalisés.

Même si toutes ces dimensions sont étroitement reliées, ce volume portera particulièrement sur les dimensions technologiques (les médias de communication), organisationnelles (politiques et institutionnelles) et sémantiques (culturelles) de la communication.

Cependant, avant de pouvoir repérer les manifestations de ces dimensions dans une situation concrète, nous devons expliciter les rapports qu'elles entretiennent entre elles. Pour ce faire, nous abordons dans la section suivante les liens entre ces différentes dimensions en choisissant comme angle d'approche les liens entre les dimensions physique et politique.

LES LIENS ENTRE LA COMMUNICATION ET LES ESPACES PHYSIQUE ET POLITIQUE

Il est indéniable que la nature du processus communicationnel est directement dépendante de l'espace dans lequel les acteurs sociaux se situent. Toutefois, même si cela semble évident, on a trop souvent tendance à négliger l'importance fondamentale de la dimension spatiale dans le processus communicationnel. La présente section a pour objet de faire ressortir l'importance de cette dimension.

L'espace physique de la communication

On a souvent l'habitude de penser que, étant parvenu à l'ère de ce qu'un célèbre penseur des communications, Marshall McLuhan (1972) a appelé le « village global », la contrainte de la distance n'existe plus aujourd'hui. Cependant la métaphore du « village global » se rapporte davantage aux capacités technologiques d'être en communication avec d'autres acteurs, par-delà les distances, qu'à la possibilité de reproduire, à l'échelle mondiale, toutes les dimensions de la communication de face à face, caractéristiques de l'organisation traditionnelle. Il faut donc se méfier de ces métaphores qui risquent davantage d'occulter et de fétichiser la technologie que de nous éclairer sur leurs effets sur la création et le développement du lien social.

Les innovations technologiques en matière de communication agissent d'abord au niveau de l'espace physique. Aussi, afin de saisir la nature de leurs effets sur tout le processus communicationnel, il importe d'identifier les principales variables des *pratiques* de communication traditionnelle.

Ces pratiques sont dépendantes de trois variables reliées à l'espace physique : la fréquence des interactions, l'objet de l'interaction, la taille du groupe d'acteurs en interaction.

1. *La fréquence des interactions* est à la fois un indicateur de l'intensité du lien social et un facteur de renforcement de ce lien. En effet, le bon sens nous dicte que plus on fréquente d'autres acteurs, plus il y a de possibilités que se développe un lien social intense entre eux. Cependant, cette fréquence est reliée à l'espace physique dans la mesure où plus les acteurs seront situés à peu de distance l'un de l'autre, plus il y aura de probabilité qu'ils aient des lieux et des objets de

fréquentation communs, donc de mise en contact. La fréquence des interactions est donc reliée à la proximité des acteurs.

2.   La variable *objet de l'interaction* est reliée à l'espace physique dans la mesure où les acteurs sociaux partagent un même espace (ou territoire), des services et des équipements communs, des valeurs et des intérêts compatibles, etc. L'espace est l'élément le plus susceptible de faire objet de négociation et d'échange.

3.   Pour ce qui est de *la taille de l'organisation,* l'exemple que nous présentons plus loin est assez éloquent. Toutefois, sur le plan strictement mathématique, plus il y a d'acteurs en interaction, plus il y a de probabilités d'interaction différentes mais moins il y a de possibilités de réciprocité et d'intersubjectivité. En effet, l'intersubjectivité exige que chaque acteur ait le temps et la possibilité d'exprimer complètement sa représentation subjective de l'objet discuté et qu'il ait également le temps et la possibilité d'écouter et de comprendre celle de l'autre de manière à ce que les *deux acteurs s'entendent et construisent une représentation intersubjective* de l'objet discuté. Or, dépassé un certain seuil cette intersubjectivité n'est plus possible. On perd en qualité ce que l'on gagne en quantité.

Par ailleurs, il est important de souligner que la logique traditionnelle de l'économie fonctionne en sens inverse. Plus les acteurs sont regroupés, plus ils disposent de services, d'équipements et de biens à un prix moindre et plus le niveau de productivité risque d'être élevé. Ceci s'applique grâce au principe des économies d'échelle. C'est d'ailleurs ce même principe qui a dominé l'aménagement du territoire dans nos sociétés modernes privilégiant l'urbanisation massive centralisée au développement de multiples villages et régions. Ce même principe est à la base de la diffusion massive des innovations qui est d'autant moins coûteuse que les acteurs vivent dans un espace réduit, diminuant ainsi les frais de diffusion par acteur. Par contre, nous verrons que, dans les communications de masse, ce principe doit être relativisé.

Pour bien saisir le rôle de l'espace physique sur le processus communicationnel par rapport aux trois variables que nous venons de décrire, nous allons comparer les caractéristiques de la communication dite de face à face à celles de la communication dans les organisations complexes.

Prenons une relation diadique de face à face comme celle entre un professeur et un étudiant situés dans la même classe. Étant au même endroit les deux acteurs n'ont donc pas besoin d'un médium technologique pour entrer en communication puisque tout signe effectué par un des acteurs est systématiquement perceptible par l'autre acteur. Ce qui n'est pas le cas, par exemple, pour l'enseignement à distance. Ces acteurs ont donc besoin :

— d'être situés dans un même *espace physique* afin que les signes émis par un acteur soient directement perceptibles par l'autre acteur;

— d'un *langage* commun (code) incluant la langue de l'interaction et une utilisation similaire des expressions linguistiques pour que l'échange soit intelligible;

— d'un *système de référence* partiellement commun (soit une mémoire) sur lequel peut se greffer le sens de la ou des propositions faisant objet d'apprentissage;

— d'une *acceptation* de la relation d'interdépendance qui se traduit par un degré de confiance mutuelle nécessaire à l'attribution d'un statut de vérité aux propositions échangées.

Si l'une de ces conditions est absente ou est jugée comme insuffisamment présente ou faussement présente (par exemple, le sentiment d'être manipulé par l'autre), l'acteur peut soit vérifier sa perception en posant des questions à l'autre acteur (ce qu'on appelle le processus de vérification perceptuelle), soit faire des propositions susceptibles de rétablir le climat d'entente perturbé par la condition insuffisamment remplie, ou refuser la communication, ce qui revient à refuser l'interaction et le lien social.

Dans une relation de face à face, le processus de vérification du niveau de compréhension, du type de signification et de la nature du lien social est assuré par une accessibilité *immédiate* et *directe* à plusieurs sources d'information non verbale. De plus, le fait de n'être en relation qu'avec une seule personne permet aux acteurs de se concentrer davantage sur l'interaction que lorsqu'il y a plusieurs acteurs en interaction.

Dans les groupes restreints la situation communicationnelle change quelque peu. Cependant, le contexte conserve encore les principales caractéristiques de la communication diadique. Les acteurs sont toujours situés dans un même *lieu physique* et ils échangent au moyen d'un langage commun. Toutefois, plus il y a d'acteurs, plus il est difficile d'avoir un système de référence commun et d'atteindre un consensus sur une signification ou une représentation donnée de la réalité. D'ailleurs, les principales raisons de cette difficulté sont attribuables à la complexité et à la variété des expériences et des savoirs encyclopédiques augmentant avec la quantité des acteurs en interaction. Néanmoins, l'importance de la dimension spatiale demeure minime ne serait-ce que du fait que l'occupation de l'espace devient quelque peu réglementée et, par conséquent, moins aléatoire et moins adaptée au changement de rythme de la communication que dans une diade.

Mais il en est tout autrement dans les *organisations complexes*. Par organisation complexe nous entendons un vaste ensemble d'individus regroupés en fonction de l'atteinte de buts et d'objectifs spécifiques. Les organisations complexes possèdent généralement les caractéristiques suivantes : une structure hiérarchique à plusieurs paliers, une distanciation du processus décisionnel du processus opérationnel, une intégration des activités complémentaires, un code de procédures et de règlements à respecter, des mécanismes de surveillance et de contrôle rigides des acteurs, des lieux de communication différents entre plusieurs acteurs, l'utilisation de médias pour assurer la communication, des champs de responsabilités différents selon les paliers hiérarchiques, etc.

Nous n'insisterons jamais assez sur l'importance de ces caractéristiques sur la manière d'aborder la communication sociale.
En effet, même si en s'y arrêtant comme nous le faisons, il nous
est facile d'identifier les différences entre la communication dans
les groupes restreints et la communication dans les organisations complexes, nous conservons fréquemment l'habitude de
transférer nos connaissances issues de nos expériences de vie
dans les groupes restreints (famille, groupe d'amis, groupe de
travail ou d'étude, etc.) à celles que nous vivons dans les organisations complexes. En agissant de la sorte, nous éliminons
systématiquement tout un volet fondamental du processus
communicationnel, soit le *contexte spatial.* Cette lacune est si
répandue et si reliée à notre passé culturel que même plusieurs
chercheurs des sciences de la communication la reproduisent
dans leurs travaux.

Afin d'éviter ce danger nous présentons rapidement et sous
forme de tableau les principales *différences* entre la communication dans les groupes restreints et la communication dans les
organisations complexes en ce qui a trait aux dimensions spatiales de l'activité communicationnelle.

TABLEAU 1.1   **Les dimensions spatiales de la communication selon le type
d'organisation**

GROUPES RESTREINTS	ORGANISATIONS COMPLEXES
Relations de face à face	Relations médiatisées
Communication dans un même espace	Communication dans des espaces différents
Aucun intermédiaire	Présence de nombreux intermédiaires
Aucune division des tâches pré-établies	Division des tâches, des responsabilités pré-établies
Communication directe	Communication différée
Réactions instantanées	Réactions différées
Possibilité de vérification perceptuelle	Pas de possibilité de vérification perceptuelle

Ce qu'il faut retenir de cette brève liste des caractéristiques communicationnelles de chaque type d'organisation, c'est que la *distance et l'instantanéité* de communication entre les acteurs font toute la différence. Il faut donc comprendre l'importance de cette différence dans la construction et le développement du lien social. Pour se représenter ces différences nous allons regarder de plus près le processus communicationnel dans une collectivité considérée ici comme une organisation complexe, c'est-à-dire organisée selon différents paliers hiérarchiques allant de l'organisation locale (le village) à l'organisation globale (la nation).

Tout d'abord, qu'est-ce qui nous permet de définir un agrégat d'acteurs sociaux comme une collectivité?

Il faut premièrement que ces acteurs vivent sur le même *territoire* (un espace délimité par des frontières physiques repérables) c'est-à-dire qu'ils partagent un *espace physique* bien défini et commun. Deuxièmement, il faut qu'ils échangent, sous forme commerciale ou autre, des biens et services. Troisièmement, il faut qu'ils aient une représentation similaire, une sorte de consensus, sur la valeur à attribuer aux objets échangés. Quatrièmement, il faut qu'il y ait un sentiment d'appartenance au groupe ainsi formé (nous développerons cette notion dans les prochaines sections). Cinquièmement, il faut qu'il y ait des règles, plus ou moins explicites mais apprises, sous forme de conventions, de traditions, de lois, de règlements ou d'institutions régissant le jeu des intérêts et des interactions. Sixièmement, il faut qu'il y ait un système de communication assurant la circulation de l'information entre ces acteurs sur le même territoire. À la dimension territoire, et à ses frontières, il faut rajouter la dimension distance à franchir entre les acteurs. Cette dimension est aussi importante pour assurer la circulation de l'information et l'échange de symboles et de représentations de l'organisation sociale qu'elle l'est pour le transport de biens et services assurant la survie et le développement de la collectivité.

Comme nous l'avons déjà mentionné, dans les organisations complexes, cette distance peut être franchie, soit au moyen des technologies de communication, soit par la création de lieux physiques spécifiquement réservés à la communication sociale et politique. Dans la cité grecque antique on appelait ces lieux des *agoras politiques*. Dans nos villages et villes du 20ᵉ siècle, on appelle ces lieux de différentes manières : à titre d'exemple, pour l'exercice de la prise de décision politique, il y a l'hôtel de ville au niveau municipal, le parlement au niveau national, les tables de concertation au niveau régional, etc. Toutefois, comme nous l'avons vu précédemment, la contrainte majeure des organisations complexes demeure que l'ensemble des acteurs sociaux membres de l'organisation ne peuvent assister aux discussions et participer directement aux décisions concernant le fonctionnement de l'organisation. Pour assurer leur implication organisationnelle, leur intégration sociale et leur participation, les organisations complexes doivent donc recourir à des technologies de communication. Bien qu'étant très loin de reproduire la situation communicationnelle traditionnelle de face à face, ces technologies réussissent néanmoins à en reproduire (à différents degrés selon les technologies) certaines facettes (par simulation, mise en scène, théâtralité, etc.) à en assurer, tout au moins, la fonction instrumentale, soit transmission d'information pré-encodée.

La complémentarité entre le développement des organisations complexes et le développement des technologies de communication nous conduit à établir une certaine équation entre ces deux composantes des sociétés modernes.

Sans organisation complexe les technologies de communication sont superflues et sans technologies de communication la démocratie dans l'organisation sociale des sociétés à haut niveau de complexité n'est qu'une utopie.

Mais de là à penser que plus on développe les technologies de communication plus on se rapproche de la société démocratique et de l'agora politique grecque, il y a un pas qu'on est loin d'avoir franchi. En effet, cette équation, bien qu'alléchante pour les utopistes de la technologie (commerçants de tout acabit, publicistes, gourous de la futurologie, etc.) ne doit pas être démontrée qu'en théorie mais également être mise à l'épreuve dans le champ empirique. C'est uniquement dans un contexte spatio-temporel bien défini et selon le mode d'appropriation sociale de ces technologies de communication que nous pouvons juger de la validité historique de cette équation, à savoir la contribution de la technologie à l'émancipation du social. Comme la dimension technologique revêt une importance particulière dans le processus de médiation entre les acteurs dans les organisations complexes, voyons son rôle sur le plan de la *médiation* du lien social. Déjà, on peut présumer que les technologies de communication contribuent à la création de nouveaux espaces.

La création d'un nouvel espace public par les technologies de communication

Nous venons de voir que, prise dans sa dimension physique, la communication dans les organisations complexes se fait au moyen du déplacement des acteurs dans des lieux de contacts prédéterminés. Ces lieux portent différents noms selon la fonction principale attribuée à l'espace. Dans le domaine de la communication sociale, cet espace se nomme *l'espace public.* Mais attention! Il ne s'agit pas que d'un espace physique défini comme public par la nature des activités qui s'y déroulent. Il s'agit d'un espace également symbolique, c'est-à-dire une sorte de sphère, d'univers symbolique partagé par la communauté.

Par exemple, dans la salle du conseil municipal d'un petit village, il est convenu de parler de sujets qui concernent l'évolution de la municipalité et qui touchent l'intérêt collectif. Chaque groupement d'individus définit historiquement ce qu'il convient d'inclure dans ces sujets. De plus chaque espace public est défini également par l'accumulation des événements et des discours qui y ont été débattus et par une élimination de ce qui est non discutable. Cet espace peut varier en termes de contenu et de forme selon les groupements d'individus mais il sera toujours *le lieu commun à une collectivité où s'actualise le processus de la communication sociale.*

Tout comme l'espace physique est constitué de rapports entre différentes composantes, la biomasse, les voix de communication physique, les équipements, les habitations, les cours d'eau, etc., l'espace public est constitué de rapports entre une multitude de manifestations symboliques : opinions, attitudes, associations diverses, images mentales. Ces manifestations se présentent dans des lieux physiques et, même si elles utilisent de plus en plus des technologies visant à s'affranchir de la contrainte de la distance, elles n'en demeurent pas moins encore dépendantes. Elles se retrouvent sous des formes dites statiques : habillement, discours, mode, affiches, oeuvres littéraires, peintures, photographies, architecture du bâtiment, architecture du paysage, aménagement, etc. L'espace public est également occupé par des formes dites dynamiques : oeuvres cinématographiques, activités sportives, activités de festivité populaires et communautaires, rituels divers, institutions diverses, savoir-faire techniques, etc.

Alors que les rapports entre les différentes composantes de l'espace physique définissent la géographie de cet espace, les relations construites entre les différentes composantes de l'espace public définissent le système de référence partagé par l'ensemble de la collectivité, c'est-à-dire sa *culture.* Lorsque définie par rapport à la notion d'espace, la culture d'une collectivité donnée est sa représentation des rapports entre son identification par rapport à son espace physique et sa manière d'occuper cet espace. La culture se présente donc comme la forme privilégiée par une société pour occuper son espace public.

Dans les petites localités de village du 19e siècle, avant la venue des technologies médiatiques et avant que se développent des échanges systématiques entre les municipalités, la culture de la collectivité était davantage le résultat d'une superposition presque parfaite de l'*étendue* de l'espace public sur celle de l'espace physique. En effet, les références spatiales dans le savoir symbolique étaient les mêmes que celles où se déroulaient les activités quotidiennes. Les acteurs sociaux étaient à même de *vérifier directement* la correspondance de toute métaphore ou toute représentation symbolique de leur espace physique ou de leur manière de l'occuper. De plus, l'échange symbolique constitutif du lien social s'effectuait sur le même terrain que l'échange d'information conduisant à la prise de décision politique. Mais l'urbanisation et le développement des possibilités technologiques de mise en contact à distance (avec les technologies de communication) entre différentes organisations et différents acteurs ne partageant pas directement le même espace physique, notre schéma de base, tout en étant toujours valide, doit se complexifier. Mais auparavant, il importe de préciser une dimension de la notion de culture, soit la dimension politique. Celle-ci nous est d'ailleurs nécessaire pour complexifier les différences déjà notées entre les groupes restreints et les organisations complexes et aboutir à la notion *d'espace médiatique.*

La dimension politique comme fondement de l'espace public

Nous avons vu que la culture est un système de représentation mémorisé d'une collectivité qui définit les références servant à interpréter ses relations entre les espaces physique et public. Or, comme ces relations impliquent également que la collectivité doit intervenir pour conserver ou modifier ces espaces, les instruments et les techniques qu'elle utilisera seront également déterminés par sa manière *d'occuper* son espace public et son espace physique. Ce qui signifie que les mécanismes, les techniques et les institutions permettant d'assurer le consensus social et de normaliser les règles d'occupation de cet espace sont également des composantes de la culture.

En général, les formes de fixation des consensus sociaux sont regroupées sous le nom de *politique.* Cependant, il est important de ne pas fusionner la dimension politique à celle de la culture. En d'autres mots, certaines institutions politiques d'une société donnée ne sont pas nécessairement le produit de la culture de cette société mais peuvent lui être imposées. C'est le cas, par exemple, de la superposition du régime parlementaire d'un pays colonisateur sur le pays colonisé. Par contre, sur le plan historique, il est rare de ne pas trouver au moins certaines traces de la culture dans les institutions politiques d'une société, ne serait-ce que par l'adoption progressive d'institutions étrangères.

Cependant, en ce qui concerne la communication sociale, la dimension politique est centrale. En effet, comme nous l'avons vu précédemment, le contexte communicationnel est composé entre autres des interactions entre les acteurs, des traditions et des conventions régulant ces interactions dans un espace public. Dans cette optique, intégrer la dimension politique au processus communicationnel conduit à lui prêter des fonctions similaires. Ainsi, dans l'espace public, la fonction d'émancipation de la communication doit s'exercer dans un espace ouvert aux jeux des subjectivités. On appelle cet espace public « l'espace du débat démocratique ». Sur le plan physique, cet espace porte le nom « d'agora démocratique », sorte de place publique où sont débattus les projets d'action et les représentations collectives.

De l'espace public à l'espace médiatique; de l'agora démocratique à l'agora électronique

Au fur et à mesure qu'apparaissent les organisations complexes et que se développent des technologies de communication à distance, les acteurs sociaux deviennent de plus en plus éloignés du processus politique et décisionnel. De plus, ils sont forcés de déléguer leur pouvoir décisionnel à des représentants élus. Cette délégation de pouvoir contribue à transformer le processus politique et les lieux de son exercice. En effet, il se crée une distanciation entre les acteurs sociaux et leurs représentants. Cette distance constitue en soi un nouvel espace entre les décideurs et les citoyens.

Les médias de communication ont, parmi leurs fonctions, celle d'occuper, du moins partiellement, cet espace. Par contre, en l'occupant, ils ne font pas que transmettre l'information entre les acteurs mais créent de l'information, la manipulent, la transforment, la filtrent. Aussi, en agissant à la fois à l'intérieur et à l'extérieur de l'espace du débat démocratique, les médias se

espace médiatique

trouvent à créer un nouvel espace communicationnel, qu'on appelle *l'espace médiatique.*

Cet espace est composé de l'ensemble des organisations, des institutions et des technologies par lesquelles transitent les discours porteurs des choix politiques ou des représentations de l'imaginaire collectif. Le lieu d'exercice politique de cet espace s'appelle, sous forme métaphorique, *l'agora électronique.* Cependant, quoique fréquemment évoquée par les promoteurs de la technologie, cette agora demeure souvent au niveau de l'utopie.

Pour le moment, il importe de retenir que dans les sociétés à haut niveau de complexité, l'ensemble de ces espaces et de ces agoras se manifeste de manière parfois complémentaire et parfois conflictuelle dans le processus d'émancipation sociale. Ainsi, dans les sociétés plus avancées sur le plan technologique, l'influence de l'agora électronique par rapport à l'agora démocratique physique revêt une importance plus marquée que dans les communautés traditionnelles locales.

C'est principalement à cause du rôle primordial joué par l'espace médiatique dans le processus de décision démocratique de nos sociétés modernes que nous avons longuement expliqué la nature de cet espace. En créant un nouvel espace public, les technologies de communication contribuent dans leur substance même à créer une nouvelle manière d'exercer la prise de décision démocratique.

Le tableau 1.2 illustre, en les résumant, les principales caractéristiques de la communication sociale dans les deux types de contexte, soit celui des sociétés traditionnelles et celui des sociétés modernes.

Afin de mieux saisir la dynamique de l'intersubjectivité entre les médias et les acteurs sociaux nous poursuivons notre réflexion en identifiant les lieux constituant cet espace médiatique. Cela nous permettra de mieux comprendre l'importance des institutions de régulation et du cadre politique dans lequel elles évoluent.

TABLEAU 1.2	**Le contexte spatial de la communication**
ESPACE TRADITIONNEL	*ESPACE DES SOCIÉTÉS MODERNES*
Espace public = espace du débat démocratique + espace de l'émancipation sociale	Espace public = espace du débat démocratique + espace de l'émancipation sociale + *espace potentiel de l'aliénation sociale*
Espace de l'émancipation = espace physique	Espace de l'émancipation sociale = espace physique + *espace médiatique*
Espace du débat démocratique = agora physique démocratique	Espace du débat démocratique = agora physique + *agora électronique*

Les lieux constituant l'espace médiatique

Parler d'espace médiatique et d'agora électronique conduit à aborder la communication mass-médiatique comme étant à la fois dépendante de l'espace physique et comme créant un autre espace en soi.

Ses liens avec l'espace physique sont le fruit du développement technologique et des techniques de transmission de l'information à distance. La logique des relations et des interactions avec cet espace est celle de la logique physique sous-jacente à celle de la logique technologique. Ce qui veut dire que toute technologie de communication véhicule dans sa constitution même une multitude de possibilités physiques qui consistent à acheminer l'information d'un point à un autre dans un temps plus ou moins rapide. Par contre, dans plusieurs cas ces possibilités présentent des contraintes au processus de la communication.

métaph. de Sh.

Ainsi, en ce qui concerne la dimension technologique de l'espace médiatique, la quantité des lieux à être occupés dans le processus de médiation est relativement dépendante du niveau de développement et de diffusion de la technologie dans la collectivité. Cependant, même si, à première vue, ces lieux semblent laisser peu d'empreinte sur la décidabilité socio-politique des acteurs sociaux, il faut se garer de conclure à la prédétermination de la technologie sur l'évolution sociale. À cet effet, on se rappellera que les découvertes technologiques sont toujours effectuées dans un contexte socio-économico-politique défini et, souvent, afin de répondre à des demandes de la société ou de groupes d'intérêts. Cependant, l'objet de cet ouvrage porte surtout sur le second volet de la communication médiatique, soit sur les composantes de son espace communicationnel propre.

Dans sa plus simple expression, l'espace médiatique est composé d'acteurs sociaux, de contenus (composés de faits vécus, de mythes, de légendes, de traditions, de moeurs, d'images, de contes, etc.), de technologies dont la structure détermine partiellement les formes possibles de transmission de message, de messages et de formes d'interactions diverses. Rappelons-le, cet espace médiatique se différencie de l'espace de l'interaction de face à face par la disjonction spatio-temporelle entre l'émetteur et le récepteur des messages, par l'absence d'interaction et de rétroaction directe entre les acteurs producteurs et récepteurs et par la place qu'occupe l'interface médiatique entre les acteurs. Ces différences majeures conduisent à considérer la communication médiatique comme une communication *anonyme* (sans sujet). Cette forme de communication présente sur le plan de la représentation de la réalité, le *risque* de construire une définition de la réalité collective différente voire étrangère à celle de la majorité des membres de cette collectivité. C'est ce qu'on appelle un *risque* de contribution à l'aliénation des acteurs à une représentation d'eux-mêmes qui nierait ce qu'ils sont dans leur vécu quotidien.

À cet effet on comprendra que dans le cas où l'espace médiatique supplée à l'espace public, plus cet espace sera occupé par des organisations, des institutions et des représentations aliénantes plus les acteurs sociaux auront des difficultés à entrer en communication sur l'espace public. Comme nous l'avons vu précédemment, à la limite, cette corrélation peut conduire à l'éclatement du lien social. Conséquemment, ce sera la manière dont l'espace médiatique sera occupé et la place que cet espace occupera dans l'espace public global qui seront garantes du niveau d'intersubjectivité du lien social et du niveau de démocratie dans le processus décisionnel.

Mais détaillons davantage la constitution de cet espace médiatique, c'est-à-dire les lieux. De prime abord, il est constitué d'organisations (privées ou publiques) de production (et de vente) des contenus, des actionnaires de ces organisations, de contenus présentés sous forme audio-scripto-visuelle et de technologies d'émission, de transmission et de réception des contenus. Puis, pour activer et réguler ce système de communication on y adjoint des institutions de contrôle et de réglementation. Ces dernières sont vouées à représenter et protéger l'intérêt collectif. Ce rôle est également joué par deux autres groupes, soit les organisations communautaires et les groupes d'intérêt. Cependant, ces groupes d'acteurs n'ont pas de pouvoir légitimé par la collectivité. De plus, les lois veillent à assurer que les intérêts de la collectivité (tels que définis par l'ensemble ou une partie des acteurs sociaux) soient respectés par les organisations qui ont certains avantages économiques ou politiques à produire ou transmettre ces contenus. Enfin, à la sortie de ce système de production de messages, on trouve les acteurs récepteurs.

Par cette brève description on peut dès lors identifier plusieurs lieux de communication dans cet espace. L'occupation de ces lieux n'étant pas déterminée, il en découle qu'il existe toujours des marges de manoeuvre pour les acteurs sociaux. D'où la présence de zones d'incertitude, plus où moins étendues selon les contextes, donnant lieu à l'exercice des jeux de la négociation pour leur occupation conjoncturelle.

Afin de mieux visualiser ces lieux, nous les présentons avec leurs composantes respectives.

1. *Les organisations de production et de diffusion :* tous les organismes et les industries qui oeuvrent à la production et à la diffusion des contenus : les compagnies privées et publiques de production, les producteurs indépendants, les réseaux de distribution et de diffusion, les agences de publicité, les compagnies de recherche et de sondage, etc.

2. *Les contenus :* toutes les formes de contenus : les émissions dramatiques, de variété, d'information, les documentaires, les longs et courts métrages, les messages publicitaires, les émissions éducatives ou de divertissement, etc.

3. *Les institutions de contrôle et de réglementation :* les gouvernements nationaux, provinciaux et locaux, les organismes de contrôle et de réglementation, les différents conseils et commissions, les ministères, etc.

4. *Les lois :* l'ensemble des lois affectant le processus communicationnel de même que le processus législatif en soi, le code civil, le processus exécutif, etc.

5. *Les organisations communautaires :* l'ensemble des organisations et des associations à but non lucratif dont le mandat et la fonction sont de promouvoir et de défendre les intérêts directs de la collectivité dans le domaine des communications.

6. *Les réseaux de distribution intermédiaires :* l'ensemble des organisations qui utilisent les contenus réalisés par les organisations de production et de diffusion pour le distribuer par la voie de leurs différents canaux.

7. *Les actionnaires des organisations de production et de diffusion :* ceux qui possèdent les industries et les compagnies, soit des acteurs publics par le biais de leurs impôts et de leurs taxes.

8. *Les groupes d'intérêts :* toutes les associations et tous les groupes dont le mandat et la fonction sont de promouvoir les intérêts de leurs membres, par exemple l'Association des radiodiffuseurs.

9. *Les acteurs récepteurs des messages :* l'ensemble des acteurs sociaux qui ferment la boucle du processus communicationnel, soit ceux qui reçoivent et consomment les produits du système de communication de masse.

Afin de mieux visualiser les relations entre ces différents lieux nous les présentons, à la figure 1.1, sous forme de schéma qui représente les lieux constituant l'espace médiatique, ce dernier *espace médiatique*

étant vu comme/un système, c'est-à-dire comme un ensemble dont les différentes parties sont en situation d'interdépendance symétrique ou complémentaire.

Ce sera donc la configuration particulière de ces composantes à un moment donné et dans un espace défini qui sera le baromètre reflétant la capacité d'une société à intégrer les contraintes posées par son espace médiatique sur son espace public. Ainsi, le défi que présente la superposition de l'espace médiatique sur l'espace public est celui de l'intégration harmonieuse du local et du global sans assimiler l'un à l'autre.

FIGURE 1.1   **Schéma des lieux constituant l'espace médiatique**

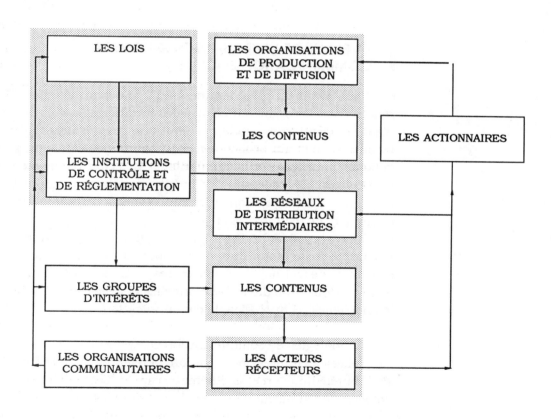

Ce défi est particulièrement important à relever pour toute société qui vise à s'émanciper dans le respect et le renforcement de son identité culturelle et des principes de la démocratie. Les principes essentiels à respecter sont *l'accessibilité à l'information et la souveraineté culturelle*. Conséquemment, étant donné l'importance de ces deux principes, il convient de leur allouer chacun une section du manuel (soit les deux sections suivantes). Mais, comme ce volume porte sur la communication de masse et que celle-ci est tributaire de l'évolution technologique, il importe de terminer ce chapitre par une brève présentation de ce qui est convenu d'appeler « les technologies traditionnelles » de communication et leurs composantes respectives.

LA PLACE DE LA TECHNOLOGIE DANS LA COMMUNICATION SOCIALE

Nous avons vu précédemment qu'une des principales différences entre les organisations locales traditionnelles et les organisations complexes modernes était que ces dernières avaient recours à une technologie de médiatisation des échanges symboliques pour assurer la circulation et les échanges de biens et de services. Ce processus de médiatisation s'est effectué de manière progressive selon le rythme d'évolution des innovations en matière de technologie et la rapidité de leur diffusion dans la société d'accueil. Afin de situer l'évolution de ces technologies sur une échelle historique, il est convenu de différencier deux catégories de technologie : celle correspondant aux technologies de communication dites traditionnelles et celle caractérisée par les nouvelles technologies de communication.

Les technologies de communication comprennent les technologies reliées à l'impression, l'édition, la téléphonie, la radiodiffusion, la télédiffusion et la cinématographie. Les nouvelles technologies de communication englobent toutes les technologies qui sont le produit de l'intégration de l'informatique aux technologies traditionnelles de télécommunication comme les réseaux télématiques, les réseaux d'interrogation de banques de données, les réseaux de télétraitement de données, etc. Dans cette section nous décrivons les technologies traditionnelles alors que les nouvelles technologies de communication feront l'objet du chapitre 9.

Les technologies traditionnelles de communication se répartissent selon la classification suivante : les technologies assurant la communication de masse et les technologies de communication de point à point.

Les premières, comme leur nom l'indique, visent à rejoindre un vaste auditoire au même moment mais dans un espace physique individualisé. C'est-à-dire que chaque acteur social est virtuellement rejoignable par le message diffusé par la technologie, et ce, dans son environnement personnel (sa résidence, son lieu de travail ou de loisir, etc.), peu importe sa catégorie sociale pourvu qu'il ait accès à la technologie nécessaire à la réception, d'où le concept de média de masse et, d'espace mass-médiatique. On pense tout de suite à la télévision.

Les technologies de point à point constituent les instruments techniques pour mettre en relation des acteurs sociaux situés dans des lieux prédéfinis et elles ont pour fonction d'assurer à distance la transmission des informations entre les acteurs situés dans le même temps de la communication. C'est d'ailleurs pour cette raison qu'on les nomme les technologies personnalisées. C'est le cas, par exemple, du téléphone.

En résumé, la distinction entre ces deux niveaux de technologies est fondée sur leur relation à l'espace physique, l'un utilisant l'adresse pour acheminer l'information, l'autre s'adressant à un auditoire potentiel sans adresse particulière. À chacune de ces technologies correspondent trois niveaux du processus de communication : la source, la transmission et la réception.

Les technologies de communication de masse

1. *La source :* il s'agit des technologies intervenant dans la production ou la reproduction de contenus d'information, de publicité, de divertissement, sous forme écrite ou audiovisuelle. En relation avec ces technologies se trouvent les industries de la radiodiffusion, de la télévision, du cinéma et de l'édition, les agences de presse et de publicité, les industries de reproduction sous forme de films, de rubans sonores, d'affiches, etc.

2. *La transmission :* il s'agit de la diffusion au moyen des technologies de télécommunication des contenus en direct ou enregistrés : les antennes de radiodiffusion, la câblodistribution avec ou sans lien intermédiaire des satellites, les technologies utilisant les micro-ondes ou la fibre optique, les industries de distribution ou d'acheminement des supports physiques vers les lieux d'achat, de consommation ou de diffusion directe comme la poste, les librairies, les disquaires, les tabagies, les bibliothèques, les lieux publics, les salles de cinéma, l'affichage, etc.

3. *La réception :* il s'agit de la réception domestique au moyen d'appareils comme la radio, le téléviseur, le téléphone, l'antenne, le câblo-sélecteur, ou, dans le cas de l'écrit sur papier, de la simple lecture, ou dans le cas d'une lecture électronique, d'un tourne-disque, un magnétophone, un magnétoscope, un projecteur, un écran, un amplificateur, etc.

Les technologies de communication de point à point

1. *La source :* il s'agit de l'envoi de messages à un acteur spécifique grâce à un appareil branché sur un réseau de télécommunication ou par la mise en circulation d'un message sous forme de lettre ou de colis acheminé par voie de transport physique.

2. *La transmission :* il s'agit de la livraison sélective de l'information dans les réseaux de télécommunication capables soit de

commutation par circuits (la téléphonie), soit de commutation par paquets (câble et autres). Par extension, mais de façon semi-publique, on regroupe dans cette catégorie les radios mobiles (CB), les ondes courtes, etc. De plus, on inclut également l'acheminement au destinataire par service postal public ou messagerie privée.

3. *La réception :* la réception se fait au moyen d'appareils émetteurs-récepteurs en général : radios de divers types, téléphone ou par simple réception de la lettre ou de l'objet livré.

CONCLUSION

Cette brève description des technologies traditionnelles de communication illustre déjà la variabilité du processus communicationnel et le potentiel de constitution de réseaux de communication à distance dans les pays industrialisés. Cette variabilité conduit à la multiplication des zones d'incertitude à l'intérieur de l'espace public et ce, avant même d'aborder la venue des nouvelles technologies de communication.

Dans les prochains chapitres nous réfléchirons sur les impacts virtuels et théoriques de ces technologies traditionnelles de communication sur deux des principales composantes de l'échange social, soit la culture (incluant la souveraineté culturelle) et l'accessibilité à l'information (l'exercice de la démocratie dans l'espace public). Nous porterons notre attention sur la communication de masse, n'abordant les technologies de point à point que dans le chapitre 8 et que dans la mesure où leur intégration aux technologies de communication de masse donnent lieu à la constitution de « nouvelles technologies de communication » intégrées.

LECTURES COMPLÉMENTAIRES

Quéré, Louis. 1982. *Des miroirs équivoques, Aux origines de la communication moderne,* éd. Aubier.

Defleur, Melvin L. et Sandra Ball-Rokeach. 1975. *Theories of Mass Communication,* New York, David McKay Company inc.

Habermas, Jürgen. 1979. *Communication and the Evolution of Society,* Beacon Press.

LES OBJECTIFS

Dans ce chapitre
vous apprendrez à :
■ définir la notion
de culture à
l'intérieur du
processus communi-
cationnel;
■ expliquer les liens
entre la souveraineté
culturelle et l'espace
médiatique;
■ distinguer les
principales
stratégies suscep-
tibles d'être adoptées
pour développer et
protéger la culture;
■ identifier les
principaux lieux
d'application de ces
stratégies.

L'ESPACE MÉDIATIQUE ET LE CONTEXTE CULTUREL

INTRODUCTION

Dans le chapitre précédent nous avons vu que la culture d'une collectivité était le fruit du partage et de l'échange de valeurs physiques ou symboliques entre les acteurs en interaction. Nous avons vu également que la culture se présentait comme la forme privilégiée par une société pour occuper son espace public.

Dans ce chapitre, nous allons poursuivre notre exploration de la notion de culture. Ce travail s'effectuera d'abord par la proposition d'une définition de la notion de culture. Cette définition nous permettra de présenter les caractéristiques d'une culture, son évolution et ses politiques. Plus précisément nous verrons les liens et les rapports entre l'État et la nation, pour terminer avec l'identification des différentes stratégies socio-politiques à la disposition d'une société pour protéger ou développer sa culture.

LA NOTION DE CULTURE

Une définition de la « culture »

Dans le chapitre précédent nous avons constaté que le champ sémantique de la communication, c'est-à-dire tout ce qui concerne le *sens* à apporter à l'interaction et à l'échange de messages entre des acteurs sociaux, pouvait être défini comme la dimension symbolique de la communication. Nous avons vu également que le symbolisme dans la communication reposait sur les références contenues dans la mémoire des acteurs en interaction et que ces références étaient plus ou moins homogènes. Ces constats nous conduisent à déduire que le contenu de la mémoire peut être à la fois individuel, culturel et universel.

Le savoir individuel contient l'ensemble des connaissances issues des observations, des prises de conscience et expériences de vie personnelles. Il ne s'agit pas d'un savoir connu ni partagé par d'autres acteurs.

■ Pour avoir de plus amples connaissances sur la définition de ces savoirs et leurs interrelations nous vous référons à l'excellente oeuvre de Dan Sperber (1974), *Le symbolisme en général*, Paris, éd. Herman, collection Savoir.

Le savoir culturel est constitué de l'ensemble des connaissances relatives à des expériences, à des observations ou à des croyances, partagées par un groupe d'individus vivant en collectivité sur un même territoire.

Quant au savoir universel, il est partagé par une majorité sinon par l'ensemble des cultures peuplant la planète. Ainsi, pour qu'un savoir soit défini comme universel, il doit d'abord être culturel. Parallèlement, pour qu'un savoir soit commun à deux ou plusieurs acteurs, il faut qu'il soit à tout le moins culturel.

Par ailleurs, nous avons vu que plus le contenu des savoirs comportait de références communes aux acteurs en interaction, plus il y avait de probabilité que la communication entre ces acteurs soit facilitée et serve à accroître leur niveau d'intersubjectivité. À l'inverse, moins il y avait de partage de savoirs entre les acteurs sociaux, moins il y avait de probabilité qu'ils se comprennent et que la communication serve à leur émancipation sociale. Cependant, chacun de ces savoirs entretient une certaine relation avec les autres. Ainsi, le savoir individuel (connaissances reliées aux expériences personnelles) ne saurait être communiqué à un autre acteur social sans faire référence à un minimum de savoir culturel (connaissances reliées aux expériences et à l'histoire collective). De même, le savoir culturel ne saurait être communiqué à un acteur appartenant à une autre collectivité sans l'existence d'un savoir universel (connaissances reliées aux expériences et à l'histoire universelles). ■ Par ces interdépendances, on comprendra que la communication entre les acteurs sociaux repose sur la réciprocité, l'envergure et la diversité de leurs savoirs mutuels.

En ce qui concerne *l'espace communicationnel public et médiatique*, le savoir le plus important est le savoir culturel ou, tout simplement, la culture. Il est nécessaire de ne pas oublier que l'espace médiatique est par définition une composante communicationnelle sociale de l'espace public.

Dans la littérature scientifique on peut repérer une multitude de définitions de la culture. De ces définitions, se dégage un certain consensus sur quelques composantes fondamentales.

Ainsi, dans sa plus simple expression, *la culture d'une collectivité ou d'un peuple est l'ensemble des connaissances légitimées sous forme de codes, de rituels, de symboles, de normes et d'images mentales transmises et reproduites au travers des générations.*

Le principal rôle de la culture est de dicter, d'interpréter le passé de la collectivité, de comprendre son évolution présente et de définir ses orientations par rapport à un avenir incertain et inconnu. La culture agit à titre de cadre de référence privilégié par les acteurs de cette collectivité lorsqu'ils sont en situation de communication ou d'intervention.

Les caractéristiques de la culture

La permanence et l'homogénéité

Par le fait qu'elle sert de référence commune à une collectivité et qu'elle évolue beaucoup moins rapidement que le rythme de remplacement des acteurs sociaux, la culture revêt des caractères de permanence et d'homogénéité. En effet, c'est au moyen de ce savoir qu'une société se reproduit et assure sa continuité au travers des générations et des époques et selon le mode d'organisation sociale qu'elle privilégie. En bref, c'est au moyen de sa culture qu'une société assure et renforce son identité. C'est par sa culture également qu'une société se différencie, se reconnaît comme un corps social et assure le niveau d'intersubjectivité entre ses membres.

Le dynamisme

Comme toute manifestation symbolique, la culture d'une collectivité n'est jamais fixée une fois pour toute. Elle n'est pas statique. Au contraire, son dynamisme est d'autant plus grand qu'elle est en contact avec d'autres cultures ou qu'elle doit faire face à des innovations technologiques susceptibles de modifier les rapports de ses membres à l'écosystème ou, tout simplement, leurs possibilités de communiquer entre eux. Par exemple, un haut taux d'immigration de personnes appartenant à des cultures d'origines différentes peut être une source de changement dans la culture d'une société par le fait que ces immigrés véhiculent et manifestent des manières différentes de concevoir leurs rapports avec l'écosystème ou leurs relations sociales.

Dans un autre ordre d'idée, les bouleversements technologiques dans le domaine des communications, particulièrement depuis les trois dernières décennies (de la télévision au satellite) ont contribué à redéfinir les manières d'assurer la cohésion sociale de même que les manières d'effectuer les échanges de biens et services entre les acteurs de la société. Ce bouleversement a été tel qu'on évoque même l'arrivée d'une certaine culture de masse propre aux sociétés mass-médiatisées, sorte de culture universelle aseptisée et sans référence symbolique à l'espace. Certains disent même que cette culture serait indépendante de la culture d'origine des sociétés et auraient même comme principal effet de nier les spécificités culturelles. Cependant, comme nous le verrons, une telle conception, sans être totalement fausse, pêche par une méconnaissance de l'essence fondamentale d'une culture par rapport à la communication et aux liens entre les acteurs d'une collectivité.

Pour l'instant, ces quelques illustrations démontrent le caractère dynamique, mouvant et vulnérable de la culture dans son essence même. La culture se présente donc comme le reflet de l'imaginaire et de l'inconscient collectif. Cet inconscient est fortement influencé par les représentations symboliques véhiculées dans l'espace public.

Par la corrélation entre ces deux postulats de base, on déduira que le dynamisme de l'évolution de la culture relève des rapports dualistes entre les connaissances acquises et légitimées et les représentations symboliques qui la confrontent. Cette dialectique (rapport entre deux forces opposées évoluant vers des situations d'équilibre temporaire) est celle de l'adaptation mutuelle entre deux forces : l'une assurant la reproduction du système social, soit le système de représentation légitimé, l'autre assurant son adaptation aux changements sociaux en remettant en question la pertinence des représentations symboliques acquises et en proposant de nouvelles représentations. Dans sa forme la plus dangereuse, le risque de cette dialectique est celui de l'assimilation de la culture d'origine à une culture étrangère. Dans sa forme la plus heureuse, le risque est celui du développement et du renforcement de l'identité collective. Pour comprendre en quoi il y a risque, nous devons aller un peu plus loin dans l'explicitation de cette dialectique.

L'évolution de la culture

L'évolution d'une culture se fait par le biais des innovations technologiques, techniques ou symboliques provenant de l'intérieur de la collectivité ou provenant de contacts avec d'autres cultures. Les innovations technologiques font référence à la venue de nouveaux *instruments ou outils* pour faire quelque chose que nous faisions déjà. Par exemple, avant la venue du téléphone, le seul moyen de communiquer de point à point était le système de courrier ou de messagerie. L'arrivée du téléphone a eu un effet très important sur la fréquence des contacts à distance engendrant ainsi des modifications sur la manière de concevoir nos rapports au temps et à l'espace.

Par innovation technique, nous entendons surtout de nouvelles *manières* de faire des choses que nous faisions déjà. Par exemple, l'invention de nouvelles techniques de propagande a engendré une nouvelle manière d'établir les relations entre les producteurs et les consommateurs établissant ainsi une forte pression sur la culture à aller dans le sens de la manipulation dans la communication sociale entre les acteurs sociaux.

Les contacts avec d'autres cultures peuvent être le fruit de la venue des membres d'une autre collectivité sur le territoire d'exercice de la culture d'accueil ou par le biais de l'exposition de la collectivité à des produits matériels ou symboliques provenant d'une autre culture. Ce dynamisme place la culture devant une alternative, c'est-à-dire :

— si une collectivité est trop exposée au symbolisme d'une autre culture par rapport à son propre symbolisme, elle court un grand risque de perdre les fondements de ses références au profit de l'adoption de ceux de l'autre culture. Cette assimilation culturelle conduit progressivement à plus ou moins brève échéance à une aliénation culturelle, une crise sociale et une perte d'identité sociale;

— d'un autre côté, si une collectivité se ferme à toute innovation culturelle, peu importe que ce soit de l'intérieur ou de l'extérieur, elle risque de se fermer sur elle-même. De plus, elle risque de ne plus pouvoir échanger avec les acteurs des autres collectivités, n'ayant pas de référence universelle dans son savoir culturel, de freiner son développement et à la limite de rendre impossible la communication émancipatrice.

En fait, ce dualisme se présente comme suit : la culture d'une société a besoin d'un minimum de savoirs standardisés (voir la notion de code dans le chapitre précédent) et légitimés pour permettre aux acteurs sociaux le partage et l'échange social. Par contre, si la culture est monolithique et codifiée, elle ne permet pas l'émancipation sociale. À ce titre, nous devrions davantage parler de savoirs codifiés que de culture.

Malgré l'extrémisme apparent de ces deux pôles, il ne faut pas chercher à les identifier tels quels dans la réalité. Toutefois, on trouve des cas de sociétés ou de civilisation qui sont disparues faute d'ouverture à l'innovation culturelle (c'est le cas des Spartiates dans l'histoire grecque et des Barbares dans l'histoire romaine) comme on trouve, beaucoup plus fréquemment, des sociétés qui ont subi l'assimilation culturelle (par exemple la civilisation maya en Amérique du Sud lors de l'invasion par les Espagnols) et plusieurs autres qui vivent actuellement de véritables crises d'identité culturelle.

Le dilemme posé par le choix entre ces deux pôles n'est jamais réglé. Les sociétés évoluent généralement entre un état d'ouverture à l'innovation culturelle et un état de consolidation, voire de cristallisation de leur culture.

LES MANIFESTATIONS DE LA CULTURE

C'est au moyen de leur système de référence commun, soit leur culture, que les acteurs sociaux réussissent à se comprendre et à s'émanciper. Cependant un tel présupposé mérite d'être développé. Afin de repérer les manifestations concrètes de la culture nous les présentons selon trois composantes de la communication sociale : l'expression, l'organisation et les modèles de comportement.

1. *L'expression* comprend les diverses manifestations symboliques. Dans ces manifestations se situent la *langue* de la communication telle qu'elle est utilisée par la collectivité avec son *appropriation locale* (comme ses proverbes, ses styles, les mots rajoutés ou inventés, ses intonations, ses accents, ses prononciations, etc.); les produits artisanaux comme les objets domestiques ou de décoration; les produits artistiques comme la peinture, la sculpture, le théâtre, la danse, la littérature, les films, la musique; les habitudes alimentaires; les manifestations populaires comme les rituels, les cérémonies et les fêtes, etc.

2. *L'organisation* est le cadre permettant et normalisant l'expression des diverses manifestations symboliques, soit les institutions (qui seront étudiées dans la deuxième partie du cours) et les règles légitimées par la collectivité. Parmi ces institutions mentionnons les organismes de réglementation et de contrôle de la communication, les institutions de diffusion comme les musées, les écoles, les entreprises de radiodiffusion, de télédiffusion, de la presse écrite, les compagnies de théâtre, etc.

3. *Les modèles de comportement en société* concernent les normes dictées par la tradition et les conventions inscrites ou non dans les textes de loi (les codes assurant la cohésion et

l'échange social). Ces normes prennent différentes formes comme les lois, les systèmes de récompense et de punition selon le mérite ou la déviance, les prix, les concours, les codes de politesse, les rites de présentation de soi, le respect de certaines valeurs comme le statut que confère l'âge, les normes de conduite face à l'étranger ou à la différence raciale ou ethnique, etc.

Cependant, même si nous avons divisé les manifestations de la culture en trois composantes, il ne faut pas croire qu'elles sont exclusives. Au contraire, dans une situation de communication on trouve fréquemment plus d'une manifestation de la culture en même temps. Par exemple, si je dis « bonjour » à quelqu'un et lui demande « comment ça va? » on trouve deux composantes. En effet, en utilisant la langue française je fais appel à la composante *expression*. En disant « bonjour, comment ça va? » je m'attends à ce que l'autre me réponde « ça va bien », donc j'attends un *comportement* défini de sa part. C'est davantage une formule d'entrée en communication ou de contact avec l'autre qu'une interrogation sur l'état d'âme. Cependant, cette formule n'est pas partagée par toutes les autres cultures. Par exemple, dans la culture traditionnelle amérindienne, en l'occurrence les Hurons, on répondra rarement à cette question.

Toutefois, compte tenu de la thématique majeure de ce volume soit l'espace communicationnel médiatisé, nous nous attarderons davantage aux deuxième et troisième composantes, soit l'organisation et les modèles de comportement, qu'à la première. Cependant, l'organisation et les modèles de comportement déterminant la manière d'occuper l'espace médiatique sont tributaires des pouvoirs que la collectivité possède pour contrôler et occuper cet espace. En matière de communication et de culture comme en toute autre matière, la marge de manoeuvre qui s'offre à une collectivité est tributaire du cadre socio-politique dans lequel elle évolue. À cet effet, le contexte socio-politique idéal serait celui où la collectivité possède les pleins pouvoirs juridiques et socio-politiques lui permettant d'actualiser ses choix et ses volontés. Mais à l'ère des économies internationales interdépendantes, des multiples niveaux d'échange et de communication internationaux, de la fluctuation géographique des frontières, et d'une certaine « mondialisation » des produits culturels mass-médiatisés, cet idéal de souveraineté politique et culturelle présente plusieurs facettes. Nous verrons en quoi ce cadre socio-politique peut aller jusqu'à affecter la notion d'identité et par le fait même de souveraineté culturelle, donc la marge de manoeuvre que la collectivité possède pour occuper et contrôler son espace médiatique.

SOUVERAINETÉ CULTURELLE ET CADRE SOCIO-POLITIQUE

Lorsque nous parlons de la souveraineté d'une collectivité qu'entendons-nous au juste? Est-ce la souveraineté d'une nation ou d'un État ou des deux à la fois? Cette question est fondamentale.

La souveraineté culturelle pour une collectivité signifie qu'elle dispose des pleins pouvoirs pour choisir, orienter, développer, protéger et assurer l'évolution de sa culture. Or, comme la culture touche plusieurs autres frontières décisionnelles, il en découle que le degré de souveraineté culturelle d'une population est très souvent à la mesure de son degré de souveraineté dans les autres domaines de l'activité sociale soit les domaines socio-économico-politiques. À cet effet, à un premier niveau, l'entière souveraineté culturelle serait équivalente à la souveraineté juridique. Cependant, entre cette entière souveraineté et la colonisation à outrance il y a place pour une multitude de situations. Par exemple, on peut théoriquement imaginer, une collectivité agissant dans les faits comme si elle avait sa souveraineté culturelle mais ne l'ayant pas sur le plan juridique. Toutefois, le détenteur de la souveraineté juridique peut à tout moment intervenir de manière à modifier les interventions de nature culturelle de cette collectivité.

État ou nation

Pour définir les pouvoirs politico-juridiques d'une collectivité, il faut qu'il y ait d'abord une reconnaissance juridique sur le plan international de *l'existence* de *la nation* définie comme telle par cette collectivité. Il doit également exister une reconnaissance de son instrument de représentation et de constitution qu'est *l'État*. Pour bien saisir les différences et les complémentarités entre ces deux notions fondamentales voici d'abord ce qu'est une nation d'après Jacques Brossard (1976) :

> *Les éléments générateurs du groupe ethnique et de la nation paraissent être les suivants : la langue, l'histoire, la culture, le mode de vie, l'habitat, la « conception du monde », la religion, les institutions sociales et les intérêts communs. Tous sont de nature spirituelle ou culturelle, sauf l'habitat qui est de nature physique. Il n'est pas cependant nécessaire que toutes ces conditions coexistent pour que la nation puisse naître et se développer. [...] Cependant, les éléments fondamentaux de la nation sont assurément la communauté de langue, d'histoire et de culture. [...] La langue est le plus fort des liens nationaux : tous les auteurs paraissent d'accord sur ce point. La langue maternelle, véhicule de la pensée individuelle et collective, suscite et permet les premières prises de conscience sociale de l'enfant. Elle est intimement liée à la vision du monde de chaque individu aussi bien qu'à l'expression des éléments socio-culturels de la collectivité nationale, dont elle paraît être en certains cas le point de convergence. [...] On peut même se demander si la langue ne devient pas de plus en plus, l'élément de différenciation essentielle entre les Nations. (p. 66-67)*

Retenons du même auteur sa définition de l'État :

> *L'État est constitué par un ensemble de normes juridiques déterminées auxquelles se soumet plus ou moins volontairement une société peuplant un territoire donné. Plus précisément, pour qu'une entité politique constitue un État, elle doit d'abord comporter trois éléments de fait : 1) il faut un groupe suffisamment considérable de personnes, c'est-à-dire une population; 2) cette population doit demeurer de façon permanente dans les limites d'un territoire déterminé; 3) elle doit d'autre part se soumettre à l'autorité d'un certain nombre d'hommes qui exercent leurs pouvoirs — ou, si l'on préfère, la « puissance publique » — dans les cadres d'organes et d'institutions régis par le droit. À ces éléments de base doit s'ajouter un élément formel et juridique : la souveraineté. Au regard du droit international il ne peut y avoir d'États que souverains. En deux mots, la souveraineté est la faculté pour un État de déterminer lui-même l'étendue et le mode d'exercice de ses compétences. L'État qui en est doté peut jouir*

dans les limites de son territoire d'une autonomie entière, d'une compétence exclusive, discrétionnaire et totale en tout ce qui a trait à ses législations, son administration, l'exercice du pouvoir juridictionnel et la contrainte sur ses nationaux. Il a d'autre part le droit d'entretenir des relations officielles avec la société internationale et avec les autres États. Dans les deux cas il est à l'abri de toute intervention ou contrainte étrangère. En théorie, l'État souverain n'est subordonné à aucune autorité au monde et jouit donc d'une totale indépendance. (p. 44-45)

Les rapports entre l'État et la nation

La nation et l'État peuvent entretenir différentes sortes de rapports. En effet, la nation se présente comme un phénomène spirituel et socio-culturel spontané construit qui relève de l'affect, alors que l'État est, dans le langage ordinaire, un phénomène politique artificiel relevant de la raison. Conséquemment, il est possible, voire fréquent de trouver des positions divergentes entre une collectivité ou des composantes de cette collectivité et l'État qui est censé la représenter. Ces rapports présentent le risque d'être conflictuels lorsque sur le plan juridique, la nation n'est *jamais* souveraine et que l'État officiel l'est *toujours*. On trouve un exemple de ce phénomène dans la création du ministère des Communications du Québec en 1968 alors que le gouvernement du Québec, représentant la collectivité québécoise, voulait avoir les pleins pouvoirs sur l'orientation et le développement des communications sur son territoire alors que le gouvernement fédéral, représentant l'État, s'y opposait (voir le chapitre 8).

Un autre facteur de conflit potentiel est la coexistence de deux ou plusieurs nations à l'intérieur du même État, dès l'avènement de la constitution de celui-ci ou au fil de l'évolution historique de la collectivité, par exemple, due à des phénomènes d'immigration ou d'invasion militaire par une autre collectivité. Il existe plusieurs exemples sur la scène canadienne en ce qui a trait à la non-reconnaissance juridique de diverses nations autochtones ou les diverses tentatives politiques effectuées par des représentants du Québec pour faire reconnaître la collectivité québécoise francophone comme une nation.

Du point de vue historique, les relations entre l'État et la nation ont revêtus trois formes dominantes :

1. Une superposition exacte entre le territoire de l'État et celui de la nation qu'il représente.
2. La coexistence (pacifique ou conflictuelle) de deux ou plusieurs nations à l'intérieur du même État.
3. La division d'une même nation au travers de plusieurs États.

Parmi ces formes, la dynamique qui traduit le mieux la relation entre l'État et la nation au Canada est la *coexistence plus ou moins conflictuelle entre l'État fédératif qu'est le Canada et la dispersion de ses deux nations dominantes et constitutives (franco-phone et anglophone) dans des États qui ne jouissent pas de la reconnaissance internationale que constituent les provinces fé-dérées.* Cependant, comme la très grande majorité des membres d'une des deux nations, la nation française se trouve au Québec et que l'État québécois possède tous les éléments constitutifs d'un État souverain au sens du droit international (mais sans reconnaissance internationale), il en découle que les rapports entre cette nation et l'État fédératif canadien sont souvent con-flictuels. Également, comme le Québec possède tous les éléments constitutifs d'un État souverain, le risque d'un retrait de cette nation de l'État fédéral est à la mesure de la volonté et des intérêts de la population constituant cette nation.

En conséquence, dans les projets ou dossiers impliquant des références à la nation (comme les dossiers culturels, de com-munication et d'immigration) et exigeant une reconnaissance de pouvoirs souverains à une des deux nations, il n'est pas rare que l'on se rabatte sur le statut juridique et politique de la constitu-tion pour limiter ce pouvoir, voire dans certains cas, aller jusqu'à nier l'existence même de deux nations distinctes. Nous verrons particulièrement dans les chapitres 6, 7 et 8 les impacts pra-tiques de cette dynamique conflictuelle sur les institutions et les politiques de communication.

Pour l'instant, il importe de retenir que même si une nation ne voit pas son existence reconnu par l'État souverain, il ne lui *est pas nécessairement impossible d'avoir quelque pouvoir ou compétence partielle ou exclusive sur certains domaines de ses activités, comme sur ses institutions et moyens de communication, sur ses institutions d'éducation ou en matière linguistique.* Cependant, il ne faut jamais oublier que, du point de vue juridique et constitutionnel, ces pouvoirs et ces souverainetés « partielles » ne lui sont et seront conférés que par l'État souverain et dans la mesure de ses volontés.

LES STRATÉGIES DE PROTECTION ET DE DÉVELOPPEMENT DE LA CULTURE

Nonobstant ces rapports conflictuels, et dans la perspective d'un État souverain, une collectivité peut utiliser différentes stratégies afin de développer ou de protéger les manifestations de sa culture dans son espace médiatique. Mais avant de décrire les diverses stratégies possibles, il convient de définir ce qu'est une « stratégie » et les diverses étapes qui la caractérisent.

Une stratégie est un ensemble cohérent d'activités organisées selon un enchaînement séquentiel et chronologique et conduisant à l'atteinte d'une finalité prédéfinie. En matière sociale, une stratégie se présente généralement sous la forme d'un programme logique portant différentes appellations : une loi, un programme, un règlement, une politique, un livre vert, un livre blanc, un énoncé de politique, un projet, un plan, un schéma, etc.

La démarche qui conduit à l'élaboration d'une stratégie collective est la suivante :

1. Identifier une situation définie comme problématique en rapport avec l'objectif général de la collectivité.

2. Analyser le contexte du problème (incluant toute ses variables socio-politique, juridique, spatiale, économique, culturelle, etc.).

3. Identifier les hypothèses de solution au problème en fonction des objectifs de départ.

4. Sélectionner une hypothèse de solution.

5. Définir les objectifs spécifiques à atteindre à court et à long terme avec la stratégie.

6. Construire la stratégie comme telle, c'est-à-dire :
— élaborer les différentes étapes séquentielles concourant à atteindre l'objectif avec un échéancier probable;
— identifier les acteurs impliqués dans la stratégie;
— analyser des impacts éventuels de la stratégie;
— identifier les ressources physiques et financières;
— élaborer un plan opérationnel;
— mettre en application (l'exécution).

Malgré le caractère apparemment rationnel et déterminant de cette démarche, il ne faut pas croire qu'elle ne laisse pas de place à l'arbitraire des acteurs en position de décision. Au contraire, ce parcours logique peut être franchi de différentes manières allant d'une démarche démocratique, impliquant tous les acteurs concernés par la décision à toutes les étapes de l'élaboration et de la mise en application de la stratégie, à une démarche totalitaire ou dictatoriale.

Cependant, en matière de politique et de planification visant à protéger et à développer sa culture au moyen du contrôle de son espace médiatique, une collectivité doit opter pour l'une ou l'autre des quatre stratégies suivantes : *le protectionnisme, l'expansionnisme, l'impérialisme* et *le nihilisme*. Même si la collectivité peut les modifier en fonction de son contexte historique, il n'en demeure pas moins qu'elle favorisera toujours l'une ou l'autre de ces stratégies selon ses besoins conjoncturels.

Enfin, à titre de rappel, il faut faire attention de bien distinguer entre une stratégie adoptée par une collectivité et une stratégie adoptée par l'État. Même si dans nos sociétés modernes l'État est souvent le véhicule privilégié pour la mise en place des stratégies de protection et de développement de la culture, il faut davantage y voir une raison historique qu'une condition existentielle. Ce qui nous conduit à la présentation des différentes stratégies qu'une collectivité peut adopter.

Chaque stratégie sera présentée selon son objectif, sa description, le problème qui est à sa base, le contexte du problème pour lequel elle est utilisée, les lieux et les formes de son application, ses intérêts et ses risques.

Le protectionnisme

L'objectif général

L'objectif général de la collectivité qui adopte le protectionnisme est de protéger sa culture contre toute transformation provenant de l'extérieur. Le protectionnisme peut être une stratégie visant à contrôler autant les contacts et l'exposition avec les cultures des collectivités vivant sur un autre territoire qu'avec les cultures des minorités ethniques partageant son propre territoire.

Une brève description

Le protectionnisme est une stratégie d'interaction avec les autres cultures ou les autres collectivités et qui est adoptée par une collectivité afin d'empêcher les membres de sa culture d'être en contact avec les manifestations culturelles de ces autres sociétés et de favoriser le développement et le renforcement de sa propre culture. Comme dans toute stratégie, il y a des degrés d'intensité dans son application. Par exemple, le protectionnisme extrême est le contrôle sous forme de censure de tout produit culturel traversant la frontière matérielle et l'interdiction de toute manifestation culturelle des minorités ethniques auxquelles appartiennent les immigrés, incluant l'interdiction d'utiliser leur propre langue (attitude assimilable au facisme). De manière plus modérée, il peut s'agir d'une stratégie fondée sur la pénalisation douanière (la taxation) de l'importation de quelques produits identifiés au préalable, ou la rétention de subvention aux organisations collaborant avec les collectivités étrangères dans la diffusion locale des produits de leur culture. La réalité occidentale se situe, selon les pays, quelque part à l'intérieur de ce continuum.

Le problème à la base de cette stratégie

Une société décide d'adopter le protectionnisme lorsqu'elle croit que l'intégrité de sa culture est menacée dans la réalité au point de remettre en question son identité comme corps social et culturel homogène, ou qu'elle appréhende un futur la menaçant. Il est important de spécifier que ce n'est pas nécessairement parce qu'une collectivité se *sent* menacée dans sa culture qu'elle *l'est* effectivement dans la réalité. Cependant on peut recourir à un certain nombre de données objectives comme la comptabilité de l'occupation des temps d'antenne, la langue de communication, l'origine des productions, la propriété des moyens de communication, les caractéristiques d'écoute des acteurs membres de la collectivité, le contenu des lois, règlements et politiques.

Le contexte du problème

Plusieurs facteurs peuvent contribuer à expliquer une situation vécue comme menaçante pour la culture :

— il en coûte moins cher d'acheter des produits tout faits provenant de cultures étrangères que de fabriquer nos propres produits;

— les acteurs sociaux ne sont pas intéressés aux produits de leur propre collectivité puisqu'ils ne la connaissent pas assez ou que ces produits manquent de référence à un savoir culturel partagé par un nombre suffisamment vaste d'acteurs;

— la qualité des produits culturels présentés par les acteurs appartenant à la même culture n'est pas jugée aussi bonne que celle des produits importés;

— les acteurs sociaux sont en phase de crise culturelle et se cherchent de nouveaux symboles et de nouveaux modèles d'identification;

— les produits provenant de leur propre culture ne font pas assez référence à leur savoir commun;

— la collectivité est victime de campagne de propagande culturelle de la part de ses dirigeants ou d'entreprises étrangères;

— la collectivité est trop dépendante économiquement des pays étrangers pour pouvoir empêcher l'invasion culturelle des produits des cultures de ces pays.

Les lieux et les formes d'application

Chaque stratégie d'intervention dans le domaine de l'orientation et du contrôle des activités des acteurs d'une collectivité par rapport à son espace médiatique peut prendre plusieurs formes. Celles-ci correspondent aux trois plans de la communication médiatique tels que décrits dans la présentation des technologies traditionnelles de communication à savoir le contenu, la propriété et les moyens de diffusion.

Sur le plan du *contenu*, cette stratégie peut :

— empêcher totalement ou partiellement la diffusion de produits culturels importés (émissions, films, publicités, etc.);

— imposer une taxe spéciale sur l'achat de produits culturels étrangers de manière à éliminer les avantages économiques comparatifs d'acheter une production toute faite *vs* fabriquer nos propres produits;

— subventionner les entreprises qui diffusent des produits provenant de la culture d'origine et non les autres entreprises;

— boycotter les produits annoncés par les médias qui diffusent des produits provenant d'autres cultures;

— boycotter les médias qui diffusent des produits culturels étrangers.

Sur le plan de la *propriété*, cette stratégie peut :

— obliger que les entreprises de production et de diffusion mass-médiatiques soient, jusqu'à un certain pourcentage, à la limite totalement, la propriété des acteurs appartenant à la société dans laquelle sont diffusés leurs produits;

— octroyer des ressources supplémentaires aux entreprises dont la propriété est autochtone, c'est-à-dire appartenant aux acteurs de la collectivité;

— pénaliser sous forme de taxes ou d'impôts les entreprises à propriété totalement ou partiellement étrangère;

— boycotter l'écoute ou le visionnement des produits provenant des entreprises à propriété étrangère;

— boycotter l'achat des produits promus par la publicité annonçant sur les ondes de ces médias.

Sur le plan des *moyens de diffusion* cette stratégie peut :

— limiter l'arrondissement de l'aire de diffusion;

— brouiller les ondes des stations émettrices provenant d'outre-frontière;

— refuser de travailler dans les médias qui diffusent des produits étrangers;

— n'embaucher dans les entreprises mass-médiatiques que des acteurs appartenant à la culture dominante d'origine.

Les intérêts

Comme nous l'avons mentionné précédemment, cette stratégie vise à préserver l'homogénéité de la culture d'appartenance de la collectivité. Appliquée de manière rigide et extrémiste elle ne présente un intérêt temporaire que lorsque la collectivité se *sent* et se *croit* véritablement menacée par d'autres cultures. Selon différents degrés et selon l'évolution dans le temps et dans l'espace de la société, cette stratégie, avant tout défensive, peut être la base d'une stratégie de développement socio-culturel. Elle peut contribuer à générer la confiance de la collectivité en son identité et à développer un sentiment d'appartenance et de solidarité; deux effets qui agissent directement comme stimulant pour la recherche, la création et la diffusion de produits de la culture d'origine.

Les risques

Toute stratégie comporte des risques d'effets pervers ou en d'autres mots toute médaille a deux faces. Aussi, il ne faut pas négliger les risques que le protectionnisme conduise à la stagnation culturelle, à la méconnaissance des autres cultures, à la ghettoïsation des cultures des minorités ethniques et au sous-développement culturel par rapport aux autres sociétés (ce qui peut devenir un risque d'affaiblissement dans les rapports socio-économiques internationaux). Pour contrer ces effets potentiels, il faut donc que toute stratégie de protectionnisme culturel dans le domaine des technologies de communication de masse soit accompagnée de stratégie de développement socio-culturel interne et de stratégie d'interaction avec les autres cultures sur le plan international, par exemple, en encourageant les créateurs et concepteurs à voyager dans d'autres pays.

Enfin, tout protectionnisme à outrance exercé sur de longues périodes peut conduire au facisme socio-politique et à l'auto-destruction.

L'expansionnisme

L'objectif général

L'expansionnisme est une stratégie qui vise à favoriser le développement de la culture d'une société donnée. L'objectif général de la collectivité est de faire connaître les manifestations de sa culture à d'autres collectivités et à la rigueur d'en faire partager certaines valeurs et certaines représentations.

Une brève description

Sur le plan interne, l'expansionnisme consiste à favoriser l'emprise de la culture dominante sur les autres cultures des minorités ethniques ou des sous-cultures (les cultures parallèles) des acteurs vivant sur le même territoire. Sur le plan des relations avec les cultures étrangères, c'est-à-dire des relations interculturelles et internationales, c'est une stratégie qui vise à diffuser les produits de la culture outre-frontière, ou si l'on préfère, en termes économiques, à exporter les produits culturels.

Le problème à la base de cette stratégie

En général une société décide d'adopter cette stratégie pour résoudre les problèmes suivants : du point de vue économique, sa capacité de production de manifestations culturelles est supérieure à ses capacités de consommation. Il y a trop de produits offerts pour la demande du marché interne; la société veut résoudre un problème de méconnaissance de sa culture à l'étranger qui peut lui causer des problèmes d'interaction dans ses transactions ou ses négociations. Elle a besoin de se faire connaître davantage afin de faire reconnaître son identité, son unicité, ses capacités et son originalité.

Le contexte du problème

Plusieurs raisons peuvent inciter une collectivité à adopter cette stratégie :

— l'effort supérieur d'une collectivité sur la quantité des produits de masse au détriment de la qualité des produits individuels;

— un manque d'intérêt de la collectivité pour les produits de sa culture ce qui nécessite de la faire valoir à l'extérieur pour assurer la subsistance de ses créateurs (ce qui aboutit souvent à la reconnaissance ultérieure et à la demande du produit par la culture d'origine une fois ces produits reconnus comme valides ou intéressants par d'autres cultures);

— le surplus de production culturelle dans une collectivité qui met davantage l'accent sur ce secteur d'activité que sur un autre;

— en ce qui concerne la volonté de se faire connaître, ce phénomène peut être dû au fait d'un trop grand repli historique de la collectivité sur elle-même; de l'éclosion subite d'une prise de conscience de son identité par la collectivité; d'un sentiment de pouvoir apporter une vision du monde différente et bénéfique pour les autres cultures et sociétés.

Les lieux et les formes d'application

Cette stratégie peut prendre différentes formes selon que la collectivité décide d'intervenir sur les plans du contenu, de la propriété ou des moyens de diffusion.

Sur le plan du *contenu*, cette stratégie peut :

— exporter les produits culturels sous différentes formes : films, bandes vidéographiques, magazines;

— donner des octrois ou des subventions pour l'exportation des produits culturels;

— donner des dégrèvements d'impôts;

— attribuer des bourses de différentes manières;

— diffuser outre-frontière par le biais des instruments de télécommunication à partir du territoire d'appartenance.

Sur le plan de la *propriété*, cette stratégie peut :

— ouvrir des entreprises (ou installer des succursales) de communication et de culture dans d'autres pays;

— prendre possession de certaines entreprises de communication dans d'autres collectivités et d'y diffuser les produits de la culture d'origine.

Sur le plan des *moyens de diffusion*, cette stratégie peut :

— déléguer des représentants de la culture pour oeuvrer dans des entreprises de communication dans d'autres sociétés;

— installer des entreprises de télécommunication près des frontières d'autres pays et y diffuser les produits culturels et la publicité provenant de la culture d'appartenance.

Les intérêts

Les intérêts de cette stratégie pour une collectivité résident principalement au niveau de son potentiel de stimulation de la création et du développement de produits culturels du moins sur le plan quantitatif. En effet, elle peut renforcer la dimension ethnocentrique de la société, si la société a déjà une identité forte, ou lui renforcer son identité par reflet si celle-ci est plutôt faible. Ceci se produit par exemple dans la fierté nationale de voir une reconnaissance d'un produit culturel par une autre culture. On trouve une illustration de ce phénomène au Québec, lorsque le film de Denys Arcand, *Le déclin de l'empire américain,* a eu une mention à la remise annuelle des oscars à Hollywood.

Cette stratégie n'est possible que dans un contexte de non protectionnisme de la part des autres collectivités d'accueil.

Les risques

Le principal risque est celui d'asservir, avec le temps, le symbolisme culturel de la collectivité à un symbolisme pan-culturel c'est-à-dire à une définition de soi qui réponde davantage aux critères commerciaux et d'exportation qu'à notre propre identité. C'est l'effet pervers majeur de cette stratégie à savoir vendre une image *acceptable* et *vendable* au risque que cette image non seulement ne représente pas la collectivité mais en vienne à la longue à la définir dans son propre imaginaire. C'est le risque de l'aliénation de sa culture pour répondre à la loi de la commercialisation extérieure de ses manifestations.

Un autre risque demeure quant aux éventuelles stratégies de protectionnisme des autres collectivités, ce qui pourrait conduire, selon le degré de l'expansionnisme, à une sursaturation de production culturelle interne, à une compétition entre les systèmes de représentation, voire à une crise sociale et culturelle.

Enfin, le dernier danger est de tomber dans la stratégie de l'impérialisme qui, conduit à long terme, à l'anéantissement des cultures différentes, voire de sa propre culture.

L'impérialisme

L'objectif général

L'objectif général de la société est de protéger sa culture en l'imposant aux autres sociétés frontalières ou d'imposer sa culture afin d'en retirer des avantages économiques et politiques certains.

Une brève description

L'impérialisme est la stratégie de développement culturel d'une société qui consiste à occuper progressivement tout l'espace communicationnel et culturel d'une ou de plusieurs autres sociétés. Dans cette stratégie il s'agit d'imposer la culture de sa société par le biais de l'occupation de l'espace communicationnel mass-médiatique d'une autre société. Par exemple, prendre possession de toutes les salles de cinéma d'une autre collectivité et n'y diffuser que les produits cinématographiques provenant de notre culture.

Le problème à la base de cette stratégie

Le problème sous-jacent à la stratégie de l'impérialisme se présente sous trois facettes. Il y a d'abord le problème causé par une trop grande capacité de production de produits culturels pour le marché de consommation. On peut déceler également une volonté de retirer des avantages économiques du seul fait de vendre des copies ou des reproductions de produits culturels originaux, ce qui ne nuit en rien à la diffusion locale et rajoute de la plus-value aux produits. À cela, s'ajoutent des intérêts politiques manifestés par l'imposition de la culture d'origine à une autre société afin de l'assimiler et de développer chez ses membres des attitudes favorables et ainsi parvenir à l'affaiblir dans son pouvoir de négociation transfrontière.

Le contexte du problème

Cette stratégie est souvent utilisée dans les relations entre des collectivités qui n'ont pas le même niveau de développement technologique et économique, ni le même niveau de développement des connaissances et d'expertises scientifiques et technologiques. Les relations entre les sociétés impérialistes et les sociétés moins avancées deviennent caractérisées par un lien de dépendance entretenu par le désir (suscité ou non) de la collectivité dépendante d'atteindre le niveau de vie des pays économiquement et technologiquement plus développés.

Les lieux et les formes d'application

Voici les principales formes que peut prendre cette stratégie sur le plan du contenu, de la propriété et des moyens de diffusion.

Sur le plan du *contenu*, cette stratégie peut :
— diffuser des produits dans la langue de la culture d'origine et éliminer progressivement les produits conçus dans d'autres langues;
— exporter des produits culturels à des prix de beaucoup inférieurs aux coûts de production originaux et augmenter graduellement les prix;
— vendre les contenus avec la technologie transférée;
— exporter massivement des produits de sorte qu'il en est une quantité suffisante mise à la disposition des acteurs appartenant à l'autre collectivité;
— contrôler les sources de diffusion de manière à diffuser prioritairement les produits de la culture exportée;
— signer des ententes de privilège de diffusion par le biais des relations diplomatiques ou économiques entre les collectivités;
— subventionner ou financer les entreprises qui diffusent des produits provenant de la culture impériale.

Sur le plan de la *propriété*, cette stratégie peut :
— prendre possession des réseaux de production et de diffusion dans les autres collectivités;
— transférer la technologie nouvelle dans un pays hôte en lui exigeant d'adopter les manières de s'en servir proposées, les contenus et les équipes étrangères pour la faire fonctionner;
— implanter des entreprises de production et de diffusion dans les pays hôtes sous la forme de succursales ou de filiales;
— empêcher l'émergence d'entreprises appartenant à des acteurs de culture d'origine du pays.

Sur le plan des *moyens de diffusion*, cette stratégie peut :
— effectuer le transfert conditionnel de la technologie;
— diffuser avec des moyens technologiques plus puissants que ceux de la collectivité dominée;

— n'engager que des acteurs membres de la collectivité impériale pour travailler dans les médias locaux appartenant à des intérêts étrangers;
— ne diffuser que des émissions ou des nouvelles provenant de la culture impériale.

Les intérêts

Pour la culture impériale, les intérêts évidents sont d'abord sur le plan des bénéfices qu'elle retire de la vente de ses produits. Puis, la culture impériale s'assure le monopole de l'occupation de l'espace mass-médiatique, ce qui constitue un réseau de propagande au service de ses intérêts. De plus, l'impérialisme culturel conduit à diminuer les capacités de négociation des autres cultures. Enfin, cette stratégie augmente les capacités d'étendre le pouvoir socio-économico-politique de la culture impériale en réduisant toute conscience critique.

Les risques

Cette stratégie présente plusieurs risques : (1) De perdre de vue la véritable nature de la culture de la collectivité hôte en ne lui laissant plus de place pour s'exprimer dans l'espace médiatique. Cette culture trouvera inévitablement d'autres lieux pour se manifester voire se construire une stratégie de révolte. Ainsi, la stratégie impérialiste risquera de démunir le pays impérial au lieu de le renforcer. (2) De perdre sa capacité de création par l'élimination de la différence culturelle qui est à l'origine de l'évolution de la culture et de sa survie. (3) De créer un symbolisme culturel ne répondant pas à la véritable identité de la collectivité hôte, ce qui peut se traduire par un refus de la part de cette collectivité d'adopter les comportements de consommation attendus. (4) De développer graduellement une stratégie protectionniste chez le pays hôte qui irait à l'encontre de toute négociation transfrontière possible, ce qui serait l'effet totalement opposé de la stratégie impériale.

Le nihilisme

L'objectif général

L'objectif général de la stratégie est de laisser aller l'évolution des choses s'appuyant ainsi sur la croyance en un déterminisme naturel qui va *automatiquement* orienter l'évolution de la société selon l'accomplissement de ses intérêts. Pour la société il s'agit moins d'intervenir directement sur les facteurs influençant sa culture que de concevoir celle-ci comme devant s'adapter à toute situation quelle qu'elle soit. Un autre objectif, quoique secondaire, pourrait être celui de laisser le marché économique réguler l'évolution de la culture considérant ainsi que ce qui est valable pour l'économie est valable pour la culture.

Une brève description

En fait, il est un peu paradoxal de considérer cette attitude comme une stratégie car sa caractéristique principale est justement de ne pas avoir de stratégie. Cependant ce comportement pourrait se décrire comme un de *laisser-faire.* C'est-à-dire que pour diverses raisons, la collectivité décide de ne pas se doter d'instruments particuliers ni d'adopter de comportement *organisé* pour orienter l'évolution de sa culture au moyen des mass médias. En ce sens cette attitude généralisée peut être considérée comme une forme de stratégie. Toutefois, dans la plupart des cas, la manifestation de cette stratégie est plus facilement observable de l'extérieur d'une société ou par quelques observateurs avertis lui appartenant que par l'ensemble des acteurs.

Le problème à la base de cette stratégie

Les problèmes à la base de cette stratégie sont doubles à savoir de l'ordre de la décision et des compétences. D'un côté la société ignore ou n'a pas conscience de l'évolution de sa culture ou tout simplement décide de ne pas prendre en compte cette réalité dans ses choix politiques. D'un autre côté la société prend conscience de l'importance de l'évolution de sa culture mais démissionne devant la complexité du problème ne considérant pas avoir les compétences, les capacités ou les pouvoirs pour l'orienter ou la développer selon ses intérêts.

Le contexte du problème

Cette stratégie est souvent utilisée dans un contexte ou la collectivité vit une crise d'identité culturelle, subit une invasion impérialiste de la part d'une autre culture ou est sous la domination des intérêts de quelques acteurs oeuvrant dans le domaine des industries de production ou de diffusion de la culture. Dans cette stratégie, on attribue une forte préséance aux valeurs spirituelles sur les valeurs matérielles dans la conception de l'univers et de la réalité.

Les lieux et les formes d'application

Comme il s'agit de laisser aller l'évolution des choses selon la loi de l'offre et de la demande, cette attitude générale signifie ne pas intervenir sur le plan collectif mais laisser évoluer la culture au gré des intérêts individuels. À cet effet, toutes les formes présentées dans les stratégies précédentes peuvent avoir lieu mais sans organisation précise et sans intervention de la part de la collectivité en tant que corps social organisé. Ce sont les intérêts individuels qui régulent l'évolution de la culture.

Les intérêts

Par rapport à la collectivité, cette stratégie peut présenter certains intérêts au niveau de son développement et de son expansion culturelle à la condition que la société soit très forte culturellement, qu'elle ait un niveau de développement économique supérieur aux autres collectivités qui la côtoient et qu'elle soit légitimée par l'ensemble des acteurs de la société. Si ces conditions sont réunies, cette stratégie peut agir comme un stimulant au développement socio-culturel de la collectivité car elle crée une atmosphère de liberté propice à l'innovation culturelle. Car la liberté, sous toutes ses formes, est à la base de la création et de l'imagination.

Les risques

Cette stratégie présente plusieurs risques même pour les sociétés très développées sur le plan économique. En effet, elle risque de conduire à la création de monopole dans le domaine des activités de production et de diffusion mass-médiatiques, de conduire à créer une culture fondée uniquement sur le commerce et ne développer ainsi que des rapports économiques entre les acteurs sociaux (la culture de masse), de conduire à des rapports conflictuels entre les acteurs de la société, enfin de causer un contexte de crise sociale. Si la collectivité est dans un contexte de domination, le plus grand risque est celui de perdre son identité culturelle et de s'aliéner la culture impériale ne développant ainsi aucune stratégie de protection et de développement pour contrer cette stratégie.

Cependant, pour identifier et évaluer la place qu'occupe la culture de même que les stratégies adoptées pour assurer sa protection et son développement, nous devons être en mesure de connaître *l'intérêt* que la collectivité lui apporte et comment elle traduit cet intérêt dans ses politiques et sa réglementation.

L'INTÉRÊT COLLECTIF POUR LA CULTURE : POURQUOI ET COMMENT LE MESURER

Comme nous l'avons vu précédemment, du point de vue culturel, la principale caractéristique des technologies traditionnelles de communication est de dissocier l'émetteur du récepteur. En effet, l'espace médiatique peut s'affranchir du territoire sur lequel vivent les acteurs-récepteurs des émissions. Nous avons vu également que cette caractéristique présentait plusieurs situations qui, à la rigueur, peuvent s'avérer menaçantes pour une culture. C'est le cas, par exemple, des possibilités de transgresser, au moyen de l'utilisation des ondes, les frontières territoriales d'une collectivité, ou d'importer et de diffuser des productions de culture étrangère, ou d'engager des acteurs de culture étrangère pour la réalisation des contenus diffusés localement.

Ce phénomène nous conduit à poser la question suivante : s'il existe tant de possibilités technologiques pour une collectivité donnée d'être exposée à des manifestations culturelles étrangères et que dépassé un certain seuil d'exposition cette société risque l'aliénation culturelle et la perte de son identité, comment expliquer le fait qu'à un moment donné, on trouve tel type de partage quantitatif entre des contenus reflétant la culture d'appartenance et d'autres reflétant celles de collectivités étrangères?

Même si les réponses à cette question sont fort complexes, on peut dire sans se tromper que toute répartition des lieux et des temps de l'espace médiatique d'une société est le résultat de *l'intérêt que porte cette société pour le développement et la protection de sa culture par rapport à son intérêt pour les manifestations des cultures étrangères*. Aussi, pour quiconque veut connaître cette répartition et intervenir de quelque manière, il importe de pouvoir mesurer cet *intérêt collectif pour la culture d'origine*. Cependant, comme une société est composée de plusieurs acteurs ayant potentiellement des intérêts différents, comment mesurer cet intérêt collectif?

Dans l'état actuel de la recherche scientifique en communication, cet intérêt se mesure à l'aide de trois méthodes : les mesures d'auditoire ou le tirage d'épreuves, l'analyse et l'évaluation comparée des contenus de programmation et l'analyse des institutions et des politiques adoptées par les représentants démocratiques et légitimées par la collectivité.

Les mesures d'auditoire (communément appelées cotes d'écoute) répondent à la logique économique de l'offre et de la demande. On diffuse un certain contenu culturel à l'aide de la technologie de communication de masse, puis, comme les acteurs sociaux peuvent être exposés à d'autres stations de réception d'émissions ou d'autres sources de manifestations culturelles, on mesure leur ratio comparé d'écoute de l'émission. Les pourcentages comparés en fonction des autres sources seraient le reflet de l'intérêt apporté par la collectivité à l'émission et, par inférence, au contenu culturel de cette émission.

Par exemple, si 50 % de l'auditoire télévisuel potentiel du mardi soir écoute la série télévisée *Dallas,* on concluera que les représentations et les modèles culturels véhiculés dans cette émission présentent plus d'intérêt que ceux qui sont présentés dans les autres sources de manifestation culturelle au même moment. Pour intéressante qu'elle soit en matière économique (à cause de l'augmentation des commandites rémunératrices pour l'entreprise émettrice de cette émission), cette méthode revêt de graves lacunes sur le plan de l'analyse culturelle. En effet, plutôt que de mesurer le niveau d'intérêt d'une collectivité pour sa culture, on mesure à court terme son *intérêt pour ce qui lui est présenté et son intérêt pour la télévision.* Par ailleurs, si on ne présentait que des séries canadiennes ou québécoises à la même heure, il serait surprenant d'obtenir une demande pour une série américaine en particulier. En d'autres mots, la mesure d'auditoire évalue davantage les réactions de la collectivité à *ce qui lui est présenté* que son intérêt pour sa culture.

La deuxième méthode, plus intéressante, consiste à analyser et à évaluer le contenu des émissions et des programmes offerts par les entreprises de diffusion. On regroupe dans cette méthode toutes les *techniques d'analyse de contenu et de discours* et leurs variantes : analyse de la programmation, analyse quantitative, analyse sémiologique, etc. Même si plusieurs de ces techniques diffèrent quant à leur manière d'interpréter leurs résultats, elles collectent leurs données selon la même logique : construction d'une grille d'analyse à l'intérieur de laquelle sont définis des indicateurs, sélection d'un corpus (d'émissions, de magazines, de textes, de publications journalistiques, etc.) sur lequel on applique la grille, analyse des résultats. Encore là, quoique de manière moins significative, on risque de mesurer davantage ce que les *entreprises* préfèrent (c'est-à-dire selon la logique de la rentabilité) diffuser que ce que les acteurs (destinataires) préfèrent recevoir. Les résultats de ces analyses sont intéressants pour saisir comment les concepteurs et les diffuseurs se représentent tel ou tel mythe, valeur, idée, phénomène. Mais la possibilité d'extrapoler les conclusions de ces résultats à l'intérêt que la collectivité porte à sa culture est très réduite et différée. En effet, on ne peut pas prétendre que le *contenu culturel d'un corpus d'analyse* soit le reflet de la culture dans son ensemble. Par contre on peut connaître assez bien l'intérêt que portent les concepteurs et les diffuseurs à leur culture et la manière dont ils se la représentent. Toutefois, les concepteurs et les diffuseurs de contenus mass-médiatiques ne sont toujours qu'une infime partie des membres d'une collectivité.

La troisième méthode, quoique plus difficile et plus laborieuse, conduit, nous semble-t-il, à de meilleurs résultats. Il s'agit de *l'analyse des institutions*. Dans cette méthode, on repère les intérêts de la collectivité pour le développement et la protection de sa culture dans *ses choix socio-politiques relatifs à la création, la production, la diffusion et le contrôle des produits culturels*. Ces choix se manifestent dans les instruments dont se dote une société pour réguler et contrôler l'évolution de sa culture à l'intérieur de son espace médiatique, soit ses lois, ses politiques, ses organismes et ses règlements. Le chapitre 4 présente les diverses composantes de cette méthode.

❙ CONCLUSION

Cette brève énumération des stratégies potentiellement utilisables dans le domaine de la protection et du développement de la culture au moyen du contrôle de l'espace médiatique n'est pas exhaustive. Plusieurs autres stratégies, principalement inspirées d'un mélange des éléments appartenant aux différentes stratégies que nous venons de présenter, peuvent et même ont souvent lieu dans la réalité. Cependant, à l'analyse on pourra toujours les catégoriser dans une ou l'autre des quatre stratégies que nous venons de présenter en tant qu'orientation *dominante* de la collectivité à un moment donné de son histoire. Nous présenterons au chapitre 4 les moyens institutionnels et politiques qui sont à la disposition de la collectivité pour mettre en application ses choix en matière de stratégie. Pour l'instant, il importe d'approfondir l'autre dimension importante de l'espace médiatique garante du niveau de démocratie atteint par une collectivité dans sa manière d'occuper son espace public, soit la notion *d'accessibilité à l'information.*

LECTURES COMPLÉMENTAIRES

Quéré, Louis. 1982. *Des miroirs équivoques, Aux origines de la communication moderne,* éd. Aubier.

De Certeau, Michel. 1974. *La culture au pluriel,* Union générale d'éditions, collection 10/18.

Sperber, Dan. 1974. *Le symbolisme en général,* éd. Herman, collection Savoir.

CHAPITRE

3

LES OBJECTIFS

Dans ce chapitre
vous apprendrez à :
■ identifier les
étapes et les
conceptions histori-
ques de la notion
d'accessibilité à
l'information;
■ expliquer les liens
entre ces différentes
conceptions;
■ identifier les
variables affectant la
mise en application
de la notion
d'accessibilité à
l'information.

L'ESPACE MÉDIATIQUE ET L'ACCESSIBILITÉ À L'INFORMATION

INTRODUCTION

Dans les chapitres précédents nous avons vu qu'avec la venue progressive des organisations complexes et avec le développement des moyens de communication à distance, nous assistions à la transformation partielle de l'espace public en un espace médiatique. Du point de vue politique, cet espace a pour principale fonction de définir de nouveaux lieux où peuvent se transmettre les informations et s'exercer les discours relatifs aux orientations de développement et de gestion de la vie collective. C'est dire que les mass médias représentent en eux-mêmes un nouveau lieu d'exercice du pouvoir politique (que d'aucuns qualifient de quatrième pouvoir), par rapport aux trois pouvoirs politiques traditionnels : les pouvoirs législatif, exécutif et judiciaire. Cependant, comme dans le cas de l'occupation de l'espace médiatique par la culture d'une collectivité donnée, l'occupation de l'espace du débat démocratique (l'agora électronique) par une collectivité n'est pas totalement déterminée par la technologie de cet espace. Chaque société décide du ou des rôles à attribuer à ses mass médias et de la manière de les contrôler et de les réguler.

Ainsi, dans certaines sociétés, et selon les rapports entre les acteurs-producteurs et les acteurs-récepteurs d'information, les mass médias pourront se voir attribuer un rôle de surveillance (chien de garde) du processus politique. Dans d'autres sociétés, elles se verront conférer un rôle plutôt passif, soit celui de transmission de l'information ou tout simplement de distraction et d'évasion et non d'intervention dans le processus politique.

Toutefois, malgré de multiples divergences dans leurs pratiques communicationnelles, les sociétés démocratiques confèrent toutes à leurs mass médias le rôle fondamental d'assurer aux acteurs de la collectivité le maximum d'accessibilité aux informations concernant la gestion et l'orientation de leurs biens et de leurs intérêts collectifs. Voici ce que le sociologue Gérard Métayer (1984) écrit à ce sujet :

> *L'agora, place publique où se tenaient les assemblées politiques au coeur des cités de la Grèce antique, est restée le symbole de la démocratie, sous les formes successives qu'elle prit à travers l'histoire.*

C'est ainsi que transplantée du soleil méditerranéen aux brumes de la Nouvelle-Angleterre, elle devint salle municipale pour les « city hall meetings », dont Tocqueville au siècle dernier, a vanté l'exemplarité démocratique. (p. 103)

L'idéal démocratique moderne, qui consiste à donner à chacun la possibilité de participer aux débats et d'intervenir dans les orientations de la cité, relève donc d'une vieille tradition. Cependant comme le souligne également Gérard Métayer, il y a loin de la coupe aux lèvres. Dans la cité grecque, les esclaves n'étaient pas admis aux assemblées publiques tout comme les non-propriétaires dans les « city hall meetings » de Tocqueville.

La question du réalisme de cet idéal se pose avec beaucoup plus d'acuité dans nos vastes cités modernes et complexes où l'anonymat et le principe de la délégation de pouvoir par représentation règnent. À cet effet, depuis quelques décennies on a vu apparaître un nouvel espoir, d'aucuns diront une nouvelle utopie, dans la venue de nouvelles technologies de communication. Cet idéal stipule que le potentiel communicationnel à distance des technologies de communication résoudra les problèmes d'accessibilité à « l'agora politique » en créant un nouvel agora électronique.

Cependant, il ne faut pas croire que la réalité est toujours conforme à ce bel idéal ni que les mass médias sont les seuls garants de l'accessibilité à l'information politique. Au contraire, comme nous le verrons ultérieurement, l'accessibilité à l'information est tributaire de plusieurs variables qui ne prennent leurs valeurs précises que dans un contexte historique.

La notion d'acessibilité à l'information origine de l'avènement de la médiatisation des interactions entre les acteurs sociaux rendue essentielle de par la complexité et la taille des organisations collectives. Elle se présente donc comme une condition nécessaire pour assurer l'exercice de la prise de décision démocratique.

En effet, c'est au moyen de l'information accessible que se dirige et se développe la société. D'un point de vue historique, le concept d'accessibilité à l'information se divise en deux formes, soit *la liberté d'expression* et *le droit à l'information.*

Les facettes de ces deux notions se recoupent sur certains plans et se complètent sur d'autres. Il en est ainsi également de leurs manifestations empiriques. Par exemple, inscrire un droit pour des acteurs ne leur fournit pas nécessairement la liberté de l'exercer. Dans la notion de droit, il y a une possibilité que des droits reconnus comme tels par une collectivité aillent dans le sens de créer des entraves à sa liberté. Il en est ainsi, par exemple, du droit à l'information étatique secrète qui, si exercée dans son sens littéral, risquerait d'affaiblir la position stratégique et défensive de l'État devant d'éventuels ennemis.

Inversement, reconnaître la liberté d'expression peut aller à l'encontre du droit à l'information. C'est le cas, par exemple, d'une information (intentionnellement ou non) fausse ou incomplète transmise par les mass médias ou par des acteurs.

Les rapports entre ces deux notions fondamentales sont tantôt complémentaires, tantôt paradoxaux et tantôt contradictoires. Étant donné l'importance de ces deux concepts sur le plan politique, tout en évitant d'entrer dans les subtilités des distinctions juridiques, il importe de les développer quelque peu avant de présenter les principales variables affectant leur concrétisation.

L'HISTOIRE DE LA NOTION D'ACCESSIBILITÉ À L'INFORMATION

La liberté d'expression

Dans une société démocratique, il est primordial que chaque acteur membre de cette société ait la liberté d'exprimer ce qu'il pense, ce qu'il ressent et ce qu'il veut. Ainsi, la liberté d'expression se présente comme un principe philosophique. Pour bien saisir le sens de ce principe dans le contexte socio-politique actuel nous devons effectuer un bref retour à son origine.

Gutenberg et les premières informations de masse

La notion de liberté d'expression remonte au tout début du journalisme qui lui-même est apparu avec les applications massives des procédés d'impression découverts par Gutenberg. Avant la venue de l'imprimerie cette notion ne faisait pas l'objet de revendication politique car l'information était réservée à une minorité d'acteurs sociaux plus souvent situés dans les rangs dits de la noblesse ou appartenant aux classes sociales privilégiées. La circulation de l'information autre que de manière orale se faisait par le biais de la reproduction à très petite échelle et souvent de manière manuscrite, d'oeuvres écrites et produites pour un groupe d'acteurs restreints (membres de la monarchie, du pouvoir ecclésiastique, de la cour impériale, de groupes sélects).

De plus, l'information à caractère strictement politique ou concernant la gestion des affaires de l'organisation sociale était acheminée aux instances décisionnelles (qui étaient plus ou moins légitimées mais qui régnaient quand même sur leur royaume) par voie de messagers. Il n'y avait pas lieu de parler de liberté d'expression ni d'accessibilité de l'information puisque les notions d'information publique et de masse n'existaient pas. Même si l'information à caractère politique existait, elle n'était pas diffusée à grande échelle ni accessible à d'autres acteurs que ceux qui détenaient le pouvoir dans le régime monarchique. À ce titre, on parle davantage d'information privée ou élitiste que d'information publique ou de masse.

Mais avec l'arrivée de l'imprimerie, il était donc possible technologiquement de diffuser l'information relative à la gestion de la collectivité. C'est ainsi que plusieurs formes d'asservissement socio-politiques se sont vues remises en question. Comme le souligne Rens (1984) :

L'imprimerie a réussi à conjuguer l'individualisme et l'universalité dans la culture occidentale. L'affaiblissement du contrôle exercé par l'Église sur l'information a, dans un premier temps, été remplacé par un renforcement du rôle de l'État. La censure et le protectionnisme ont succédé à l'index. [...] À la fin du XVIIIᵉ siècle, la censure étatique avait perdu le plus clair de son efficacité en raison des nouvelles méthodes de reproduction rapide et massive de l'information. (p. 16)

La venue d'un nouvel ordre social

Les innovations technologiques sont donc à la base du processus d'institutionnalisation (cette notion fait l'objet du chapitre suivant) de l'information publique qui est elle-même à la base de la démocratisation du système politique. Comme le démontre Francis Balle (1980), l'un ne va pas sans l'autre :

> *En l'absence d'une véritable information publique, le « principe » de l'ordre social, au sens de Montesquieu, ce qu'il appelait sa « réalité profonde », c'est la confusion de l'État et de la société. L'État, dans un tel contexte, est partout et nulle part : il n'existe pas constitutionnellement. Il est total, sinon totalitaire. La forme moderne de cet État total ou inexistant, c'est le régime féodal : morcellement de la souveraineté, pouvoir central inexistant, dispersion du pouvoir entre les mains d'une multitude de seigneurs, possesseurs chacun d'un fief.*
>
> *La communication sociale ne fait l'objet d'aucune **institutionnalisation formelle**, ni sous forme de coutumes, ni sous la forme de lois écrites. Il n'y a pas de dissociation entre la communication **interpersonnelle privée** et ce que l'on peut appeler la communication **institutionnelle publique**. [...] Quant à la diffusion des nouvelles, elle est limitée, précaire, subsidiaire ou accidentelle et exclusivement prescriptive. Limitée à un espace social peu étendu. Précaire parce que sujette à toutes les déformations de la rumeur. Subsidiaire ou accidentelle parce que cette diffusion correspond à un phénomène spontané, sous-produit de rencontres n'ayant pas été organisées explicitement à cette fin. Prescriptive enfin, car elle renforce toujours la tradition, faite de normes de conduite incontestées.* (p. 81-82)

La venue de la notion de *l'information publique* a donc convergé avec la venue d'un nouvel ordre social. La démocratisation de l'information pouvait enfin permettre potentiellement la démocratisation du processus décisionnel politique. En effet, l'arrivée de la presse de masse (vers 1863 en France, 1883 en Angleterre et vers 1890 aux États-Unis), a permis aux acteurs sociaux, nonobstant leur catégorie sociale, d'avoir accès à une partie de plus en plus grande des informations jusqu'alors monopolisées par les seigneurs. En rendant l'information plus accessible, la presse ouvrait la porte à la connaissance des inéquités sociales, à la critique de l'organisation sociale et à la revendication d'un ordre nouveau.

En corollaire, l'arrivée de cette même presse se trouvait à créer un nouveau contexte d'exercice du contrôle social et obligeait les régimes politiques à aborder la notion d'information publique comme une composante importante, voire dangereuse pour l'ordre dominant. La possibilité technologique d'informer la masse des acteurs sociaux sur la gestion de leurs biens collectifs et la répartition des revenus (entre autres), provenant de leur force de travail, devenait une arme dangereuse et menaçante pour la classe dirigeante. Il s'agissait donc de développer une nouvelle gestion de l'ordre public et un nouveau mode d'interaction entre les dirigeants et les dirigés. Ce qui ne pouvait que conduire à identifier et à limiter, dans la mesure du possible, le nouveau lieu de pouvoir émergent que représentaient les instruments et les moyens d'information.

Ainsi naquit le questionnement sur la liberté d'expression qui prit différentes formes : la liberté de la presse, c'est-à-dire de publication et de diffusion des informations à caractère public et la liberté d'opinion, c'est-à-dire la possibilité d'exprimer ses opinions sans référence à l'utilisation d'un médium en particulier. Ce questionnement s'est avéré d'autant plus important et présent que l'évolution des technologies de communication allait multiplier les possibilités d'atteindre un plus grand auditoire et de manière de plus en plus directe, soit du livre à la télévision en direct en passant par la presse écrite et la radiodiffusion.

Ainsi, plus les médias présentaient une possibilité de déterminer et d'influencer les modes de communication sociale et de participation au processus politique, plus on assistait à des débats et à des discours porteurs d'idéaux et d'idéologies en relation avec leurs libertés d'exercice.

Le besoin de contrôler la liberté d'expression

Ces idéaux se sont concrétisés, selon les contextes et les régimes politiques, dans différentes doctrines visant à contrôler le degré de liberté d'expression. Pour bien saisir les liens entre les régimes politiques et les doctrines de l'information, il importe de ne pas oublier que le cadre de toute communication sociale est d'abord celui de la représentation qu'une collectivité se fait de sa propre organisation et de ses projets de développement. Ainsi, si une société donne préséance aux droits, aux intérêts et aux libertés individuels sur ceux de la collectivité, considérant les derniers comme la somme des premiers, on aura une doctrine dite libérale.

Cependant, il ne faut pas se leurrer. Ce n'est pas parce qu'une doctrine est dite libérale qu'elle assure nécessairement un degré supérieur de liberté d'expression. La notion de « libérale » fait référence à l'idéologie, à un idéal qui n'est pas toujours appliqué dans la réalité. À cet effet, on trouve fréquemment des exemples dans les sociétés dites « libérales » où l'idéologie du libéralisme social sert de couverture aux intérêts de certaines catégories privilégiées d'acteurs au détriment des intérêts de la collectivité. C'est le cas, par exemple, d'un gouvernement qui déciderait de ne pas réglementer les télécommunications sous prétexte de « libéralisme » mais qui se retrouverait avec quelques monopoles qui contrôleraient les contenus diffusés dans les mass médias. En agissant ainsi, ce gouvernement n'applique pas les principes de son idéologie mais favorise la dépendance d'une majorité d'acteurs de l'information sélectionnée et diffusée par une minorité. Ce qui conduit à limiter l'accès à l'information publique « objective » et, par le fait même, à la liberté.

Par ailleurs, les sociétés qui privilégient les intérêts et les droits de la collectivité aux intérêts individuels vont adopter une doctrine plutôt socialiste réprimant ainsi certaines libertés individuelles au profit de l'intérêt collectif. Cependant, tout comme dans le cas précédent, le degré de liberté d'expression n'est pas nécessairement plus élevé. Il est également fréquent d'observer dans ces sociétés la présence d'une certaine bureaucratie ou d'une certaine « nomenclatura » (aristocratie bureaucratique) qui, prétendant être davantage capable de définir l'intérêt collectif que les autres acteurs sociaux, conduit en fait à imposer ses propres intérêts. C'est le cas classique de la bureaucratie en Union soviétique.

Les rapports dialectiques entre l'individu et la société, et entre les libertés individuelles et les libertés collectives, ne sont jamais tout à fait résolus. Cependant, les sociétés se dotent de plans ou politiques à l'intérieur desquels on retrouve un certain nombre de balises servant à normaliser ces rapports. De manière générale, on appelle *doctrine* de tels cadres. Ces doctrines ont principalement une fonction d'orientation. Elles doivent donc être davantage considérées comme des idéaux, des projets et des indicateurs des choix effectués par les sociétés que servir d'instruments de mesure du degré de liberté réelle atteint par ces mêmes sociétés. C'est uniquement dans son application que nous pouvons juger de l'efficacité d'une doctrine particulière.

Néanmoins, certaines doctrines favorisent davantage la liberté d'expression que d'autres. Aussi, afin de mieux saisir leurs effets sur la liberté d'expression, nous vous présentons le tableau synthétique construit par Francis Balle. (Voir tableau 3.1)

Les quatre doctrines présentées correspondent aux régimes politiques qui les adoptent : à la doctrine autoritaire, le régime monarchique, à la doctrine totalitaire le régime communiste, à la doctrine libérale, le régime capitaliste de la libre entreprise, et à la doctrine de responsabilité sociale, le régime démocratique. La doctrine de la responsabilité sociale est celle qui trouve le plus d'applications diverses. Par exemple, les régimes démocratique et capitaliste des États-Unis se trouvent inclus dans cette doctrine au même titre que le régime socialiste de la Suède. Aussi, afin de mieux refléter la différence d'application de cette doctrine dans ces deux pays, on devrait disposer d'une cinquième doctrine soit la doctrine socialiste qui se situerait à mi-chemin entre la doctrine totalitaire et la doctrine libérale.

L'intérêt de cette grille est de mettre en évidence le rôle des doctrines sur l'espace médiatique, et, par le fait même, de situer

TABLEAU 3.1   **Les doctrines politiques et la liberté d'expression**

LA DOCTRINE	AUTORITAIRE	TOTALITAIRE	LIBÉRALE	DE LA RESPONSABILITÉ SOCIALE
Est apparue...	En Angleterre aux 16e et 17e s.; fut largement adoptée; est encore appliquée en de nombreux endroits.	En Union soviétique.	En Angleterre après 1688, et aux États-Unis; a eu grande influence en d'autres lieux.	Aux États-Unis au 20e siècle.
Elle découle...	De la philosophie de l'absolu pouvoir du monarque, de son gouvernement, ou des deux à la fois.	De l'idéologie marxiste-léniniste-staliniste; avec mélange de Hégel et de pensée russe du 19e s.	Des écrits de Milton, Locke, J. S. Mill, et plus généralement de la philosophie de la raison et des droits naturels.	Des écrits de W.B. Hocking; des travaux de la Commission sur la liberté de la presse; de l'action de journalistes; des codes éthiques de la profession.
But principal des médias	Soutenir la politique du gouvernement en place; collaborer au fonctionnement de l'État.	Contribuer au succès et à la perpétuation du régime socialiste soviétique, et tout particulièrement à la dictature du Parti.	Informer, divertir, faire vendre, mais surtout participer à la découverte de la vérité et contrôler les activités du gouvernement.	Informer, divertir, faire vendre, mais surtout hausser tout conflit au plan de la discussion.
Qui a le droit d'utiliser les médias	Quiconque obtient une licence royale royale ou autorisation similaire.	Des membres fidèles et orthodoxes du Parti.	Quiconque en a les moyens financiers.	Quiconque a quelque chose à dire.
Comment sont contrôlés les médias?	Par des monopoles ou des licences accordés par le gouvernement; par des corporations; quelquefois par la censure.	Par l'action politique et économique du gouvernement.	Par « le processus auto-régulateur de la vérité » sur « le libre marché des idées »; et par les tribunaux.	Par l'opinion de la communauté, l'action des consommateurs, le respect de l'étique de la profession.
Est interdit...	La critique de l'appareil politique et des hommes au pouvoir.	La critique des objectifs du Parti (pas la tactique).	La diffamation, l'obscénité; et, en temps de guerre la subversion.	L'atteinte grave aux grave aux droits reconnus des individus, ou aux intérêts cruciaux de la société.

(suite à la page suivante)

TABLEAU 3.1 **Les doctrines politiques et la liberté d'expression** *(suite)*

LA DOCTRINE	AUTORITAIRE	TOTALITAIRE	LIBÉRALE	DE LA RESPONSABILITÉ SOCIALE
La propriété des médias est...	Privée ou publique.	Publique.	Privée le plus souvent.	Privée, à moins que le gouvernement ne soit obligé d'intervenir pour que soit assuré le service public.
Différence essentielle avec les autres systèmes	Les médias sont des instruments pour réaliser la politique gouvernementale, mais ils n'appartiennent pas forcément au gouvernement.	Les médias, propriété d'État étroitement surveillée, n'existent qu'en tant qu'organes de l'État.	Les médias sont un instrument pour contrôler le gouvernement, et pour satisfaire d'autres besoins de la société.	Les médias doivent assumer un devoir de responsabilité sociale, et s'ils ne le font pas, on doit faire en sorte de les forcer.

SOURCE   Balle, Francis. 1980. *Médias et société*, Paris, éd. Montchrestien, p. 202-203.

les formes d'occupation de l'espace médiatique à l'intérieur d'un cadre politique plus large. Or, qui dit cadre politique parle de responsabilités et de droits. Aussi, les discussions et les prises de position relatives à la liberté d'expression ont contribué à envisager la liberté d'expression sous l'angle du droit.

Le droit à l'information

Les origines du concept

Le droit à l'information est issu des doctrines libérales de l'information et de la responsabilité sociale des médias.

> Il consiste à polariser les interventions relatives à l'accessibilité à l'information du côté du récepteur.

Par rapport à la notion de liberté d'expression qui favorisait l'acteur émetteur d'information, c'est-à-dire la liberté d'informer, *le droit à l'information privilégie la liberté d'être informé.* En un sens le droit à l'information vient poser des limites à l'exercice de la liberté d'expression dans la mesure où la liberté d'expression comprend également la liberté de non-expression, soit le choix d'omettre, de manipuler ou de fausser l'information.

La notion de *droit à l'information* vient restreindre, dans la loi, l'étendue de la notion de liberté d'expression. Par contre, la notion de *liberté d'expression* n'en conserve pas moins sa portée politique. Si on est venu adopter la notion juridique de *droit à l'information* c'est parce que l'exercice du principe de la liberté d'expression devenait de plus en plus difficile. Telle qu'idéalisée par la doctrine libérale de l'information et appliquée à la presse, la *liberté d'expression* s'avérait de plus en plus problématique au fur et à mesure qu'apparaissaient les nouveaux médias électroniques.

De plus, la mise en application de ce principe présentait même certains risques pour les droits et les intérêts de la collectivité. Le contexte le plus problématique fut sans conteste celui de la Deuxième Guerre mondiale où l'information était vite transformée en propagande, soit pour la mobilisation des énergies des citoyens pour défendre la patrie, soit pour la justification des interventions de l'État dans son rôle de protection des intérêts de la collectivité, soit pour discriminer les pays ennemis. Jamais auparavant une guerre mondiale ne s'était déroulée dans un espace public aussi médiatisé. Aussi, il n'en fallait pas plus pour que les acteurs politiques et les journalistes prennent conscience de l'immense potentiel des mass médias et, paradoxalement, du danger que pouvaient présenter ses usages non contrôlés, particulièrement à la suite de cette guerre où l'information persistait encore à n'être que de la propagande de combat même entre les pays alliés. À cet effet, les pays membres de l'ONU se rencontrèrent le 23 mars 1948 pour aborder les problèmes de la doctrine libérale de l'information en relation avec l'information internationale.

> *[...] sans que les termes en soient clairement posés, on peut penser que l'idée a fait son chemin d'une liberté d'information dont il*

conviendrait d'aménager l'exercice. On envisage en effet lors de cette conférence internationale, d'une part, les mesures dont l'adoption permettrait aux entreprises de jouir d'une véritable liberté d'information et, d'autre part, la création d'un organisme international chargé de faire appliquer ces mesures. Le but que s'était assigné la conférence montre au moins que cette liberté d'information est loin d'être respectée. Ce qu'on revendique sans la nommer, c'est son complément indispensable que nous avons appelé la liberté de l'information.
(Balle, 1980, p. 205)

Ce ne sera qu'en 1963 que l'on verra apparaître la première déclaration officielle du droit à l'information et ce, à l'intérieur de l'Encyclique « Pacem in Terris » promulguée par le Vatican.

*Tout être humain a droit au respect de sa personne, à sa bonne réputation, à la liberté dans la recherche de la vérité, dans l'expression et la diffusion de la pensée, dans la création artistique, les exigences de l'ordre moral et du bien commun étant sauvegardées; il a droit également **à une information objective.*** (Trudel, 1981, p. 16)

Par la suite plusieurs interventions sporadiques de membre du Vatican, de l'ONU, de l'UNESCO et de certains pays contribuèrent à promouvoir ce que nous appelons aujourd'hui le droit à l'information.

Une définition actuelle du droit à l'information

La notion de droit à l'information est fort complexe. Pour l'aborder nous allons utiliser une citation de Francis Balle (1980) que nous disséquerons afin de mieux en saisir toute l'envergure et la complexité.

*Le droit à l'information réclame pour **tous** les citoyens une **égale** possibilité d'accès à **tous** les **faits** de l'actualité, que ceux-ci résident dans les événements eux-mêmes ou dans l'expression de jugements ou d'opinions, à condition que ces faits soient présentés de manière intelligible pour chacun, faute de quoi la liberté se retournerait en privilège pour quelques-uns.* (p. 207)

[...] pour *tous* les citoyens

Cela signifie indépendamment de l'appartenance de race, de sexe, de rang et de classe sociale.

[...] une *égale* possibilité d'accès

La notion d'égalité est fondamentale puisqu'elle fait référence à la terminologie et aux principes mêmes de tout idéal démocratique. Cependant peu de concepts et d'idéaux n'ont donné lieu à autant d'interprétations différentes voire convergentes dans la réalité. Il en est de même de l'idéal à la base des sociétés démocratiques soit la notion d'égalité des chances. La principale difficulté avec la notion d'égalité des possibilités demeure au niveau de la définition de critères et de paramètres objectifs ou du moins faisant consensus servant à mesurer le degré de possibilité d'accès dans la réalité. Très souvent la définition même de ces critères fait l'objet de négociation entre les acteurs ayant des intérêts divergents.

[...] à *tous* les *faits* de l'actualité,

Encore ici la terminologie de Balle fait problème. En effet, mentionner *tous* les faits de l'actualité ne pose aucune distinction entre ce qui est réalisable en rapport avec notre condition humaine effective et ce qui est souhaitable. Ce qualificatif (tous) est d'autant problématique qu'il ne tient pas compte de la nature du fonctionnement de nos systèmes de représentations de la réalité sociale (limités par nos capacités cognitives, notre perception, notre attention, notre mémoire, etc.) et aux processus de communication de cette représentation entre les acteurs sociaux (filtration, imagination, distorsion, déformation, etc.).

Il en est ainsi de la notion de *faits* de l'actualité. Qu'est-ce qui définit une réalité comme un fait réel plutôt que comme une réalité construite ou imaginée? Aborder la réalité sociale avec la dichotomie fait-information est une approche dangereuse car l'information (et non le signal ou la donnée) est une traduction de données potentiellement significatives dans un langage signifiant. En ce sens, pour les acteurs sociaux un fait n'est considéré comme tel que lorsqu'il est transformé en information et non indépendemment de l'information.

Enfin la notion « d'actualité » est beaucoup trop restrictive et à la fois beaucoup trop vague pour être opérationnalisable. Comme nous le verrons ultérieurement, l'information dont il est question dépasse de loin celle qui relate les événements d'une actualité présente.

En guise de solution nous remplaçons la définition de Balle par « [...] aux *données* et aux *informations* constituant la représentation des événements, des jugements et des opinions associés à leur contexte d'évolution, à condition... ». Par cette modification nous nous assurons de respecter le caractère partiellement construit de toute représentation sous quelque forme que ce soit de la réalité, comme nous l'avons exposé dans le premier chapitre; de situer les limites spatiales et temporelles au niveau du cadre de vie des citoyens. Ce cadre n'est signifiant qu'en relation avec un vécu temporel (donc historique et ne se limitant pas à l'actualité) et spatial des citoyens. Ainsi modifiée la définition se lirait comme suit :

> *Le droit à l'information réclame pour tous les citoyens une égale possibilité **d'accès aux données et aux informations constituant la représentation des événements, des jugements et des opinions associés à leur contexte d'évolution, à condition que ces données et ces informations** soient présentées de manière intelligible pour chacun, faute de quoi la liberté se retournerait en privilège pour quelques-uns.*

Cependant cette définition, pour opérationnelle et actuelle qu'elle soit, ne peut pas être considérée comme définitive. En effet, depuis la reconnaissance de ce droit dans les différentes constitutions et chartes des sociétés démocratiques, certaines réflexions sont venues préciser et développer quelques dimensions demeurées encore imparfaites.

Même si ces précisions ne sont pas encore édifiées en droit international ni incorporées comme telles dans les chartes et constitutions des pays membres de l'ONU, plusieurs activités de réflexion et de débat autour d'elles se déroulent actuellement et font en sorte qu'il importe de les mentionner. Parmi ces discussions et ces propositions nous présentons celles qui ont fait l'objet de plus d'attention au cours des dernières années soit celles de l'UNESCO par le biais du rapport de la Commission McBride.

La proposition de l'UNESCO : le droit à la communication

La promulgation historique du droit à l'information comme corrolaire restrictif de la liberté d'expression et de la doctrine libérale de l'information donnent lieu à plusieurs difficultés d'application. Ces difficultés s'accroissent lorsque l'on compare les moyens de communication mis à la disposition des pays en voie de développement et ceux des pays industriellement développés. Il se rajoute une inégalité supplémentaire lorsque les pays développés entrent en communication avec les pays en voie de développement dans des rapports de négociation et d'échange de force de travail, de matières, de biens et de services. Ces inégalités ne sont pas abordées de manière directe par le droit à l'information au niveau international, dans le sens que ce droit, sous le principe de la protection des intérêts des nations et de la préservation de leur intégrité, peut facilement se transformer en système de justification de pratiques souvent manipulatrices. C'est le cas où sous le principe de rendre l'information accessible aux pays en voie de développement, les pays développés, ayant les moyens technologiques et financiers, vont leur vendre leurs services d'information et par le fait même leur propre manière (culturellement biaisée) d'interpréter leur propre réalité.

Ce phénomène conduit fréquemment à perpétuer, voire à accroître la situation de dépendance pour les pays dits non alignés. Aussi, depuis le début des années 70 l'Organisation des Nations unies pour l'éducation, la science et la culture (UNESCO) a mis au point une nouvelle formule juridique, sur le plan du droit international, qui puisse être acceptable et légitimée par l'ensemble des pays membres. Cette formule permet le développement de conditions plus égalitaires, du moins sur le plan des principes et des droits, face à l'accessibilité à l'information. Elle est présentée et explicitée dans le rapport de la Commission internationale d'étude des problèmes de la communication, communément appelée la Commission McBride du nom de son président.

Ayant constaté qu'un trop grand idéalisme face aux notions de droit à l'information et de la liberté d'expression conduisait à un déséquilibre de la communication, principalement dans les rapports Nord-Sud, la Commission McBride propose une nouvelle appellation juridique pour accentuer l'accessibilité à l'information, soit le *droit à la communication* :

> *Chacun a le droit de communiquer. Les éléments qui composent ce droit fondamental de l'homme comprennent les droits suivants, sans qu'ils soient aucunement limitatifs : a) le droit d'assemblée, de discussion, de participation et autres droits d'association; b) le droit de poser des questions, d'être informé, d'informer et autres droits d'information; et c) le droit à la culture, le droit de choisir, le droit à la vie privée et autres droits relatifs au développement de l'individu. Assurer le droit à communiquer exigerait que les ressources techniques de la communication soient disponibles pour satisfaire les besoins de l'humanité en la matière.* (UNESCO, 1980, p. 34)

La particularité de ce nouveau droit est d'inclure dans la même appellation le droit à l'information et la liberté d'expression.

> *C'est une remise en question radicale du rôle des entreprises de presse dans la mise en marché de l'information que suppose le droit à la communication. Cette remise en question appelle les médias à jouer de plus en plus leur rôle de traits d'union entre les individus et les collectivités. [...] Concrètement le droit à la communication suppose l'abandon de l'approche fondée sur le laisser-faire au plan international. Il implique l'adoption de mesures propres à assurer l'échange équitable des messages entre les pays.* (Trudel, 1981, p. 18)

Même si le droit à la communication n'est pas encore reconnu ni adopté ni par l'UNESCO ni par le droit international, il n'empêche qu'il permet, dans l'état actuel des discours et des débats sur un nouvel ordre de l'information international, de mettre en évidence les lacunes du droit à l'information traditionnel et de contribuer à redéfinir les nouvelles bases de construction d'un nouveau droit plus conformes aux idéaux et aux pratiques démocratiques. Nonobstant son attente de légitimation en droit international cet énoncé peut déjà servir de fondement et de justification aux pratiques de revendication d'une plus grande démocratie quant à l'accessibilité à l'information.

LES PRINCIPALES VARIABLES AFFECTANT L'ACCÈS À L'INFORMATION

Atteindre un degré d'accessibilité à l'information qui puisse être équitable entre tous les citoyens présuppose l'existence d'un contrôle d'une multitude de variables qui sont toutes aussi influentes les unes que les autres. Connaître ces variables constitue une étape préliminaire à toute discussion ou analyse de ces modes de contrôle. À cet effet, voyons brièvement quelles sont ces variables.

Les variables physiques

Nous avons vu précédemment que l'espace médiatique consistait, dans son aspect physique, en l'utilisation de certaines propriétés de notre environnement. Les technologies de communication à distance, de point à point ou de masse utilisent les composantes de l'air ou les composantes électrochimiques de certains canaux pour assurer la transmission et la circulation de l'information entre les acteurs-émetteurs et les acteurs-récepteurs. La radio et la télévision utilisent les ondes hertziennes (H ou Uh) par le biais d'antennes ou de satellites, le câble, ou tout récemment la fibre optique par le biais de réseaux de câblo-distribution pour transmettre son information aux différents récepteurs. Pour ce qui est de l'utilisation des ondes hertziennes retenons la description qui en est faite dans le *Rapport du Groupe de travail sur la politique de la radiodiffusion* (1986), mieux connu sous le nom de leurs présidents : rapport Sauvageau-Caplan.

> *Le son et l'image sont transformés en signaux électriques superposés à des ondes radio au moyen d'un procédé appelé modulation. Le récepteur, réglé sur la même longueur d'onde, inverse le processus, en démodulant le signal et en restituant les sons et les images aux auditeurs et aux téléspectateurs. Les signaux peuvent être superposés aux ondes radio en modulant, c'est-à-dire en modifiant très légèrement, l'amplitude de l'onde, voire la distance verticale entre la crête et le creux; cela s'appelle la modulation d'amplitude ou la MA. Les ondes peuvent également être modulées en modifiant partiellement leur fréquence; c'est ce qu'on appelle la modulation de fréquence ou la MF. [...] La télévision exige une largeur de bande beaucoup plus importante que la radio et elle transmet en utilisant deux modulations différentes. L'image télévisée est un signal MA, alors que le son est*

diffusé en MF sur un canal immédiatement adjacent. Plus on veut de clarté et de détail à l'écran du téléviseur, plus le signal exige une grande largeur de bande. (p. 51-54)

En ce qui concerne l'utilisation des réseaux de câblodistribution la même Commission nous fournit une description intéressante du processus.

> *(La câblodistribution fonctionne selon le schéma d'un arbre.) À la racine de l'arbre se trouve la tête de la station qui reçoit les signaux et les envoie dans un câble coaxial. Par l'intermédiaire du cable, le signal suit un tronc commun, puis un embranchement, pour finir dans un rameau (branchement individuel) et alimenter l'une des multiples feuilles (poste de télévision). [...] La câblodistribution utilise une bande VHf transmise par la voie des ondes.* (p. 57)

Associés à ces deux principaux canaux physiques de communication on retrouve l'utilisation du satellite et le remplacement éventuel du câble coaxial par un câble de fibre optique (c'est-à-dire en fibre de verre). Dans le cas du satellite, même si on en a fait le véhicule du rêve associé à la venue du « village global » de McLuhan, et qu'on prévoyait remplacer la technologie traditionnelle par ce nouveau moyen, celui-ci sert surtout de relais entre les diverses stations locales déjà installées. Cependant on l'utilise de plus en plus comme un émetteur.

Ces dimensions physiques de la transmission de l'information font ressortir l'importance du contrôle des fréquences pour les diverses formes de communication et à l'intérieur d'une même fréquence ne serait-ce que pour empêcher la présence de bruits ou de brouillage des ondes à la réception. On comprend donc que la manière dont une collectivité contrôle et régule l'attribution de ces fréquences de même que la manière dont elle considère la propriété de ces canaux physiques seront déterminantes pour l'accessibilité à l'information.

Les variables géographiques

Nous avons déjà insisté dans le premier chapitre sur l'importance de l'espace dans le processus communicationnel. Toutefois, nous n'avons abordé cette notion que par rapport à la définition du processus communicationnel en général. Lorsqu'on traite de la communication sous l'angle de l'accessibilité à l'information, l'espace prend davantage d'importance. Ainsi, dans le cadre de la communication à distance, la localisation de l'émetteur par rapport au récepteur devient souvent la raison majeure évoquée par les organismes de production d'émissions pour ne pas desservir les régions moins populeuses. La problématique engendrée par les rapports entre les centres de production et ce que l'on appelle les régions périphériques (ou les régions satellites ou éloignées) pour ce qui est de l'accessibilité à l'information, se présente sous deux aspects soit l'*aspect économique* et l'*aspect socio-culturel.*

L'aspect économique
de la localisation des entreprises émettrices

Pour ce qui est de la logique économique, la problématique s'explique, dans sa plus simple expression, par la logique des rapports entre l'offre et la demande. Cette logique associée à celle de l'exploitation des réseaux à de moindres coûts, conduit les organismes de production d'émissions à se localiser dans les grands centres.

D'un point de vue théorique, pour une entreprise qui voudrait se localiser dans une région périphérique, le premier facteur de coût supplémentaire (donc qui doit être compensé par les revenus supplémentaires) de transmission de l'information paraît être celui engendré par les coûts des installations (antennes, câbles, satellites, etc.) nécessaires à la transmission à distance. Ainsi, plus une région serait éloignée des sources d'émission plus l'infrastructure du système de communication serait coûteuse.

D'autre part, moins une région est habitée moins elle présente de possibilités de revenus pour une station émettrice à l'extérieur de la région. En effet, il ne faut pas oublier que la majorité des stations de production (particulièrement celles appartenant à des entreprises privées) doivent justifier leurs émissions par la quantité d'auditeurs rejoints réellement (donc ayant accès à la plus grande quantité virtuelle), ce qui leur garantit l'obtention de contrats publicitaires générateurs des revenus nécessaires à la production (et dans bien des cas à l'augmentation des profits). Ainsi, le calcul des rapports coûts-bénéfices pour une station de production se fait sur la base de ces deux facteurs, les frais de la distance et la masse critique.

Par contre, dans les pays industrialisés, ce rapport s'est avéré historiquement positif pour les stations émettrices, les frais d'émission étant largement compensés par les revenus. En réalité, les coûts d'exploitation des canaux ont diminué au fil des innovations technologiques à un point tel qu'ils sont devenus presque négligeables alors que les revenus de publicité ou d'abonnement ont augmenté de manière inversement proportionnelle. De ce point de vue, donc, dans les sociétés industrialisées (ce qui est différent dans les pays en voie de développement), les frais relatifs à la distance pour les organismes de communication de masse sont neutralisés en tant que facteur d'accessibilité à l'information. Cependant il n'en va pas de même pour la dimension socio-culturelle de la localisation géographique.

L'aspect socio-culturel de la localisation des entreprises émettrices

Pour bien comprendre l'importance de cette dimension sur l'accessibilité à l'information nous devons nous tourner du côté du contenu véhiculé par les mass médias. Ce contenu est fonction de deux logiques : celle de l'urbanisation progressive de nos sociétés modernes et celle, déjà abordée, de l'offre et de la demande.

Depuis le 19e siècle (le 20e siècle pour le Canada), les sociétés occidentales se sont industrialisées, entraînant ainsi un haut taux de regroupement de la population dans un même lieu géographique. Ce phénomène de migration régionale vers de grands centres urbains était justifié par le mode de production dominant. En effet, l'industrialisation commandait un mode de travail à la chaîne et la disponibilité d'un vaste bassin de ressources humaines au même endroit. Cependant, même si cette concentration de la population dans quelques centres urbains contribuait à dépeupler les régions périphériques, elle ne les faisait pas disparaître pour autant. D'ailleurs, ce processus s'est stabilisé depuis quelques années même qu'à certains endroits on remarque le phénomène inverse. Pour ce qui a trait à la communication mass-médiatique, ce phénomène de polarisation régionale se présente comme un défi particulier à la démocratie puisque, comme nous l'avons vu, la logique économique conduit les entreprises de production et d'émissions à se localiser aux endroits où il y a la plus grande densité de population.

Comme ces organismes se situent dans les grands centres, ils ont tendance à ne traiter que de phénomènes et d'événements qui se déroulent dans ces grands centres et qui ne concernent que les acteurs qui y vivent. Ce phénomène s'explique en partie par la logique économique déjà expliquée mais également par le fait que les organismes de gestion et d'administration publique (les institutions gouvernementales) se localisent souvent également dans ces mêmes centres. Ainsi, les acteurs situés dans les régions périphériques peuvent technologiquement recevoir la même information que celle que reçoivent les acteurs des grands centres. Mais cette information concerne des activités qui se déroulent ailleurs que sur leur espace de vie quotidien, soit leur espace régional, ce qui peut à la rigueur, conduire à une sorte de méconnaissance et à une dévalorisation de leur environnement immédiat.

Inversement, les acteurs des grands centres risquent de ne pas avoir d'information sur ce qui se passe dans les régions, ce qui peut les conduire à avoir une représentation urbaine et ethnocentrique de leur environnement national (d'ailleurs on retrouve le même dilemme entre le national et l'international). La dimension géographique présente donc un défi majeur pour l'accessibilité démocratique à l'information.

Les variables technologiques

En ce qui concerne l'espace mass-médiatique, il est évident que le niveau de développement technologique est une variable déterminante du degré d'accès à l'information dans les sociétés complexes modernes. L'information étant d'abord acheminée au moyen de supports techniques, plus ces supports et les technologies d'émission et de réception de l'information seront puissants et perfectionnés, plus on pourra avoir accès à une quantité importante d'information et plus l'interaction entre l'émetteur et le récepteur sera directe. À la limite, comme on le verra ultérieurement, les technologies peuvent permettre un assez haut niveau d'interactivité.

Cependant, le niveau de développement technologique d'une société ne se réduit pas à comparer la simple disponibilité des innovations en matière de technologies de la communication entre régions et sociétés. Il faut analyser également les modes de diffusion de ces innovations en fonction de l'accessibilité à ces technologies. Par exemple, dans les sociétés en voie de développement, et même dans certaines régions des pays économiquement développés, on constate que les technologies de pointe dans le domaine des communications ne sont accessibles qu'à une minorité d'acteurs bien nantis. Cette accessibilité est restreinte, soit par la non-disponibilité des ressources financières, soit par l'ignorance de leur existence ou de leur utilisation, soit par l'absence de programmes collectifs de diffusion collective de ces technologies ou, tout simplement, par stratégie de contrôle social d'une minorité dirigeante voulant préserver leurs intérêts et leurs privilèges. En bref, l'accessibilité à l'information passe par l'accessibilité aux technologies qui la véhiculent et la transforment.

Les variables socio-économiques

Outre les aspects fonctionnels et géographiques de la logique de l'offre et de la demande, l'économie comporte toujours une représentation du type d'entreprise qui est le plus susceptible de servir l'organisation sociale. Cette représentation oscille, à différents degrés selon les sociétés, entre deux pôles : promouvoir les intérêts individuels pour servir l'intérêt collectif ou réprimer et orienter les intérêts individuels au service de l'intérêt collectif. Ces options prennent tout leur sens dans la manière dont une société régit le principe et le droit de propriété.

Généralement, la notion de propriété est presque toujours associée aux notions d'intérêt et d'efficacité. Qui n'a pas dit ou entendu dire que dans le secteur public, contrairement au secteur privé, on ne travaillait pas fort, on était moins efficace et productif mais qu'on visait à servir davantage les intérêts de la collectivité. Toutefois, la réalité peut se présenter de manière beaucoup plus complexe et nos jugements doivent être beaucoup plus fondés sur des observations spécifiques. Dans le domaine des communications, la relation entre ces trois termes est particulièrement importante. C'est ce que nous allons voir maintenant.

Les types d'entreprise

Si on associe si souvent les notions de propriété et d'intérêt c'est d'abord parce que notre code juridique, fondé sur la philosophie libérale, attribue les premiers pouvoirs de gestion et d'action d'une entreprise à ses propriétaires. Ainsi, les objectifs et les finalités des entreprises deviennent nul autre que ceux des propriétaires. On s'entend pour identifier trois types d'entreprise : publiques, privées et communautaires.

— Les *entreprises publiques* sont généralement une émanation d'un gouvernement (municipal, régional, provincial ou national). Leur objectif est d'offrir des services à la collectivité ou d'exploiter des ressources dont les bénéfices serviront à améliorer le niveau ou la qualité de vie des membres de la société. Leur principale caractéristique est l'obligation de rendre des comptes aux acteurs de la collectivité (les contribuables) puisque ce sont eux qui la possèdent et qui pourvoient directement ou indirectement à leur financement.

Cependant, les citoyens ordinaires n'ont de pouvoir de contrôle sur ces entreprises que par l'intermédiaire de leurs élus, leurs représentants démocratiques. Le mode de financement de ces entreprises se faisant surtout par le biais des taxes et des impôts des contribuables, il est plus difficile d'identifier avec précision un seuil de financement au-delà duquel l'entreprise ne serait plus rentable. Ce qui peut conduire quelquefois à des abus de dépenses comparativement aux services rendus à la collectivité. Cette réalité contribue à remettre sans cesse en question les rapports coûts-bénéfices de l'entreprise.

— *Les entreprises privées*, pour leur part, sont généralement une émanation d'un regroupement d'intérêts individuels (les actionnaires) qui prend la forme d'une organisation spécifique, avec ses propres objectifs et finalités. Peu importe leur nature, ces objectifs refléteront d'abord les intérêts des actionnaires avant de servir ceux de la collectivité. Contrairement aux entreprises publiques, ces entreprises n'ont des comptes à rendre qu'à leurs actionnaires. Pour le reste on doit s'en remettre à leur bon vouloir. Leur financement provient principalement des revenus de leurs ventes de services ou de produits. Aussi l'évaluation des coûts-bénéfices est plus facile à faire que dans l'entreprise publique. Cependant, il ne faut pas oublier que le bénéfice n'est pas directement celui de la collectivité mais celui des actionnaires.

— *Les entreprises communautaires*, quant à elles, sont issues de la société. Ces entreprises sont le fruit d'un regroupement des intérêts des acteurs et de leurs intentions d'offrir un service à leur communauté d'appartenance. Leur source de financement est souvent mixte et provient des abonnements, des revenus minimes de la vente de leurs services ou produits et de subventions. Tout comme les entreprises publiques, elles visent à servir les intérêts de la collectivité. Mais elles se distinguent de ces dernières en trois points : le pouvoir direct et sans intermédiaire des acteurs sur l'entreprise; leur ancrage dans une communauté beaucoup plus restreinte; leur indépendance face aux groupes de pression privés.

Les types d'entreprise et l'intérêt public

En ce qui concerne la propension des entreprises à refléter les intérêts de la collectivité au détriment des intérêts individuels, trois discours s'affrontent.

— *Les entreprises privées* disent que la meilleure façon de servir les intérêts de la collectivité est d'abord de servir les intérêts des individus; ce qui est la thèse de l'économie libérale.

— *Les entreprises publiques* disent que servir les intérêts des entreprises privées ne contribuent qu'à développer des inégalités entre les acteurs sociaux et non à développer l'ensemble de la collectivité; c'est la thèse de l'État-providence.

— *Les entreprises communautaires* disent que peu importe que la propriété soit étatique ou privée, au bout du compte les intérêts de la collectivité ne sont pas bien servis par ces deux modes; c'est la thèse des mouvements sociaux ou de la solidarité locale.

Ainsi, chaque type de propriété d'entreprise prétend refléter la meilleure manière de servir les intérêts de la collectivité. Toutefois, les intentions et les prétentions de ces modèles ne se retrouvent pas nécessairement telles quelles dans la réalité. Ainsi, ce n'est pas parce qu'une entreprise est privée que les intérêts de la collectivité passeront nécessairement en second. C'est le cas, par exemple, d'une entreprise qui se dote d'une politique égalitaire de distribution de ses bénéfices. L'inverse doit être également nuancé. Ce n'est pas parce qu'une entreprise est publique que forcément, elle va servir d'abord les intérêts de la collectivité. Enfin, la même prudence s'applique aux organismes communautaires.

Néanmoins, mis à part les cas exceptionnels et jusqu'à l'atteinte d'un *certain seuil* de développement, il est convenu d'affirmer qu'à cause de leurs caractéristiques respectives : les entreprises publiques ont tendance à servir davantage les intérêts de la collectivité que les intérêts individuels; les entreprises privées ont tendance à servir davantage les intérêts individuels que les intérêts de la collectivité; les entreprises communautaires ont tendance à servir davantage les intérêts de la collectivité que les entreprises publiques mais selon une envergure plus restreinte. Enfin, il ressort de cette brève analyse, qu'à toutes choses égales par ailleurs, le type de propriété le plus susceptible de servir l'idéal de la plus grande accessibilité serait par ordre décroissant, la propriété communautaire, la propriété publique et la propriété privée.

Les catégories d'entreprise de communication mass-médiatique

Cependant, en matière de communication, cette notion de propriété doit être complétée par la notion de catégorie d'entreprise, soit les entreprises de production et les entreprises de diffusion.

— *Les entreprises de production* sont celles qui fournissent le contenu de la communication aux diffuseurs. Il s'agit des compagnies ou des individus qui conçoivent et produisent des émissions, des films, des livres, des documentaires, des enregistrements auditifs, des peintures etc. et qui les vendent ou les prêtent aux compagnies de diffusion pour les rendre accessibles à la masse des auditeurs.

— *Les entreprises de diffusion* sélectionnent, achètent, louent ou empruntent les contenus produits par les entreprises de production et les rendent accessibles aux acteurs sociaux par le biais de différents canaux de communication : antennes, câbles, satellites, etc. Plusieurs entreprises de communication accomplissent les deux fonctions. Cependant, plusieurs autres se spécialisent dans l'un ou l'autre de ces secteurs.

Les catégories d'entreprise de communication, les types de propriété et l'intérêt public

À la suite de ce que nous venons de voir sur les types de propriété et les catégories d'entreprise, nous pouvons établir les rapports que ces deux variables peuvent entretenir entre elles et leur impact sur l'accessibilité à l'information. Afin de visualiser et d'opérationnaliser les rapports entre ces variables, nous les présentons sous forme de matrice :

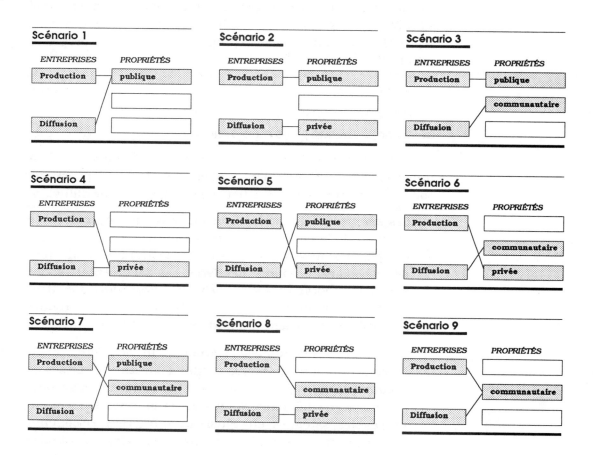

Cette matrice à cinq entrées représente les *neuf* principaux types de rapport que l'on peut trouver virtuellement dans tout système de communication mass-médiatique.

En nous inspirant des probabilités que les types de propriété servent, les intérêts de la collectivité et de la description des types d'entreprise, nous allons discuter brièvement de ces neuf scénarios. Pour chaque scénario, nous avons classifié, selon une échelle de 1 à 5 (1 étant le degré le plus fort et 5 le plus faible), la possibilité qu'un tel système de communication de masse puisse *théoriquement* favoriser l'accessibilité démocratique à l'information. Puis nous avons également classifié selon une échelle de A à E la probabilité d'occurrence de ce système dans la réalité sociale.

1. *Production publique et diffusion publique* : 3,B.
    L'accessibilité est réduite par le risque de contrôle de l'État sur l'information. Ce système ne se retrouve que dans des pays à régime communiste ou totalement socialiste.

2. *Production publique et diffusion privée* : 4,E.
    L'accessibilité est réduite par la présence d'un seul producteur d'information. Nécessite des mesures pan- étatiques pour surveiller la production. On ne trouve ce système nul part à cause de l'élimination de la règle de la libre concurrence régissant les entreprises de diffusion privées.

3. *Production publique et diffusion communautaire* : 2,D.
    Le contrôle de l'État sur l'information est amoindri par l'appropriation locale lors de la diffusion. Mais ce système a très peu de chance de se retrouver dans la réalité à cause du mode de financement des entreprises communautaires.

4. *Production privée et diffusion privée* : 3,A.
    La compétition entre les entreprises de production peut donner accès à une variété de sources et donc favoriser l'exhaustivité des perspectives et des idéologies. Mais il y a risque d'asservissement de l'information à des fins strictement commerciales. C'est un système qu'on retrouve dans certains pays à régime capitaliste libéral (par exemple, c'est le système dominant aux États-Unis).

5. *Production privée et diffusion publique* : 4,D.
    Le pouvoir de contrôle de l'État est trop grand d'où la nécessité de mécanismes de surveillance de l'exercice de ce pouvoir. On retrouve peu d'exemples de ce système dans la réalité à cause de la trop grande contrainte de l'État diffuseur sur les règles de la libre concurrence.

6. *Production privée et diffusion communautaire* : 1,E.
   Ce serait un système très intéressant s'il pouvait avoir lieu dans la réalité car l'accessibilité à l'information pourrait être accrue due à la diversité des sources et des entreprises de diffusion. Mais on ne retrouve pas d'exemple de ce système dans la réalité.

7. *Production communautaire et diffusion publique* : 2,D
   Limitation de l'accessibilité par le pouvoir de diffusion de l'État mais c'est un système intéressant. On retrouve peu d'exemples de ce système dans la réalité occidentale à cause des divergences entre les intérêts locaux des entreprises communautaires et les entreprises publiques de diffusion.

8. *Production communautaire et diffusion privée* : 1,D.
   Ce pourrait être un système très intéressant si on pouvait le retrouver davantage dans la réalité, car on trouve l'absence d'intérêts individuels dans la production et le libre choix dans la diffusion. Cependant, ce système exige une diversité des entreprises de diffusion.

9. *Production communautaire et diffusion communautaire* : 2,C
   Ce système présente une grande accessibilité à l'information mais seulement à l'information locale. Aussi, l'information concernant l'ensemble de la collectivité au sens national du terme n'est pas présente. À certains niveaux on trouve quelques exemples de ce système.

Cependant, mises à part les sociétés fonctionnant sous un régime communiste ou totalement socialiste, on trouve un mélange de ces trois types de propriété dans la majorité des sociétés industrialisées. Les systèmes de communication mass-médiatique sont plus ou moins mixtes, plus ou moins privés ou plus ou moins communautaires. C'est souvent d'ailleurs ce qui distingue les sociétés entre elles. Mais ces configurations systémiques ne sont pas nécessairement équivalentes sur le plan de l'accessibilité à l'information. En fait, il existe une configuration de ces entreprises qui est particulièrement menaçante pour ce qui a trait à l'accessibilité à l'information peu importe le type d'entreprise ou de propriété, soit la situation de *monopole*.

La concentration des entreprises

Le monopole d'une entreprise sur un secteur économique particulier consiste à éliminer les choix possibles des fournisseurs de biens et de services. En éliminant les choix on restreint la liberté d'expression et on accroît la possibilité d'orientation et de manipulation de l'information, incluant la censure et l'endoctrinement idéologique. Cette concentration est aussi dangereuse en provenance du secteur public que du secteur privé. En effet, le monopole public ouvre la porte à la démagogie et à la propagande politique alors que le monopole privé ouvre la porte à l'exploitation commerciale et publicitaire des ondes et à la promotion de l'idéologie de consommation au détriment de l'émancipation sociale.

Outre les variables que nous venons de voir on trouve des variables de nature socio-culturelle.

Les variables socio-linguistiques

Nous avons vu dans le premier chapitre que la capacité de comprendre un message s'avérait d'une grande importance dans le processus de communication sociale. En matière de communication mass-médiatique ceci est d'autant plus fondamental que le récepteur n'est pas en présence de l'émetteur, ce qui l'empêche de vérifier le niveau de compréhension et l'ajustement mutuel. Aussi, les capacités de compréhension des récepteurs ne sont pas indépendantes de la qualité des contenus des messages.

Du côté des messages émis, la langue d'utilisation doit être la même que celle des récepteurs. Les références culturelles dans les émissions doivent être conformes au contenu de la mémoire collective. Le niveau de langage doit être conforme à celui des auditeurs visés.

Du côté des récepteurs, le degré d'instruction (et non pas nécessairement le niveau de scolarité), l'envergure des connaissances et des références culturelles, l'appartenance à un milieu socio-économique défini, le degré de maîtrise de sa langue maternelle et de connaissance d'autres langues sont des variables qui peuvent affecter la capacité de comprendre l'information diffusée.

Selon ces variables, plus le message diffusé sera conforme aux capacités de compréhension des récepteurs, plus l'accessibilité à l'information sera grande. Inversement, plus les capacités de compréhension des récepteurs seront grandes plus l'envergure des messages présentés sera grande contribuant ainsi à accroître l'accessibilité à l'information.

Les variables d'ordre socio-politique

Il s'agit des variables affectant le libre exercice du droit à l'information et de la liberté d'expression. Ces variables sont : la position de la société relative au respect de la vie privée, à la protection des renseignements personnels, à la protection des renseignements pouvant porter atteinte à la sécurité de l'État et à la protection des droits des auteurs et des créateurs d'information.

CONCLUSION

En guise de synthèse, il importe de retenir que la notion d'accessibilité à l'information s'est d'abord définie par la *liberté d'expression*. Puis elle s'est complexifiée davantage avec la notion de *droit à l'information* qui présente encore plusieurs lacunes dans la pratique. Enfin, le *droit à la communication* se présente comme une formule hybride intéressante pouvant conduire à une meilleure application de nos idéaux démocratiques quoiqu'elle ne soit pas encore légitimée. Mais la mise en pratique de quelques notions de droit ou de principe implique toujours une sorte d'adaptation des idées à un contexte spatio-temporel. Il en est ainsi pour l'accessibilité à l'information qui, en plus d'être une notion fort complexe, implique la prise en compte de plusieurs facteurs socio-politico-économiques.

Chaque société, selon son histoire, son idéologie, son régime politique et ses préoccupations conjoncturelles, privilégie un développement et une orientation particulière de son système de communication mass-médiatique. À cet effet, face à l'accessibilité à l'information, il n'y a pas de situation objective possible ne serait-ce que celle d'éviter à tout prix toute forme de *monopole* sur les entreprises de diffusion et de production de l'information.

D'un point de vue théorique toujours, les autres situations possibles ne servent donc que *d'idéal* à atteindre ou *d'hypothèses de solution* aux problèmes identifiés dans la pratique d'une société donnée. À cet effet, l'étape suivante de notre démarche consiste à nous rapprocher davantage de cette pratique dans les sociétés québécoise et canadienne. Comme nous abordons ces pratiques par le biais des principales institutions de ces deux sociétés, nous devons d'abord présenter brièvement le vocabulaire utilisé généralement pour les décrire et c'est ce que nous entreprenons dans le chapitre suivant.

LECTURES COMPLÉMENTAIRES

Balle, Francis. 1980. *Médias et société*, Paris, éd. Montchrestien.

Lefort, Claude. 1981. *L'invention démocratique*, Paris, Fayard.

Trudel, Pierre, 1984. *Le droit de l'information et de la communication, Notes et documents*, Montréal, Les éditions Thémis.

Trudel, Pierre *et al.*, 1981. *Le droit à l'information*, Montréal, Les Presses de l'Université de Montréal.

L'ANALYSE DES INSTITUTIONS
DE COMMUNICATION DE MASSE

LES OBJECTIFS

Dans ce chapitre
vous apprendrez à :
■ définir la notion
d'institution;
■ distinguer les
étapes et les
composantes du
processus d'institu-
tionnalisation;
■ identifier les caté-
gories d'institution
de communication.

INTRODUCTION

Nous avons insisté précédemment sur l'importance du contexte communicationnel d'une société pour analyser et comprendre les formes qu'elle privilégie dans l'occupation de son espace médiatique. Nous avons également démontré l'importance de ce contexte dans la communication mass-médiatique selon les perspectives culturelle et politique. Cependant, même si nous avons insisté sur la nécessité de prendre en compte l'histoire d'une société pour comprendre son espace médiatique, nous n'avons pas discuté de la manière d'aborder et d'analyser ce vécu. En effet, étant donné la complexité et l'envergure des variables reliées à l'espace médiatique, comment pouvons-nous saisir et comprendre cet espace? En d'autres mots par où devons-nous commencer? Ce chapitre vise à fournir des réponses à ces questions.

Ainsi, parallèlement aux chapitres précédents, nous porterons notre attention sur la manière d'aborder l'histoire et le contexte de l'espace médiatique d'une société en privilégiant *l'analyse institutionnelle.* Auparavant, nous devons effectuer un bref retour sur les notions de communication, de culture et de stratégie.

Nous avons vu que la communication sociale mass-médiatisée implique nécessairement la création de *groupe* d'acteurs producteurs et diffuseurs d'informations par rapport à un aggloméré d'acteurs sociaux plus ou moins anonymes, et récepteurs potentiels de l'information. L'existence de ces groupes est devenue essentielle à cause du caractère technologique et instrumental de la communication mass-médiatisée. En effet, la concentration nécessaire de la technologie à un endroit bien déterminé nécessite une certaine concentration géographique des acteurs qui l'utilisent.

Au chapitre 3, nous avons vu que ce facteur structurant de la technologie est renforcé par sa dimension matérielle. Toute existence de matériel dans les échanges sociaux conduit à la question de la *propriété* du matériel. Cependant, que cette propriété soit publique ou privée, para-publique ou communautaire, l'utilisation du matériel de communication nous conduit à poser deux questions : quels sont les *intérêts* servis par ces instruments de communication de masse et de quels moyens se dote la société pour les réguler et les contrôler?

Comme nous l'avons mentionné, ces intérêts peuvent favoriser autant le développement ou la répression de la culture qu'accroître ou réduire l'accessibilité à l'information. Or, pour connaître la nature et les effets des stratégies adoptées par une société, nous devons commencer par identifier et comprendre ce qui est le plus *transparent* dans l'espace mass-médiatique, soit les *institutions*. Car, l'identification et la connaissance des institutions (incluant au premier chef ses institutions de communication) est à la compréhension d'une société ce que l'identification et la connaissance des acteurs sont à la compréhension des relations interpersonnelles. Sans connaissance des acteurs on ne peut que théoriser sur leurs échanges. Sans connaissance des institutions on ne peut également que construire des modèles hypothétiques et théoriques de la relation entre les médias et la société.

Pour connaître et décrire les acteurs en situation de communication interpersonnelle, nous avons besoin d'un vocabulaire et de concepts empruntés à un savoir reconnu et commun (psychologie, esthétique, psychanalyse, culture populaire, etc.), sans quoi on ne peut pas communiquer nos perceptions et nos représentations. De la même manière, pour comprendre et communiquer notre perception et notre représentation des institutions, nous devons avoir recours à un vocabulaire commun et conventionnel.

À cet effet, nous définirons d'abord la notion d'institution. Puis, nous cheminerons au travers des différentes étapes du processus d'institutionnalisation. Pour chaque étape, nous présenterons les principaux concepts y afférant. Ceci nous conduira à étudier les principales catégories d'institution de communication de masse. Puis nous présenterons un schéma des institutions de communication dans nos sociétés industrialisées.

UNE DÉFINITION DE LA NOTION D'INSTITUTION

Le concept d'institution est fréquemment employé dans le langage quotidien. Il ne se passe pas une journée sans qu'on utilise ce mot dans les bulletins d'information télévisés ou dans les émissions d'information publiques. On parle d'institutions scolaires, d'institutions universitaires, d'institutions financières, d'institutions sociales ou de la santé, de la famille, du mariage et de la religion comme institutions sociales, etc. Cependant, cette notion est utilisée dans tellement de contextes différents que l'on risque de ne plus trop savoir ce qu'elle signifie. Essayons d'y voir un peu plus clair.

La notion d'institution a pris au cours de l'histoire deux significations différentes et interreliées, l'une étant la *définition* et l'autre la *transmission* de normes et de modèles de comportement et de contrôle social.

> *Le mot « institution », désignait d'abord l'ensemble des lois qui régissent une cité : la manière dont les pouvoirs publics et privés s'y trouvent répartis, les sanctions et les ressorts qui mettent en oeuvre leur exercice régulier. Une question devenue classique se pose alors : cet agencement est-il contingent, particulier, arbitraire? Les institutions sont-elles des artifices et des conventions? Ou bien sont-elles susceptibles de traduire un ordre naturel et donc universel, dont bon nombre de philosophes nous rappellent l'existence quand nous venons à nous en écarter?*
>
> *Les classiques se demandaient aussi comment un tel agencement, si peu probable quand on considère la divergence des opinions et des intérêts, avait été produit, et comment les mêmes manières, en dépit de tant de causes d'altération, se maintenaient de génération en génération. Il faut, dans cette perspective, rechercher les conditions qui assurent la transmission et la répétition régulière de ces « bonnes manières ». **La pensée classique s'est orientée dans deux voies, l'une que l'on peut appeler politique et l'autre pédagogique, étant bien entendu que les deux voies se fondent au point de départ et au point d'arrivée. Le personnage du législateur est au centre de la première perspective. Mais cette institution initiale du législateur se trouve répétée dans les moments successifs du temps par le pédagogue qui enseigne aux jeunes générations, la tradition.** (Bouricaud, p. 1221-1228. Le gras est de nous.)*

Cependant, il nous importe peu de discuter ici les fondements originaux (naturels ou sociaux) de cette notion. Ce qui nous

■ Si vous voulez approfondir les rapports entre la surveillance institutionnelle et la punition comme mode d'intégration et de répression sociale des comportements individuels, nous vous suggérons de lire l'excellent ouvrage de Michel Foucault (1975), *Surveiller et punir*, Paris, éd. Gallimard.

intéresse est de savoir quelles sont les réalités que sous-entend ce concept dans son usage courant et scientifique. Comme nous venons de le voir, ces réalités sont de deux ordres : la normalisation (définition de normes) du comportement (sous peine de sanction punitive) ■ d'une part, et la transmission de ces normes et de ces modèles d'autre part.

Pour les fins de notre approche, nous utiliserons la définition suivante :

> Une institution consiste en un ensemble de codes et de normes légitimés par la collectivité en fonction d'orienter, de contrôler et de normaliser ses comportements par rapport à une finalité précise. Pour assurer la connaissance de ces normes et de ces codes, la collectivité se dote d'instruments pédagogiques. Pour assurer leur respect, elle se dote d'instruments de surveillance et de punition.

Par cette définition, nous constatons que les normes et les codes ne sont pas indépendants des instruments ou des organismes de transmission et de contrôle. Au contraire, sans code ou norme il n'y a pas de système de contrôle légitimé. En corollaire, sans organisme de transmission et de contrôle, la connaissance et l'acceptation des codes et des normes sont peu plausibles et deviennent problématiques. D'ailleurs, c'est à cause de cette imbrication des activités de normalisation et de transmission qu'il y a tant de confusion dans le « parler quotidien ».

L'évolution inégale des institutions sociales

Par ailleurs, la définition se complique lorsqu'on veut l'appliquer à l'ensemble de la réalité sociale. En effet, il y a certains codes et certaines normes qui remontent tellement loin dans l'histoire et qui sont tellement intériorisés qu'on ne voit plus le rôle des organismes de contrôle et d'application de ces normes. C'est comme si l'institution était une émanation de la nature et une création humaine. Prenons l'exemple de l'institution du mariage.

Même si elle est davantage contestée que dans les années 50, cette institution vise à normaliser les modèles de rapports entre les conjoints formant un couple. Cette normalisation s'effectue par le biais d'un contrat (l'instrument de contrôle), dans lequel on trouve un certain nombre de devoirs et de responsabilités envers le conjoint. Ces normes sont plus ou moins rigides et plus ou moins coercitives selon que le contrat est religieux ou civil.

Néanmoins la dérogation au contrat sans assentiment des autorités (organismes de contrôle) reconnues conduit à des pénalités d'ordre social, religieux ou financier. La transmission de cette institution s'effectue d'abord à l'intérieur du groupe d'appartenance de l'acteur social (sa famille), puis par les institutions scolaires et religieuses, et également par le biais des mass-médias. L'institution du mariage vise à assurer ainsi la reproduction biologique, la reproduction de l'ordre social par la stabilité, et la reproduction d'un ordre spirituel (religieux) par la canalisation du désir et du devenir. Les caractéristiques de cette institution sont sa permanence au-delà des générations et son indépendance de l'évolution temporelle. En effet, contrairement à plusieurs institutions socio-économiques, elle est peu affectée par les révolutions économiques et technologiques.

Il n'en est pas ainsi des institutions qui visent à contrôler et à normaliser les comportements des *organisations* (entreprises) en relation de concurrence par rapport à l'obtention de ressources ou de biens matériels spécifiques.

En effet, comme nous le verrons ultérieurement, ce dernier type d'institutions, beaucoup plus répandu dans nos sociétés modernes à haut niveau de complexité, est très dépendant du contexte spatio-temporel. On n'a qu'à regarder l'évolution de notre propre société qui se fait à un rythme tel que les législateurs n'en finissent plus de modifier les lois, d'éliminer des organismes de contrôle et de surveillance et d'en créer d'autres afin d'adapter les institutions à l'évolution socio-économico-politique de la société. Dans les sociétés à haut développement technologique, l'espace médiatique est régi par ce type d'institutions qui visent à contrôler davantage les comportements des organisations que ceux des individus.

Par ailleurs, toutes les institutions naissent, fonctionnent un certain temps, s'adaptent et parfois disparaissent. Aussi, il importe de comprendre en détail leur cheminement, ce qui nous permettra également d'en présenter les principales composantes.

LE PROCESSUS D'INSTITUTIONNALISATION

L'institutionnalisation d'un domaine d'activité sociale doit franchir quatre étapes : la préparation, la création proprement dite, l'opérationnalisation et la modification ou la disparition de l'institution.

L'étape préparatoire

Il s'agit de la construction progressive et légitimée d'un projet qui vise à contrôler et réglementer une sphère d'activités occupées par les membres de la collectivité. Par exemple, la création de normes interdisant la diffusion de messages de propagande politique par les Sociétés d'État.

Cette construction peut s'échelonner sur plusieurs semaines, plusieurs mois ou même plusieurs années. Elle se termine généralement par un projet de loi ou un projet de règlement à être adopté par l'instance législative de la collectivité (la Chambre des communes pour le Canada et l'Assemblée nationale pour le Québec). Mais avant de devenir un projet de loi, ce projet collectif peut passer, dans les régimes démocratiques, par plusieurs étapes de consultation. Même si tous les projets sociaux ne franchissent pas l'ensemble des étapes, il importe de connaître leur existence. Ces étapes sont les suivantes :

— *La prise en compte* d'une situation qui, si non contrôlée, peut devenir ou est perçue comme problématique pour les intérêts de la collectivité. Cette prise en compte peut venir de diverses sources : groupes de pression, groupes d'intérêts, acteurs individuels, fonctionnaires de l'administration publique, députés du parti au pouvoir ou de l'opposition, etc. Par exemple, la prise en compte de la présence de plus en plus grande d'affiches publicitaires unilingues anglaises au Québec.

— *La consultation publique* sous différentes formes. Celle-ci vise à faire connaître la perception, les analyses et les jugements des acteurs sociaux. Elle prend la forme de sommets socio-économiques, audiences publiques, présentation d'un livre vert ou d'un document sur les intentions du gouvernement. Cette opération aboutit souvent par la création d'un énoncé de politique ou d'un livre blanc.

— *La consultation de groupes présélectionnés.* Il s'agit de la création de comités ou de commission d'enquête, de consultation d'organismes consultatifs, de commissions parlementaires, d'audiences publiques, etc. Cette étape se termine généralement par la présentation d'une politique gouvernementale, d'un livre blanc ou d'un projet de loi. Pour qu'il y ait création d'une institution, il doit y avoir présentation d'un projet de loi qui sera sanctionné par l'instance législative. Ce projet contient les intentions du gouvernement en rapport avec le problème soulevé.

La création de l'institution

Une fois le projet de loi acheminé aux instances législatives (la Chambre des communes au gouvernement fédéral et l'Assemblée nationale au gouvernement du Québec), il s'agit de débattre de son acceptation. Cette étape est *décisive* du processus d'institutionnalisation. Le débat se fait entre le parti politique au pouvoir qui présente le projet et les parties d'opposition. L'acceptation du projet de loi se fait en trois étapes : première lecture, deuxième lecture et troisième lecture. Cependant, il est toujours possible d'inscrire des étapes d'enquêtes ou de consultations

■ Si vous voulez avoir une bonne connaissance du système judiciaire québécois, nous vous référons à l'ouvrage suivant : Monique Giard (1985), *Pour comprendre l'appareil judiciaire québécois*, Québec, Les Presses de l'Université du Québec.

supplémentaires jusqu'en troisième lecture. Mais une fois en troisième lecture on ne peut plus revenir en arrière. Cette lecture se termine par la légitimation du projet par l'assemblée législative, ce qui le transforme en loi.

La loi représente donc l'aboutissement du processus de création de l'institution. Elle contient une description détaillée des principales mesures de contrôle et de surveillance de la situation. En général, chaque loi comprend les points suivants :

— les principes sur lesquels se base la légitimation de la loi;

— une description détaillée des droits et des responsabilités des acteurs ou organismes visés par la loi;

— la désignation d'un ou des organismes de contrôle et de surveillance de la loi;

— les pouvoirs et le mode de désignation des membres de cet organisme;

— les rapports d'autorité entre cet organisme et le gouvernement;

— le mandat de cet organisme, qui comprend presque toujours le pouvoir et la responsabilité d'édicter des règlements pour faire respecter la loi.

Cependant, il est impossible d'appréhender tous les cas susceptibles d'être affectés par la loi et encore moins d'en prévoir toutes les mesures de contrôle et de surveillance possibles. Aussi, la loi est-elle rédigée de manière suffisamment précise pour permettre à l'organisme désigné d'accomplir son mandat de surveillance et de contrôle mais pas détaillée au point d'empêcher son adaptation progressive (et interprétative) à l'évolution du champ de son application. Par exemple, la *Loi sur la radiodiffusion* de 1968 oblige les stations de radio FM à diffuser 60 % de contenu canadien mais ne spécifie pas ce qu'on entend par contenu canadien.

À cet effet, comme il y a autant de non-dit que de dit dans un texte de loi, il y a souvent matière à interprétation et quelquefois à contestation dans les faits. C'est pour cela d'ailleurs qu'il existe un système judiciaire ■ qui, dans les cas de conflit d'interprétation entre un acteur ou une organisation et l'organisme de contrôle légitimé par la loi, doit trancher. La décision d'interprétation finale (quoique notre système permette plusieurs niveaux d'appel d'une décision judiciaire) se fait sur la base des témoignages des acteurs concernés, d'experts en la matière et de la jurisprudence.

Une fois la loi promulguée, on informe l'organisme responsable, si cet organisme existe déjà (par exemple un ministère), de sa nouvelle tâche. Dans les autres cas, on voit à la constitution d'un nouvel organisme prévu dans la loi. Toute loi est diffusée la journée même de son adoption dans la *Gazette officielle* du Parlement et généralement, dans ses grandes lignes, dans les médias nationaux (journaux, télévision et radio).

L'opérationnalisation

La loi étant promulguée et l'organisme de contrôle et de réglementation mis en place, il importe de prendre en compte certains facteurs qui peuvent rendre difficile l'exécution de la loi. Par exemple on peut interdire le braconnage mais ne pas avoir de ressources financières à affecter à la surveillance des braconniers ni de ressources pour éduquer la population à s'autosurveiller.

Il arrive également que le pouvoir exécutif dépasse les pouvoirs que lui prescrit le pouvoir législatif. Ce qui nous amène à considérer les deux aspects suivants dans la mise en application d'une loi : les procédures et le financement.

Les procédures

Pour chaque organisme responsable, la loi définit un certain nombre de procédures à respecter pour l'accomplissement de sa tâche. Par exemple, en ce qui concerne la loi 65 sur « L'accessibilité à l'information et la protection des renseignements personnels », l'organisme de contrôle, la Commission permanente de l'accès à l'information, doit produire un rapport annuel détaillé de toutes les causes entendues et réglées. En outre, l'organisme peut se doter lui-même de procédures de fonctionnement interne. Ces procédures sont très importantes puisqu'elles sont souvent garantes de l'efficacité de la loi. En effet, on peut ralentir l'application d'une loi par l'édiction d'une série de procédures qui conduisent à la bureaucratisation à outrance de l'organisme, voire à sa paralysie.

À l'inverse, l'absence de procédures explicites peut conduire à un certain arbitraire, à la non-transparence de l'organisme et à du favoritisme dans l'application de la loi.

Le financement

Comme dans le cas des procédures, le mode de financement et la quantité des ressources allouées à un organisme de contrôle et de surveillance peuvent affecter son efficacité. Par exemple, si un organisme a une énorme quantité de tâches de surveillance et qu'on ne lui attribue pas les ressources suffisantes pour effectuer cette surveillance, la loi peut s'avérer quasi inutile dans les faits. Par contre, ce qui est un peu paradoxal, un organisme ayant un surplus de ressources a tendance à se bureaucratiser et à ralentir ainsi l'application de la loi.

La modification ou la disparition

Toute institution doit faire face un jour ou l'autre à un dilemme : s'adapter (en se développant ou en se transformant) ou disparaître. La réalité changeant au rythme des intérêts des acteurs sociaux, de l'évolution de la technologie, des idéologies et des rapports de force, les institutions sociales doivent se modifier. C'est ce qui fait que les institutions sont considérées comme dynamiques et évolutives.

Dans le domaine des communications, *l'évolution technologique* est particulièrement importante. En effet, les institutions qui visent à contrôler la sphère communicationnelle sont fréquemment conçues en fonction de l'état d'avancement de la technologie au moment de la création de la loi qui les légitime. Or, dans le domaine communicationnel, la technologie évolue souvent plus rapidement que les institutions qui visent à contrôler son utilisation. Nous verrons ultérieurement, après la description des institutions québécoises et canadiennes actuelles, comment l'évolution technologique contemporaine conduit à remettre en question nos institutions de communication de même que les nomenclatures juridiques et sociales qui les définissent.

LES INSTITUTIONS DE COMMUNICATION INTÉGRÉES DANS LE SYSTÈME DE COMMUNICATION DE MASSE

Dans les sociétés industrialisées qui ont un système de communication de masse complexe et hautement technologisé, on trouve plusieurs types et niveaux d'organisation. Les institutions de communication ne comptent que pour une partie des organisations occupant l'espace médiatique. Pour quiconque veut situer ces institutions dans l'espace médiatique, il importe de connaître l'ensemble des organismes.

— Les institutions qui sont responsables de la régulation et de la normalisation de l'ensemble du champ communicationnel social. Ces institutions sont généralement les plus près du pouvoir administratif et politique. Dans nos sociétés, ce sont généralement les *ministères des Communications* (ex. : le ministère des Communications fédéral au Canada et le ministère des Communications provincial, au Québec).

— Pour qu'il y ait des institutions de contrôle et de régulation, il doit y avoir des entreprises à réguler. On trouve donc des entreprises de *production*, de *diffusion*, de *distribution* et de *réception* de contenus communicationnels (ex. : la Société Radio-Canada).

— Les institutions qui ont la responsabilité du contrôle, de la surveillance, de la normalisation et de la réglementation du système de communication. Ce sont par exemple des *régies*, des *tribunaux administratifs* ou des *conseils ayant des pouvoirs d'attribution ou de refus des licenses d'opération* des entreprises de communication (ex. : le CRTC au Canada).

— Des organismes représentent les intérêts des entreprises par secteurs d'opération. Ce sont des *associations et des groupes d'intérêts* dont le mandat est de promouvoir et de défendre les intérêts de leurs membres auprès des instances législatives et des institutions de contrôle et de surveillance (ex. : l'Association des radiodiffuseurs).

— Des organismes dont le revenu dépend du système de communication pour leur existence. Ce sont les *maisons de publicité*.

— Certains organismes représentent des factions plus ou moins nombreuses de récepteurs des messages. Ce sont les associations diverses de consommation, des groupes communautaires ou des associations à but non lucratif dont le mandat est de protéger les intérêts de leurs membres consommateurs des produits de ces entreprises (ex. : l'Association des téléspectateurs, l'Institut d'éducation des adultes).

— Des *entreprises produisent des biens et des services autres* que dans le domaine des communications mais utilisent les réseaux de communication par le biais de la publicité pour mousser leurs produits.

— Il y a enfin *les acteurs individuels*, consommateurs des produits offerts par le système, un peu démunis devant l'ampleur des instruments et des ressources de ces entreprises et de ces institutions.

Le schéma de la figure 4.1 visualise les interdépendances entre les différents éléments composant le système de communication mass-médiatique. Ce schéma reprend de façon plus complexe le schéma de la figure 1.1 (voir chapitre 1).

FIGURE 4.1   **Schéma du système de communication de masse dans les pays industrialisés**

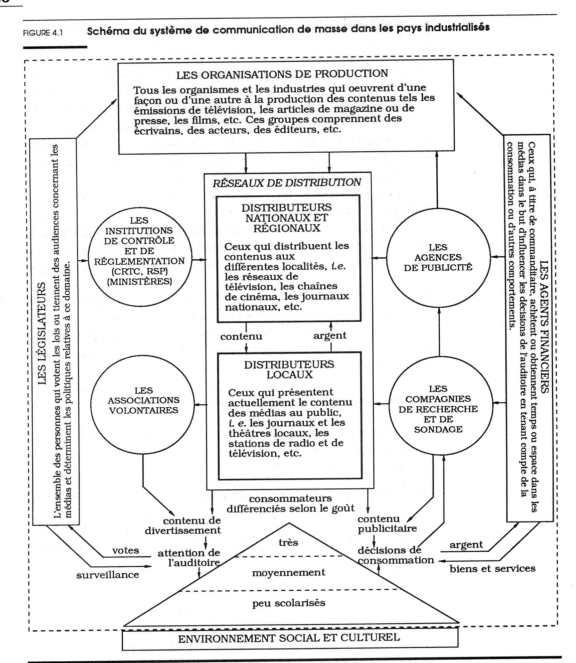

Adapté du schéma de Melvin L. Defleur et Sandra Ball-Rokeach (1975), *Theories of Mass Communication*, New York, David McKay Company inc.

CONCLUSION

Nous avons vu dans ce chapitre que les institutions de communication constituaient les instruments privilégiés d'une société pour contrôler et orienter l'occupation de son espace médiatique par les différentes entreprises. Ces institutions se présentent sous différentes formes mais elles ont en commun la même origine à savoir le pouvoir législatif de la société. À ce titre, toute institution est encadrée par la *loi* qui la constitue. Par ailleurs, nous avons vu également que pour qu'il y ait nécessité de créer des institutions de contrôle et de surveillance de l'espace mass-médiatique il doit y avoir des entreprises de communication qui occupent ce même espace. Ainsi, l'intégration des entreprises de communication et des institutions qui les régissent devient un système de communication mass-médiatique. À cet effet, pour comprendre l'historique, la place et les rôles qu'occupent les institutions de communication dans une société, nous devons évidemment posséder une connaissance élémentaire du système de communication de masse de cette société. Aussi, le prochain chapitre présente brièvement les composantes du système de communication de masse du Québec et du Canada.

LECTURES COMPLÉMENTAIRES

Balle, Francis. 1980, *Médias et société*, Paris, éd. Montchrestien.

Giard, Monique. 1985. *Pour comprendre l'appareil judiciaire québécois*, Québec. Les Presses de l'Université du Québec.

DEUXIÈME
PARTIE

CADRE INSTITUTIONNEL
ET POLITIQUE
DE LA COMMUNICATION

INTRODUCTION

Pour analyser les rôles joués par les institutions de communication par rapport à la culture et à l'accessibilité à l'information, nous devons procéder en trois étapes : connaître le système de communication de masse, connaître les institutions de communication qui encadrent et contrôlent ce système et appliquer notre cadre théorique à la correspondance qui existe entre les deux.

Le chapitre 5 vise à présenter les principales données servant à *décrire le système de communication de masse canado-québécois.* Il comporte un ensemble de tableaux et de statistiques sur la propriété, la répartition géographique, les sources de revenus, l'offre et la réception des émissions et la répartition des auditoires.

Les chapitres 6 et 7 présentent les *institutions de communication québécoises et canadiennes de communication.* On y trouve une description des lois, des règlements et des politiques servant à contrôler le système de communication mass-médiatique canado-québécois.

Dans le chapitre 2, nous avons souligné l'importance du cadre politique sur les institutions de communication. Dans le cas de l'espace médiatique canado-québécois, ce cadre se caractérise par le fait qu'il y a deux niveaux de pouvoir et de contrôle sur les institutions de communication, les niveaux fédéral et provincial. Pour comprendre la nature des institutions de communication, il est donc nécessaire de connaître les rapports historiques entre ces deux niveaux de gouvernement. Le chapitre 8 est consacré à cette question.

La troisième étape, l'analyse comme telle, se fera de deux manières : (1) la superposition du cadre théorique présenté dans les chapitres 2 et 3 sur le contenu des chapitres 5, 6, 7 et 8; (2) l'évaluation des bilans analytiques faits par quelques analystes experts de l'espace médiatique canado-québécois, ce qui est le propre de la dernière partie du volume.

CHAPITRE

5

LES ENTREPRISES DE COMMUNICATION DE MASSE CANADIENNES ET QUÉBÉCOISES

LES OBJECTIFS

Dans ce chapitre vous apprendrez à :
■ identifier les entreprises oeuvrant dans les différents domaines de la radiodiffusion au Canada et au Québec;
■ identifier les caractéristiques de la localisation et du financement de ces entreprises;
■ distinguer les répartitions de l'offre et de la réception des émissions par le système de radiodiffusion, par catégories de récepteurs.

INTRODUCTION

Un système de communication de masse, nous l'avons déjà dit, est composé de plusieurs éléments qui se présentent comme des sous-systèmes : les acteurs-récepteurs, les entreprises de production et de distribution, les organismes de réglementation, les groupes de pression et d'intérêt, etc. Comme cet ouvrage s'attarde aux institutions de communication, nous porterons notre attention sur les composantes du système de communication directement touchées par ces institutions.

Dans ce chapitre nous présentons les principales informations concernant les entreprises de production et de distribution d'émissions canadiennes et québécoises. Nous verrons les caractéristiques de leur offre et de la réception de leurs émissions. Quant aux institutions de réglementation et de contrôle de la communication, elles seront étudiées de manière détaillée dans les chapitres suivants.

Pour la description de ces entreprises, nous nous limitons à une description élémentaire de leur état actuel avec, à l'occasion, un bref préambule historique. De plus, nous privilégions la présentation de tableaux statistiques de manière à faciliter la lecture et l'application de notre cadre théorique. En somme, ce chapitre constitue une série de données décrivant le champ environnemental sur lequel doivent agir les institutions de communication de masse.

PORTRAIT STATISTIQUE DES ENTREPRISES DE PRODUCTION ET DE DISTRIBUTION OEUVRANT AU CANADA ET AU QUÉBEC

Les entreprises de communication de masse se regroupent dans quatre secteurs : la radio, la télévision, la câblodistribution et la diffusion par satellite. Pour chacun d'eux, nous décrirons les systèmes de communication canadiens et québécois en considérant les aspects suivants : la quantité et la propriété des

■ Pour effectuer cette description nous nous sommes largement appuyés sur les informations contenues dans le *Rapport du Groupe de travail sur la politique de la radiodiffusion* (1986).

entreprises, leur répartition géographique, leurs revenus et l'offre et la réception des émissions (la programmation). ■

La radio

La radio au Canada

1. La quantité et la propriété des entreprises au Canada

Au Canada, la radio existe depuis environ 60 ans. Elle est composée d'entreprises privées, publiques et communautaires. De plus on s'entend généralement pour distinguer la radio MA de la radio MF.

En 1984, le Canada possédait 326 stations privées MA et 120 stations privées MF. Il est intéressant de constater l'évolution historique de ces entreprises. La figure 5.1 est éloquente à cet égard.

D'après cette figure, on constate que le nombre de stations MF a presque doublé depuis les dix dernières années alors que celui

---

FIGURE 5.1   **Nombre de stations radiophoniques MA et MF privées au Canada, 1975-1984**

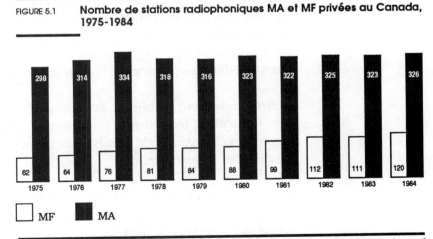

	1975	1976	1977	1978	1979	1980	1981	1982	1983	1984
MA	298	314	334	318	316	323	322	325	323	326
MF	62	64	76	81	84	88	99	112	111	120

☐ MF   ■ MA

SOURCE   Groupe de travail sur la politique de la radiodiffusion. 1986. *Rapport du Groupe de travail sur la politique de la radiodiffusion*, Ottawa, Approvisionnements et Services Canada, p. 420.

des stations MA n'a que légèrement augmenté. Ce qui se traduit par une nette augmentation de l'auditoire de la radio MF soit de 24 %, passant de 17 % à 40 % de l'écoute globale (incluant les entreprises privées et publiques). Cette augmentation s'est faite en partie aux dépens de la radio MA.

> *Le Canada français, avec le quart de la population du pays, comptait 82 stations de radio privées en 1984, soit à peine plus de 18 % du nombre total de stations. À l'extérieur du Québec le nombre de stations privées MA de langue française est demeuré stable durant la période 1979-1984 : quatre en Ontario et deux au Nouveau-Brunswick. Il n'y a aucune station privée MF de langue française hors du Québec. L'augmentation du nombre des stations privées de langue française au Canada entre 1979 et 1984 — elles sont passées de 77 à 82 — est entièrement attribuable à l'augmentation du nombre de stations MF au Québec. (p. 421-423)*

À cette date, le Canada compte 63 stations MA de langue française, 261 de langue anglaise et 2 d'autres langues. Quant aux stations MF, elles sont respectivement au nombre de 19, 100 et 1. Le total des entreprises de radio est de 446 dont 361 de langue anglaise, 82 de langue française et 3 d'autres langues (voir tableau 5.1).

En ce qui concerne la propriété, le taux de concentration des radios est beaucoup plus élevé en Ontario que la moyenne canadienne. En Ontario, 40,7 % des stations de radio sont entre les mains de consortiums alors que la moyenne canadienne se situe autour de 30 %. Au Québec ce pourcentage est de 28,2 % alors que dans les provinces à l'ouest de l'Ontario il est de 36,3 %.

Quant au secteur public, il est occupé par les entreprises de communication fédérales et provinciales. Ces entreprises sont presque exclusivement la propriété de l'État donc sous la responsabilité des gouvernements.

Ainsi, la grande société d'État fédéral est la Société Radio-Canada qui exploite 68 stations de radio dont 47 de langue anglaise et 21 de langue française.

> *Par ailleurs, les stations de radio et de télévision que possède et exploite Radio-Canada sont loin de suffire à la prestation des six*

TABLEAU 5.1   **Nombre de stations privées en opération, 1979, 1984ᵃ**

		STATIONS MA				STATIONS MF				TOTAL			
		Angl.	*Fr.*	*Autres*	*Total*	*Angl.*	*Fr.*	*Autres*	*Total*	*Angl.*	*Fr.*	*Autres*	*Total*
T.-N.	1979	15	0	0	15	1	0	0	1	16	0	0	16
	1984	15	0	0	15	2	0	0	2	17	0	0	17
Î.-P.-É.	1979	3	0	0	3	0	0	0	0	3	0	0	3
	1984	3	0	0	3	1	0	0	1	4	0	0	4
N.-É.	1979	15	0	0	15	5	0	0	5	20	0	0	20
	1984	16	0	0	16	6	0	0	6	22	0	0	22
N.-B.	1979	10	2	0	12	2	0	0	2	12	2	0	14
	1984	10	2	0	12	3	0	0	3	13	2	0	15
Qué.	1979	6	61	0	67	3	10	0	13	9	71	0	80
	1984	6	57	0	63	3	19	0	22	9	76	0	85
Ont.	1979	80	4	1	85	40	0	1	41	120	4	2	126
	1984	85	4	1	90	44	0	1	45	129	4	2	135
Man.	1979	14	0	1	15	4	0	0	4	18	0	1	19
	1984	15	0	1	16	6	0	0	6	21	0	1	22
Sask.	1979	17	0	0	17	2	0	0	2	19	0	0	19
	1984	17	0	0	17	6	0	0	6	23	0	0	23
Alb.	1979	29	0	0	29	8	0	0	8	37	0	0	37
	1984	33	0	0	33	13	0	0	13	46	0	0	46
C.-B./ Yukon, T.N.-O.	1979	58	0	0	58	8	0	0	8	66	0	0	66
	1984	61	0	0	61	16	0	0	16	77	0	0	77
Total	1979	247	67	2	316	73	10	1	84	320	77	3	400
	1984	261	63	2	326	100	19	1	120	361	82	3	446

NOTA   a. Ces stations sont celles tenues de déclarer leurs revenus au CRTC. Le décompte exclut donc les stations réémettrices dont les revenus sont déclarés par leur station de base respective.

SOURCE   Groupe de travail sur la politique de la radiodiffusion. 1986. *Rapport du Groupe de travail sur la politique de la radiodiffusion*, Ottawa, Approvisionnements et Services, p. 422.

principaux réseaux de la Société, qui sont les suivants : télévision de langue française, radio mono de langue française, radio stéréo de langue française, télévision de langue anglaise, radio mono de langue anglaise et radio stéréo de langue anglaise.

Il est possible de se faire une petite idée de la complexité relative des installations de production et de distribution en faisant la comparaison suivante. Les quatre services de base (télévision et radio de langue anglaise, télévision et radio de langue française), qui *exploitent les six réseaux susmentionnés, disposent actuellement d'environ 75 points de production à travers le pays. Ce chiffre inclut tous les centres où est produite une émission quelconque. En revanche, Radio-Canada administre un parc de plus de 1600 émetteurs pour transmettre le programme de ses quatre services, y compris la radio mono et stéréo dans les deux langues.*

Ces points d'émission relèvent essentiellement de trois catégories différentes : les émetteurs faisant partie d'une station appartenant à Radio-Canada, ceux qui font partie d'une station affiliée et les réémetteurs qui sont normalement indépendants des stations. (p. 293)

Les provinces sont quasi absentes de la radio publique. Comme nous le verrons ultérieurement (aux chapitres 6 et 8), cette situation s'explique surtout par un empêchement constitutionnel historique. Cependant certaines tentatives de développer la radio publique ont déjà été faites. Il en est ainsi pour la défunte station CKY de Winnipeg et l'actuelle station CKUA de l'Alberta qui diffuse des émissions éducatives depuis 1927.

Les entreprises de radio communautaire se situent très majoritairement au Québec. En effet, sur 23 stations diffusant à grande échelle, 21 sont au Québec, une en Ontario et une autre en Colombie-Britannique. Par ailleurs, plusieurs petites stations desservent les communautés autochtones et les populations résidant dans le Nord.

Il existe à l'heure actuelle, six stations de radio communautaire MA et 55 stations MF qui desservent les petites localités isolées. Plusieurs ont des émetteurs d'une portée de quelques milles seulement. Ces stations, que l'on trouve dans les localités comme Poste-de-la-Baleine, au Québec, Moosonee, en Ontario, Fort Chipewyan, en Alberta, Old Crow, au Yukon et Tuktoyaktuk, dans les Territoires du Nord-Ouest, offrent des émissions adaptées précisément aux besoins des populations locales. (p. 536)

2. La répartition géographique des entreprises au Canada

En observant le tableau 5.1, on remarque le taux de concentration (49 %) des stations de radio privées dans le centre du Canada (220 stations sur un total de 446). Plus précisément, l'Ontario possède 30 % des stations et le Québec 19 %. Cependant, il importe d'expliquer ces chiffres à l'aide de la répartition géographique de la population canadienne. Comme on le sait, la grande majorité de la population canadienne est également regroupée dans les deux provinces fondatrices, soit l'Ontario et le Québec.

Une autre observation gagne à être soulignée à savoir la présence géographique des stations de langue française. Le Québec possède 93 % des stations de radio de langue française alors que sept provinces n'en détiennent aucune. L'Ontario en possède quatre et le Nouveau-Brunswick, deux.

Quant à la radio publique, dont le service est assuré par Radio-Canada, la répartition géographique des stations émettrices et affiliées à cette Société reflète bien la répartition géographique de la population par province. Cependant, il est important de noter que le siège national de la production et de la diffusion d'émissions en langue anglaise est situé à Ottawa, soit en Ontario, et l'équivalent français à Montréal, soit au Québec.

3. Les sources de revenus et le montant des recettes au Canada

Comme on le sait déjà, les revenus des entreprises de radio privées proviennent exclusivement de la vente de temps d'antenne aux agences publicitaires. En 1984 ces bénéfices ont atteint la somme de 69,3 millions de dollars, ce qui s'est traduit par un profit net avant impôt de 23,9 millions de dollars.

Quant à Radio-Canada, seule représentante des services publics canadiens, ses revenus proviennent de deux sources : la vente de plages publicitaires et les subventions du gouvernement fédéral. Les revenus des messages publicitaires représentent approximativement 25 % de l'ensemble du budget. Évidemment, lorsqu'on parle d'entreprises publiques on ne les comptabilise pas uniquement en termes de bénéfices financiers puisqu'elles n'ont pas pour objectif premier de faire des bénéfices. On parle davantage d'autosuffisance financière et de coûts de production. Ainsi, la production et la diffusion radio de Radio-Canada a coûté en 1984 la somme de 150 millions de dollars.

Pour ce qui est de la radio communautaire, elle est subventionnée en totalité par des sources gouvernementales et autres. Comme ces stations se concentrent surtout au Québec, nous présenterons leurs états financiers dans les pages qui suivent.

La radio au Québec

1. La quantité et la propriété des entreprises au Québec

Le Québec possède 63 stations privées de radio MA, dont 57 de langue française et 6 de langue anglaise. De plus, il possède 22 stations privées de radio MF, dont 19 de langue française et 3 de langue anglaise. L'évolution de la radio au Québec s'est faite au détriment de la radio MA. En effet, de 1979 à 1984, le nombre de stations radio MA a diminué de 4 alors que le nombre de radio MF a augmenté de 9. En pourcentage, les stations de radio québécoises sont à 89,7 % de langue française, alors que 9,4 % sont de langue anglaise. Il n'existe qu'une station multilingue.

Comme nous l'avons dit précédemment, le Québec, comme les autres provinces, ne possède pas de station de radio publique. Cependant, le Québec est bien muni de stations de radio communautaire comparativement aux autres provinces du Canada. Avec 21 stations sur 23 au Canada, il est certain qu'on peut y repérer une dimension de la spécificité culturelle du Québec dans le domaine de la radiodiffusion par rapport aux autres provinces du Canada.

2. La répartition géographique des entreprises au Québec

Si on se rapporte aux régions administratives comme base de référence, celles de Montréal et de Québec possèdent 49,6 % des stations de radio privées et publiques. Il faut dire que près de 72 % de la population du Québec habite ces deux régions. Comme l'indique le tableau 5.2, 83,3 % des stations de langue anglaise se situent à Montréal contre 23,1 % des stations de langue française. Six régions administratives ne sont pas pourvues de stations de langue anglaise alors que toutes le sont d'au moins

TABLEAU 5.2 **Répartition régionale des stations de radio privées et publiques, selon le type technique et la langue, au Québec, 1984**

RÉGIONS ADMINISTRATIVES	MA		MF		FRANÇAIS		ANGLAIS ET AUTRES		TOTAL	
	N	%	N	%	N	%	N	%	N	%
Bas-St-Laurent-Gaspésie	7	10,0	5	10,9	12	11,5	—	—	12	10,3
Saguenay - Lac-St-Jean	8	11,4	3	6,5	11	10,6	—	—	11	9,5
Québec	12	17,1	8	17,4	19	18,3	1	8,3	20	17,2
Trois-Rivières	7	10,0	2	4,3	9	8,6	—	—	9	7,8
Estrie	5	7,1	3	6,5	7	6,7	1	8,3	8	6,9
Montréal	19	27,1	15	32,6	24	23,1	10	83,3	34	29,3
Outaouais	4	5,7	3	6,5	7	6,7	—	—	7	6,0
Abitibi-Témiscamingue	5	7,1	3	6,5	8	7,7	—	—	8	6,9
Côte-Nord	3	4,3	4	8,7	7	6,7	—	—	7	6,0
Total	70	100,0	46	100,0	104	100,0	12	100,0	116	100,0

SOURCE   Ministère des Communications. 1985. *Rapport statistique sur les médias québécois*, gouvernement du Québec, p. 50.

CARTE 5.1 **Répartition régionale des stations de radio de langue française et anglaise MA et MF, au Québec, en 1984**

LÉGENDE

Nombre de stations de langue française

5 à 10

11 à 20

21 à 35

Nombre de stations de langue anglaise

5 à 10

11 à 20

21 à 35

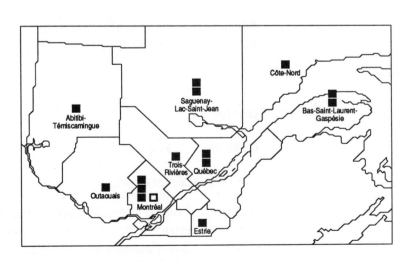

■ Les stations de base sont les stations productrices et émettrices de la majorité des émissions d'un réseau par rapport aux stations affiliées qui sont davantage des points de diffision que de production.

six stations de langue française. Également, les stations de radio MF sont concentrées dans les régions de Montréal et de Québec avec un total de 50 %.

En ce qui concerne la présence de Radio-Canada en région, seules les régions de Trois-Rivières, de l'Estrie, de l'Outaouais et de l'Abitibi-Témiscamingue ne sont pas desservies par des *stations de base*. ■ Cependant, les régions de Trois-Rivières et de l'Abitibi-Témiscamingue sont pourvues de stations affiliées alors que l'Estrie et l'Outaouais sont desservies par les stations de base et affiliées de Montréal et Ottawa.

3. *Les sources de revenus et le montant des recettes au Québec*

Les recettes des entreprises de radiodiffusion privées au Québec proviennent également des produits de la vente de temps d'antenne pour les messages publicitaires. En 1984, ces recettes s'élevaient à 104,5 millions de dollars contre 166,9 en Ontario. Le bénéfice net a été de 5,8 millions au Québec pour 20 millions en Ontario.

Quant aux entreprises de radio communautaire, elles sont autosuffisantes à 37,9 %, leurs revenus provenant de publicité locale. Le reste de leurs revenus est assuré par des subventions venant des différents paliers de gouvernement. Cependant, le gouvernement central (du Québec) les finance à 30 % par l'entremise de divers programmes.

La télévision

La télévision au Canada

1. *La quantité et la propriété des entreprises au Canada*

Le secteur privé de télévision canadienne comptait en 1984, 81 stations émettrices. De ce nombre 15 seulement sont de langue française, ce qui constitue 18,5 % de l'ensemble des stations privées. Il est à souligner que cette proportion est équivalente à celle occupée par les stations de radio de langue française alors que près de 25 % de la population canadienne parle le français à la maison.

Il n'existe aucune station de télévision privée de langue française en dehors du Québec.

> *Près de 80 % des stations de télévision privées au Canada sont exploitées par des entreprises (ou groupes) qui possèdent plus d'une station, et près de 50 % par des groupes qui contrôlent trois stations ou plus. [...] Les stations appartenant aux « groupes » n'occupent pas, en termes d'auditoire, une position aussi dominante en télévision que dans le secteur de la radio. Il est important de rappeler ici que les « groupes » ont été définis, jusqu'à un certain point de façon arbitraire, comme étant propriétaires de deux stations ou plus, en ce qui concerne la télévision, et de sept stations ou plus pour ce qui est du secteur de la radio. (p. 676-677)*

Le secteur public est majoritairement occupé par la Société Radio-Canada. La Société d'État possède 31 stations émettrices de base dont 18 de langue anglaise et 13 de langue française. On peut dès lors s'apercevoir que cette répartition, différente de la répartition linguistique de la population, vise à rétablir un certain déséquilibre engendré par le développement du secteur privé. Car le secteur privé, fonctionnant sous la logique de l'offre et de la demande, se développe surtout auprès de la clientèle plus volumineuse, celle de langue anglaise.

Par ailleurs, certaines provinces ont mis sur pied leur propre Société d'État. Il s'agit de l'Ontario avec TV Ontario, du Québec avec Radio-Québec, de l'Alberta avec Access Alberta et de la Colombie-Britannique avec British Colombia's Knowledge Network of the West.

> *Si les provinces ont pu s'engager dans la radiodiffusion, c'est par le biais de l'éducation qui, en vertu de la constitution, est une matière de compétence provinciale. Néanmoins il y a toujours des tensions entre le fédéral et les provinces au sujet de la radiodiffusion en particulier, et des communications en général. Les pourparlers constitutionnels de 1980 suivaient dix années de négociations sur les communications : six conférences fédérales-provinciales et cinq conférences interprovinciales n'avaient pas suffi pour conclure un accord général. (p. 363)*

■ Pour connaître l'histoire de cette station et une explication possible de son échec, voir le mémoire de maîtrise de Anne Girard (1979) portant le titre de *Analyse critique de l'expérience de la coopération de télévision de l'Outaouais de 1974 à 1977 : les 1 000 jours de CFVQ*, Université de Montréal.

La télévision communautaire s'est développée au Canada surtout grâce à l'obligation impartie aux entreprises de câblodistribution de mettre un canal de diffusion à la disponibilité de la communauté d'inscription.

> *Le CRTC a ouvert la voie à la télévision communautaire en exigeant que tous les câblodistributeurs, à l'exception des petites entreprises, lui réservent un canal. En effet, dans le règlement de 1975 sur la télévision par câble, le canal communautaire est placé au sixième rang des canaux offerts avec l'abonnement de base, de sorte qu'on en trouve un partout sauf chez les petits câblodistributeurs. Dans un énoncé publié en 1975, le CRTC précisait que « le canal communautaire devait devenir une obligation sociale élémentaire du titulaire de licence de télévision par câble ». De l'avis du CRTC, le câblodistributeur sert ainsi son public, en contrepartie des avantages que lui confère la licence. (p. 537-538)*

Mise à part la défunte télévision coopérative CFVO ■ (qui fut entre autres la seule tentative de télévision coopérative à but non lucratif en Amérique du Nord), on ne retrouve des télévisions communautaires que là où il y a des entreprises de câblodistribution. Il ne faut pas négliger pour autant l'ampleur du phénomène. Avec 835 entreprises de câblodistribution à travers le Canada, les possibilités d'avoir des associations de télévision communautaire diffusant sur le canal communautaire sont très grandes. Par ailleurs, il ne faut pas conclure que chaque canal communautaire est systématiquement utilisé par une association. Nous ne possédons pas de chiffres concernant les associations de télévision communautaire au Canada mais la proportion du Québec peut servir d'indicateur à cet effet. Cette proportion est de 33 associations pour 149 entreprises au Québec soit un ratio de 22 %.

2. La répartition géographique des entreprises au Canada

Les entreprises de télévision privées sont surtout concentrées en Ontario et au Québec (voir tableau 5.3).

Sur 81 stations, 41 sont localisées dans ces deux provinces. Il importe de constater également qu'il n'y a aucune station émettrice dans la province de l'Île-du-Prince-Édouard.

TABLEAU 5.3   **Distribution des stations privées de télévision selon leur affiliation, 1979 et 1984ᵃ**

		STATIONS INDÉPENDANTES	TVA AFFILIÉES	CTV AFFILIÉES	CBC AFFILIÉES	RADIO-CANADA AFFILIÉES	TOTAL
T.-N.	1979			3			3
	1984			3			3
Î.-P.-É.	1979						
	1984						
N.-É.	1979	0		2			2
	1984	1		2			3
N.-B.	1979			1	1		2
	1984			1	1		2
Qué.	1979		9	1	1	6	17
	1984		10	1	1	5	17
Ont.	1979	4		8	11		23
	1984	4		9	11		24
Man.	1979	1		3	1		5
	1984	1		3	1		5
Sask.	1979			4	5		9
	1984			5	5		10
Alb.	1979	3		3	3		9
	1984	3		3	3		9
C.-B., Yukon et T.N.-O.	1979	1		1	6		8
	1984	1		2	5		8
Canada	1979	9	9	26	28	6	78
	1984	10	10	29	27	5	81

NOTA   a. Les stations considérées dans ce tableau sont celles tenues de déclarer leurs revenus auprès du CRTC. Le décompte exclut donc les stations réémettrices dont les revenus sont déclarés par leur station de base respective, sauf huit stations réémettrices du réseau CTV qui déclarent individuellement leurs revenus de publicité locale.

SOURCE   Groupe de travail sur la politique de la radiodiffusion. 1986. *Rapport du Groupe de travail sur la politique de la radiodiffusion*, Ottawa, Approvisionnements et Services, p. 454.

3.   Les sources de revenus et le montant des recettes au Canada

Comme la radio privée, la télévision privée tire ses revenus de la vente de périodes de temps d'antenne aux annonceurs de messages publicitaires. Par exemple, 30 secondes de temps d'antenne pendant l'émission *Le Temps d'une Paix* coûtait 50 000 dollars. En 1984, les recettes des entreprises privées se sont élevées à 899 millions de dollars soit presque le double de 1979.

Même si dans le cas de la télédiffusion privée, les recettes de publicité ne représentent pas un pourcentage aussi élevé des recettes totales que pour la radio privée, il reste qu'en 1984 elles représentaient 90 % des recettes totales, soit 817 millions de dollars sur un total de 899 millions de dollars. [...] Les recettes publicitaires per capita de la télévision au Canada ne représentent que la moitié de celles des États-Unis et les recettes publicitaires totales correspondent à un pourcentage beaucoup plus modeste du produit national brut que dans le cas des Américains. (p. 457)

Pour la télévision publique, soit pour Radio-Canada :

Il a toujours été difficile de comparer les coûts, par réseau et par région, de la télévision de langue anglaise et celle de langue française, ou de la télévision et de la radio, à cause du système de responsabilité financière propre à Radio-Canada et du croisement des fonds et des services à de nombreux endroits. (p. 299)

Cependant, le budget total de Radio-Canada était de 1,1 milliard en 1986. De ce montant, plus de 22 % proviennent des recettes des activités commerciales de la Société, le reste provenant du gouvernement fédéral (donc des impôts des contribuables) par l'intermédiaire des crédits alloués par le Parlement.

Pour les stations de télévision communautaire, nous ne possédons aucune donnée statistique colligée pour l'ensemble du Canada. Cependant, nous vous référons à la description de la situation québécoise pour avoir une idée approximative de la situation au Canada.

La télévision au Québec

1. La quantité et la propriété des entreprises au Québec

De 1979 à 1984, le nombre de stations de télévision privées est demeuré stable au Québec, soit 18. De ce nombre, 15 sont de langue française et deux de langue anglaise. La concentration des stations de télévision privées est très élevée au Québec. Près de 88 % d'entre elles appartiennent à des sociétés ayant au moins deux stations. Télé-Métropole et Pathonic Inc. possèdent la majorité des stations du réseau TVA et contrôlent presque la moitié des stations privées au Québec.

On dénombre 15 stations de télévision publiques, ce qui constitue près de la moitié des stations de télévision du Québec. Cependant, la majeure partie de ces stations émettrices appartiennent à la Société Radio-Canada (CBC et CBFT). Radio-Québec est la seule station publique appartenant à l'État québécois. Comme nous l'avons mentionné précédemment, d'après la Constitution, la seule possibilité pour les provinces de s'immiscer dans le secteur des communications est celle de l'éducation.

> *[Cependant] en dépit de l'entente fédérale-provinciale qui définissait la radiodiffusion éducative, chacune des provinces formula à sa guise le mandat confié à sa société de diffusion. Le comité Clyne recommanda de reconnaître officiellement cette liberté de fait que pratiquaient les provinces dans la programmation. [...] À Radio-Québec, la conception qui préside au choix des émissions dépasse largement l'éducation au sens strict car on cherche à faire de la télévision d'État québécoise un instrument adapté à l'expression vigoureuse de la culture française au Canada. Quand on compare les programmes, il est parfois difficile de percevoir ce qui distingue Radio-Québec de Radio-Canada. Selon une autorisation spéciale obtenue du CRTC, Radio-Québec diffuse, pour une période d'essai de deux ans, des messages publicitaires comme on en trouve à la télévision traditionnelle. Une entente signée en 1985 entre Ottawa et Québec prévoit l'extension des services de Radio-Québec aux communautés francophones du pays au moyen d'une liaison satellite-câble; les modalités d'application de l'entente sont cependant encore à l'étude.* (p. 364-365)

Pour ce qui est des stations communautaires, nous avons déjà mentionné que le Québec en possédait le plus grand nombre au Canada. En effet, grâce à l'aide du gouvernement provincial, près de 33 associations de médias communautaires ont vu le jour.

> *La compétence des associations communautaires s'est accrue dans la présentation et la mise en ondes des émissions. À l'instar des radios communautaires, les télévisions communautaires mettent l'accent sur la formation des bénévoles à la production et à l'exploitation. Elles servent souvent de terrain d'essai pour les gens qui désirent faire carrière dans la radiodiffusion. [...] Les associations de télévision communautaire du Québec produisent des émissions semblables à celles des radios communautaires. Les émissions d'informations portent sur les événements sociaux, politiques, économiques et culturels de dimension locale. Ces sujets font également l'objet de documentaires afin d'aider les citoyens à prendre des décisions mieux informées dans leur vie sociale.* (p. 539)

2. La répartition géographique des entreprises de télévision au Québec

À la lumière du tableau 5.4, on peut déduire que la répartition géographique et linguistique, en fonction des régions administratives du Québec, est relativement proportionnelle à la répartition démographique de la population. Ce phénomène est également vrai pour les deux secteurs public et privé. Cependant, il est intéressant de noter que, dans les régions de l'Outaouais et du Bas-Saint-Laurent, le secteur public semble surreprésenté par rapport au secteur privé. Ce qui lui fait jouer un rôle supplétif aux carences du marché régional dans ces régions.

TABLEAU 5.4 **Répartition régionale et linguistique des stations de télévision, selon le type de propriété, au Québec, 1984**

	PRIVÉE		PUBLIQUE	
	N	%	N	%
RÉGIONS ADMINISTRATIVES				
Bas-St-Laurent-Gaspésie	2	11,8	4	22,2
Saguenay-Lac-St-Jean	2	11,8	1	5,6
Québec	4	23,5	2	11,1
Trois-Rivières	2	11,8	1	5,6
Estrie	2	11,8	1	5,6
Montréal	2	11,8	3	16,7
Outaouais	1	5,9	3	16,7
Abitibi-Témiscamingue	2	11,8	1	5,6
Côte-Nord	—	—	2	11,1
LANGUE PRINCIPALE				
Française	15	88,2	17	94,4
Anglaise	2	11,8	1	5,6
TOTAL	17	78,6	18	51,4

SOURCE Ministère des Communications. 1985. *Rapport statistique sur les médias québécois,* gouvernement du Québec, p. 71.

CARTE 5.2   **Répartition régionale des stations de télévision, selon le type de propriété au Québec, en 1984**

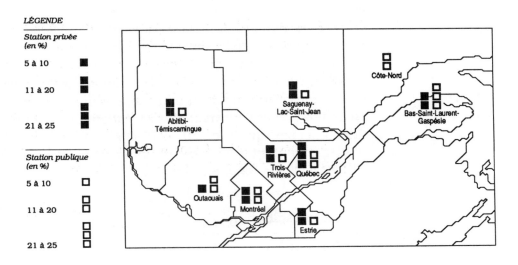

3. *Les sources de revenus et le montant des recettes au Québec*

Les entreprises de télévision privées au Québec ont généré des recettes de 181 millions de dollars en 1984 pour des dépenses de 131 millions, ce qui se traduit par un bénéfice avant impôt de 50 millions de dollars. Les chiffres correspondant pour l'Ontario sont de 327,6 millions pour les recettes et de 251,5 millions pour les dépenses soit un bénéfice avant impôt de 76 millions de dollars.

Mis à part les effectifs de Radio-Canada en territoire québécois, le secteur public se réduit à la station Radio-Québec. En 1986 Radio-Québec tirait la majeure partie de ses revenus (85 %) des crédits attribués par le gouvernement du Québec par le biais de l'Assemblée nationale.

Quant aux entreprises communautaires, elles sont subventionnées à 64,1 % par les deux paliers de gouvernement (mais

surtout par le gouvernement du Québec) et par quelques municipalités et organismes publics et parapublics (municipalités,
conseils scolaires, etc.). Étant à but non lucratif, comme les
entreprises publiques, il est inutile de parler de leur revenu.
Cependant il est intéressant de souligner qu'elles ont reçu des
subventions de l'ordre de 1,925 million de dollars en 1985 contre
1,225 en 1982. Cependant si on tient compte de l'augmentation
des stations, cette augmentation des subventions se transforme
en diminution des subventions par station. En effet, le nombre
des stations est passé de 20 en 1982 à 37 en 1985, ce qui fait
passer le montant moyen de subvention annuelle par station de
61 272 dollars à 52 028 dollars.

La câblodistribution

La câblodistribution au Canada

1. La quantité et la propriété des entreprises au Canada

Quoique plus récent, le marché de la câblodistribution n'en est
pas moins actif au Canada. De 2,1 millions d'abonnés qu'il était
en 1973, il est passé à 5,4 millions en 1985. Ce qui constitue
environ 60 % des foyers canadiens et 75 % du pourcentage des
foyers potentiellement desservis par le câble (80 % des foyers
canadiens). En 1984, il y avait 527 réseaux de câblodistribution au Canada dont 392 de plus de 1 000 abonnés et 135 de
moins de 1 000 abonnés. La propriété des entreprises est strictement privée et a évolué de plus en plus vers la concentration
entre les mains de quelques consortiums en câblodistribution.
À ce titre, on peut y observer un certain parallélisme avec l'évolution de la téléphonie qui a débuté avec une prolifération de
petites entreprises pour aboutir, après de multiples fusions, à la
constitution de véritables monopoles. Ainsi, en 1985, 75 % des
abonnés étaient desservis par les 12 plus grandes entreprises de
câblodistribution et plus de la moitié l'était par uniquement cinq
compagnies.

Comme ces entreprises ne produisent pas d'émission mais ne
font que fournir des services de distribution et de diffusion, la

distinction des appartenances linguistiques n'a pas de signification. Toutefois, comme nous le verrons plus loin, ce sera au niveau de l'offre et de la réception des émissions que nous devrons en tenir compte.

2. La répartition géographique des entreprises au Canada

La câblodistribution pénètre différemment les provinces et les milieux urbains du Canada. Comme l'indique le tableau 5.5, les écarts entre les provinces sont assez grands.

Par exemple, Terre-Neuve n'est desservi qu'à 49 % alors que la Colombie-Britannique l'est à 92,5 %. On retrouve des écarts aussi importants entre les villes, et surtout entre les villes francophones et anglophones.

> *Selon Statistique Canada, la proportion des foyers abonnés au câble, à la fin de 1984, dans les principaux centres urbains, était de 92 % à Victoria; 95 % à Vancouver; 83 % à Edmonton; 84 % à Calgary, 74 % à Regina; 90 % à Winnipeg; 85 % à London; 84 % à Toronto et 80 % à Ottawa-Hull. Cependant, la situation est différente dans les villes francophones. En 1984, le taux d'abonnement n'était que de 55 % à Montréal, 60 % à Québec et 57 % à Chicoutimi-Jonquière. (p. 599)*

TABLEAU 5.5   **Pénétration du câble selon les provinces, 1986**

1984	T.-N.	Î.-P.-É.	N.-É.	N.-B.	QUÉ.	ONT.	MAN.	SASK.	ALB.	C.-B.	CANADA
Foyers desservis en pourcentage du nombre total de foyers[a]	49,1	45,0	62,0	58,1	79,6	82,4	76,5	59,4	85,4	92,5	80,0
Nombre d'abonnés en pourcentage du nombre de foyers desservis	74,4	88,9	85,6	87,2	59,6	82,3	83,4	68,2	72,6	88,0	75,9
Nombre d'abonnés en pourcentage du nombre total de foyers	36,5	40,0	53,1	50,7	47,5	67,8	63,9	40,6	62,0	81,4	60,8

NOTE   a. Les estimations du nombre de foyers incluent les maisons mobiles mais excluent les foyers du Yukon et des Territoires du Nord-Ouest, ceux des réserves indiennes, des territoires de la couronne ainsi que les détenus des établissements pénitenciers. Sont aussi exclus les foyers vivant sur les bases militaires et ceux vivant en communauté (Hôtels, maisons de chambres, clubs, camps de bûcherons, chantiers de construction...).

SOURCE   Groupe de travail sur la politique de la radiodiffusion. 1986. *Rapport du Groupe de travail sur la politique de la radiodiffusion,* Ottawa, Approvisionnements et Services, p. 600.

CARTE 5.3 **Pénétration du câble selon les provinces, en 1984**

FOYERS DESSERVIS, EN POURCENTAGE DU NOMBRE TOTAL DE FOYERS

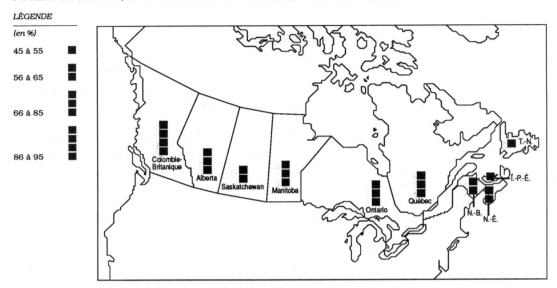

NOMBRE D'ABONNÉS, EN POURCENTAGE DU NOMBRE TOTAL DE FOYERS

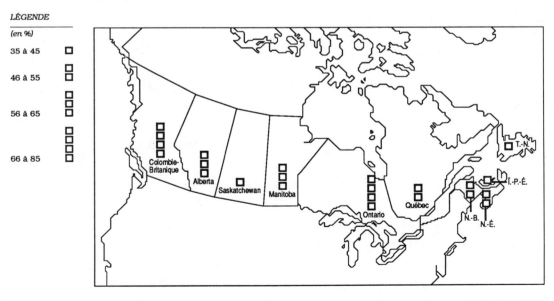

3. *Les sources de revenus et le montant des recettes au Canada*

L'industrie de la câblodistribution tire la majeure partie de ses revenus des frais d'abonnement pour les services de base. De plus on offre de plus en plus de services facultatifs (et, comme nous le verrons ultérieurement, cette offre de services ira en augmentant), comme les services de surveillance et sécurité à domicile, le télé-achat, la banque à domicile, la télévision payante, etc. En 1984, cette industrie générait des revenus de 695 millions de dollars dont 587 de son service de base et 108 des services facultatifs. Une fois les dépenses diverses, les intérêts et les amortissements soustraits (440 millions), il reste 84,7 millions de dollars de profit avant impôt, ce qui représente 12,2 % des recettes brutes. (p. 605)

La câblodistribution au Québec

1. *La quantité et la propriété des entreprises au Québec*

En 1984, le Québec possédait 157 entreprises de câblodistribution dont 94 de plus de 1 000 abonnés et 63 de moins de 1 000 abonnés. Ces entreprises étaient toutes privées. Cependant l'évolution de ces entreprises s'est faite différemment au Québec qu'ailleurs au Canada.

> *Au Québec, la situation est différente de ce que l'on connaît dans toutes les autres régions du Canada. Bien que la proportion des foyers québécois ayant accès au câble soit à peu près la même qu'en Ontario, la proportion des abonnés y est beaucoup plus faible (48 % contre 68 %). En effet, pour des raisons principalement linguistiques et culturelles, sur l'ensemble des foyers québécois desservis par le câble, seuls 60 % ont décidé de s'y abonner, ce qui constitue la plus faible proportion parmi toutes les provinces. (p. 599-600)*

2. *La répartition géographique des entreprises au Québec*

Comme l'indique le tableau 5.6, on relève des écarts notables du nombre d'abonnés entre les régions. À ce titre, la région de Montréal avec 19,3 % des réseaux compte 56,3 % des abonnés. Par contre la région de Québec, avec 24,7 % des réseaux compte seulement 15,9 % des abonnés.

TABLEAU 5.6 **Répartition régionale des réseaux de câblodistribution, des abonnés actuels et du nombre moyen d'abonnés par réseau, Québec, 1985**

RÉGIONS ADMINISTRATIVES	RÉSEAUX		ABONNÉS ACTUELS		NOMBRE MOYEN D'ABONNÉS SUR 148 RÉSEAUX
	N	%	N	%	
Bas-St-Laurent-Gaspésie	11	7,3	19 783	1,7	1 798
Saguenay-Lac-Saint-Jean	12	8,0	52 643	4,6	4 387
Québec	37	24,7	183 221	15,9	4 952
Trois-Rivières	22	14,7	89 866	7,8	4 085
Estrie	20	13,3	72 136	6,2	3 607
Montréal	29	19,3	650 638	56,3	22 436
Outaouais	6	4,0	51 980	4,5	8 663
Abitibi-Témiscamingue	8	5,3	22 351	1,9	2 794
Côte-Nord	5	3,3	12 832	1,1	2 566
TOTAL	150	100,0	1 555 450	100,0	7 703

SOURCE   Ministère des Communications. 1985. *Rapport statistique sur les médias québécois*, gouvernement du Québec, p. 104.

CARTE 5.4 **Répartition régionale des réseaux de câblodistribution au Québec, en 1985**

LÉGENDE

Réseaux (en %)

1 à 5

6 à 10

11 à 15

16 à 25

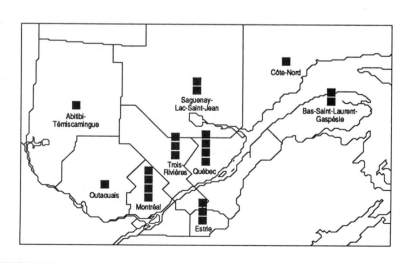

CARTE 5.5 **Répartition régionale du nombre d'abonnés aux réseaux de câblodistribution au Québec, en 1985**

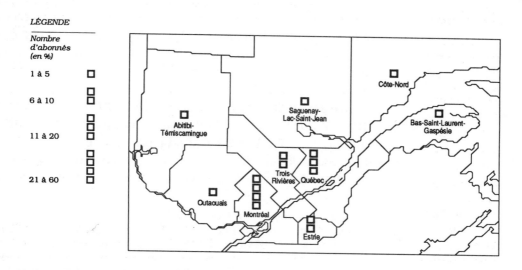

LÉGENDE

Nombre
d'abonnés
(en %)

1 à 5

6 à 10

11 à 20

21 à 60

2. *Les sources de revenus et le montant des recettes au Québec*

Au Québec, en 1983, l'industrie de la câblodistribution a généré des recettes de 116,8 millions de dollars, ce qui s'est traduit par un bénéfice d'exploitation (avant déduction pour intérêts, redressements, impôts) de 45,4 millions de dollars. Pour l'Ontario, ces chiffres étaient respectivement de 191,7 millions et 81 millions de dollars. Enfin, il faut noter que cette industrie a connu une croissance annuelle moyenne de son bénéfice d'exploitation de 17,8 % au Québec depuis 1974, alors que celui de l'Ontario a été de 11,4 %.

La diffusion par satellite

Les satellites de communication sont utilisés de plusieurs façons : retransmission des émissions de radio et de télévision, collecte de renseignements, production et mise en souscription d'émissions. Au Canada, le développement et l'exploitation des satellites sont sous le monopole de Télésat Canada. Ce monopole est constitué principalement de représentants du gouvernement fédéral et de quelques grandes entreprises oeuvrant dans le domaine des télécommunications. Ce regroupement originalement appelé Réseau téléphonique transcanadien (RTT), s'appelle aujourdhui Télécom Canada. Télésat Canada compte actuellement quatre séries de satellites (série ANIK A, ANIK B, ANIK C, ANIK D) et est sur le point de lancer une cinquième série, ANIK E. Le financement de Télésat Canada provient en partie des frais d'utilisation des différentes bandes par les entreprises de radiodiffusion et de télécommunication, et en partie de fonds gouvernementaux.

> *Télésat a reçu 1,8 million de dollars en 1981, 5,2 millions en 1982, la somme impressionnante de 28 millions de dollars en 1983 et 18,8 millions en 1984. En 1985, Télésat et Télécom Canada ont dû négocier l'entente d'interconnexion conclue en 1976 : Télésat est restée membre de Télécom Canada, mais les paiments versés par ce dernier à Télésat ne devraient plus désormais excéder les 20 millions de dollars en 1985, 1986 et 1987, date à laquelle ils devraient être interrompus. Par contre, Télésat Canada a été autorisé à commercialiser ses services, Télécom Canada s'engageant à louer quatre transpondeurs jusqu'au milieu des années 1990. Cette entente fait l'objet de l'approbation définitive du CRTC en mai 1986. (p. 647)*

L'offre et la réception (l'écoute) des émissions de radio et de télévision

Pour saisir les impacts du cadre institutionnel et politique de la communication sur l'accessibilité à l'information et la culture, il n'est pas suffisant de connaître les caractéristiques socio-économiques des moyens de production. Il faut en plus, connaître les caractéristiques socio-culturelles des émissions par rapport à ce qui est émis et ce qui est reçu.

En communication de masse on appelle cette émission et cette réception, l'offre et la réception, ce qui correspond à l'offre et la demande dans le domaine économique. Il importe d'apporter une nuance à savoir que dans les communications la demande s'identifie davantage à ce que les récepteurs décident d'écouter ou de regarder par rapport à ce qui est présenté que par rapport à une demande exprimée avant la création et l'offre des produits. Cela ne signifie pas qu'il est impossible de savoir ce que les acteurs sociaux veulent voir ou entendre sans leur présenter un produit déjà conçu mais que par rapport aux activités de ventes de biens et services traditionnels, les études de marché sont très difficiles à conduire car l'idée du produit ne peut être testée que sous sa forme d'offre finale. Dans le domaine des communications, on choisit entre les offres quand il y en a plusieurs, c'est ce qui définit la demande. Par ailleurs, si on n'a pas de choix (c'est le cas de régions qui ne reçoivent qu'un poste de radio ou qu'un canal de télévision) et qu'on ne connaît pas de possibilité d'élargir ou de diversifier les choix, la demande correspond donc à l'offre.

De plus, il importe de rappeler une autre dimension de la communication mass-médiatisée à savoir la possibilité de diffuser des émissions de toute autre origine culturelle ou représentant une toute autre réalité que celle de la source de diffusion et de réception. Cet aspect est d'une importance majeure lorsqu'il s'agit de scruter les statistiques d'offre et de réception en plus des caractéristiques socio-économiques des moyens de production et de diffusion.

Dans les pages suivantes nous présenterons de manière synthétique les statistiques les plus *signifiantes* (en regard de notre objectif) de l'offre et de la réception d'émissions de radio et de télévision au Canada et au Québec. Là où les données existent, nous comparerons les statistiques des systèmes de communication canadien et québécois.

La radio

D'après les figures 5.2 et 5.3, la part d'écoute occupée par le secteur public (CBC et SRC) est très mince. On observe également une nette progression de l'écoute de la radio MF aux dépens de la radio MA et ce, surtout de 1968 à 1982. Depuis 1982 la

FIGURE 5.2 **Répartition de l'écoute totale de la radio de langue anglaise au Canada, automne 1968 — automne 1984**

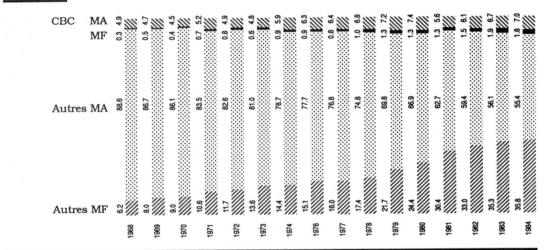

SOURCE   Groupe de travail sur la politique de la radiodiffusion. 1986. *Rapport du Groupe de travail sur la politique de la radiodiffusion*, Ottawa, Approvisionnements et Services, p. 134.

FIGURE 5.3 **Répartition de l'écoute totale de la radio de langue française au Canada, automne 1968 — automne 1984**

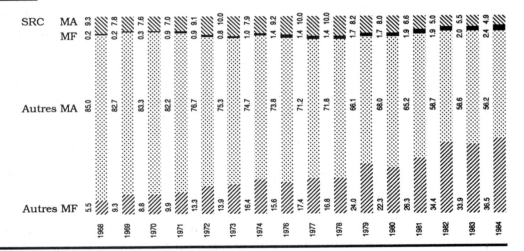

SOURCE   Groupe de travail sur la politique de la radiodiffusion. 1986. *Rapport du Groupe de travail sur la politique de la radiodiffusion*, Ottawa, Approvisionnements et Services, p. 135.

proportion d'écoute entre les deux types de radio est demeurée stable.

> *Selon les données du BBM pour l'automne 1984, 13 % de l'écoute de la radio par les francophones revient aux stations anglaises. Ce pourcentage est surtout attribuable à la forte écoute de stations anglaises par les francophones hors Québec. Les données pour l'automne 1985 indiquent que 62 % de leur écoute allait à des stations anglaises. Au Québec, ce pourcentage n'était que de 8 %. L'écoute de stations françaises par les anglophones est négligeable.* (p. 137)

Toujours selon le rapport du Groupe de travail sur la radiodiffusion, même s'il est possible de capter de nombreuses stations de radio américaines dans les grands centres urbains, comme Toronto et Vancouver, celles-ci ne représentent qu'un peu moins de 4 % de l'écoute totale au niveau du pays. Par ailleurs, les stations de radio des grands centres attirent l'auditoire des régions en périphérie. Ainsi, les stations de radio des trois centres urbains que sont Montréal, Toronto et Vancouver, avec 30 % de la population canadienne, drainent 43 % des auditoires.

Pour ce qui est des émissions offertes, la grande majorité est de nature musicale et les enregistrements sont produits par des géants internationaux provenant de la Grande-Bretagne, de l'Allemagne, des Pays-Bas et des États-Unis. « À part quelques exceptions, ces sociétés se soucient fort peu de développer la musique ou le talent canadiens ». Comme nous le verrons dans le chapitre suivant, l'institution de réglementation et de surveillance des communications au Canada, le CRTC, oblige les stations de radio à diffuser un certain pourcentage de leur programmation en contenu canadien et en français.

> *À la radio MA, 30 % des oeuvres musicales diffusées doivent être canadiennes. De plus, soit les paroles, soit la musique, de 5 % au moins de tous les morceaux présentés, doivent être d'un compositeur canadien.* (p. 139)

Pour la radio MF ce pourcentage varie de 10 à 30 % selon la catégorie musicale. Compte tenu de l'exigence d'obtenir des cotes d'écoute élevées, les stations de radio remplissent souvent les exigences du CRTC en faisant tourner à plusieurs reprises le même disque. Ce qui, à la longue peut nuire à la vedette (par saturation de l'auditoire) et aux autres artistes canadiens.

> Dans un monde musical dominé par les distributeurs internationaux et un nombre limité de vedettes de concert, on risque de perdre une tradition aussi riche que la musique country au Canada. [...] Bien que le Québec francophone possède une plus forte tradition de vedettes que le Canada anglais, il a également subi, comme le reste du monde, les effets des exportations musicales anglo-américaines. Les auteurs-compositeurs-interprètes, les « chansonniers », ont souffert de cette concurrence. Ainsi, la prédominance du rock, considéré par beaucoup comme une forme de musique mieux adaptée à la langue anglaise, a poussé des artistes québécois à écrire et à enregistrer en anglais. (p. 139-140)

La télévision

La télévision n'a pas suivi la même évolution que la radio. En effet, on y trouve beaucoup moins d'entreprises et elles sont davantage concentrées entre les mains de quelques conglomérats. De plus la télévision étant un médium à deux langages, l'auditif et le visuel (d'aucuns en voient même un troisième, le scripto-visuel), elle offre davantage de possibilités de combiner diverses catégories d'émissions. Ces caractéristiques ont des répercussions sur l'offre et la réception des émissions de même que sur la manière de les comptabiliser.

Avant de poursuivre, il importe de souligner que le Canadien et le Québécois moyen passent environ 22 à 23 heures par semaine devant son appareil de télévision. Pour remplir leurs heures, en 1984, les citoyens canadiens pouvaient avoir accès à une moyenne de 7,5 stations de télévision. Pour la même année, un citoyen de langue anglaise avait accès à 52 000 heures de diffusion annuelle alors qu'un spectateur francophone avait accès à 20 700 heures de télévision en français. Une fois de plus, on note de grands écarts entre les provinces.

> En 1984, les habitants de deux provinces seulement, l'Ontario et la Colombie-Britannique, avaient accès à un nombre de stations plus élevé que la moyenne nationale. Les habitants de Terre-Neuve, de l'Île-du-Prince-Édouard, du Nouveau-Brunswick et du Québec étaient ceux, qui, avec environ quatre stations, avaient le moins de choix.

Dans l'ensemble la disponibilité est fonction de la taille du marché : les grands marchés ont droit à de meilleurs services de câblodistribution et peuvent se permettre un plus grand nombre de stations locales. (p. 100)

Cependant, il importe de nuancer la quantité d'heures à la disponibilité des spectateurs à savoir que bon nombre d'émissions ne sont pas des productions originales, qu'elles font l'objet de reprises et que les mêmes émissions (surtout des séries américaines) sont fréquemment diffusées dans différentes stations aux mêmes heures ou à des heures différentes (par exemple les séries *Dallas, Dynastie, Three's company,* etc.).

Toutefois, on pourrait croire que le choix est plus diversifié pour les téléspectateurs de langue anglaise que pour ceux de langue française et que cette démarcation s'avère d'autant plus grande que les téléspectateurs sont abonnés à un service de câblodistribution. Pourtant, il n'en est rien.

Une étude de 1980 a révélé que le degré de diversité des émissions, mesuré à partir d'un indice spécialement conçu à cet effet, n'était pas proportionnelle à l'accroissement, sur un marché, du nombre de stations. Au contraire, la diversité avait tendance à diminuer au fur et à mesure qu'étaient créées de nouvelles stations. L'étude révélait également que l'arrivée d'une station américaine dans un marché représentait le moyen le moins efficace pour augmenter la diversité. Enfin, l'étude concluait que les stations propriété de Radio-Canada, ou ses stations affiliées, offraient, par rapport aux groupes de stations privées, une plus grande diversité et présentaient un plus grand équilibre entre les genres d'émission. (p. 102)

Une façon de mesurer la popularité ou le succès respectif (ce qui est une mesure de l'adéquation de l'offre à la demande) des émissions de télévision est de mettre en relation la disponibilité des catégories d'émissions et leur écoute respective. Les figures des pages suivantes présentent ces rapports pour la télévision des deux langues officielles au Canada.

Ces figures révèlent d'importants renseignements. Ainsi :

1. 54 % des heures offertes à la télévision anglaise et 50 % à la télévision française sont des divertissements : dramatiques, variétés, etc.

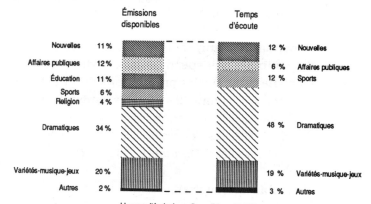

FIGURE 5.4 **Disponibilité et temps d'écoute de divers types d'émissions de langue anglaise, du lundi au dimanche, 6 h à 2 h, année civile 1984**

Heures d'émissions disponibles : 51 900ᵃ

NOTE a. Le nombre d'heures disponibles de télévision de langue anglaise renvoie à la somme des émissions diffusées par toutes les stations de télévision de langue anglaise disponibles au Canada en 1984. Le nombre d'heures allouées aux émissions diffusées par des stations en particulier ou en réseaux est pondéré en fonction du nombre potentiel d'auditeurs (Canadiens anglophones et francophones, âgés de 2 ans et plus.)

SOURCE Groupe de travail sur la politique de la radiodiffusion. 1986. *Rapport du Groupe de travail sur la politique de la radiodiffusion,* Ottawa, Approvisionnements et Services, p. 103.

FIGURE 5.5 **Disponibilité et temps d'écoute de divers types d'émissions de langue française, du lundi au dimanche, 6 h à 2 h, année civile 1984**

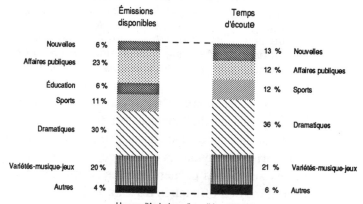

Heures d'émissions disponibles : 20 700ᵃ

NOTE a. Le nombre d'heures disponibles de télévision en langue française est défini de la même manière que la Note a de la figure 5.4 sauf qu'ici les émissions diffusées par les stations ou réseaux de langue française ne sont pondérées qu'en fonction du nombre potentiel d'auditeurs francophones (âgés de 2 ans et plus.)

SOURCE Groupe de travail sur la politique de la radiodiffusion. 1986. *Rapport du Groupe de travail sur la politique de la radiodiffusion,* Ottawa, Approvisionnements et Services, p. 104.

2. Du côté anglais, 48 % de l'écoute est attribuée aux émissions dramatiques alors que l'offre d'émissions dramatiques ne représente que 34 %. Du côté français, ces proportions sont de 36 % et 30 %.

3. Malgré les croyances populaires seulement 12 % de l'écoute va aux sports, ce qui représente presque le même pourcentage que les émissions d'information.

4. Du côté anglophone, l'offre d'émissions religieuses et éducatives représente 15 % de la programmation alors que l'écoute est presque nulle.

5. Les émissions religieuses sont absentes de la programmation francophone.

6. La disponibilité et la réception semblent correspondre, peu importe la langue, pour ce qui est de la programmation des émissions de variétés et d'information.

7. On remarque une nette différence entre les deux communautés linguistiques pour ce qui a trait aux émissions d'affaires publiques. Alors que du côté anglais, l'offre de ces émissions compte pour 12 % de la programmation totale et l'écoute pour 6 %, du côté français ces pourcentages sont de 23 et de 12.

Les figures 5.6 et 5.7 peuvent être résumées ainsi :

1. Les dramatiques comptent pour 54 % de l'offre et 60 % de l'écoute du côté anglais contre 37 % et 49 % du côté français. La grande majorité des émissions dramatiques offertes à ces heures sont d'origine étrangère principalement des États-Unis, des réseaux ABC, CBS et NBC.

2. À l'inverse des émissions sportives, l'écart entre l'offre et la demande d'émissions d'affaires publiques est moins grand du côté anglophone que du côté francophone.

FIGURE 5.6 **Disponibilité et temps d'écoute de divers types d'émissions de langue anglaise, du lundi au dimanche, 19 h à 23 h, année civile 1984**

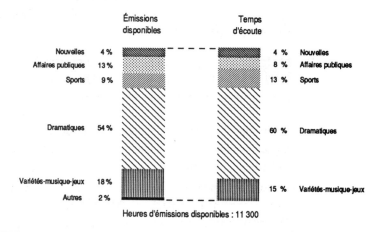

SOURCE   Groupe de travail sur la politique de la radiodiffusion. 1986. *Rapport du Groupe de travail sur la politique de la radiodiffusion*, Ottawa, Approvisionnements et Services, p. 105.

FIGURE 5.7 **Disponibilité et temps d'écoute de divers types d'émissions de langue française, du lundi au dimanche, 19 h à 23 h, année civile 1984**

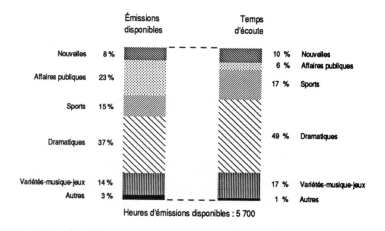

SOURCE   Groupe de travail sur la politique de la radiodiffusion. 1986. *Rapport du Groupe de travail sur la politique de la radiodiffusion*, Ottawa, Approvisionnements et Services, p. 106.

Les figures 5.8 et 5.9 mettent en évidence certaines facettes de l'offre et de la réception d'émissions.

1. Du côté anglophone, il y a parfaite adéquation entre l'écoute (28 %) et l'offre (29 %) des émissions canadiennes.

2. À la télévision française, la part d'écoute des émissions canadiennes est de 68 % alors que l'offre est de 57 %.

3. 72 % de la programmation des émissions de langue anglaise provient de l'étranger alors que ce pourcentage n'est que de 43 % pour la programmation française.

4. 98 % des dramatiques présentées et écoutées à la télévision anglaise sont d'origine étrangère alors qu'à la télévision française on présente 90 % d'émissions d'origine étrangère mais on n'en regarde que 80 %. On serait porté à croire que l'attrait exercé par les émissions étrangères se faisant plus marqué du côté anglophone que francophone, les Canadiens français seraient à l'abri de cette influence. La figure 5.9 nous indique clairement des indications contraires.

Il est vrai que les téléspectateurs francophones regardent, proportionnellement, deux fois plus de dramatiques canadiennes que l'offre de ce type d'émissions par les réseaux français le laisserait supposer, c'est-à-dire que 20 % de leur écoute de dramatiques en langue française va à des émissions canadiennes, alors que celles-ci ne représentent que 10 % des dramatiques disponibles dans cette langue. Mais cela signifie que les francophones consacrent tout de même 80 % de toute leur écoute de dramatiques en français, à des produits étrangers, le plus souvent diffusés dans une version postsynchronisée. (p. 105)

Les commentaires du comité Sauvageau-Caplan nous permettent de mieux saisir la portée des données des figures 5.10 et 5.11.

La situation (disponibilité versus écoute) aux heures de grande écoute, pour ce qui est des dramatiques anglaises, n'est pas tellement différente de celle qui prévaut pour la journée entière. À la télévision de langue française, l'écoute de dramatiques canadiennes maintient son rapport de deux pour un pour la disponibilité, tandis que la part d'écoute d'émissions étrangères diminue. Cependant, les auditeurs de la télévision française ne passent pas moins des deux tiers de leurs heures de grande écoute à regarder des dramatiques étrangères. Cela est de loin inférieur aux 96 % correspondants du côté anglophone, mais on est quand même loin de l'idée voulant que le

FIGURE 5.8   **Proportions de temps de diffusion et de temps d'écoute de divers types d'émissions canadiennes et étrangères de langue anglaise, du lundi au dimanche, 6 h à 2 h, année civile 1984**

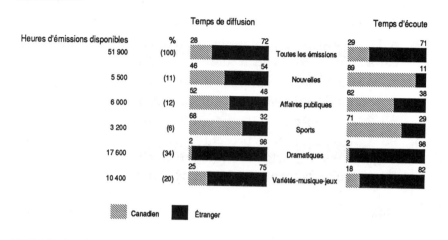

SOURCE   Groupe de travail sur la politique de la radiodiffusion. 1986. *Rapport du Groupe de travail sur la politique de la radiodiffusion.* Ottawa. Approvisionnements et Services, p. 107.

FIGURE 5.9   **Proportions de temps de diffusion et de temps d'écoute de divers types d'émissions canadiennes et étrangères de langue française, du lundi au dimanche, 6 h à 2 h, année civile 1984**

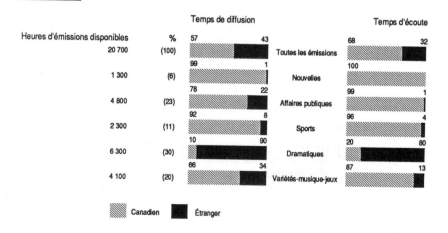

SOURCE   Groupe de travail sur la politique de la radiodiffusion, 1986. *Rapport du groupe de travail sur la politique de la radiodiffusion.* Ottawa. Approvisionnements et Services, p. 107.

FIGURE 5.10   **Proportions de temps de diffusion et de temps d'écoute de divers types d'émissions canadiennes et étrangères de langue anglaise, du lundi au dimanche, 19 h à 23 h, année civile 1984**

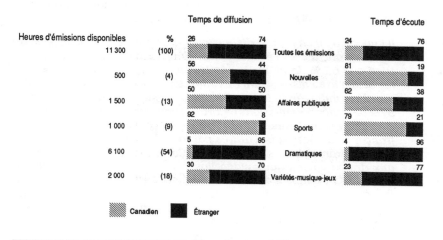

SOURCE   Groupe de travail sur la politique de la radiodiffusion. 1986. *Rapport du Groupe de travail sur la politique de la radiodiffusion*, Ottawa, Approvisionnements et Services, p. 108.

FIGURE 5.11   **Proportions de temps de diffusion et de temps d'écoute de divers types d'émissions canadiennes et étrangères de langue française, du lundi au dimanche, 19 h à 23 h, année civile 1984**

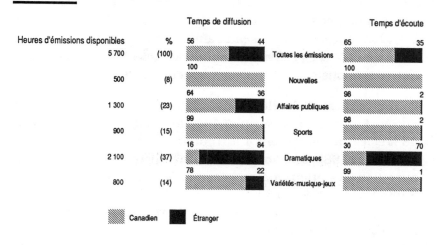

SOURCE   Groupe de travail sur la politique de la radiodiffusion. 1986. *Rapport du Groupe de travail sur la politique de la radiodiffusion*, Ottawa. Approvisionnements et Services, p. 109.

Québec soit si attaché à ses téléromans qu'il ne s'intéresse ni à Dynasty, ni à Dallas. Soulignons, cependant, que près de la moitié des heures d'écoute de dramatiques étrangères, chez les franco-phones adultes, concernent les films, principalement américains, plutôt que les feuilletons comme Dallas.

Il importe de bien faire la distinction entre l'écoute de la télévision de langue française et l'écoute de la télévision par les francophones. Bien que 68 % de toutes les émissions regardées aux stations de télévision françaises soient des émissions canadiennes (par rapport aux 29 % indiqués ci-dessus pour la télévision anglaise), seulement 57 % de toutes les émissions regardées par les francophones sont des émissions canadiennes. La différence s'explique par le fait que les francophones sont aussi attirés par la télévision anglaise. Les ado-lescents francophones (de 12 à 17 ans), qui s'intéressent beaucoup aux dramatiques et aux vidéoclips américains, ne consacrent que 48 % de leur temps à des émissions canadiennes. En revanche, les francophones de plus de 50 ans accordent 66 % de leur attention aux émissions canadiennes, car ils regardent beaucoup plus d'émissions d'information canadiennes. (p. 105-106)

La répartition des auditoires entre les stations de télévision

En 1984, l'auditoire des téléspectateurs de langue anglaise était répartie de la façon suivante : 24 % à CBC (Radio-Canada), 29 % au réseau CTV, 33 % aux réseaux américains accessibles par l'intermédiaire du câble ou du satellite) et 15 % aux autres ré-seaux canadiens. De 1976 à 1984 la part de CBC a diminué de 2 % alors que celle des réseaux américains a augmenté de 4 %. Celle de CTV a également diminué de 4 % alors que celle des autres stations canadiennes a augmenté de 3 %.

Pour ce qui est de la télévision de langue française, en 1984, la Société Radio-Canada récoltait 48 % de l'auditoire, le réseau TVA 48 % et les autres stations 4 %. Toutefois, il faut noter que depuis septembre 1986, une nouvelle station francophone a été mise en opération (la station Quatre Saisons). De 1976 à 1984, la Société Radio-Canada a perdu 3 % de son auditoire au dépend des autres stations francophones à l'exception du réseau TVA dont l'audi-toire est demeuré stable.

Nous terminerons ce chapitre en traitant de la provenance des émissions diffusées et regardées selon les différentes stations.

TABLEAU 5.7 **Pourcentages des auditoires des stations de télévision qui sont affectés à des émissions d'origine canadienne**

Radio-Canada	72 %
Radio-Québec	72 %
CBC	65 %
TVA	52 %
CTV	37 %
TVO	39 %
Global	32 %
Stations indépendantes	27 %

Ces chiffres sont à mettre en relation avec la disponibilité des émissions d'origine canadienne par station de télévision. Ainsi, pour la période de 19 h à 23 h, Radio-Canada anglais offre 55 % des émissions d'origine canadienne et Radio-Canada français, 51 %. Par contre CBC recueille 64 % de l'écoute consacrée à la programmation anglaise et Radio-Canada, 54 % de celle consacrée à la programmation canadienne-française. Pour le réseau CTV ces proportions sont de 24 % à l'offre et de 24 % à la réception. Pour le réseau TVA, ces proportions sont de 34 % à l'offre et de 41 % à la réception.

> La contribution de chaque groupe de stations à l'offre totale d'émissions d'origine canadienne varie considérablement si l'on considère la programmation de la journée entière plutôt que celle de la période de grande écoute. La contribution du réseau CBC à l'offre d'émissions canadiennes anglaises passe de 55 % en soirée à 37 % pour l'ensemble de la journée; par contre, la contribution du réseau CTV s'élève de 24 % à 31 %, celle de Global de 4 % à 8 % et celle des stations indépendantes de 10 % à 14 %. [...] De plus, les recherches ont révélé, au nombre des conséquences de la câblodistribution, que les ménages abonnés au câble regardent sensiblement moins d'émissions de la SRC que les foyers non branchés; du côté anglophone, près de 19 % de l'écoute contre 31 % et, du côté francophone, 32 % de l'écoute contre 39 %. De la même façon, la part d'écoute de CTV et de TVA chute radicalement chez les abonnés de la câblodistribution. On pouvait s'attendre à un tel résultat; à partir du moment où le nombre

de canaux augmente, il est logiquement prévisible que la part d'écoute de chaque canal diminue d'autant. Comme les canaux supplémentaires distribués par le câble sont le plus souvent étrangers, la part d'écoute des réseaux commerciaux américains augmente de près du double chez les abonnés anglophones. (p. 112-114)

CONCLUSION

Ces statistiques font ressortir l'importance du réseau public représenté principalement par la Société Radio-Canada et son pendant anglophone CBC, dans le développement et la promotion de la culture canadienne et québécoise en matière de communication de masse. Sans cette présence marquée, la diffusion d'émissions d'origine canadienne-anglaise et canadienne-française serait très faible ou à peu près inexistante.

Cependant, on sait déjà que l'évolution du marché des communications de masse n'est pas asservi qu'aux lois de l'offre et de la demande. Dans un contexte où le Canada et le Québec représentent chacun une très petite minorité sur le continent américain, s'en remettre à cette simple logique serait ouvrir la porte à l'impérialisme, à la dépendance culturelle, à la constitution de monopoles, bref à la disparition progressive des cultures québécoise et canadienne.

C'est pourquoi, le Canada et le Québec se sont dotés d'institutions qui encadrent, orientent, contrôlent et surveillent l'évolution de leur système de communication de masse respectif. Les chapitres suivants sont consacrés à ces institutions et à leur cadre historique de manière à permettre une réflexion critique sur les principaux enjeux socio-économico-politiques actuels.

LECTURES COMPLÉMENTAIRES

Groupe de travail sur la politique de la radiodiffusion. 1986. *Rapport du Groupe de travail sur la politique de radiodiffusion*, Ottawa, Approvisionnements et Services, Canada.

Ministère des Communications. 1985. *Rapport statistique sur les médias québécois*, gouvernement du Québec.

Statistique Canada. 1985. *Radiodiffusion et télévision*, Catalogue 56-204, annuel.

Statistique Canada. 1985. *Télédistribution*, Catalogue 56-204, annuel.

LES OBJECTIFS

Dans ce chapitre vous apprendrez à :
■ décrire l'histoire de la politique de radiodiffusion au Canada;
■ identifier les principales lois canadiennes en matière de communication;
■ identifier les principaux règlements canadiens régissant les communications au Canada;
■ identifier les principales politiques canadiennes en matière de communication;
■ identifier les principaux organismes responsables de l'établissement et l'application des lois, des règlements et des politiques en matière de communication au Canada;
■ distinguer les rôles et les pouvoirs des différentes institutions de communication au Canada;
■ interpréter le cadre institutionnel et politique canadien selon les dimensions de souveraineté culturelle et de l'accessibilité à l'information.

LES PRINCIPALES INSTITUTIONS CANADIENNES DE COMMUNICATION

INTRODUCTION

Dans ce chapitre, nous verrons les principales lois régissant les communications au Canada, notamment la *Loi sur la radio-diffusion* et la *Loi du ministère des Communications* du Canada. Nous verrons également les règlements concernant la radiodiffusion, la télédiffusion, la télédiffusion par câble et la télévision à péage. Nous enchaînerons avec la présentation des principales politiques et des principaux organismes de contrôle responsables de l'application de la loi et des règlements. Un schéma des organismes fédéraux clôturera ce chapitre.

Mais avant d'aborder ce sujet il apparaît nécessaire, voire indispensable, de retracer la genèse de ce qui a concouru à la constitution de ces lois, règlements, politiques ou institutions. Cet exercice permettra par la même occasion de faire ressortir les enjeux des débats qui ont marqué l'histoire de la radiodiffusion canadienne.

Pour mieux illustrer notre propos, nous avons composé un « tableau synoptique du cheminement historique de la politique de radiodiffusion canadienne » (voir le tableau 6.1). Ce tableau expose de façon chronologique, de 1919 à 1987, les principaux événements (élections, jugements de la Cour sur des questions relatives à la radiodiffusion), les enquêtes (comité, commission et leurs rapports) de même que les politiques (énoncés, livre blanc, livre vert), les lois (lois et projets de lois) et les principaux règlements qui ont été proposés et (ou) adoptés par l'une ou l'autre des instances suivantes : le Parlement, le ministère des Communications et le CRTC ou toute autre institution.

Vous pourrez consulter au besoin ce tableau si vous désirez, notamment, situer dans le temps une loi par rapport à une autre ou savoir à quel moment a eu lieu tel comité ou telle commission d'enquête. Mais pour avoir une idée plus précise et plus complète du contexte entourant ces lois ou ces enquêtes, vous devez inévitablement vous en remettre au contenu de ce chapitre et consulter les différents documents auxquels il sera référé.

HISTORIQUE DE LA POLITIQUE DE RADIODIFFUSION CANADIENNE

De 1928 à 1969 : la radio et la télévision

La Commission Aird (1928)

La radiodiffusion canadienne ■ a commencé à se développer durant les années 20. À cette époque, les stations de radio, qui s'implantaient un peu partout sur le territoire canadien et plus particulièrement dans les grands centres urbains, appartenaient pour la plupart à des intérêts privés. Ces stations transmettaient surtout des émissions américaines à un public déjà en mesure de les recevoir directement des puissantes stations américaines sises près de nos frontières. La proximité de ces stations, qui envahissaient notre espace aérien, constituait une menace à la souveraineté du Canada. Mais ce dernier ne disposait d'aucun moyen légal de réglementer les activités de ces entreprises américaines.

Cette situation précaire de même que la controverse suscitée par la décision(Z) du gouvernement de ne pas renouveler la licence des Témoins de Jéhovah (un geste vertement critiqué parce qu'il était considéré comme une atteinte à la liberté de parole) poussa le gouvernement libéral de Mackenzie King à intervenir. La Commission royale de la radiodiffusion présidée par Sir John Aird fut donc mise sur pied avec le mandat « de connaître les conditions de la radiodiffusion au Canada et de formuler des suggestions relatives à l'administration, à la direction et surveillance et aux besoins financiers de ce service ».

Déposé quelques mois plus tard, le rapport de cette première commission ■ recommandait la création d'un réseau public national de radiodiffusion. Il recommandait également que ce réseau desserve l'ensemble de la population canadienne y compris celle habitant les régions éloignées. Les commissaires étaient aussi d'avis que les stations composant ce réseau devaient

---

■ Si l'historique de la radiodiffusion vous intéresse, nous vous suggérons de lire les deux ouvrages de Frank W. Peers : *The Politics of Canadian Broadcasting, 1920-1951*, 1969, Toronto University Press et *The Public Eye : Television and the politics of Canadian Broadcasting, 1952-1968*, 1979, Toronto University Press. Il existe également un autre ouvrage qui passe en revue les principaux thèmes qui ont marqué la politique canadienne de radiodiffusion. Le titre de cet ouvrage écrit par David Ellis est : *La radiodiffusion canadienne, objectifs et réalités : 1928-1968*, 1979, ministère des Communications du Canada.

■ Le recours à des commissions royales ou à des comités parlementaires deviendra une tradition dans l'histoire de la radiodiffusion canadienne. Ce recours permet aux personnes de tous les coins du pays et aux groupes d'intérêts les plus divers d'exprimer leurs points de vue.

appartenir à des Canadiens, que les installations matérielles et l'organisation de la radiodiffusion devaient relever du fédéral enfin, que le contenu, principalement canadien, pouvait relever de la responsabilité des provinces. En somme, on suggérait au gouvernement de créer un *réseau national, public* et *accessible à tous* les Canadiens. C'est ainsi que s'est amorcée la longue recherche d'une politique de radiodiffusion.

C'est au gouvernement conservateur de M. Bennett, récent vainqueur de ceux-là même qui avaient créé la Commission Aird, qu'incomba la responsabilité de donner suite aux recommandations des commissaires. Mais avant même d'agir, le gouvernement fédéral se confrontait à quatre provinces dont le Québec. Ces dernières contestaient les prétentions du fédéral en matière de radiodiffusion. Elles ont donc demandé à la Cour suprême de décider qui avait la juridiction sur ce champ particulier. La Cour et le Conseil privé de Londres (à la suite d'un appel du Québec) tranchèrent en faveur du fédéral.

La Commission canadienne de la radiodiffusion (1932)

Une fois cette question de compétence réglée et l'étude des recommandations terminée, le gouvernement adoptait quelques semaines plus tard la *Loi canadienne de la radiodiffusion*. Cette loi créait la Commission canadienne de la radiodiffusion (CCR), un organisme chargé d'une part, de réglementer et de contrôler la radiodiffusion et, d'autre part, de radiodiffuser au Canada. Elle s'occupait entre autres de la délivrance des licences, de l'attribution des fréquences, du temps alloué à la publicité et d'autres matières relatives à la programmation.

Cette loi reconnaissait également la coexistence des stations privées et publiques, une disposition qui allait à l'encontre de la recommandation du rapport Aird qui stipulait que les stations privées devraient disparaître graduellement du champ de la radiodiffusion.

La Société Radio-Canada (1936)

La Commission canadienne de la radiodiffusion connaît des débuts houleux. Des problèmes financiers (insuffisance de crédits nécessaires à ses activités de radiodiffuseur), administratifs et politiques (protestations des gens de l'ouest du Canada contre l'utilisation du réseau national pour diffuser des émissions en français) mineront sa crédibilité. Un comité parlementaire chargé d'examiner la situation, recommanda au gouvernement de MacKenzie King, de retour au pouvoir, de remanier complètement la CCR. Le Parlement adopta alors une loi, la *Loi canadienne sur la radiodiffusion*, qui créait la Société Radio-Canada. Cette Société se vit confier le même double mandat que la CCR : assurer un service national de radiodiffusion et réglementer les activités des stations privées. Cependant elle jouissait, pour ce faire, d'une plus grande autonomie administrative et financière que la Commission.

Ce double rôle d'entreprise de diffusion et d'organisme de réglementation allait susciter de vives oppositions de la part de l'Association canadienne des radiodiffuseurs (ACR) et l'amener à réclamer la constitution d'un organisme réglementaire indépendant afin que la Société Radio-Canada ne soit plus à la fois juge et partie. (Nous traiterons plus en détail ce sujet à partir de la page 193.)

La Commission royale Massey (1949)

En 1949, la Commission royale Massey (du nom de son président) est nommée par le gouvernement libéral de M. Saint-Laurent. Cette Commission devait faire enquête « sur l'avancement des arts, des lettres et des sciences au Canada ». Elle s'attarda aussi à la question de la radiodiffusion bien que celle-ci ne faisait pas partie de son mandat principal. Le Québec a boycotté cette Commission car les matières traitées par celle-ci étaient de compétence provinciale.

Ainsi les commissaires se déclarèrent satisfaits des réalisations de la Société Radio-Canada. Cependant ils lui ont reproché de ne pas avoir exercé davantage son rôle de régisseur des stations privées. Par ailleurs, le rapport réaffirmait énergiquement le principe selon lequel la radiodiffusion forme « un seul régime national » dont le contrôle doit être assuré exclusivement par une régie publique. Cette réaffirmation se voulait un rejet clair de la position de l'ACR qui considérait la radiodiffusion comme une industrie. Ce premier refus n'empêchera pas l'Association de continuer opiniâtrement à exiger la création d'un tel tribunal.

Massey s'opposait à cette conception car il était d'avis qu'elle entraînerait inévitablement les stations privées à devenir « de petits chaînons des réseaux américains ». Il s'y opposait avec encore plus de conviction dans le cas de l'éventuelle télévision où la tentation de « devenir de simples moyens de transmission des émissions commerciales américaines serait presque inévitable », à cause des coûts élevés de production associés à ce nouveau médium.

Conséquemment, la Commission entérina l'initiative du gouvernement qui, appréhendant une nouvelle invasion hertzienne des stations frontalières américaines, avait déjà énoncé une politique provisoire sur le développement et le contrôle de la télévision et enjoint la Société Radio-Canada de préparer des projets de création d'un service national de télévision. De plus, elle recommanda :

— que la régie et la direction de la télévision incombent à Radio-Canada;

— qu'aucune station privée ne reçoive de licence avant que la Société ne dispose d'émissions de télévision nationales;

— que l'implantation du réseau national soit financée par une subvention gouvernementale;

— que les frais de programmation soient couverts en partie par des revenus commerciaux;

— finalement elle proposait que la télédiffusion canadienne fasse l'objet d'un réexamen trois ans après le commencement de la diffusion régulière d'émissions canadiennes.

■ Ce développement se faisait sur la base « une localité, une station ». Pour le gouvernement, il était important que toutes les localités soient desservies avant de permettre d'y construire des stations concurrentes.

Fort de cet appui, Radio-Canada s'engageait dans la construction de ses deux premières stations à Montréal et à Toronto. Désireux d'étendre le plus rapidement possible la couverture de la télévision, le gouvernement autorisait Radio-Canada à construire quatre autres stations. De son côté, la Société se montra disposé à examiner les demandes du secteur privé.

Cet appel au secteur privé pour assurer en collaboration avec elle le développement ■ d'un service national ne tarda pas à se concrétiser, si bien qu'après deux ans seulement, on comptait déjà 19 stations privées comparativement à sept stations publiques. La télévision était donc devenue elle aussi un système mixte caractérisé par la prédominance du secteur privé affilié à un secteur public confronté à d'éternels problèmes de financement.

La Commission Fowler (1955)

Ce problème chronique de financement et une certaine insatisfaction du milieu de la radiodiffusion poussaient le gouvernement à créer une commission royale d'enquête sur la radio et la télévision, la Commission Fowler. Publié deux ans plus tard (1957), son rapport arrivait essentiellement aux mêmes conclusions que le rapport Massey :

— satisfaction à l'égard de la programmation de Radio-Canada et de la gestion de ses affaires;

— reproches pour son manque de rigueur à faire appliquer sa réglementation et pour l'insuffisance de ses efforts à faire connaître ses activités et ses objectifs;

— reconnaissance du besoin d'une formule de financement assurant l'indépendance de la Société Radio-Canada par rapport aux vicissitudes politiques, etc.

Le rapport réaffirmait à son tour ce principe qu'il ne doit y avoir qu'un seul régime (public + privé) canadien de radiodiffusion réglementé et contrôlé par un organisme représentant l'intérêt public et relevant du Parlement. Constatant cependant une

■ Ce Bureau était en fait le conseil d'administration de Radio-Canada.

■ Il y a eu deux élections. Celle de 1957 se soldait par une victoire minoritaire des conservateurs. Celle de 1958 reportait au pouvoir les conservateurs avec une très forte majorité.

certaine confusion au sujet du rôle du Bureau des gouverneurs de Radio-Canada ■ et de ses rapports avec la Société, la Commission Fowler recommanda de le remplacer par un autre bureau juridiquement indépendant de la Société : le Bureau des gouverneurs de la radiodiffusion. Selon les commissaires, ce nouveau Bureau devrait réglementer et contrôler les stations publiques et privées et se consacrer aussi à la définition des politiques. Mais il ne devrait pas s'immiscer dans les affaires quotidiennes de la Société. Cette proposition se distinguait de celle de l'ACR dans le sens où les stations privées restaient sous le joug de la régie publique. L'Association voulait plutôt qu'on reconnaisse l'existence de deux régimes distincts dotés chacun de régies particulières.

Comme cette proposition et le reste du rapport reçurent un accueil favorable, on était en droit de croire qu'un consensus était enfin établi. Malheureusement, des demandes autorisant la construction de secondes stations de télévision et la création d'un réseau de télévision venaient saper cette croyance. Au surplus, des élections générales étaient déclenchées ■ et permettaient aux troupes conservatrices de ravir le pouvoir aux libéraux.

Le Bureau des gouverneurs de la radiodiffusion (1958)

Ce changement de gouvernement allait avoir des conséquences très importantes sur les suites à donner au rapport de la Commission Fowler. En effet, les Conservateurs avaient clairement indiqué lors de la campagne électorale, leur intention de créer une régie indépendante pour le secteur privé, ce qui allait à l'encontre de la position de la Commission Fowler.

Aussi il ne fut pas étonnant de constater que la principale disposition du projet de loi des Conservateurs sur la radiodiffusion visait à créer un organisme réglementaire distinct de Radio-Canada : le Bureau des gouverneurs de la radiodiffusion (BGR, qui avait été recommandé par la Commission Fowler). Le BGR pouvait édicter des règlements sur les normes de programmation, la publicité, les émissions partisanes, l'emploi plus fréquent d'artistes canadiens. Ce Bureau se voyait octroyer les pouvoirs de réglementer et de contrôler l'activité de radiodiffusion des stations privées et publiques. Radio-Canada perdait donc non seulement ses pouvoirs de réglementation générale mais aussi son autorité sur les stations privées.

En somme le projet de loi ramenait la Société au même niveau que les stations privées tout en gardant intact ses responsabilités d'assurer un service national de radiodiffusion. Il créait par le fait même un système bicéphale contraire à ce qui avait été souhaité jusqu'à présent par les différentes commissions et les comités parlementaires. Néanmoins le projet de loi fut entériné par le Parlement grâce à la forte majorité des Conservateurs.

Plusieurs ont cru dès le départ que cette consécration du double système occasionnerait des tensions et des conflits entre le BGR et les diffuseurs, privés et publics. La suite des événements ne tarda pas à leur donner raison.

Ainsi, quelques mois après son entrée en fonction, le Bureau devait attribuer une licence d'exploitation d'une seconde station de télévision dans la ville de Toronto. Sa décision en faveur d'un groupe reconnu pour ses allégeances conservatrices lui valut d'être accusé de favoritisme politique. Ultérieurement le BGR autorisait ce même groupe à céder du capital-action à la station américaine ABC. À la suite de violentes protestations, il fit marche arrière.

Ces deux événements entachèrent sérieusement la réputation et la crédibilité du BGR. Son laxisme dans la formulation et l'application de sa réglementation en matière de radiodiffusion, n'ont qu'envenimé les choses. À cet égard, le règlement sur le contenu canadien de la programmation est tout à fait révélateur.

Ce règlement imposait pour la première fois à tous les diffuseurs privés des exigences en matière de contenu canadien. Plus précisément, il enjoignait ces derniers à consacrer au moins 55 % de leur programmation respective à ce genre de contenu ■.

Mais des pressions de l'ACR amenait le BGR à adoucir et à circonstancier son règlement de la manière suivante : la base de calcul est devenue mensuelle au lieu d'être hebdomadaire et le seuil minimum fut abaissé à 45 % pour la période estivale. En revanche, lorsque le Bureau s'aperçut que les stations privées réservaient leurs meilleures heures aux productions américaines, il modifia une nouvelle fois son règlement et les obligea à diffuser au moins 40 % de contenu canadien entre 18 heures et minuit.

Outre ce va-et-vient réglementaire, la notion même de contenu canadien fut définie de façon très large. Elle comprenait entre autres des émissions jugées d'intérêt général comme les séries mondiales et les discours du président américain. Elle comprenait également les émissions comportant une participation canadienne!

Ce genre de laxisme réglementaire et de décisions douteuses se reproduisit si souvent au cours des années subséquentes qu'après cinq ans d'existence, le bilan du BGR apparaissait fort peu reluisant; il n'avait pas su développer un système réglementaire clair et efficace ni su assurer un service de radiodiffusion de haute qualité et fondamentalement canadien.

Convaincus de la nécessité de réévaluer le système mis en place en 1958 par les Conservateurs, les Libéraux de M. Pearson rappelaient en 1964 M. Fowler pour qu'il préside à nouveau un comité consultatif sur la radiodiffusion.

La Loi sur la radiodiffusion de 1968

Dans son rapport remis l'année suivante (1965), le Comité soulignait que les problèmes qui avaient marqué jusque-là le système de la radiodiffusion canadienne étaient attribuables en grande partie au fait que le Parlement n'avait jamais exposé de façon claire et précise les buts et les objectifs de ce système. Le Comité l'invitait donc à le faire par le biais d'un livre blanc.

Le Comité proposa également de remplacer le BGR et le conseil d'administration de Radio-Canada par un nouvel organisme : la Régie canadienne des ondes. Cette Régie devait exercer la surveillance, le contrôle et la direction de toute la radiodiffusion canadienne en élaborant notamment une politique pour assurer des services de radiodiffusion à toute la population canadienne, en réalisant des recherches sur l'évolution de la radiodiffusion et sur ses effets sociaux et humains et en déterminant la politique de radiodiffusion de Radio-Canada. La Régie obtenait également le droit d'assortir l'attribution et le renouvellement des licences de conditions particulières de programmation.

Comme bien d'autres parus auparavant, le rapport Fowler II est arrivé à un moment fort peu propice soit juste avant des élections fédérales; il suscita donc peu d'intérêt. Mais une fois réélu, le gouvernement libéral mettait en oeuvre une des principales recommandations du rapport : rédiger un livre blanc sur la radiodiffusion.

Déposé quelques mois plus tard (juillet 1966) à la Chambre des communes, le *Livre blanc sur la radiodiffusion* a donné une nouvelle fois l'occasion au gouvernement de déclarer que la « détermination d'établir et de maintenir un système de radiodiffusion sonore et visuelle s'inscrit essentiellement dans la poursuite de l'identité et de l'unité nationale ».

En ce qui a trait à l'organisme réglementaire, il était dit que « la radiodiffusion canadienne, qui comprend les secteurs privés et publics, doit se considérer comme une seule radiodiffusion qu'une seule autorité indépendante doit réglementer et contrôler ». Cependant le gouvernement écartait la proposition du Comité Fowler de placer l'administration de la Société Radio-Canada sous l'autorité de l'organisme réglementaire.

Le Livre blanc formulait aussi d'autres grands principes :
— les fréquences sont des biens publics;
— le secteur public doit prédominer sur le secteur privé lorsqu'il faut choisir entre les deux;

— le droit à la liberté d'expression;

— la responsabilité des radiodiffuseurs;

— le contrôle canadien des installations de communication;

— l'accessibilité du service public à tous les Canadiens dans leur langue officielle;

— la question de la radiodiffusion éducative y était aussi abordée.

Après les procédures d'usage (examen devant un comité parlementaire, projet de loi), le Livre blanc donnait finalement naissance à une loi intitulée « Loi ayant pour objet de mettre en oeuvre, pour le Canada, une politique de la radiodiffusion » et communément appelée *Loi sur la radiodiffusion* de 1968. C'est encore cette loi qui continue à régir la radiodiffusion canadienne.

Le Conseil de la radiodiffusion canadienne (CRTC, 1968)

Avant la création de la Commission canadienne de la radiodiffusion en 1932, la participation gouvernementale au domaine de la radiodiffusion se limitait à la délivrance de permis de radiodiffusion et ce, par le biais du ministère de la Marine et des Pêcheries. Aucune autre réglementation ne venait assujettir les activités de programmation des radiodiffuseurs privés.

En 1928, la Commission Aird était mise sur pied. Chargée d'étudier la qualité des services de radiodiffusion et « les moyens de faire en sorte que les canaux actuels répondent le mieux possible aux aspirations du public et à l'intérêt national du Canada », la Commission recommanda de nationaliser la radio qui, selon les membres de la Commission, était appelée à devenir un élément important dans l'évolution culturelle. En corollaire, la Commission réclama aussi la création d'un réseau public national. Cette dernière proposition reçue l'aval du comité spécial du Parlement et pava la voie à l'adoption de la première loi sur la radiodiffusion.

Cette loi de 1932 créait la Commission canadienne de la radiodiffusion (CCR), un organisme formé de trois membres et de commissaires adjoints représentant chacune des provinces. Cet organisme fut chargé de réglementer la radiodiffusion au Canada et de mener des activités en ce domaine. Il disposait également du pouvoir d'acheter des stations existantes et d'en ouvrir de nouvelles.

Confrontée à des problèmes financiers et administratifs, la Commission suscita de l'insatisfaction. Un comité parlementaire recommanda alors de créer un autre organisme plus autonome sans toutefois changer le mandat de réglementer l'ensemble de la radiodiffusion tout en dispensant un service national de radiodiffusion. Cette recommandation se concrétisa par l'adoption, en 1936, de la *Loi canadienne sur la radiodiffusion* créant la Société Radio-Canada.

Cette Société avait une structure administrative particulière. Il y avait d'une part, une direction de la gestion des affaires courantes de la Société et, d'autre part, un conseil d'administration devant mettre sur pied le service national et superviser l'ensemble de la radiodiffusion. Cela revenait à dire que la direction (de la gestion) de la Société et les détenteurs de licences privées devaient se conformer aux règlements établis par le conseil d'administration. Bien que maintes fois critiqué par l'ACR qui s'élevait contre le fait que la Société soit à la fois juge et concurrente, ce système dirigé par un seul organisme responsable devant le Parlement resta en place jusqu'en 1957, année où la Commission Fowler fut créée.

Cette Commission recommanda, en effet, de scinder les fonctions de régulateur et de diffuseur de la Société. Elle proposa donc l'établissement d'un nouvel organisme, le Bureau des gouverneurs de la radiodiffusion, lequel réglementerait les secteurs privé et public et contrôlerait l'orientation des politiques de la Société Radio-Canada. Ce Bureau serait redevable au Parlement et jouerait un rôle de consultant auprès du ministre des Transports dans l'attribution des licences de radiodiffusion.

Ces recommandations ne furent pas tout à fait suivies par le gouvernement qui, en adoptant la *Loi sur la radiodiffusion* (1958),

■ Les organismes de réglementation ne détenait auparavant qu'un pouvoir de recommandation.

créait non pas un mais deux conseils, un pour la Société et un autre pour l'ensemble du système de radiodiffusion. Ce dernier devant réglementer les activités des stations privées et publiques. La principale revendication de l'ACR de créer une régie complètement autonome et distincte de la Société était donc finalement reconnue.

Mais le BGR ne répondit pas tout à fait aux espérances. Sous sa supervision, le système s'est affaibli. Le nombre de téléspectateurs des émissions canadiennes avaient diminué et l'avènement des stations privées n'avait pas élargi l'éventail des émissions mais favorisé la prolifération des émissions américaines. De plus, la réglementation sur le contenu canadien mise en place en 1959, s'était révélée inefficace à cause de ses échappatoires et du laxisme du Bureau.

Face à cette situation, M.R. Fowler était à nouveau appelé à présider un comité sur la radiodiffusion (1964). Outre sa recommandation invitant le Parlement à préciser et à définir clairement sa politique en matière de radiodiffusion, le Comité proposa derechef que l'administration, la régie et la direction du système soient confiées à un organisme autonome, la Régie canadienne des ondes.

Comme l'avait souhaité le Comité Fowler II, le gouvernement s'engageait donc, deux ans plus tard, dans un processus de dotation d'une politique de radiodiffusion canadienne : d'abord un livre blanc en 1966 puis un projet de loi sur la radiodiffusion qui fut finalement adopté en 1968. Le principe du système unique comprenant les secteurs privé et public et contrôlé (réglementation et surveillance) par un seul organisme y était consacré. En outre, l'organisme de réglementation, en l'occurrence le Conseil de la radio-télévision canadienne, se voyait doter des pleins pouvoirs en matière de permis de radiodiffusion ■ sous réserve de la certification technique du ministère des Transports (à partir de 1969 cette responsabilité sera assumée par le ministère des Communications). On lui octroyait également, les pouvoirs de réglementer et de contrôler la constitution de tous les réseaux de radiodiffusion.

En 1976, le Conseil s'est vu attribuer une nouvelle fonction assumée jusque-là par la Commission canadienne des transports : les télécommunications. Tout en conservant le même sigle (CRTC), le Conseil de la radio-télévision canadienne est devenu le Conseil de la radiodiffusion et des télécommunications canadiennes.

Depuis 1969 :
le ministère des Communications

Avec l'adoption de ce nouveau cadre juridique, la radiodiffusion canadienne entrait dans une nouvelle période où les grands principes et objectifs qui ont servi à sa création et à son développement cesseront d'être remis en cause. Ce changement d'attitude a permis de consolider les acquis du système et de l'ajuster ensuite aux défis posés par les nouvelles technologies de communication (câble, satellite) et par la disponibilité des nouveaux services de programmation.

La première manifestation de ce changement de cap fut la création du ministère des Communications en 1969. Ce dernier se vit confier la responsabilité de la gestion du spectre et des aspects techniques de la politique de la radiodiffusion. Cette gestion relevait auparavant de la responsabilité du ministère de Transports.

Vers une politique nationale de la télécommunication (1973)

Au début de 1973, le ministère des Communications publiait un livre vert sur la télécommunication : *Vers une politique nationale de la télécommunication*. Tout en respectant les principes déjà établis par la *Loi sur la radiodiffusion* de 1968, cette éventuelle politique aspirait faire de la télécommunication un instrument de « promotion de l'unité et de l'identité nationales au milieu d'une nécessaire diversité culturelle et régionale ». Le fédéral invitait donc les provinces à collaborer avec lui pour définir et mettre en oeuvre cette politique. Comme cette proposition fut rejetée par les provinces, le gouvernement fédéral s'y engagea donc seul. Dans un même élan, il confiait au CRTC la responsabilité supplémentaire des télécommunications.

Pendant ce temps, le Conseil présidait à la canadianisation des entreprises. Il s'évertuait aussi à définir de nouvelles règles sur le contenu canadien, à concevoir les régimes de télévision par câble et de la radio MF et à préparer la politique de la radiodiffusion communautaire et des communications dans le Nord. Pour sa part, la Société Radio-Canada procédait à son plan de rayonnement accéléré en vue d'assurer un service national à tous les habitants du pays. La Société se dota des équipements les plus modernes, de ressources professionnelles à la fine pointe des développements technologiques et augmenta considérablement son amplitude de diffusion de même que son nombre d'heures de diffusion.

Le Comité Clyne (1978)

Mais la fin des années 70 laissait présager une crise au sein du système canadien des télécommunications. Les progrès accomplis dans les domaines de la fibre optique, des satellites et de la télématique soulevaient avec encore plus d'acuité la question de la souveraineté canadienne. Conscient de cette menace, le gouvernement fédéral mettait sur pied le Comité Clyne (1978) et le chargeait de formuler des recommandations « sur une stratégie de restructuration du système canadien de télécommunication visant à sauvegarder plus efficacement la souveraineté canadienne ».

Essentiellement, le Comité recommandait de renforcer l'efficacité de Radio-Canada, le principal instrument de préservation de la souveraineté sociale et culturelle du Canada. Il invitait aussi le gouvernement à ne pas précipiter l'introduction de la télévision à péage et à utiliser davantage les satellites pour distribuer les émissions de télévision canadiennes à toutes les régions du pays. Le Comité Clyne a aussi traité les questions suivantes : le statut des télédistributeurs, la télématique et l'industrie manufacturière électronique.

■ À l'instar de la Commission Massey, le mandat du Comité Applebaum-Hébert englobait la radiodiffusion.

Le Comité Therrien (1980)

Dix-huit mois plus tard, un comité est mis sur pied cette fois-ci par le CRTC (le Comité Therrien). Il est chargé de se pencher sur l'extension du service aux petites localités éloignées et à celles du Nord. Dans son rapport, le Comité Therrien a proposé au gouvernement d'adopter une politique de rayonnement maximal de la radiodiffusion et d'approuver l'instauration de services de radiodiffusion autochtones. Le Comité Therrien a aussi étudié le problème de l'introduction de la télévision à péage. En ce qui concerne cette dernière, il conseilla de le faire en favorisant un modèle concurrentiel d'exploitation à celui d'un organisme unique.

Le Comité Applebaum-Hébert (1982)

En 1982, le gouvernement fédéral revenait à la charge et nommait le Comité Applebaum-Hébert à qui il demanda d'examiner la politique culturelle fédérale ■. Au chapitre portant plus spécifiquement sur la radiodiffusion, le Comité Appplebaum-Hébert fit une recommandation pour le moins controversée : supprimer les activités de production de Radio-Canada en faveur des producteurs indépendants pour tous les genres de programmes, à l'exclusion de l'information. D'autres recommandations moins controversées invitaient le gouvernement à clarifier son rôle et celui du CRTC en matière de radiodiffusion et à adopter des mesures (par exemple, la création d'un fonds d'aide à la production) visant à renforcer la canadianisation de la programmation des réseaux de télévision et plus particulièrement celle des réseaux privés anglophones.

Vers une politique nationale de la radiodiffusion (1983)

Tous ces comités ont révélé le souci du gouvernement de tirer profit de l'évolution technologique et d'assurer le dynamisme de la culture canadienne. Ils ont aussi préparé la voie à un exposé politique du ministère des Communications : *Vers une nouvelle politique nationale de la radiotélédiffusion.*

Publiée en 1983, cette politique s'articulait autour de quatre initiatives :

1. l'élargissement du choix des émissions grâce à la télédistribution;

2. l'enrichissement de la programmation canadienne par l'entremise du Fonds de développement de la production d'émissions canadiennes qui allait être créé à cette fin;

3. le pouvoir de directives accru permettant au gouvernement d'orienter la politique du CRTC;

4. la suppression, pour les particuliers, des exigences (détention d'un permis pour la réception individuelle) concernant les antennes paraboliques.

Ces initiatives débouchaient sur une série de propositions, susceptibles de renforcer la position culturelle, sociale et économique du Canada : *canadianisation* de la programmation des réseaux privés, *accroissement* des services de radiodiffusion en français, *exportations* de la production canadienne, *réforme* de la réglementation et *rendement accru* de Radio-Canada.

Cette dernière mesure a fait l'objet d'un document spécifique : *Bâtir l'avenir : vers une Société Radio-Canada distincte*. Le gouvernement y suggère toute une série de « mesures et initiatives visant à accroître le rendement et l'imputabilité du service national de télédiffusion ». Concrètement, il proposait de faire de Radio-Canada :

— un service distinct : la responsabilité d'offrir un service de programmation équilibré et complet incombait désormais à l'ensemble du système national de diffusion, et non plus à Radio-Canada;

— à dominante canadienne : Radio-Canada devait graduellement augmenter le pourcentage de contenu canadien de sa programmation aux heures de pointe pour atteindre 80 % en 1988;

— intégrant mieux les composantes régionales, linguistiques et technologiques et recourant plus fréquemment aux producteurs indépendants.

Radio-Canada devait porter à 50 % la part de la programmation télévisuelle de ses réseaux nationaux (en dehors des actualités, des reportages sportifs et des affaires publiques) émanant des producteurs indépendants, avant 1988.

Plusieurs des mesures contenues dans les deux précédents documents furent incluses dans le projet de loi C-20 visant à faire modifier une série de lois dans le domaine des communications. Mais cette loi ne dépassa pas le stade de projet, le gouvernement libéral étant défait par les Conservateurs de M. Mulroney. Ces derniers ont cependant déposé un nouveau projet de loi qui est toujours à l'étude.

L'arrivée d'un gouvernement conservateur a, par ailleurs, permis d'instaurer un nouveau climat entre Ottawa et Québec. À preuve, la création d'un comité fédéral-provincial sur l'avenir de la télévision francophone (Comité Masse-Bertrand). Dans son rapport, le Comité a recommandé que le caractère distinct de la télédiffusion soit reconnu et que tout soit mis en oeuvre pour le protéger et le développer. Il suggéra aussi d'établir des mécanismes de concertation et d'harmonisation des politiques des deux niveaux de gouvernement. Le comité conjoint est donc devenu permanent.

Le Groupe Sauvageau-Caplan (1985)

Au moment même où le comité sur l'avenir de la télévision francophone déposait son rapport (mai 1985), le ministre des Communications, Marcel Masse, mettait sur pied un groupe de travail sur la politique de la radiodiffusion (Groupe Sauvageau-Caplan) avec le mandat de présenter des « recommandations sur une stratégie industrielle et culturelle visant à régler l'évolution future du système canadien de la radiodiffusion ». Quinze mois plus tard, le Groupe déposait un rapport truffé de recommandations sur presque tous les aspects relatifs à la radiodiffusion. Toutes ces recommandations ont comme principal objectif de *faire obstacle à l'américanisation croissante des ondes canadiennes.*

Le Groupe recommande d'abord que les termes et les principes de la *Loi sur la radiodiffusion* soient précisés et que les rôles, les droits et les pouvoirs de chaque composante du système de radiodiffusion y soient clairement mentionné. Il suggère aussi de reconnaître le caractère distinct de la radiodiffusion québécoise et d'institutionnaliser le secteur communautaire.

À propos de la Société Radio-Canada, le Groupe souligne qu'elle doit continuer à jouer un rôle central et non un rôle complémentaire dans le système de radiodiffusion canadienne. Plus encore, il estime qu'elle doit être secondée par un nouveau réseau public (Télé-Canada) qui diffuserait des émissions canadiennes appartenant entre autres à des catégories délaissées par les autres diffuseurs : émissions pour enfants, documentaires de l'ONF, productions régionales et artistiques, émissions de producteurs indépendants, émissions étrangères, etc. Tout en étant conscient que le resserrement des finances publiques peut compromettre la création d'un tel organisme, le Groupe demeure cependant convaincu que c'est le prix qu'il faut payer pour assurer une radiodiffusion authentiquement canadienne.

Le rapport reçut un accueil très favorable de la part de tous les acteurs évoluant dans le domaine des communications. Mais plus d'un an après son dépôt, le ministre des Communications n'y a pas encore donné suite.

De cet historique élaboré à partir de la multitude de comités, de commissions d'enquête, de rapports et de déclarations gouvernementales sans oublier les lois de 1932, de 1936, de 1958 et de 1968, on retiendra principalement les points suivants :

— La dotation d'une politique de radiodiffusion fut un exercice long et complexe, marqué par des tensions résultant du désir de vouloir assurer à tout prix une souveraineté culturelle authentiquement canadienne tout en protégeant les intérêts acquis des diffuseurs privés et la liberté de choix des téléspectateurs.

— Parce qu'elle était menacée par la proximité géographique et culturelle des États-Unis, la souveraineté culturelle du

Canada a toujours été au centre des préoccupations de ceux qui se sont penchés sur le système de radiodiffusion canadienne.

— Ces tensions et ces préoccupations sont reflétées par le régime juridique et réglementaire.

À la suite de ce survol historique, nous pouvons maintenant passer à la description de la *Loi sur la radiodiffusion* de 1968, la pierre d'assise de tout le système de la radiodiffusion au Canada et qui continue encore aujourd'hui à régir la radiodiffusion canadienne.

TABLEAU 6.1   **Cheminement historique de la politique de radiodiffusion canadienne**

ANNÉE	*ÉVÉNEMENT*	*ENQUÊTE*	*LOI*
1919	Première émission canadienne de radio MA		
1926	Fondation de l'Association canadienne des radiodiffuseurs (ACR)		
1927	Première émission nationale de radio		
1928	Ministre de la Marine révoque la licence de l'International Bible Student Association	Nomination de la Commission Aird sur la radiodiffusion	
1929	Crise économique	Rapport Aird	
1930	Élection du Parti conservateur : R.B. Bennett Formation de la Ligue canadienne de la radio		
1931	Premier conflit de juridiction avec les provinces (dont le Québec) sur la radiodiffusion		
1932	Le Conseil privé, la juridiction fédérale sur la radiodiffusion Création du réseau téléphonique transcanadien (RTT) connu aujourd'hui sous le nom de Télécom	Comité parlementaire de la radiodiffusion (Morand)	Loi canadienne de la radiodiffusion qui crée la Commission canadienne de la radiodiffusion (CCR)
1933			Modification de la loi de la CCR

(suite à la page suivante)

TABLEAU 6.1   **Cheminement historique de la politique de radiodiffusion canadienne** *(suite)*

ANNÉE	ÉVÉNEMENT	ENQUÊTE	LOI
1934		Comité parlementaire de la radiodiffusion	
1935	Élection : MacKenzie King reprend le pouvoir		
1936	Abolition de la Ligue canadienne de la radio	Comité parlementaire de la radiodiffusion	Loi canadienne sur la radiodiffusion qui crée la Société Radio-Canada (SRC)
1937	Convention de la Havane CBL/Toronto et CBF/Montréal entrent en service		
1938		Comité spécial de la radiodiffusion	
1939	Deuxième Guerre mondiale	Comité de la radiodiffusion	
1941	Ratification du traité de la Havane sur la radiodiffusion régionale en Amérique du Nord		
1942		Comité parlementaire de la radiodiffusion	
1943		Comité parlementaire de la radiodiffusion	
1944	Établissement d'un second réseau anglais de radio : le réseau Dominion	Comité parlementaire de la radiodiffusion	
1945	Début du service international par l'établissement d'un poste à ondes courtes	Comité parlementaire de la radiodiffusion	
1946		Comité parlementaire de la radiodiffusion	
1947	Introduction de la radio MF au Canada	Comité parlementaire de la radiodiffusion	
1948	Élection du Parti libéral avec L. St-Laurent		
1949	Réassignation de fréquences de certaines stations privées Début de la radio par câble	Nomination de la Commission Massey sur les arts et la culture	Politique provisoire gouvernementale sur la télévision

(suite à la page suivante)

TABLEAU 6.1 **Cheminement historique de la politique de radiodiffusion canadienne** *(suite)*

ANNÉE	ÉVÉNEMENT	ENQUÊTE	LOI
1950	Apparition de la télévision en provenance des É.U.	Comité spécial de la radiodiffusion	
1951		Rapport Massey	
		Comité parlementaire de la radiodiffusion	
1952	Début de la télévision au Canada. Ouverture de deux stations de Radio-Canada : Montréal et Toronto.		
	Début de la télévision par câble		
1953	Établissement des premières stations privées à Sudbury et London	Comité parlementaire de la radiodiffusion	
1954	Formation de la Ligue canadienne de radio et télévision		
1955		Comité de la radiodiffusion	
		Nomination de la Commission Fowler sur la radio et la télévision	
1956	Abolition de la Ligue canadienne de radio et télévision		
1957	Élection du Parti conservateur avec J.G. Diefenbaker	Rapport Fowler I	
1958	Réélection du Parti conservateur avec J.G. Diefenbaker	Comité aviseur de la radiodiffusion	Loi relative à la radiodiffusion (Loi C-58) qui crée le Bureau des gouverneurs de la radiodiffusion (BGR)
		Comité spécial du Cabinet	
1959	Grève des réalisateurs à Radio-Canada	Comité de la radiodiffusion	Premiers règlements sur le contenu canadien
1960		Comité de la radiodiffusion	
		Nomination de la Commission Glassco	

(suite à la page suivante)

TABLEAU 6.1 **Cheminement historique de la politique de radiodiffusion canadienne** *(suite)*

ANNÉE	*ÉVÉNEMENT*	*ENQUÊTE*	*LOI*
1961	Début de CTV et de CFTM Fin du monopole de la SRC	Comité de la radiodiffusion	
1963	Élection du Parti libéral avec L.B. Pearson	Rapport Glassco sur la SRC Comité de la Troïka	
1964		Nomination du Comité consultatif sur la radiodiffusion; Fowler II	
1965		Rapport Fowler II Comité spécial du Cabinet	
1966	Avènement de la télévision couleur		Dépôt du Livre blanc sur la radiodiffusion
1967		Comité de la radiodiffusion	
1968	Élection du Parti libéral avec P.E. Trudeau	- Création du Comité sur les moyens de communication de masse	Loi sur la radiodiffusion (C-163) qui crée le Conseil de la radiodiffusion et de la télédiffusion canadienne (CRTC). Dépôt du Livre blanc *Un système domestique de télécommunication par satellite pour le Canada*
1969		Rapport de la Commission royale d'enquête sur le bilinguisme et le biculturalisme (Laurendeau-Dunton)	Loi sur l'organisation gouvernementale Création du ministère des Communications du Canada Loi de la Télésat du Canada Projet de loi sur la radiodiffusion éducative qui sera retiré à cause des protestations des provinces
1970	Début de la télévision éducative	Rapport du Comité spécial du Sénat (Davey)	Nouveaux règlements sur le contenu canadien

(suite à la page suivante)

TABLEAU 6.1 **Cheminement historique de la politique de radiodiffusion canadienne** *(suite)*

ANNÉE	ÉVÉNEMENT	ENQUÊTE	LOI
1973	Télésat lance son premier satellite		Dépôt du Livre vert *Vers une politique nationale de la télécommunication*
1974	Plan de rayonnement accéléré de Radio-Caanada		
1975			Loi du CRTC qui confie de nouvelles responsabilités au Conseil : les télécommunications et modifie son nom : Conseil de la radiodiffusion et des télécommunications canadiennes.
			Politique relative aux entreprises de réception de radiodiffusion (télévision par câble)
1976			Bill C-58 sur la substitution simultanée
1977	La Cour Suprême établit la compétence exclusive du gouvernement fédéral sur la câblodistribution (L'affaire Dionne à Rimouski)		Projet de loi C-43
1978		Nomination du Comité consultatif des télécommunications et de la souveraineté canadienne (Clyne)	Projet de loi C-16 Règlements sur la radiodiffusion MA, la radiodiffusion MF, la télédiffusion et la télévision par câble
1979	Élection du Parti conservateur avec J. Clark	Rapport Clyne	
1980	Reprise du pouvoir par le Parti libéral de P.E. Trudeau	Nomination du Comité Therrien sur l'extension du service aux petites localités éloignées et à celles du Nord Rapport Therrien Nomination du Comité Applebaum-Hébert	
1982		Rapport Applebaum-Hébert	

(suite à la page suivante)

DEUXIÈME PARTIE

TABLEAU 6.1 **Cheminement historique de la politique de radiodiffusion canadienne** *(suite)*

ANNÉE	ÉVÉNEMENT	ENQUÊTE	LOI
1983	Introduction de la télévision payante au Canada		Documents du MCC : *Vers une nouvelle politique de la radiodiffusion* et *Bâtir l'avenir : vers une Société Radio-Canada distincte.* Énoncé politique du CRTC sur le contenu canadien
1984	Élection du Parti conservateur de Brian Mulroney	Création du Comité Masse-Bertrand	Document *Politique nationale du film et de la vidéo* Projet de loi C-20 (1) Règlement sur la télévision payante. Projet de loi C-20 (2)
1985		Rapport Masse-Bertrand Nomination du Groupe de travail sur la politique de radiodiffusion : comité Sauvageau-Caplan	
1986	Entrée en ondes de Télévision Quatre Saisons	Rapport Sauvageau-Caplan	
1987		Comité parlementaire et comité Québec-Ottawa sur les conclusions du rapport Sauvageau-Caplan	

SOURCE   Ce tableau provient d'une étude réalisée par Jacques Frémont du Centre de recherche en droit public à l'intention du Groupe de travail sur la politique de la radiodiffusion (Sauvageau-Caplan) : *Étude des objectifs et des principes proposés et adoptés relativement au système de la radiodiffusion canadienne*. Ce tableau a été légèrement modifié et complété pour les besoins de ce chapitre.

LES PRINCIPALES LOIS CANADIENNES CONCERNANT LES COMMUNICATIONS

La Loi sur la radiodiffusion de 1968

Cette loi, véritable pierre d'assise des communications canadiennes, comporte trois parties. La première énonce les dispositions
interprétatives puis formule les principes fondamentaux et les
objectifs généraux de la politique canadienne en matière de
radiodiffusion. La seconde partie énonce les objectifs et les pouvoirs du Conseil de la radio-télévision canadienne, l'organisme
responsable de l'application de cette loi. La troisième établit les
statuts de la Société Radio-Canada.

Les dispositions interprétatives

On les retrouve à l'article 2 de la *Loi sur la radiodiffusion*. Ces
dispositions sont à proprement parler des définitions de différents
termes relatifs à la radiodiffusion. Conséquemment, il est nécessaire de bien les assimiler car elles permettront au lecteur à la fois
de mieux comprendre le contenu des différentes lois sur les
communications et de saisir plus facilement les problèmes d'interprétation posés par les technologies de communication ap-
parues après l'adoption de la loi en 1968. En d'autres termes, il
est essentiel de posséder cette terminologie si l'on désire traiter
correctement les réalités relatives à la communication.

— Une *entreprise de radiodiffusion* « comprend une entreprise
d'émission de radiodiffusion, une entreprise de réception de
radiodiffusion et l'exploitation d'un réseau situé en tout ou en
partie au Canada » ■.

— La *radiocommunication* « désigne toute transmission, émission ou réception de signes, signaux, écrits, images, sons
ou renseignements de toute nature, au moyen d'ondes élec-
tromagnétiques [...] transmises dans l'espace sans guide
artificiel ».

■ La Charte canadienne des droits et libertés atténue considérablement l'importance de cette partie du paragraphe 3c) car la Charte reconnaît constitutionnellement la liberté d'expression.

— *Une radiodiffusion* « désigne toute radiocommunication dans laquelle les émissions sont destinées à être captées directement par le public en général ».

— *Un radiodiffuseur* est défini comme une « personne autorisée par une licence du Conseil à faire exploiter une entreprise d'émission de radiodiffusion ».

— Enfin « toute exploitation à laquelle participent deux ou plusieurs entreprises de radiodiffusion et où le contrôle de l'ensemble ou d'une partie des émissions [...] est délégué à l'une d'elles est appelée un *réseau.* »

Les principes fondamentaux et les objectifs généraux

Les principes fondamentaux et les objectifs généraux de la loi concernant la radiodiffusion sont énoncés à l'article 3 de la *Loi sur la radiodiffusion* de 1968. Cet article comporte une dizaine de paragraphes qui énoncent les principes et les objectifs de la radiodiffusion canadienne devant présider à la mise en oeuvre des autres dispositions de la loi. Trois de ces paragraphes concernent la radiodiffusion publique alors que les autres s'appliquent au système de radiodiffusion en général. Regardons de plus près leur contenu respectif.

Le paragraphe 3a) énonce deux principes : un sur la propriété des fréquences et un autre sur la structure de la radiodiffusion canadienne. Plus précisément, il est déclaré que « les entreprises de radiodiffusion au Canada font usage de *fréquences qui sont du domaine public* ■ et que de telles entreprises constituent *un système unique*, ci-après appelé le système de la radiodiffusion canadienne, *comprenant les secteurs public et privé* ».

Consacré formellement pour la première fois, le principe de la propriété publique des fréquences a cependant toujours été implicitement reconnu et ce dès la première Commission d'enquête sur la radiodiffusion (Aird). En effet, dès cette époque, on invoquait principalement la rareté des fréquences pour justifier la propriété publique des ondes. À cette rareté des ondes, s'ajoutaient aussi des arguments sociaux et culturels qui ont fini un jour par prendre le dessus comme principale raison à la propriété publique, les progrès technologiques faisant reculer de plus en plus les limites de la rareté des fréquences.

En ce qui a trait à la structure de la radiodiffusion canadienne, le survol historique de la radiodiffusion a permis de montrer que cette question a été au centre de toutes les discussions importantes sur la radiodiffusion. Elle s'est surtout manifestée par le débat sur la responsabilité de la régie du système. Mais avec cet article, il était désormais acquis qu'elle devait être confiée à un organisme autonome, en l'occurrence le CRTC.

À l'instar du paragraphe précédent, le paragraphe 3b) énonce lui aussi deux principes. Textuellement, il est déclaré que « le *système* de la radiodiffusion canadienne devrait être *possédé et contrôlé* effectivement *par des Canadiens* de façon à *sauvegarder, enrichir et raffermir la structure culturelle, politique, sociale et économique du Canada*. La participation étrangère à la propriété est limitée à un maximum de 20 %. Si le principe de la propriété canadienne du système avait déjà été exprimé dans la *Loi sur la radiodiffusion* de 1958, le second, pour sa part, se voyait consacré pour la première fois.

Le paragraphe 3c) comporte quant à lui trois éléments. Il rend d'abord les radiodiffuseurs responsables du contenu qu'ils diffusent. Il reconnaît ensuite le droit à la liberté d'expression puis le droit des personnes à capter les émissions. Dans les termes de la loi, il est déclaré que « toutes les personnes autorisées à faire exploiter des *entreprises de radiodiffusion sont responsables des émissions qu'elles diffusent*, mais que le *droit à la liberté d'expression* et le *droit des personnes de capter les émissions* sous la seule réserve des lois et règlements généralement applicables, *sont incontestés*. Cette réserve signifie que ces droits ne sont pas absolus.

Les quatre autres objectifs énoncés au paragraphe 3d) portent principalement sur la programmation et le contenu des émissions du système de la radiodiffusion canadienne. Plus précisément, il est déclaré que « la *programmation* offerte par le système de la radiodiffusion canadienne devrait être *variée et compréhensive* et qu'elle devrait fournir la possibilité raisonnable et *équilibrée d'exprimer des vues différentes* sur des sujets qui préoccupent le public et que la programmation de chaque radiodiffuseur devrait être *de haute qualité* et *utiliser principalement des ressources canadiennes* créatrices et autres. Ce dernier objectif, bien que consacré pour la première fois par la loi de 1968, s'est toujours révélé être une préoccupation constante depuis le début de la radiodiffusion canadienne.

Le caractère bilingue du Canada est reflété par le contenu du paragraphe 3e) qui stipule que « tous les Canadiens ont droit à *un service de radiodiffusion* dans les langues *anglaise et française,* au fur et à mesure que des fonds publics deviennent disponibles ». Cette précision sur la disponibilité des fonds laisse sous-entendre que l'obligation d'offrir un service dans les deux langues officielles du pays appartient au service national de radiodiffusion.

Ce dernier fait d'ailleurs l'objet des deux paragraphes suivants. Le paragraphe 3f) déclare « qu'il y aurait lieu d'assurer par l'intermédiaire d'une corporation établie par le Parlement à cet effet, *un service national de radiodiffusion* dont la teneur et la nature soient principalement canadiennes. Ce service est assuré par la Société Radio-Canada dont la création remonte à 1936.

Par ailleurs, le paragraphe 3g) précise à travers quatre alinéas, les principes et objectifs devant présider à la conduite du service national de radiodiffusion. Ainsi l'alinéa g(A) stipule que le service national devrait *être un service équilibré qui renseigne, éclaire et divertisse des personnes de tous âges, aux intérêts et aux goûts divers, et qui offre une répartition équitable de toute la gamme de la programmation.* Depuis l'énoncé politique de 1983 (*Bâtir l'avenir : vers une Société Radio-Canada distincte*), le service national n'est plus tenu de poursuivre cet objectif. Au contraire, Radio-Canada se doit d'offrir un service « distinctif ». À la suite de ces considérations sur la programmation du service

■ Cette référence à la langue constitue en quelque sorte une répétition du contenu du paragraphe 3e).

national, il est déclaré que ce *service* devrait « être *étendu à toutes les régions du Canada*, au fur et à mesure que les fonds publics deviennent disponibles. » [g(ii)]. Ce désir d'étendre le service à toutes les régions du pays a été exprimé dès la Commission Aird. Le troisième alinéa [g(iii)], stipule pour sa part, que le *service* devrait « *être de langue anglaise et de langue française* ■, *répondre aux besoins* particuliers *des diverses régions* et *contribuer* activement *à la fourniture et à l'échange d'informations et de divertissements* d'ordre culturel et régional.

Le paragraphe 3g) se termine par une disposition qui invite le service national à « contribuer au développement de l'unité nationale et exprimer constamment la réalité canadienne ».

Le paragraphe 3h) nous indique comment le service national et le secteur privé doivent s'articuler. Ainsi, il est mentionné que lorsqu'un conflit survient entre les objectifs du service national de radiodiffusion et les intérêts du secteur privé du système de la radiodiffusion canadienne, il soit résolu dans l'intérêt public mais qu'une importance primordiale soit accordée aux objectifs du service national de radiodiffusion ». La coexistence des secteurs privé et public se trouve donc une nouvelle fois confirmée. D'autre part, le paragraphe 3i), proclame « que le système de la radiodiffusion canadienne devrait être doté d'un équipement de radiodiffusion éducative ». Rappelons que l'éducation est de compétence provinciale.

Finalement le dernier paragraphe sur la politique de la radiodiffusion pour le Canada confie la mise en oeuvre de cette politique à un organisme de réglementation en l'occurrence le CRTC. Textuellement il est déclaré que la meilleure façon d'atteindre les objectifs de la politique de la radiodiffusion pour le Canada énoncée au présent article consiste à confier la réglementation et la surveillance du système de la radiodiffusion canadienne à un seul organisme autonome. » En préambule à ce dernier paragraphe, on précise que « la réglementation et la surveillance du système de la radiodiffusion canadienne devraient être souples et aisément adaptables aux progrès scientifiques et techniques ».

Le Conseil de la radio-télévision canadienne

Après avoir vu les événements qui ont concouru à la création du Conseil, nous décrirons (1) comment se partagent les responsabilités entre le Parlement, le gouvernement, le ministère des Communications et le Conseil, ainsi que (2) la composition du Conseil, (3) de son mandat et de ses pouvoirs. Le tout se terminera par la présentation d'un schéma résumant l'essentiel des informations.

1. *Le partage des pouvoirs*

C'est le Parlement qui fixe dans des lois les grands principes du système de la radiodiffusion au Canada de même que les responsabilités du gouvernement, du CRTC, de Radio-Canada et des autres entreprises oeuvrant dans ce domaine. Le Parlement s'implique également dans l'orientation des politiques par l'entremise des comités parlementaires. Le Comité permanent de la culture et des communications est un autre endroit où le Parlement exerce ses pouvoirs. C'est là en effet que sont examinés périodiquement les crédits budgétaires et le mandat du ministre des Communications et des organismes publics qui dépendent de la *Loi sur la radiodiffusion* soit, le Conseil et la Société Radio-Canada.

C'est le gouvernement qui affecte des crédits au CRTC et en nomme les membres. De plus, la *Loi sur la radiodiffusion* lui permet d'intervenir de deux manières dans les activités du Conseil. En vertu de l'article 23, il peut annuler ou renvoyer de nouveau au Conseil pour réexamen toute décision à propos de l'attribution, la modification ou le renouvellement d'une licence de radiodiffusion. Il peut également lui adresser des directives en trois matières à savoir le nombre maximum de fréquences et de canaux destinés à la même région, les fréquences et les canaux destinés à Radio-Canada et les classes de requérants non admissibles aux licences de radiodiffusion. Le projet de loi C-20 conférerait au gouvernement des pouvoirs encore plus larges dans ce sens qu'il l'autoriserait à orienter la politique générale du CRTC.

C'est au gouvernement (gouverneur en conseil) que revient la responsabilité d'amender les lois. C'est lui aussi qui affecte les crédits au CRTC et en nomme les membres. En outre, la loi lui permet d'intervenir de deux manières dans les fonctions du Conseil. Il peut annuler ou lui renvoyer pour réexamen ses décisions quant à l'attribution, la modification ou le renouvellement d'une licence de radiodiffusion. Il peut aussi lui adresser des directives en certaines matières dont la nature et le nombre sont définis.

Le ministre des Communications, pour sa part, délivre les certificats techniques de construction et de fonctionnement préalablement nécessaires à tout requérant qui désire obtenir une licence de radiodiffusion. Au nom du gouvernement, le ministre élabore aussi des politiques générales en matière de communication. À cet égard, rappelons, à titre d'exemple, sa politique nationale sur le film et la vidéo ou encore son document d'orientation concernant la Société Radio-Canada.

Le CRTC, quant à lui, est responsable de la réglementation et de la surveillance du système en vue de mettre en oeuvre la politique de la radiodiffusion canadienne définie à l'article 3 de la *Loi sur la radiodiffusion*. Pour ce faire, il dispose des pleins pouvoirs en matière de permis de radiodiffusion sous réserve de la certification technique du ministère des Communications. La loi l'autorise également à édicter des règlements, à fixer des conditions de licences et à tenir des audiences. Ajoutons que le Conseil doit remettre un rapport sur ses activités au ministre des Communications qui, à son tour, le déposera devant le Parlement.

Cette obligation de faire rapport de ses activités auprès du ministre vaut également pour la Société Radio-Canada. Cette corporation, chargée d'assurer un service national de radiodiffusion, est placée sous l'autorité du CRTC. Cependant la Société peut soumettre au ministre des Communications toute décision dont elle a la conviction qu'elle gênerait sa fourniture d'un service national. Dans ce cas, le ministre donnera des directives au CRTC et à la Société leur indiquant comment agir à propos du litige en question. Les détenteurs de licences de radiodiffusion autre que la Société Radio-Canada ne disposent pas d'un tel recours. Cependant, sur leur demande, le Conseil peut annuler ou modifier leur licence.

Ajoutons finalement que le Conseil et le ministre sont périodiquement appelés à comparaître devant le Comité permanent de la culture et des communications pour l'examen de leurs crédits budgétaires et du mandat dont ils sont imputables devant le Parlement.

2. La Composition du Conseil de la radio et des télécommunications canadiennes

Selon la loi sur le CRTC, le Conseil doit comprendre neuf membres à plein temps et dix autres à temps partiel. Les premiers ont un mandat de sept ans; les seconds, de cinq ans. Toutes ces personnes doivent être de citoyenneté canadienne, résider au Canada et ne posséder aucun intérêt direct ou indirect dans une entreprise de radiodiffusion ou de télécommunications. Outre ces critères déjà fixés par la loi, le ministre des Communications et le premier ministre, responsables respectivement de la nomination des membres et de la désignation du président et du vice-président, doivent s'assurer que les principales régions du pays (Maritimes, Québec, Ontario, l'Ouest et la Colombie-Britannique) sont bien représentées à l'intérieur du Conseil. Ils doivent aussi veiller à ce que la composition du Conseil reflète le tissu démographique (sexe, âge et langue) du Canada.

Le Conseil comprend cinq directions principales : la Direction générale de la radiodiffusion, la Direction générale des télécommunications, le Secrétariat, le Contentieux et la Direction de la planification stratégique.

La Direction générale de la radiodiffusion regroupe trois directions. Les Directions de l'analyse et de la planification des politiques donnent au Conseil des avis sur certains aspects opérationnels de politique et de réglementation de l'industrie de la radiodiffusion. Elles aident aussi le Conseil à déterminer ses objectifs prioritaires et ses projets touchant l'évolution future de la radiodiffusion. La Direction générale de l'exploitation de la radiodiffusion, par l'intermédiaire de ses unités régionales, recueille, analyse et fournit au Conseil les renseignements dont il a besoin pour attribuer, refuser, modifier, renouveler ou révoquer des licences. Enfin, la Direction générale des audiences, décisions et plaintes assume la publication, dans les délais impartis, de tous les avis publics et de toutes les décisions du CRTC en matière de radiodiffusion. Elle doit voir aussi à l'organisation et à l'administration des audiences publiques.

La Direction générale des télécommunications s'occupe principalement de la réglementation des entreprises de télécommunications sous juridiction fédérale (Bell Canada, Télésat Canada, BCTel, Norouestel, Terra Nova Tel et les Télécommunications CNCP). Elle fournit au Comité de direction, avis et recommandations pour déterminer si les tarifs sont justes et raisonnables. Sous sa gouverne on retrouve trois directions. Une est responsable de l'analyse des tarifs, de la structure du marché, des questions de réglementation actuelles et futures, de la qualité du service et des répercussions socio-économiques. Une autre examine les activités commerciales et les pratiques comptables des entreprises. Une dernière assume la publication des avis publics, des ordonnances et des décisions du Conseil.

Le Secrétariat est le point de contact officiel entre le Conseil et le public. C'est lui qui chapeaute la section de la planification et du calendrier des travaux, et celle des délibérations, et se charge de l'application des lois sur l'accès à l'information et sur la protection des renseignements personnels. Il maintient des liens constants non seulement avec les représentants des gouvernements provinciaux et les industries mais aussi avec la presse. De plus, le Secrétariat est responsable de la production et de la distribution de toutes les publications du CRTC, de la perception des droits de licence de radiodiffusion de la fourniture des services usuels (bibliothèque, dossiers, formulaires).

La Direction du contentieux, pour sa part, fournit au Conseil des services juridiques sur l'interprétation et l'application de la *Loi sur le Conseil de la radiodiffusion et des télécommunications canadiennes*, de la *Loi sur la radiodiffusion*, des lois relatives aux télécommunications et des textes réglementaires y afférant, ainsi que des lois fédérales et provinciales connexes.

Enfin, la Direction de la planification stratégique qui relève directement du président, s'occupe principalement à mettre en oeuvre au sein du Conseil, un système de planification stratégique qui servira à établir l'ordre de priorité global du Conseil et à coordonner les activités de planification stratégique du Conseil qui se déroulent surtout au sein des directions générales de la radiodiffusion et des télécommunications.

3.   Le mandat et les pouvoirs du Conseil

Le mandat du Conseil est défini à l'article 15 de la *Loi sur la radiodiffusion*. Cet article se lit comme suit :

> *Sous réserve de la présente loi, de la Loi sur la radio et des instructions à l'intention du Conseil émises, à l'occasion, par le gouverneur en conseil sous l'autorité de la présente loi, le Conseil doit* **réglementer** *et* **surveiller** *tous les aspects du système de la radiodiffusion canadienne en vue de mettre en oeuvre la politique de radiodiffusion énoncée dans l'article 3 de la présente loi.*

Pour s'acquitter de son mandat de réglementation et de surveillance, le Conseil peut exercer quatre pouvoirs principaux. Il peut : a) attribuer, modifier, renouveler, suspendre ou annuler des licences de radiodiffusion, b) fixer des conditions de licences, c) établir des règlements relatifs à la programmation ou à toute autre question qu'il estime nécessaire à la poursuite de ses objets, et d) tenir des audiences publiques. Regardons en quoi consiste chacun de ces pouvoirs.

a)   Les licences

Le Conseil peut « prescrire les classes de licences » et « établir des règlements applicables à toutes les personnes qui détiennent des licences de radiodiffusion [...] ». L'attribution et le renouvellement des licences de radiodiffusion peut se faire pour des périodes d'au plus cinq ans. Le Conseil peut également suspendre ou annuler toute licence de radiodiffusion si le titulaire en fait la demande ou si le Conseil conclut, à la suite d'une audience publique, que le détenteur n'a pas respecter une condition à laquelle sa licence est assujettie. Compte tenu du caractère public des fréquences, il faut rappeler ici que l'octroi d'une licence à un requérant confère à ce dernier non pas un droit mais un privilège, révocable, de bénéficier de l'usage d'une fréquence. Accordé au candidat le plus en mesure de contribuer à la radiodiffusion canadienne, ce privilège implique en retour que les détenteurs éventuels s'engagent à respecter certaines règles et à offrir certains services à la communauté qu'ils desservent.

Cependant, le Conseil ne peut pas annuler une licence de radiodiffusion attribuée à la Société Radio-Canada. Il ne peut pas non plus assortir sa licence de conditions particulières sans la consulter. Si malgré la consultation, le Conseil assortit cette licence d'une condition qui, selon la conviction de la Société, gênerait la fourniture du service national, la Société peut soumettre la condition à l'examen du ministre des Communications.

L'exercice du pouvoir d'attribution, de modification de renouvellement ou d'annulation du Conseil est bien encadré. Il doit d'abord tenir compte des directives générales du gouverneur en conseil. Ces directives, comme nous l'avons vu précédemment, concernent le nombre maximum de fréquences qui serviront à la radiodiffusion dans une région donnée, la réservation de canaux à des fins spéciales et les classes de requérants auxquelles des licences de radiodiffusion ne peuvent être attribuées. De plus, aucune licence ne peut être attribuée à moins que le ministre des Communications ne certifie au Conseil que le requérant a satisfait aux exigences de la *Loi sur la radio* et qu'un certificat technique lui a été délivré. Enfin les décisions du Conseil peuvent être annulées ou lui être renvoyées pour un réexamen, sur décret du gouverneur en conseil.

b)   Les conditions associées à l'attribution d'une licence

Tel que le stipule l'article 17 de la *Loi sur la radiodiffusion*, le Conseil peut attribuer des licences de radiodiffusion pour des périodes d'au plus cinq ans *et sous réserve des conditions propres à la situation du titulaire* que le comité de direction estime appropriées pour la mise en oeuvre de la politique de radiodiffusion énoncée dans l'article 3. Cette disposition vise avant tout à permettre l'inclusion des promesses de réalisation par les détenteurs ou les éventuels titulaires d'une licence de radiodiffusion. Ces promesses de réalisation ont le même caractère contraignant que les règlements.

En second lieu, cette disposition vise aussi à permettre l'imposition de conditions pour assurer la mise en oeuvre des politiques du Conseil. Dans ce cas-là, les conditions peuvent être liées à « la condition propre du titulaire » ou être de nature à favoriser la mise en oeuvre de la politique générale du Conseil. À titre d'exemple, le CRTC peut exiger qu'un nouveau titulaire de licence se défasse d'une autre entreprise de radiodiffusion ou qu'une entreprise élargisse sa zone de rayonnement.

c)   La réglementation

La *Loi sur la radiodiffusion* attribue au Conseil le pouvoir d'établir des règlements concernant les normes des émissions, le partage du temps d'antenne entre les genres d'émissions, la nature et la durée de la publicité admises sur les ondes, la répartition et la présentation des émissions politiques partisanes, les droits et obligations des stations qui participent à l'exploitation d'un réseau, les tarifs de droits à acquitter par les titulaires de licences, les renseignements devant être fournis par les titulaires sur divers aspects de leur entreprise (finance et programmation) ou toute autre question qu'il estime nécessaire à la poursuite de ses objets.

L'activité réglementaire du CRTC est contenue dans cinq textes. Ce sont : le *Règlement sur la radiodiffusion MA*, le *Règlement sur la radiodiffusion MF*, le *Règlement sur la télédiffusion*, le *Règle-ment sur la télévision par câble* et le *Règlement sur la télévision payante*. Pour en savoir plus sur le contenu de chaque règle-ment, veuillez consulter les pages 218 et suivantes.

d) Les audiences publiques

Le Conseil doit tenir des audiences publiques pour l'attribution, l'annulation ou la modification d'une licence de radiodiffusion. Cette obligation vaut également pour le renouvellement à moins que le Conseil ne soit convaincu qu'une telle audition n'est pas nécessaire. Il doit aussi y avoir des audiences publiques au sujet de toute autre question pour laquelle le Conseil estime qu'une telle audition est souhaitable ou lorsqu'il se propose de modifier ou d'adopter un nouveau règlement.

Pour faciliter la tenue des audiences et favoriser l'échange d'in-formation et la participation du public, le Conseil est autorisé à établir des règles de procédure. Ainsi la présentation des deman-des de licences doit être faite par écrit. Par contre, il n'est pas possible de contre-interroger les participants aux audiences (les déclarations contradictoires ne sont donc pas clarifiées) ni d'avoir accès à certains renseignements financiers du requérant.

Le Conseil se sert également de l'audience publique pour élabo-rer les politiques. Ainsi, par le biais d'un avis public qu'il fera paraître dans les journaux, le Conseil invitera les personnes à venir se prononcer sur le ou les sujets à l'ordre du jour. Puis, l'information sera analysée et complétée au besoin par des recherches ou des groupes de travail pour être finalement tra-duite dans un « énoncé de politique ». Cet énoncé sera à nouveau l'objet d'une audience.

L'énoncé de politique permet aux titulaires de licences de con-naître les lignes de conduite que le Conseil entend suivre en cer-taines matières. Cependant ce texte n'a pas de force juridique. Pour qu'il en ait une, il faut qu'il soit traduit sous forme de règle-ments. Le CRTC doit transmettre le traitement des plaintes

■ Le véritable nom de ce Conseil était le Bureau des gouverneurs. Nous utilisons « Conseil » pour éviter de confondre le Bureau des gouverneurs avec le Bureau des gouverneurs de la radiodiffusion.

formulées par le public à l'égard des détenteurs de licences aux radiodiffuseurs concernés et ces derniers sont tenus de leur donner suite. Certaines de ces plaintes sont mêmes annexées au dossier de renouvellement de licences.

Les statuts de la Société Radio-Canada

1. Historique

Créée par le biais de la *Loi sur la radiodiffusion* de 1936, la Société Radio-Canada est venue remplacer la boiteuse Commission canadienne de la radiodiffusion (CCR). Elle héritait par le fait même du mandat d'assurer un service radiophonique national et d'agir à titre d'organisme de contrôle en accordant les permis et en réglementant (nature des émissions, la publicité et la programmation partisane) les secteurs de la radiodiffusion nationale qu'elle ne possédait ni n'exploitait directement. Sous réserve de l'approbation du gouverneur en conseil, la Société pouvait aussi construire des stations, réaliser et acheter des émissions et engager le personnel nécessaire à la réalisation de ses objets.

Financièrement plus autonome que la Commission, la Société avait une structure administrative particulière. Il y avait d'une part, une direction (deux personnes) de la gestion des affaires courantes et, d'autre part, un Conseil d'administration■ de neuf personnes devant mettre sur pied le service national et superviser l'ensemble de la radiodiffusion, c'est-à-dire les détenteurs de licences privées et les stations de la Société.

Ce double rôle d'organisme exploitant et réglementaire allait être l'objet de vives contestations de la part des intérêts privés et notamment de l'Association canadienne des radiodiffuseurs (ACR) qui s'employa activement à dénoncer le fait que la Société soit à la fois juge et partie. Elle en fera même son principal argument dans sa lutte pour la constitution d'un organisme réglementaire distinct. Cette lutte restera vaine pendant plusieurs années, les différents comités parlementaires et les commissions ayant tous confirmé ce double statut.

En 1957, la Commission Fowler recommanda d'éliminer la confusion au sujet du rôle du Conseil d'administration et de ses rapports avec la direction en scindant les fonctions de régulateur et de diffuseur de la Société. Elle proposa donc l'établissement d'un nouvel organisme, le Bureau des gouverneurs de la radio-diffusion (BGR), lequel réglementerait les secteurs privé et public et contrôlerait l'orientation des politiques de la Société Radio-Canada. Ce Bureau serait redevable au Parlement et jouerait un rôle de consultant auprès du ministre des Transports dans l'attribution des licences de radiodiffusion.

Dans sa *Loi sur la radiodiffusion* (1958), le gouvernement s'inscrivit en marge de ces recommandations en créant non pas un mais deux conseils, un pour la Société et un autre pour l'ensemble du système de radiodiffusion, ce dernier devant réglementer les activités des stations privées et publiques. La Société, à la satisfaction de l'ACR qui réclamait la création d'une régie complètement autonome et distincte, se voyait du même coup placer au même niveau que les diffuseurs privés. Pire encore, elle perdait le contrôle sur ces stations et son autorité dans l'élaboration de politiques.

En 1964, M.R. Fowler, appelé de nouveau à présider un comité sur la radiodiffusion, proposa derechef que l'administration, la régie et la direction du système soient confiées à un organisme autonome, la Régie canadienne des ondes. Ce principe du système unique comprenant les secteurs privé et public contrôlés (réglementation et surveillance) par un seul organisme, en l'occurrence le Conseil de la radio-télévision canadienne, fut consacré une nouvelle fois par la *Loi sur la radiodiffusion* de 1968. Avec cette dernière loi, Radio-Canada perdait la plupart de ses pouvoirs et se voyait placer dorénavant sous la juridiction du CRTC.

2. *La Société Radio-Canada : description et mandat*

La *Loi sur la radiodiffusion* institue une corporation, la Société Radio-Canada chargée d'assurer un service national de radiodiffusion. Les différents volets de son mandat sont définis à l'article 3 de la loi et plus particulièrement aux alinéas f, g et h où il est successivement déclaré que :

— « il y aurait lieu d'assurer par l'intermédiaire d'une corporation établie par le Parlement à cet effet, *un service national de radiodiffusion* dont la teneur et la nature soient principalement canadiennes »;

— ce service national devrait :

« être un service équilibré qui renseigne, éclaire et divertisse des personnes de tous âges, aux intérêts et aux goûts divers, et qui offre une répartition équitable de toute la gamme de la programmation »;

— ce service devrait :

« être étendu à toutes les régions du Canada, au fur et à mesure que les fonds publics deviennent disponibles »;

« être de langue anglaise et de langue française »;

« répondre aux besoins particuliers des diverses régions et contribuer activement à la fourniture et à l'échange d'informations et de divertissements d'ordre culturel et régional »;

et « contribuer au développement de l'unité nationale et exprimer constamment la réalité canadienne »;

Finalement à l'article 3h, il est mentionné que :

— « lorsqu'un conflit survient entre les objectifs du service national de radiodiffusion et les intérêts du secteur privé du système de la radiodiffusion canadienne, il soit résolu dans l'intérêt public mais qu'une importance primordiale soit accordée aux objectifs du service national de radioffusion ».

En termes succincts, la Société Radio-Canada doit donc réunir toutes les régions, tous les publics, toutes les couches sociales, révéler le pays à lui-même et cristalliser le sentiment national.

La troisième Partie de la loi définit les statuts de la Société et précise ses objets et ses pouvoirs. Ainsi, la Société est une corporation composée d'un président (terme de sept ans) et de 14 administrateurs (terme de cinq ans) nommés par le gouverneur en conseil. Ces quinze personnes doivent être de citoyenneté canadienne et n'être reliées en aucune façon à une entreprise de radiodiffusion ou de télécommunications.

Pour la fourniture du service national de radiodiffusion envisagée à l'article 3, la Société peut, conformément aux conditions de sa licence et sous réserve de tous règlements applicables du Conseil, établir, équiper, entretenir et exploiter des entreprises de radiodiffusion, conclure des accords d'exploitation, créer ou se procurer des émissions, conclure des contrats de production, acquérir des droits d'auteur, recueillir des nouvelles sur l'actualité dans toutes les parties du monde, établir ou s'abonner à des agences d'information.

En plus de son mandat de fournir un service national de radiodiffusion, la Société doit assurer d'autres services qualifiés hors mandat : la transmission des débats de la Chambre des communes, Radio-Canada international, service radiophonique en douze langues diffusé sur ondes courtes par le Canada à l'étranger et Service du Nord, créé en 1958 et que la plupart des collectivités de la vaste région qui s'étend de l'Alaska jusqu'à la Baie James captent au moyen du satellite Anik D.

Soulignons enfin que la Société reçoit son mandat du Parlement et qu'elle entretient des relations privilégiées avec le gouvernement (de qui elle reçoit ses crédits budgétaires) et le ministre des Communications (à qui elle doit soumettre un rapport qui sera par la suite déposé devant le Parlement).

Pour teminer, nous vous présentons à la figure 6.1 un schéma qui reprend l'essentiel des informations traitées dans cette section.

FIGURE 6.1   **La hiérarchie des pouvoirs en matière de radiodiffusion canadienne**

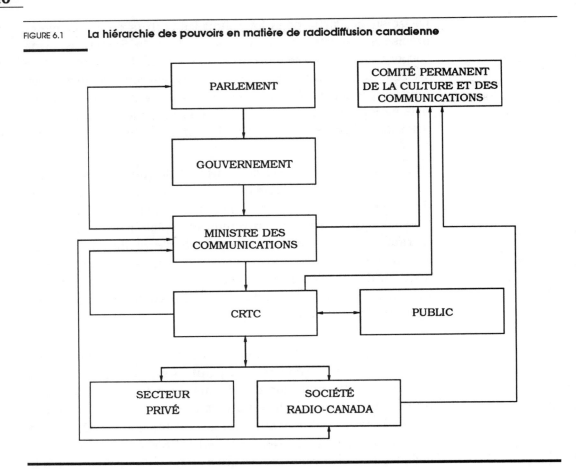

La Loi sur le ministère des Communications

■ Quelques mois plus tard, le Québec adoptait lui aussi une loi créant un ministère des Communications.

En vertu de cette loi ■, promulguée en 1968, les fonctions et les pouvoirs du ministre des Communications englobent toutes les questions de communication qui relèvent du parlement du Canada et que les lois n'attribuent à aucun autre ministère, département, direction ou organisme du gouvernement fédéral. Sont aussi de son ressort la mise au point, le développement et l'utilisation, en général, d'entreprises, installations, systèmes et services de communication pour le Canada.

Dans l'exercice de ses pouvoirs et fonctions, le ministre doit coordonner, favoriser et recommander des politiques nationales et des programmes nationaux de communication pour le Canada. Il doit aussi :

— favoriser l'établissement, la mise au point, le développement et l'efficacité de systèmes et installations de communication pour le Canada;

— faciliter l'adaptation des systèmes et installations de communication du Canada à l'évolution des conditions sur le plan intérieur et le plan international;

— planifier et coordonner les services de télécommunications pour les ministères, départements, directions et organismes du gouvernement du Canada;

— compiler et tenir à jour des renseignements détaillés sur les systèmes et installations de communication et l'activité dans le domaine des communications et sur les tendances et les progrès, au Canada et à l'étranger, dans ce domaine;

— prendre les mesures qui peuvent être nécessaires en vue de garantir, par réglementation internationale ou autrement, les droits du Canada dans le domaine des communications.

Toujours dans l'exercice de ses pouvoirs et fonctions, le ministre peut, avec l'approbation du gouverneur en conseil, conclure des accords avec le gouvernement de toute province ou avec un organisme relevant d'un tel gouvernement en ce qui concerne la réalisation des programmes qui sont de sa compétence. Enfin, la loi stipule que le ministre doit présenter annuellement un rapport sur ses activités.

Le ministère des Communications a la responsabilité d'élaborer et de mettre en oeuvre les politiques et les programmes fédéraux relatifs au secteur canadien des télécommunications et de la télédiffusion. Il réglemente également l'utilisation du spectre des fréquences radioélectriques et assure l'homologation technique des entreprises de radiodiffusion.

C'est lui aussi qui voit à la prestation de services de télécommunications au gouvernement fédéral, à la mise au point de nouvelles technologies spatiales de télécommunications et d'information par le biais de travaux de recherche-développement de même qu'à la promotion de la technologie de pointe canadienne et au soutien des industries qui oeuvrent dans ce domaine.

Enfin, le ministère veille à l'élaboration de la politique culturelle nationale et à la mise en place d'un vaste éventail de programme de soutien visant les secteurs des arts, de la protection du patrimoine, du film, de l'édition et de l'enregistrement sonore. Ce n'est depuis 1980 que le ministère des Communications a la charge de la Direction du programme des arts et de la culture qui était rattaché auparavant au Secrétariat d'État. Le ministère est devenu ainsi responsable de plusieurs organismes dont l'Office national du film, la Société de développement de l'industrie cinématographique canadienne (connue aujourd'hui sous le nom de Téléfilm Canada), la Bibliothèque nationale, les Archives publiques, les Musées nationaux, le Centre national des arts, la Société Radio-Canada et le Conseil des arts. Il s'est vu aussi confier la responsabilité de divers programmes de subventions et de subsides en faveur des arts et de la culture. Toutes ces activités visent la réalisation des objectifs suivants :

— l'élaboration de lignes de conduite, de programmes et de mesures de coopération propres à réaliser les objectifs sociaux et économiques du Canada en matière de culture et de communication;

— le développement et l'exploitation ordonnés des communications au Canada ainsi que l'épanouissement des arts et de la culture, tant au pays qu'à l'échelle internationale.

Pour réaliser ces objectifs et assumer les activités qui en découlent, le ministère des Communications compte sur cinq secteurs : Télécommunications et Technologie, Coordination des politiques, Affaires culturelles et Radiodiffusion, Gestion du spectre et Opérations régionales et Gestion intégrée.

1. Le secteur *Télécommunications et Technologie* élabore les lignes de conduite et les règlements et voit à l'établissement

de normes susceptibles de favoriser le développement ordonné et l'exploitation efficace des services et des installations de télécommunications de l'ensemble du pays. Il détermine et évalue les applications potentielles des nouvelles technologies et aide l'industrie à concevoir, à fabriquer et à commercialiser de nouveaux services d'information et de communication. Par ailleurs, le secteur assure la planification, la coordination et la gestion des réseaux et des services de télécommunications de manière à satisfaire aux besoins de l'administration fédérale. Enfin, il gère des programmes de recherche-développement.

2. Le secteur *Coordination des politiques* pour sa part, est chargé d'harmoniser et de coordonner la politique et la planification stratégique du Ministère, tant à l'échelle nationale qu'internationale. Il s'occupe également des relations du ministère avec les autres gouvernements tant au pays qu'à l'étranger et coordonne les travaux parlementaires et l'élaboration de mesures législatives.

3. Le secteur *Affaires culturelles et Radiodiffusion* est chargé d'élaborer les lignes de conduite et les programmes visant les différents secteurs placés sous la responsabilité du ministère. Suivant cette charge, le secteur conseille le ministre en matière de politiques et de programmes culturels, administre les programmes et gère la réglementation qui relève du ministère. Il doit aussi venir en aide aux industries et aux organismes culturels.

4. Le secteur *Gestion du spectre et Opérations régionales* a pour mandat de gérer l'utilisation du spectre des radiofréquences au Canada afin de favoriser le développement cohérent des communications. Pour ce faire, il élabore et met en oeuvre des plans d'attribution des radiofréquences, en détermine les critères et définit les normes techniques des divers types de services radio. De plus, il est chargé de la délivrance des licences aux services radio et émet des certificats techniques aux entreprises de télédiffusion titulaires de licences délivrées par le CRTC. Il participe également aux délibérations de l'Union internationale des télécommunications (UIT).

5. Enfin, le secteur *Gestion intégrée* offre un large éventail de services de soutien allant de l'administration générale à l'informatique en passant par les finances.

Les autres lois complémentaires

Au précédent duo de lois, loi concernant la radiodiffusion et loi créant le ministère des Communications, qui forment en quelque sorte le noyau principal du complexe légal et réglementaire de la radiodiffusion au Canada, se greffe un ensemble de lois complémentaires qui viennent soit préciser le rôle des institutions comme le CRTC ou le ministère des Communications, soit créer des organismes responsables ou des instruments spécifiques de soutien. Dans le premier cas, il s'agit de la *Loi sur la radio* et de la *Loi sur le Conseil de la radiodiffusion et des télécommunications canadiennes* (CRTC). Dans le second, il s'agit de la *Loi de Télésat Canada*, de la *Loi sur Téléglobe Canada*, de la *Loi nationale sur le film* et de la *Loi sur la Société de développement de l'industrie cinématographique canadienne* (SDICC). Regardons dans l'ordre, le contenu de chacune de ces lois.

La Loi sur la radio (1970)

Parmi toutes les lois qui sont présentées dans cette section, la *Loi sur la radio* est sans conteste la plus importante dans la mesure où elle confie la responsabilité de la gestion du spectre des fréquences radioélectriques au ministre des Communications. Elle lui donne également le pouvoir d'édicter des règlements sur toute question relative à cet objet.

Ainsi la loi stipule que l'établissement ou l'exploitation d'une station de radiocommunication ne peut se faire sans l'obtention au préalable d'un certificat technique de construction et de fonctionnement délivré par le ministre. À cet égard, le ministre peut prescrire des classes de licences et des certificats techniques de construction de stations de radiocommunication. Il peut également modifier, suspendre ou annuler la licence ou le certificat de tout détenteur qui contrevient aux conditions qui y sont inscrites.

Comme le ministre a le contrôle sur toutes les questions techniques concernant la planification, la construction et l'exploitation de l'équipement de la radiodiffusion, il doit, par règlement, prescrire la forme et la présentation des demandes de licences et de certificats, déterminer la puissance, la fréquence et l'indicatif que doivent utiliser les entreprises d'émission de radiodiffusion et approuver l'emplacement des installations. Il doit aussi soutenir la recherche relative aux radiocommunications et encourager le développement et l'exploitation plus efficace de l'équipement des radiocommunications au Canada. Autre aspect intéressant à retenir : le gouverneur en conseil peut établir des règlements pour la censure et le contrôle des signaux et messages par radio dans le cas de circonstances critiques telles une guerre ou une émeute.

La Loi établissant le Conseil de la radiodiffusion et des télécommunications canadiennes (1975)

Cette loi vient modifier la *Loi sur la radiodiffusion* et plus particulièrement le chapitre concernant le Conseil. La principale modification a trait aux responsabilités du CRTC qui se voit confier par la présente, les pouvoirs, les devoirs et les fonctions rattachés au domaine des télécommunications. Pour mieux refléter cet accroissement des responsabilités, le CRTC modifia légèrement son nom : le Conseil de la radiodiffusion et des télécommunications canadiennes.

La Loi de la Télésat Canada (1970)

L'idée d'instaurer un système domestique de communications par satellite fut endossée dans un livre blanc publié en 1968. Selon ce livre, le système devait permettre l'extension des services français et anglais de télévision partout au Canada, l'extension du service téléphonique et de transmission de messages dans le Grand-Nord et dans les régions moins développées, et favoriser les communications est-ouest. Le livre blanc suggérait aussi que l'exploitation de ce futur service soit assurée par une entreprise nationale dont une partie pourrait appartenir à des intérêts privés.

Le gouvernement donnait suite à ce livre blanc et adoptait en 1969 la loi constitutive de Télésat Canada. En vertu de cette loi, la Société, dont la propriété a été également partagée entre le gouvernement fédéral et les principales sociétés de télécommunications, se voyait attribuer le mandat d'établir et d'exploiter des systèmes de télécommunications par satellite pouvant fournir, sur une base commerciale, des services de télécommunications entre des endroits situés au Canada.

La loi déclare également que la Société doit avoir recours à du personnel, à des techniques et à des installations canadiennes, pour tout ce qui a trait à la recherche, à la mise au point, à la conception et à la construction de son système de télécommunication. Il est important de souligner qu'il n'existe aucune réglementation nationale des télécommunications. Le CRTC impose sa réglementation au Québec, à l'Ontario, à la Colombie-Britannique, aux Territoires du Nord-Ouest et à certaines zones de Terre-Neuve. Dans le reste du pays, ce sont les autorités provinciales qui imposent leur propre réglementation.

La Loi sur Téléglobe Canada (1970)

Cette loi établissait une corporation appelée Téléglobe Canada dont le mandat était d'établir, de maintenir et d'exploiter les services de télécommunications extérieurs du Canada, ainsi que de les coordonner avec les services des autres pays.

Mentionnons ici que le gouvernement fédéral procédait en février 1987 à la vente de Téléglobe Canada à la compagnie Mémotec Data. Téléglobe avait le monopole des transmissions téléphoniques

outremer. Elle l'aura encore jusqu'en 1992 mais devra dorénavant se soumettre à la réglementation du CRTC.

La loi relative à l'Office national du film
(Loi nationale du film, 1950)

L'Office national du film a été créé en 1939. Onze ans plus tard,
le gouvernement procédait à la refonte du mandat de l'Office
lequel consistait à « faire connaître et comprendre le Canada aux
Canadiens et aux autres nations » à travers ses activités de production, de diffusion ou de distribution de films. L'Office devait
également agir à titre de producteur officiel du gouvernement et
faire des recherches sur les activités cinématographiques.

Ce mandat est resté inchangé pendant plus de trente ans, jusqu'au moment où le ministre des Communications en fit approuver un nouveau dans le cadre de la politique nationale du film et
de la vidéo (voir page 234). Ce nouveau mandat plus précis et plus
rationnel vise à faire de l'ONF non seulement « un centre mondial
d'excellence en matière de production de films et de vidéos » mais
aussi un « centre national de formation et de recherche dans l'art
et la technique du film et de la vidéo ». L'Office est toutefois libéré
de sa fonction de producteur officiel du gouvernement.

La Loi sur la Société de développement de l'industrie
cinématographique canadienne (1968)

Cette loi a institué une corporation appelée Société de développement de l'industrie cinématographique canadienne (SDICC).
Conformément à la loi, cette Société s'est vu attribuer le mandat
d'encourager et de stimuler le développement d'une industrie du
long métrage au Canada. Pour ce faire, la SDICC a puisé à même
un fonds renouvelable mis à sa disposition par le gouvernement,
fonds qui lui a permis de supporter à l'aide de placements, de
prêts garantis ou de subventions, des productions canadiennes
certifiées, c'est-à-dire des films dont la création et la technique
revêt un caractère canadien appréciable.

En 1983, dans le cadre de la stratégie de radiodiffusion, le gouvernement élargissait le mandat de la SDICC et lui confiait l'administration du Fonds de développement de la production d'émissions canadiennes, un fonds spécial d'aide aux producteurs d'émissions de télévision. Par la même occasion, la Corporation troqua son nom de SDICC pour celui de Téléfilm Canada, l'organisme devant s'occuper tant du film que de la vidéo (voir les pages 234 et suivantes).

Pour être admissible aux programmes du Fonds, les requérants doivent s'assurer que les activités créatrices sont assumées et dirigées par des Canadiens, et que leur production sera diffusée aux heures de grande écoute. Les productions privilégiées par le Fonds doivent appartenir à des catégories d'émissions où la représentation canadienne est faible, soit aux dramatiques, aux films et aux mini-séries. À cet égard, c'est au CRTC qu'incombe la responsabilité de fixer les catégories réputées faibles.

LES PRINCIPAUX RÈGLEMENTS

Comme nous l'avons vu précédemment, la *Loi sur la radiodiffusion* investit le CRTC du pouvoir d'édicter des règlements sur toute question relevant de sa compétence. Cette loi vise en particulier les normes des émissions, le partage du temps d'antenne entre les genres d'émissions, la nature et la durée de la publicité admise sur les ondes, la répartition et la présentation des émissions politiques partisanes et les droits et obligations des stations qui participent à l'exploitation d'un réseau.

Ce pouvoir a permis au Conseil d'élaborer quatre textes réglementaires : le *Règlement sur la radiodiffusion [MA et MF]*, le *Règlement sur la télédiffusion*, le *Règlement sur la télévision par câble* et le *Règlement sur la télédiffusion à péage*. Un règlement, rappelons-le, est un texte législatif qui émane d'une autorité autre que le Parlement. Il contient des dispositions (restrictions, interdictions ou normes) visant à assurer l'exécution d'une loi. À cela s'ajoutent des dispositions particulières contenues soit dans les avis publics, soit dans les énoncés de politique du CRTC. Ces dispositions et ces règlements, visent à mettre en oeuvre la politique de la radiodiffusion telle qu'énoncée dans la *Loi sur la radiodiffusion.*

La plupart de ces règlements sont entrés en vigueur en 1978. Au début de 1987, le Conseil a complété un travail de restructuration et de simplification du cadre réglementaire. Cette mise à jour lui assure une réglementation plus efficace et mieux adaptée aux changements du milieu de la radiodiffusion.

Cela dit, les principales dispositions de chacun des règlements développés par le CRTC sont décrites ci-dessous. Cette description est complétée au besoin par des informations tirées des avis publics ou des énoncés de politique du CRTC.

Le règlement concernant la radiodiffusion (septembre 1986)

Avant la publication de ce nouveau règlement en septembre 1986, la radiodiffusion MA et la radiodiffusion MF faisaient l'objet de textes réglementaires distincts. Refonte des précédents règlements sur la radiodiffusion MA et la radiodiffusion MF, ce texte réglementaire se divise en trois parties. La partie I renferme les obligations communes aux deux secteurs. La partie II contient les dispositions qui s'appliquent exclusivement à la radio MA. Les dispositions s'appliquant exclusivement à la radio MF forment la partie III.

Partie I : les dispositions communes

Le règlement interdit aux entreprises de radiodiffusion MA et MF de diffuser quoi que ce soit qui est contraire à la *Loi sur la radiodiffusion.* Il interdit également de diffuser des propos offensants de nature discriminatoire, du langage obscène ou blasphématoire, des nouvelles fausses ou trompeuses et des interviews ou des conversations téléphoniques sans le consentement des personnes interviewées (cette dernière disposition ne s'appliquait auparavant qu'à la radio MA). Des restrictions et des conditions sur la réclame en faveur des boissons alcoolisées et de certains autres produits visés par la *Loi des aliments et drogues* sont aussi imposées aux titulaires de licences MA-MF. Plusieurs dispositions qui apparaissaient dans les règlements précédents sur la radio MA et la radio MF ont été supprimées parce qu'elles ont été jugées non essentielles à l'atteinte de la loi. Parmi celles-ci, il y avait des dispositions ayant trait aux émissions sur la limitation des naissances et les maladies vénériennes, à la réclame au cours d'un bulletin de nouvelle, aux loteries et aux concours de stations. Les dispositions sur la réclame en faveur des obligations, actions et autres valeurs ont également été supprimées, le CRTC étant d'avis que ces questions ne sont pas de sa juridiction en vertu de la *Loi sur la radiodiffusion*.

En matière de programmation partisane, les titulaires sont tenus de répartir équitablement entre les différents partis et les candidats rivaux, le temps consacré à la diffusion d'émissions, de réclames ou de déclarations à caractère politique.

Enfin, le Conseil exige que les titulaires conservent pour une période de quatre semaines, une reproduction sonore de leur programmation y incluant la publicité. Ils doivent aussi tenir un registre de leur programmation où sont, entre autres, consignées la date, le titre et une brève description de l'émission de même que l'origine et le genre de l'émission. Ce registre ou tout autre renseignement relatif à leurs activités de diffusion doit être mis à la disposition du Conseil lorsque celui-ci le demande. L'obligation de tenir un registre et de garder une reproduction sonore de la programmation vise principalement à faciliter le traitement des plaintes.

Partie II : les dispositions exclusives aux titulaires de licence MA

Le règlement impose aux entreprises de radiodiffusion MA une norme minimale en matière de contenu canadien. Ainsi 30 % des pièces musicales diffusées entre six heures et minuit au cours d'une semaine doivent être canadiennes et être réparties de façon raisonnable sur cette période. De plus, 5 % des paroles ou de la musique de toutes les pièces présentées doivent être d'un compositeur canadien.

Précisons que cette norme de 30 % a été introduite pour la première fois en 1971. Pour être considérée comme canadienne par le CRTC, une pièce doit remplir deux des conditions suivantes :

1. les musiciens ou les chanteurs sont, pour la plupart, des Canadiens;

2. la musique est composée par un Canadien;

3. le parolier est un Canadien;

4. l'interprétation originale a été soit enregistrée en entier au Canada, soit interprétée en entier et diffusée en direct au Canada.

Les radiodiffuseurs MA francophones sont assujettis à une exigence supplémentaire : au moins 55 % des pièces *vocales* de l'ensemble d'une programmation hebdomadaire doivent être des oeuvres en français quelle qu'en soit l'origine. C'est en 1973 que des quotas de pièces vocales furent introduites au cadre réglementaire. Il faut préciser ici, qu'avant mars 1986, cette norme se situait à 65 %. Elle a été abaissée en raison du nombre décroissant d'enregistrements de langue française. Les dispositions de contenu canadien relatives aux pièces vocales de la programmation d'une radio MA francophone ne proviennent pas du *Règlement sur la radiodiffusion* mais de l'*Énoncé de politique sur l'examen de la radio* (Avis CRTC 83-43).

Rappelons enfin que depuis septembre 1986, les restrictions imposant un maximum de 250 minutes quotidiennes ou 1500 minutes hebdomadaires de publicité à la radio MA ont été levées pour une période d'essai de deux ans, le Conseil préférant s'en remettre momentanément aux forces du marché et au bon sens des radiodiffuseurs.

Partie III : les dispositions exclusives aux titulaires de licence MF

Cette partie se résume principalement à la définition des six classes de licences établies par le CRTC dans le but d'assurer un service de radio MF varié et distinct de la radio MA. Il s'agit des licences MF de la Société Radio-Canada, MF spéciales, MF expérimentales, MF jumelées, MF de premier service radio et MF indépendantes. Pour le reste des règles devant présider au fonctionnement de ce secteur, il faut s'en remettre à l'*Énoncé de politique sur l'examen de la radio* (Avis CRTC 83-43) et à l'avis relatif à l'*Examen de la radio communautaire* (Avis CRTC 85-194).

À la lecture de ces documents, on se rend vite compte que le cadre réglementaire de la radio MF est beaucoup plus imposant et complexe que celui de la radio MA. Outre les classes de licences, ce cadre renferme aussi un certain nombre de catégories de formules d'émission et de formules musicales susceptibles de susciter une certaine variété entre les stations de radio privées. Ce sont surtout les catégories de formules musicales qui nous intéressent ici car elles sont à la base même du fonctionnement de la radiodiffusion MF.

Les formules musicales sont divisées en deux grandes catégories comprenant chacune des sous-catégories. Ainsi la catégorie « musique traditionnelle et musique pour auditoire spécialisé » comprend entre autres la musique classique, les opéras, la musique de folklore et de jazz authentiques. L'autre catégorie qui sert à départager la plupart des radios MF oeuvrant aujourd'hui dans ce secteur, comprend quatre formules musicales :

1. musique plus légère, allant de la musique instrumentale au « middle of the road » et au « soft rock »; cela comprend aussi la musique de détente;

2. musique populaire et rock accentué;

3. le genre « country and western »;

4. les autres genres de musiques populaires.

Pour appartenir à l'une ou l'autre de ces quatre sous-catégories, il faut remplir deux conditions :

— au moins 50 % de la programmation doit se classer dans la catégorie « musique générale »;

— au moins 70 % de cette musique doit être consacrée à une seule sous-catégorie.

Au chapitre du contenu canadien des pièces musicales, le CRTC établit des normes différentes selon les sous-catégories :

1. 20 % lorsqu'on diffuse davantage de musique vocale qu'instrumentale, 10 % autrement;

2. 20 %;

3. 30 %;

4. 20 % à 30 % selon ce qui est diffusé.

En corollaire, et tout comme la radio MA, au moins 55 % des pièces *vocales* de l'ensemble d'une programmation hebdomadaire francophone doivent être en français. Un requérant ou un titulaire de licence MF peut prendre des engagements particuliers en matière de contenu canadien (plus de chansons canadiennes ou françaises selon le cas, support à la production de chansons et de vidéos canadiens, etc.). Ces engagements doivent être inscrits dans leurs promesses de réalisation et sont considérés par le CRTC comme des conditions de licences.

Outre ces considérations, le cadre réglementaire sur la radiodiffusion réserve une attention particulière à la radio communautaire, un phénomène très important au Québec. Bien qu'elle soit soumise aux mêmes règles que les autres stations MF, la radio communautaire, selon la définition du CRTC :

> *se caractérise par sa propriété, sa programmation et le marché qu'elle est appelée à desservir. Elle est possédée et contrôlée par un organisme sans but lucratif dont la structure permet aux membres de la collectivité en général d'être actionnaires et de participer à la gestion, à l'exploitation et à la programmation. Sa programmation doit être axée sur l'accessibilité de la collectivité et refléter les intérêts et besoins spéciaux des auditeurs qu'elle est autorisée à desservir. (Avis sur l'examen de la radio communautaire)*

Le CRTC s'attend de cette radio qu'elle « élabore des formes innovatrices d'émissions axées sur la collectivité [...] contribue à la diversité des services radiophoniques » et mette l'accent « sur des questions intéressant des éléments particuliers de la collectivité, comme les quartiers, les villes et villages avoisinants et des groupes d'intérêt particuliers ». Cette diversité doit aussi se refléter dans la programmation musicale.

Les radios communautaires sont détentrices de licences dites « MF spéciale ». Cette classe comprend deux types de licences attribuées selon qu'il y ait (type B) ou non (type A) une station de radio dans la région desservie. À ces deux types correspondent des normes particulières de publicité : pour le type A, un maximum de 250 minutes par jour et 1500 minutes par semaine de publicité pour 18 heures de diffusion ou 20 % du temps d'antenne si la station diffuse moins de 18 heures. Pour le type B, la publicité est limitée à quatre minutes en moyenne par heure avec un maximum de six minutes par heure.

Le règlement concernant la télédiffusion (janvier 1987)

Ce règlement s'applique aux titulaires de licences émises à l'intention de la Société Radio-Canada et aux autres entreprises de télédiffusion privées ou éducatives. Il renferme des interdictions et des obligations relatives au contenu de la programmation et aux réclames en faveur des boissons alcoolisées ou de produits visés par la Loi des aliments et drogues. Ces interdictions et obligations ont déjà été décrites dans la première partie du règlement concernant la radiodiffusion (MA, MF).

Par ailleurs, le *Règlement sur la télédiffusion* prévoit des conditions particulières en matière de contenu canadien. Mais avant, ouvrons une parenthèse sur l'évolution des règlements sur le contenu canadien à la télévision.

Les premiers règlements sur le contenu canadien datent de 1959. Le BGR exigeait alors que 55 % des émissions soient canadiennes. En 1970, le CRTC fixe de nouvelles conditions : toute station de télévision privée doit diffuser au moins 50 % d'émissions canadiennes entre 18 heures et minuit, et au moins 60 % pour l'ensemble de la journée. Dans le cas de la Société Radio-Canada, ces pourcentages s'élevaient à 60 % dans les deux cas.

En 1983, le CRTC publie son *Énoncé de politique sur le contenu canadien à la télévision* (Avis CRTC 83-18). Dans ce document, le Conseil reconnaît que la structure réglementaire adoptée en 1970 s'est révélée déficiente à assurer une production canadienne diversifiée, de qualité. Les grilles horaires des télédiffuseurs, privés anglophones surtout, ne contenaient peu ou pas d'émissions canadiennes appartenant aux catégories d'émissions pour enfants, de variétés et de dramatiques (cinéma, séries, pièces de théâtre ou téléromans). Il ajoutait que le respect des normes minimales quantitatives n'étaient « pas conformes à l'esprit du règlement sur le contenu canadien » et que si le système de communication « ne sert qu'à l'importation des émissions étrangères [lire américaines], qu'il y aurait lieu de se préoccuper du fait que notre nation perdra en fin de compte le moyen d'exprimer son individualité ».

Compte tenu de cet échec relatif, le CRTC propose d'apporter des changements à sa stratégie réglementaire sur le contenu canadien à la télévision, changements qui ont été incorporés au *Règlement sur la télédiffusion*. Cette nouvelle stratégie garde intact les taux minimum de contenu canadien en vigueur depuis 1970 mais modifie la période de déclaration qui ne sera plus annuelle mais semestrielle. Cette mesure, selon le Conseil, vise à assurer une meilleure répartition des émissions canadiennes pendant les différentes saisons. Ainsi, les télédiffuseurs, qui sont tenus de déposer un rapport sur le contenu canadien de leur programmation, devront dorénavant déposer deux rapports : un pour la période allant du 1er octobre au 31 mars et un autre pour la période allant du 1er avril au 30 septembre. Avec le nouveau règlement de janvier 1987, ces périodes de six mois ont été devancées d'un mois.

En contrepartie, les télédiffuseurs se voient offrir la possibilité de diffuser deux minutes supplémentaires par heure avant 18 heures pour la promotion des émissions canadiennes devant être bientôt diffusées en soirée à leur antenne. Ils peuvent aussi obtenir un crédit de contenu canadien pour les émissions réalisées à l'extérieur du Canada dans une langue autre que l'anglais, le français ou les langues amérindiennes, et traduites au pays. Un autre élément fondamental de la nouvelle stratégie est le recours par le Conseil aux conditions de licence afin d'inciter les télédiffuseurs à améliorer les émissions de télévision canadiennes. Selon le Conseil, les conditions de licence lui donnent plus de latitude car elles lui permettent de tenir compte des ressources financières et humaines propres à chacun des titulaires. Ce recours a été utilisé lors du récent renouvellement de licence de CTV pour inciter ce réseau à diffuser plus de dramatiques canadiennes.

Mais de toutes les réformes proposées, l'adoption d'une nouvelle définition du contenu canadien est de loin la plus importante. Cette définition repose sur un système de points axé sur les deux composantes visibles d'une émission : l'interprétation et la réalisation. Des aspects relatifs aux budgets sont aussi considérés. Pour plus de renseignements, voir *Accréditation des émissions canadiennes* (Avis public CRTC 1984-94).

De façon plus précise, une émission sera réputée canadienne si :
— *le producteur responsable du contrôle et des décisions ayant trait à la production visuelle est Canadien;*
— *elle mérite au moins six unités d'attestations ou points, basés sur le fait que les fonctions clés de production (ci-dessous) sont assumées par des Canadiens : réalisateur : 2 points; scénariste : 2 points; interprète principal : 1 point; deuxième interprète en importance : 1 point; directeur de la scénographie : 1 point; directeur de la photographie : 1 point; compositeur : 1 point; monteur de l'image : 1 point;*
— *75 % du montant total des rémunérations doit avoir été versé à des Canadiens.* (*Projet de définition d'une émission canadienne*, Avis CRTC, 1983-174, 1983)

Le règlement concernant la télédistribution (août 1986)

Fruit d'un long processus de révision visant à actualiser un cadre réglementaire en vigueur depuis dix ans, le nouveau règlement sur la télédistribution (ou entreprises de réception de radiodiffusion) s'inscrit dans la nouvelle orientation du Conseil, ce dernier ayant décidé d'alléger le fardeau réglementaire des entreprises de radiodiffusion et d'instaurer des mécanismes qui simplifient les procédures et permettent au Conseil de jouer un rôle axé davantage sur la surveillance. Ainsi, certains tarifs (les tarifs mensuels et les frais d'installation) pourront être majorés sans l'approbation au préalable du Conseil. De plus, l'autorisation de distribuer la plupart des services de programmation sera directement donnée par règlement et non à la suite d'une demande auprès du Conseil.

Cela dit, les câblodistributeurs restent tout de même assujettis à plusieurs obligations dont les plus importantes, mises à part celles sur le contrôle et la propriété canadienne des entreprises, concernent les signaux et les services qu'ils peuvent ou doivent distribuer, la substitution de signaux identiques et le canal communautaire.

Dans ses règlements sur la distribution des signaux et sur les services, le Conseil établit une distinction entre les services de base, les services facultatifs et les services hors programmation.

Par service de base, il entend tous les services offerts à tous les abonnés d'une entreprise de câblodistribution moyennant un tarif mensuel déterminé. Cela comprend généralement les canaux VHF (2 à 13) et les canaux supplémentaires que l'on syntonise par l'intermédiaire d'un convertisseur. Ceux qui sont munis d'un convertisseur (câblosélecteur) ont la possibilité de capter les trois réseaux américains (ABC, NBC et CBS) de même que le réseau éducatif PBS. En vertu du règlement, ce service de base doit nécessairement inclure un canal communautaire et les services ou signaux canadiens prioritaires.

Les services facultatifs sont offerts moyennant un supplément au tarif de base. Ils peuvent comprendre la télévision payante (ex. : Premier Choix), les canaux spécialisés (ex. : Much Music ou Musique Plus, TSN) et autres canaux canadiens(ex.: débats à la

Chambre des communes ou à l'Assemblée nationale) ou étrangers qui ne sont pas inclus dans le service de base. Le service météorologique et les nouvelles boursières peuvent faire parti de ce volet. Enfin, les services hors programmation prennent habituellement la forme de système de surveillance, de jeux informatisés ou services de communication bidirectionnels.

Le règlement prévoit un ordre de priorité des services de télévision distribués sur le service de base. Cet ordre s'établit grosso modo comme suit : les stations locales de la Société Radio-Canada suivies de toute station éducative provinciale, des autres stations locales, d'une station régionale de la Société, des autres stations régionales, du canal communautaire et d'une station éloignée de la Société.

Lorsque le câblodistributeur remplit ces exigences inhérentes au service de base, il peut alors être autorisé à distribuer des signaux et des services facultatifs. Toutefois, il doit respecter une règle ultime : le nombre de canaux qu'il affecte à la diffusion de signaux ou de services de programmation canadiens doit être supérieur (50 % et plus) à celui qu'il affecte à la diffusion des services étrangers. C'est la première fois qu'une condition de ce genre est enchassée dans un règlement sur la télédistribution.

En ce qui a trait à la distribution de services de programmation sonores, le câblodistributeur est tenu d'offrir ceux provenant prioritairement des stations MA locales suivis de ceux provenant des stations MF locales. Ceci étant assuré, l'entreprise peut ensuite distribuer d'autres services prévus par le règlement.

Par ailleurs, les entreprises de câblodistribution doivent fournir sur leur service de base, un canal communautaire. Le Conseil s'attend même à ce que ces entreprises consacrent un pourcentage raisonnable de leurs revenus bruts à l'exploitation de ce canal. Bien qu'il n'y ait pas de norme officielle à ce sujet, le CRTC s'attend à ce que les câblodistributeurs y consacrent au moins 10 % de leurs revenus provenant des abonnés. En outre, la programmation de ce canal doit, sauf exeption, se composer d'émissions produites par le câblodistributeur ou par les membres de la ou les communautés desservies. Ces émissions doivent être différentes de celles offertes par les stations de radio et de télévision disponibles dans un marché donné.

Les informations relatives à cette programmation communautaire doivent être consignées dans un registre que le câblodistributeur conserve pour une période d'un an. Ce dernier doit aussi conserver un enregistrement sonore ou audiovisuel de cette programmation. Tous ces renseignements doivent être fournis au Conseil sur simple demande de sa part. Dans la même veine, les nouvelles dispositions sur la majoration de certains tarifs obligent tout titulaire qui veut augmenter ses tarifs, à envoyer un avis à ses abonnés les informant de l'augmentation et des raisons qui la justifie.

Le règlement sur la télévision à péage (1984)

Comme nous l'avons vu précédemment, les services de télévision payante et les services spécialisés sont distribués aux abonnés par les entreprises de câblodistribution. Ces services ne faisant pas partie du volet de base, l'abonné au câble doit donc débourser un montant supplémentaire pour chaque service ou groupe de services qu'il désire obtenir.

Le CRTC a établi trois classes de licences d'exploitation réseau de services de télévision payante. Ces trois classes distinguent les entreprises selon le type de programmation qu'elles peuvent offrir. Ainsi, les détenteurs de licence de télévision payante *d'intérêt général* présentent principalement des longs métrages, des émissions de variétés et des dramatiques.

Les entreprises dont la programmation consiste principalement en la présentation d'arts d'interprétation, y compris la programmation touchant les arts d'interprétation, sont titulaires d'une licence de télévision payante *spécialisée (arts interprétation)*.

■ Le caractère canadien des émissions est défini à partir des critères exposés aux pages 224 et suivantes.

Enfin, tout détenteur d'une licence de télévision payante *multilingue* doit consacrer au moins 60 % de sa programmation à des émissions dont la langue est autre que le français, l'anglais ou une langue autochtone canadienne.

Tout comme les autres entreprises de radiodiffusion, les titulaires de licence de télévision payante doivent tenir un registre des émissions qu'ils ont diffusées. Ce registre comprend entre autres la date et l'heure de diffusion de l'émission, le titre et une brève description de l'émission. Il doit être présenté au Conseil dans les sept jours suivant la fin de chaque mois. Outre ce registre, les titulaires doivent également déposer annuellement un état de compte qui indique :

— *les sommes qu'elle a engagées à l'égard des émissions canadiennes* ■ *distribuées ou devant l'être, au titre des droits de distribution des investissements, des prêts nécessaires au financement, des pertes relatives à de tels prêts et de la conception de ces émissions, y compris la rédaction des scénarios;*

— *les dépenses qu'elle a engagées dans la distribution d'émissions non canadiennes;*

— *et les montants reçus ou recevables par elle au titre des abonnements à son service, des investissements dans des émissions canadiennes devant être distribuées par elle, du remboursement des prêts consentis pour le financement d'émissions canadiennes et du remboursement des avances consenties pour la conception d'émissions canadiennes et la rédaction de scénarios. (Règlement sur la télévision payante)*

Les services spécialisés doivent pour leur part fournir d'autres informations financières prescrites par le Conseil. Par exemple, Much Music et Musique Plus doivent indiquer les sommes qu'elles ont consacrées au développement de productions de bandes musicales vidéo. Ces informations sont importantes car le CRTC a établi que les titulaires de licences de télévision payante doivent investir au moins 20 % de leurs recettes brutes provenant de leurs abonnés à l'acquisition ou à la production d'émissions canadiennes.

Autres exigences en matière de contenu canadien : les titulaires doivent diffuser au moins 30 % d'émissions canadiennes durant

■ Ces documents sont : *Bâtir l'avenir : vers une Société Radio-Canada distincte*, 1983, ministère des Communications, Ottawa, Approvisionnements et Services Canada et *La politique nationale du film et de la vidéo*, 1983, ministère des Communications Ottawa, Approvisionnements et Services Canada.

les heures de grande écoute et au moins 20 % durant le reste de leur journée de radiodiffusion. Toutefois dans le calcul du temps devant être consacré aux émissions canadiennes, les titulaires peuvent bénéficier d'un crédit de 150 % s'ils diffusent une nouvelle émission dramatique canadienne durant les grandes heures d'écoute ou une émission pour enfants à une heure convenable.

LES PRINCIPALES POLITIQUES

Pour assurer une meilleure conduite des affaires de l'État, le gouvernement doit adopter des politiques qui définissent les principes et fixent des objectifs à ceux qui évoluent dans un secteur donné. Dans le domaine de la radiodiffusion, ces principes et objectifs sont établis dans la politique de la radiodiffusion, en préambule à la *Loi sur la radiodiffusion* de 1968. Comme nous avons déjà vu ces principes et objectifs lorsque nous avons abordé la *Loi sur la radiodiffusion* nous ne les répéterons pas ici. Cependant, comme ces principes et ces objectifs constituent l'essentiel de la politique canadienne en matière de radiodiffusion, nous vous conseillons de relire cette section avant de poursuivre.

Dans la présente section, nous verrons les autres prises de position gouvernementales qui ont été rendues publiques en 1983 et 1984. Il s'agit des intentions gouvernementales diffusées dans les documents intitulés *Vers une nouvelle politique nationale de la radiotélédiffusion* (1983), *Bâtir l'avenir; vers une Société Radio-Canada distincte* (1983) et *Politique nationale du film et de la vidéo* (1984).

Vers une nouvelle politique nationale de la radiotélédiffusion (1983)

Premier d'une série de documents ■ visant à renforcer la radio-diffusion canadienne et l'aider à relever les défis posés par l'expansion des services de programmation, *Vers une nouvelle politique nationale de la radiotélédiffusion* s'inscrivait à l'intérieur d'une stratégie globale du ministère des Communications qui préconisait des mesures et des initiatives nouvelles pour augmenter le nombre d'émissions canadiennes dans toutes les catégories de programmation, stimuler l'industrie canadienne de la radiotélédiffusion et de la production télévisuelle et assurer une programmation élargie et diversifiée dans les deux langues officielles partout à travers le pays.

Quatre mesures concrètes et huit propositions formaient l'ossature de cette stratégie. Au chapitre des mesures dites concrètes, on annonçait d'abord l'élargissement du choix des émissions offertes aux Canadiens en misant sur les possibilités grandissantes de la télédistribution et des satellites, puis l'enrichissement de la programmation canadienne dans toutes les catégories où la production américaine est particulièrement puissante, notamment les dramatiques, les émissions pour enfants et les variétés. Pour faciliter la réalisation de cette dernière mesure, le gouvernement a mis sur pied le Fonds de développement de la production d'émissions canadiennes.

La troisième mesure consistait à conférer au gouvernement le pouvoir de donner des directives touchant des questions de politique générale. Cette mesure a été inscrite au nombre des dispositions de la loi appelée à remplacer la *Loi sur la radiodiffusion* de 1968. La dernière mesure supprimait, pour les particuliers, les exigences concernant les antennes paraboliques. Il n'est plus nécessaire de détenir une licence pour utiliser ces dispositifs, comme le stipule la *Loi sur la radio*. La nouvelle stratégie comportait aussi un certain nombre de propositions que le gouvernement entendait soumettre à la discussion publique avant de les intégrer à sa stratégie. Ces propositions étaient en fait « d'autres mesures susceptibles de renforcer la position culturelle, sociale et économique du Canada ».

Ces mesures proposaient de veiller à ce que le secteur privé contribue davantage à accroître la qualité et la quantité des émissions canadiennes, d'accroître et d'étendre les services de radiotélédiffusion et de programmation en français tant au Québec que dans les autres régions du Canada, tout en renforçant l'industrie indépendante de la production en cette langue et de développer l'exportation des émissions de télévision canadiennes à l'échelle internationale par la conclusion d'accords de coproduction. Le gouvernement envisageait entre autres l'opportunité d'implanter un deuxième réseau privé français au Québec. Cette éventualité se concrétisa lorsque le réseau Quatre Saisons obtint une licence de radiodiffusion.

Les autres mesures proposées, visaient à équilibrer les services de radiodiffusion offerts partout au Canada et à faire en sorte que les autochtones soient mieux desservis, que la réglementation tienne compte des techniques nouvelles et que Radio-Canada assure un rendement accru.

Bâtir l'avenir : vers une Société Radio-Canada distincte (1983)

Quelques mois après le dépôt du document *Vers une nouvelle politique nationale de la radiotélédiffusion*, dans lequel il proposait de réviser le rôle et le mandat de Radio-Canada, le ministre des Communications publiait un document d'orientation intitulé *Bâtir l'avenir : vers une Société Radio-Canada distincte*. Ce document comprenait des « mesures et initiatives visant à accroître le rendement et l'imputabilité du service national de télédiffusion ».

Cette réorientation avait trois objectifs : que Radio-Canada devienne un service qui se démarque très nettement de celui des télédiffuseurs privés, que Radio-Canada contribue davantage à l'essor de l'industrie canadienne de la production télévisuelle et que Radio-Canada devienne plus efficace.

Pour atteindre ces trois objectifs, le gouvernement proposait un train de mesures. D'emblée, Radio-Canada se vit enlever la responsabilité d'offrir un service de programmation équilibré, cette responsabilité devant maintenant être assurée par l'ensemble du système national de télédiffusion.

En revanche, la Société se devait d'augmenter graduellement la teneur canadienne de sa programmation et l'amener à un niveau supérieur à 80 % avant 1988. De plus, cette programmation devait mieux intégrer les volets national et régional, mieux refléter les composantes linguistiques du pays et recourir plus fréquemment aux producteurs indépendants. Enfin, le document ministériel gardait intact le rôle de la Société vis-à-vis de l'unité nationale.

La politique nationale du film et de la vidéo (1984)

Quelques mois après avoir présenté sa stratégie nationale de la radiodiffusion et sa nouvelle politique concernant la Société Radio-Canada, le ministre des Communications, M. Francis Fox, poursuivait sa démarche de redéfinition de la politique culturelle du Canada en faisant connaître au mois de mai 1984, sa politique nationale du film et de la vidéo. Cette politique constituait une suite logique aux mesures annoncées dans la stratégie nationale et qui visaient surtout à assurer aux Canadiens un plus grand choix d'émissions et à encourager l'industrie canadienne de la production télévisuelle tout en la rendant plus concurrentielle. La plus importante de ces mesures a été la création, le 1er juillet 1983, du Fonds de développement de la production d'émissions canadiennes. En instituant ce Fonds, le Canada devenait un des rares pays doté d'un fonds spécial d'aide aux producteurs d'émissions de télévision. Il reconnaissait par le fait même l'importance des producteurs indépendants.

Ayant fait le constat que l'industrie canadienne du film et de la vidéo n'a pas encore réalisé son plein potentiel, économiquement et culturellement, que peu de ses productions se font connaître d'une forte partie du public canadien et que la multiplication des canaux a rendu accessible un nombre croissant de productions étrangères, le gouvernement a donc posé comme objectif premier de la politique nationale du film et de la vidéo : « d'assurer à tous les Canadiens, dans le nouvel environnement qui conditionnera notre évolution jusque dans les décennies à venir, l'accès à un

■ Cette industrie, rappelle le document, ne produisait guère plus de cinq ou six films par année. Avec la création de la Société de développement de l'industrie cinématrographique canadienne en 1968, le nombre de longs métrages a graduellement augmenté pour atteindre 20 en 1979. En 1979, l'application de la déduction pour amortissement aux productions canadiennes permettait à l'industrie de produire 67 longs métrages.

nombre important de films et de productions vidéo distinctement canadiens, attrayants et de haute qualité, dans tous les genres. »

Pour ce faire, le gouvernement a proposé deux trains de mesures complémentaires : l'un pour le secteur public et l'autre pour le secteur privé. Examinons de plus près leur contenu.

Le secteur public

Le train de mesures intéressant le secteur public vise avant tout à mettre l'accent sur la production « d'oeuvres canadiennes de qualité, qui reflètent la réalité bilingue, multiculturelle et régionale du pays et qui satisfassent les besoins culturels et sociaux des clientèles minoritaires ou spécialisées ». Il comporte une redéfinition du mandat de l'Office national du film (ONF). Ce nouveau mandat « plus précis et plus rationnel », fait de l'ONF « un centre mondial d'excellence en matière de production de films et de vidéo [et] un centre national de formation et de recherche dans l'art et la technique du film et de la vidéo ». Contrairement au souhait du comité Applebaum-Hébert, l'Office se voyait donc octroyer un rôle capital mais complémentaire au secteur privé.

Pour concrétiser ce nouveau rôle, le gouvernement envisageait de proposer une nouvelle loi nationale du film faisant de l'ONF une société de la Couronne. La nouvelle loi allait fixer les nouveaux objectifs de l'Office, supprimer sa fonction de producteur officiel du gouvernement et redéfinir le « film » de manière à inclure la vidéo.

Le secteur privé

Pour sa part, le train de mesures intéressant le secteur privé vise à faire en sorte à ce qu'il se renforce et puisse tirer profit des nouveaux marchés qui se sont développés grâce aux progrès technologiques. Essentiellement ces mesures sont de nature fiscale et monétaire. En plus de la déduction pour amortissement aux productions canadiennes certifiées introduite en 1974 ■ et du

DEUXIÈME PARTIE

■ Le rapport du Groupe de travail sur la politique de la radiodiffusion contient un chapitre sur la performance du Fonds de développement.

Fonds de développement de la production d'émissions canadiennes créé en 1983 ■, le secteur privé allait disposer de nouveaux programmes (programme de développement et d'aide à la scénarisation, programme de financement intérimaire, programme d'aide à la promotion et à la commercialisation des productions canadiennes ici et à l'étranger). La responsabilité de l'application de ces programmes est confiée à Téléfilm Canada, le remplaçant de la SDICC, et celui-ci se voit affecter des crédits additionnels.

FIGURE 6.2 **Schéma des organismes fédéraux**

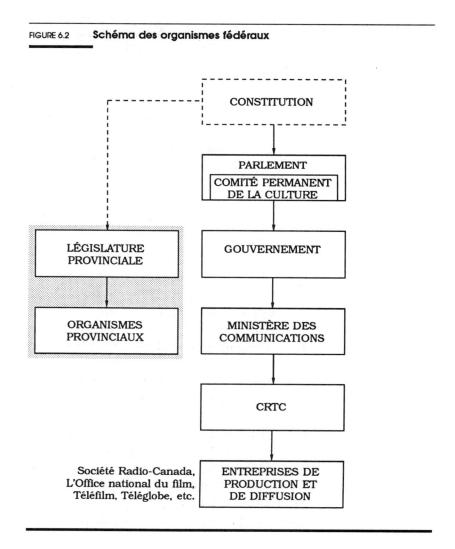

Bien que les considérations économiques occupent une large place dans la politique nationale du film et de la vidéo, leur fondement reste profondément culturel. À preuve les nombreuses références au maintien d'un système distinctif, à l'intégrité culturelle du Canada et surtout à l'accès des Canadiens à un nombre important d'émissions canadiennes attrayantes dans toutes les catégories de programmation.

Par ailleurs, le document sur la politique nationale du film et de la vidéo souligne que les productions cinématographiques canadiennes n'obtiennent en moyenne que 2 % du temps de projection en salle et ne rapportent que 2 % également de toutes les recettes des salles de cinéma. Ces piètres performances découlent principalement du fait que le contrôle de la distribution est concentré entre les mains des entreprises américaines.

Pour assurer un meilleur rayonnement des productions canadiennes au pays et à l'étranger, le gouvernement entend procéder par la négociation d'accords avec les Américains plutôt que par l'imposition de restrictions. En agissant de la sorte, le gouvernement veut préserver le pouvoir des Canadiens « d'accéder à ce que le monde fait de mieux ».

CONCLUSION

L'historique du développement des communications au Canada nous montre les interdépendances entre le développement des institutions de communication et le développement des technologies de communication. Les institutions tentent de fournir un cadre de fonctionnement aux entreprises de communication qui oeuvrent soit à commercialiser les innovations technologiques, soit à offrir de nouveaux produits de consommation fabriqués et diffusés à l'aide de ces technologies.

Cependant, comme les institutions visent toujours à réglementer et à contrôler ce qui existe et que le processus de création et de modification des institutions est relativement lourd et long, il en ressort qu'en période de développement accéléré des innovations en matière de communication, les institutions sont toujours un peu à la remorque des entreprises voire, dans certains cas ne les rattrapent jamais.

Par ailleurs, le portrait que nous venons de tracer des institutions canadiennes fait ressortir l'importance majeure de la *Loi sur la radiodiffusion* comme pièce maîtresse de l'espace mass-médiatique canadien.

Enfin, l'évolution des institutions canadiennes de communication ne s'est pas faite sans heurts ni grincements de dents. En effet, pour constituer le système de communication actuel il y a eu beaucoup de rapports de forces, de compromis, voire dans certains cas, d'imposition de mesures législatives et réglementaires. Ce que nous abordons dans les chapitres suivants.

LECTURES COMPLÉMENTAIRES

Bouchard, Marie-Philippe et Michèle Gamache. 1986. *La réglementation des entreprises de radiodiffusion par le Conseil de la Radiodiffusion et des Télécommunications Canadiennes*, rapport préparé pour le Groupe de travail sur la politique de la radiodiffusion, Ottawa, 102 p.

Ellis, David. 1979. Ministère des Communications, *La radiodiffusion canadienne : objectifs et réalités, 1928-1968*, Ottawa, Approvisionnements et Services Canada, 1979, 94 p.

Frémont, Jacques. 1986. *Étude des objectifs et des principes proposés et adoptés relativement au système de la radiodiffusion canadienne*, rapport préparé pour le Groupe de travail sur la politique de la radiodiffusion, (annexes), Ottawa, 149 p.

LES OBJECTIFS

Dans ce chapitre
vous apprendrez à :
■ identifier les
principales lois qué-
bécoises en matière
de communication;
■ identifier les
principaux règle-
ments québécois
régissant les
communications au
Québec;
■ identifier les
principales poli-
tiques québécoises
en matière de com-
munication;
■ identifier les prin-
cipaux organismes
responsables de
l'établissement et de
l'application des lois,
des règlements et
des politiques en
matière de commu-
nication au Québec;
■ distinguer les
rôles et les pouvoirs
des différentes
institutions de
communication au
Québec;
■ interpréter le
cadre institutionnel
et politique
québécois selon les
dimensions de sou-
veraineté culturelle
et de l'accessibilité à
l'information.

LES PRINCIPALES INSTITUTIONS QUÉBÉCOISES DE COMMUNICATION

■ Nous ne retracerons pas ici le cheminement historique du Québec dans le domaine des communications. Veuillez plutôt vous en remettre au chapitre 6 et au tableau synoptique que nous avons constitué pour le Québec dans ce chapitre. D'autres commentaires sur l'histoire du Québec ponctuent également le texte.

■ Il faut rappeler ici que le gouvernement canadien avait également adopté à la même époque une loi qui créait un ministère des communications.

INTRODUCTION

Le Québec a joué un rôle de premier plan dans l'histoire de la radiodiffusion canadienne1 ■. Il a été la première province à adopter une loi relative à la radiodiffusion, loi qui devait éventuellement être contestée par le gouvernement fédéral. Le Québec a aussi été la première province à se doter d'un ministère des Communications et une des premières à mettre sur pied un service provincial de radiodiffusion éducative. Enfin, le Québec a été au coeur des principaux débats juridictionnels opposant les provinces et le fédéral, montrant ainsi de façon non équivoque son désir de contrôler ce secteur qu'il a toujours considéré vital à son développement économique et culturel.

Ce désir d'être le maître du développement des communications sur son territoire, le Québec l'a non seulement manifesté en adoptant des lois mais aussi en établissant des politiques et des règlements, et en créant des organismes. Voyons ce qu'il en est.

LES PRINCIPALES LOIS QUÉBÉCOISES

La Loi sur le ministère des Communications (1969)

En vertu de cette loi ■, il incombe au ministre « d'élaborer et de proposer au gouvernement une politique des communications pour le Québec, de [la] mettre en oeuvre, d'en surveiller l'application et d'en coordonner l'exécution ». À cette fin, certains devoirs lui sont imposés par la loi. Dans le cadre de la compétence du Québec, le ministre a la responsabilité de :

— surveiller les réseaux de communications établis au Québec et en favoriser l'établissement, le développement, l'adaptation et l'efficacité;

— exécuter ou faire exécuter des recherches, des enquêtes ou des inventaires sur les communications;

■ Ce devoir particulier est assuré par l'intermédiaire de la Régie des services publics.

■ La *Gazette officielle du Québec* est un journal qui contient entre autres les lois sanctionnées par le gouvernement du Québec et la date de leur proclamation. Ce journal contient aussi les règlements adoptés par le gouvernement ou un organisme gouvernemental.

■ Pour une analyse plus approfondie de la situation actuelle de Radio-Québec, veuillez consulter les documents suivants : Maurice Patry, *La télévision éducative au Québec : développements récents et perspectives d'avenir* et Ronald G. Keast, *The Role of the Provinces in Public Broadcasting*. Ces deux études ont été réalisées pour le Groupe de travail sur la politique de la radiodiffusion, 1987, Ottawa. À lire aussi : *Radio-Québec maintenant : les orientations des activités et des structures de la Société de radio-télévision du Québec*, 1985, SRTQ, Montréal.

— recueillir auprès des organismes et des institutions publics des renseignements concernant leurs programmes, leurs projets et leurs besoins en matière de programmation;

— établir des services de communications pour tous les ministères et en assurer la coordination;

— veiller à l'application des lois et règlements concernant les communications ■.

Les règlements votés par le gouverneur en conseil sont de plusieurs natures. Ils peuvent, entre autres, servir à déterminer les principes généraux concernant l'attribution, l'annulation, la suspension ou le renouvellement des permis accordés par la Régie des services publics. Ils peuvent servir également à établir des normes techniques, administratives et tarifaires relatives aux permis.

Par ailleurs, la loi accorde au ministre le pouvoir de conclure tout accord avec tout gouvernement ou organisme conformément aux intérêts et aux droits du Québec pour faciliter l'exécution de la loi. Une autre disposition de la loi enjoint le ministre à déposer à l'Assemblée nationale un rapport de l'activité de son ministère.

Le chapitre deux de la loi porte sur l'Éditeur officiel du Québec, une fonction assumée d'office par le sous-ministre des Communications et qui consiste à assurer l'impression et la publication des lois du Québec et de la *Gazette officielle* ■ du Québec de même que les documents, avis ou annonces dont l'impression et la publication sont requises.

La Loi sur la Société de radio-télévision du Québec (1969)

Historique

On peut remonter jusqu'en 1929 pour retracer les origines de Radio-Québec ■. En effet, cette année-là, le premier ministre Taschereau faisait sanctionner la « Loi relative à la radiodiffusion en cette province », première loi du genre au Canada. Cette loi, même si elle ne connaîtra aucune suite politique, énonçait les principes qui allaient animer l'action québécoise en matière de radiodiffusion : propriété et financement étatique, caractère éducatif et rayonnement pan-québécois. En 1930, le gouvernement Taschereau récidivait avec une nouvelle loi sur les radiocommunications et donnait par le fait même l'occasion au gouvernement fédéral de demander l'avis de la Cour suprême sur la compétence en cette matière. La Cour se prononça en faveur du fédéral. Le Québec va en appel mais le Conseil privé de Londres confirmait la décision prise par la Cour.

Le 20 avril 1945, la législature de Québec sanctionne la « Loi autorisant la création d'un service provincial de radiodiffusion » instituant l'Office de la radio de Québec. Mais il faudra attendre jusqu'en 1968 pour que l'Office soit officiellement constitué en vue « d'établir, posséder et exploiter un système radiophonique désigné sous le nom de Radio-Québec ». C'est aussi en 1968 que le Parlement fédéral adoptait la *Loi sur la radiodiffusion* qui allait être suivie en 1969 par un projet de loi sur la « radiodiffusion éducative ». Mais devant les protestations des provinces, ce projet fut retiré.

En octobre 1969, Québec substituait une nouvelle loi à celle de 1945. L'Office de la radio de Québec devient alors l'Office de radio-télévision du Québec et ce dernier se voit confier la production d'émissions de radiodiffusion, de télédiffusion et de documents audiovisuels pour fins éducatives de même que la coordination de la production et des achats pour fins éducatives des ministères et services du gouvernement ou des organismes qui en relèvent. Autre geste d'importance du gouvernement québécois en 1969 : création du ministère des Communications.

Après des débuts sur le câble, Radio-Québec inaugure en janvier 1975, ses deux premières stations émettrices de télévision : CIVM Montréal et CIVQ Québec.

En 1979, le gouvernement, s'appuyant entre autres sur le rapport du Comité ministériel permanent du développement culturel portant sur le développement de Radio-Québec, pose trois gestes importants à l'égard de la Société :

1. La reconnaissance de la mission éducative de Radio-Québec.

2. L'adoption de la loi modifiant la *Loi de l'Office de radio-télé-diffusion du Québec*. En plus de changer l'appellation de l'Office pour celui de Société de radio-télévision du Québec, cette loi redéfinissait la mission de la Société dont l'objet principal était maintenant d'établir une entreprise de radio-télévision éducative sur l'ensemble du territoire québécois. De plus la loi enjoignait la Société de soumettre à la Régie des services publics l'ensemble de sa programmation éducative et d'instaurer des comités régionaux.

3. L'adoption de la *Loi sur la programmation éducative*. (Voir la page suivante.)

Sur la base de cette réorientation, Radio-Québec entreprend la régionalisation de ses structures et crée neuf bureaux régionaux. La Société complète aussi son infrastructure technique en érigeant ici et là des antennes réémettrices. Mais la récession économique de 1982 viendra freiner le processus de régionalisation. Pour combler ses besoins, la Société s'engage donc dans la recherche de revenus autonomes (commandite de prestige, ententes de coproduction, distribution de documents, etc.). En 1985, elle obtient même du CRTC l'autorisation temporaire (période d'essai de deux ans) de se lancer sur le marché publicitaire.

Malgré ce nouvel apport monétaire, Radio-Québec procédait en 1986 à des coupures draconiennes (fermeture de quatre bureaux régionaux et réduction de personnel), résultat du gel des crédits budgétaires que lui verse l'Assemblée nationale.

Le contenu de la loi

En vertu de cette loi, Radio-Québec est une société d'État dont l'objet principal est d'établir et d'exploiter une entreprise de radio-télévision sur l'ensemble du territoire québécois. Cette Société est administrée par un conseil d'administration formé d'un président, des cinq présidents des comités régionaux, d'un nombre de personnes égal à celui des présidents des comités régionaux, d'un employé et du président directeur général qui est responsable de l'administration et de la direction de la Société dans le cadre des règlements adoptés par le conseil d'administration. Avant la fermeture en 1986 de quatre bureaux régionaux provoquée par le gel de la subvention versée par l'Assemblée nationale du Québec, le conseil d'administration de la Société comptait 21 personnes au lieu de 13 comme actuellement. Toutes ces personnes sont nommées pour des mandats de trois ans, à l'exception du président directeur général qui est nommé pour une période de cinq ans.

Le conseil d'administration est investi des pouvoirs généraux nécessaires à l'organisation et à la gestion de la Société. Principalement il peut, par règlement, délimiter des régions, établir des normes d'implantation et d'exploitation des installations de radio-télévision, établir des normes de gestion financière et régler l'exercice des pouvoirs de la Société et de sa régie interne. Toutefois, la plupart de ces règlements doivent être approuvés par le gouvernement.

La Société est assujettie également à d'autres contrôles. Ainsi, lorsqu'il s'agit d'apprécier le caractère éducatif de sa programmation, la Société doit s'en remettre à la Régie des services publics (voir p. 271). Mais lorsqu'il s'agit d'apprécier son statut de radiodiffuseur, la Société doit alors s'en remettre au CRTC. Enfin, la Société doit faire un rapport de ses activités au ministre des Communications qui au nom de l'Assemblée nationale est chargé de l'application de la présente loi.

La Loi sur la programmation éducative (1979)

Historique

Si les provinces ont pu s'engager dans la radiodiffusion, c'est par le biais de l'éducation qui en vertu de la constitution canadienne est une matière de compétence provinciale. Mais les modalités de cet engagement ont fait l'objet de longues et difficiles discussions entre le fédéral et les provinces.

En 1967, le gouvernement fédéral annonce son intention de créer un office canadien de la radiodiffusion éducative chargé d'administrer des services de radiodiffusion pour le compte des organisations provinciales. Mais les provinces s'opposent à cette initiative du fédéral en alléguant que l'éducation est de juridiction provinciale. Les provinces n'acceptent pas non plus que la radiodiffusion éducative soit limitée à des émissions scolaires. Le projet de loi est alors retiré.

En 1969, après de longues discussions, les deux paliers de gouvernement parviennent à s'entendre sur une définition de la radiodiffusion éducative :

— des programmes conçus pour être présentés dans un contexte qui offre aux auditoires auxquels ils sont destinés une possibilité de perfectionnement continu, soit d'acquérir des connaissances, d'enrichir leur savoir ou d'ouvrir leur esprit, et dans des conditions qui permettent à une autorité provinciale de surveiller ou d'évaluer par des moyens appropriés cette acquisition de connaissances, cet enrichissement du savoir, cette ouverture de l'esprit;

— des programmes qui fournissent des renseignements sur les cours d'études dispensés ou qui présentent des événements spéciaux d'un caractère éducatif au sein du système d'éducation. Ces programmes devant, dans leur ensemble, avoir un caractère éducatif et nettement différent des émissions d'un caractère général offertes par le service national de radiodiffusion ou par les entreprises privées de radiodiffusion.

Outre cette définition, l'accord finalement négocié en 1972 reconnaissait l'autorité des provinces sur les programmes des stations éducatives. Ces programmes devaient toutefois être conformes à la définition de la radiodiffusion éducative. De plus, le CRTC conservait son pouvoir de délivrer les licences d'exploitation.

Se rendant compte à l'usage que la définition ne contenait pas de critère suffisamment précis pour assurer un encadrement adéquat du développement de Radio-Québec, le gouvernement du Québec mandata en 1979 un comité pour lui préciser les paramètres devant guider le développement d'une télévision éducative. Ce geste devait finalement aboutir à l'adoption de la *Loi sur la programmation éducative*.

Le contenu de la loi

Essentiellement, cette loi fixe les objectifs qui doivent inspirer la Société dans l'élaboration de sa programmation. Ainsi l'article 2 qui reprend l'essentiel de la définition adoptée en 1969, stipule que cette programmation doit être :

> *conçue de façon à être présentée à la fois dans un contexte susceptible de permettre aux auditoires auxquels elle est destinée la poursuite d'une formation par l'acquisition ou par l'enrichissement des connaissances, ou l'élargissement du champ de la perception, et dans des conditions telles que cette acquisition ou cet enrichissement des connaissances, ou cet élargissement du champ de la perception puisse être surveillé ou évalué, ou destinée à fournir des renseignements sur les cours d'étude dispensés, ou à présenter des événements spéciaux de caractère éducatif au sein du système d'éducation.*

L'article 3, pour sa part, précise qu'une programmation éducative doit :

> *a) favoriser l'exercice du droit des citoyens à l'éducation, notamment en présentant des émissions répondant à des besoins spécifiques de la population, conduisant éventuellement à l'obtention de diplômes ou répondant à des besoins d'éducation permanente;*

> *b) promouvoir l'accès des citoyens à leur patrimoine culturel notamment en reflétant la vie des différentes régions et des différentes communautés ethniques, en favorisant les échanges interrégionaux et interculturels, en encourageant la création et la diffusion de productions sonores, visuelles ou audio-visuelles québécoises, ou en privilégiant, d'une façon générale, la culture québécoise;*

> *c) promouvoir l'accès des citoyens au bien-être économique et social en présentant des émissions qui répondent à leurs besoins d'éducation économique et sociale;*

■ Pour une analyse plus approfondie de la *Loi sur la programmation éducative*, veuillez consulter le texte de Maurice Patry (1987), *La télévision éducative au Québec : développements récents et perspectives d'avenir*, étude réalisée pour le Groupe de travail sur la politique de la radiodiffusion.

d) le droit d'expression et à l'information, notamment en encourageant la discussion des questions d'intérêt général et en faisant valoir toutes les dimensions, en encourageant une plus large ouverture sur le monde ou en maintenant un juste équilibre entre les sujets traités, les intérêts en cause et les opinions exprimées.

C'est à la Régie des services publics que revient la responsabilité de déclarer éducative ou non la programmation de Radio-Québec. Cependant la loi ne lui confère aucun pouvoir général de surveillance, de contrôle ou de réglementation par rapport à cette même programmation. ■

La Loi sur la Régie des services publics (1979)

Cette loi institue sous le nom de « Régie des services publics », un organisme de surveillance et de contrôle des entreprises publiques ayant pour objet principal ou accessoire « l'émission, la transmission ou la réception de sons, d'images, de signes, de signaux, de données ou de messages par fil, câble, ondes ou tout autre moyen électrique, électronique, magnétique, électromagnétique ou optique ».

Cet organisme est composé de neuf régisseurs, dont un président et deux vice-présidents, nommés par le gouverneur en conseil pour une période n'excédant pas dix ans. Le président et les vice-présidents doivent être au moins membres du Barreau du Québec (une corporation d'avocats). De plus, ils doivent, à l'instar des autres régisseurs, ne posséder aucun intérêt direct ou indirect dans une entreprise publique visée par la présente loi et ne remplir aucune autre fonction que celle de régisseur.

La loi investit la Régie de plusieurs pouvoirs. Ainsi dans l'exercice de ses droits de surveillance et de contrôle, la Régie peut inventorier les biens de tout propriétaire d'une entreprise publique et faire des enquêtes sur leurs pratiques financières ou sur tout autre aspect qu'elle juge utile de consulter. Sur la base des documents pertinents, la Régie peut aussi ordonner que les prix, taux et loyers exigés par les propriétaires d'entreprise publique soient justes et raisonnables ou faire en sorte qu'ils le deviennent.

Par ailleurs, aucun propriétaire ne peut construire, exploiter ou administrer une entreprise publique au Québec, ni cesser ses activités, sans en avoir obtenu l'autorisation de la Régie. En outre, tout service exploité par le gouvernement, l'un de ses ministères ou organismes, qui constituerait une entreprise publique (Radio-Québec, par exemple), tombe sous la juridiction de la Régie.

Toujours dans l'exercice de ses droits de surveillance et de contrôle, la Régie peut rendre des ordonnances sur divers aspects relatifs aux services et « au rapport à faire aux règles, règlements, conditions et pratiques concernant les taux, prix et loyers ». Advenant le cas où le propriétaire d'une entreprise publique refuse ou néglige de se conformer à une ordonnance, la Régie peut lui imposer une amende dont le niveau est fixé par la loi.

La loi précise également les procédures devant présider au traitement légal des causes. À cet égard, la Régie se voit investie du pouvoir « d'édicter des règles de procédure et de pratique qu'elle juge nécessaires ou utiles à l'expédition des affaires qui lui sont soumises et à la mise en force de ses ordonnances ».

Les décisions de la Régie se prennent par vote. Elles sont finales et sans appel. La Régie doit également donner son avis au ministre, sur toute question que celui-ci lui réfère et tenir des audiences publiques à leur propos sur préavis du ministre. Ces audiences sont ouvertes à toutes les personnes qui désirent y assister. Elles se déroulent dans un cadre beaucoup moins rigide que les audiences du CRTC.

Ajoutons finalement que la Régie doit transmettre au ministre chargé de l'application de la présente loi, en l'occurrence le ministre des Communications, un rapport annuel sur les demandes qui lui ont été adressées et les ordonnances qu'elle a rendues.

■ Voir le rapport de la Commission d'étude sur le cinéma et l'audio-visuel (1982), *Le cinéma, une question de survie*, Direction de l'édition du ministère des Communications du Québec.

La Loi sur le cinéma (1983)

Historique

Au Québec, le cinéma est l'objet d'un contrôle gouvernemental depuis 1913. Entre cette date et le milieu des années 60, l'essentiel de ce contrôle a consisté à s'assurer que le contenu des films n'était pas contraire aux bonnes moeurs. Par la suite, il est devenu de plus en plus évident que ce simple rôle de surveillance ne pouvait plus suffire aux besoins du milieu québécois du cinéma dont le développement dépendait de plus en plus des interventions régulatrices et financières de l'État. Le gouvernement adoptait donc en 1975 sa première loi-cadre sur le cinéma, loi qui tenait compte de tous les secteurs d'activité reliés au cinéma.

Six ans plus tard, le gouvernement crée une commission d'étude ■ pour réformer l'intervention de l'État dans le champ du cinéma. Dès la réception du rapport, le gouvernement prépare un projet de loi-cadre qui sera finalement adopté à l'unanimité en 1983.

La loi-cadre sur le cinéma

Cette loi s'élabore principalement autour de deux objets : les institutions devant assurer le développement de cette industrie au Québec et les outils propre à assurer le contrôle et la surveillance de cette activité.

Au chapitre des institutions de développement, la loi contient six sections. La première fait état de la politique du cinéma dont l'élaboration relève du ministre des Affaires culturelles. Selon la loi, cette politique, tout en respectant la liberté de création et d'expression de même que la liberté de choix du public, doit poursuivre les objectifs suivants :

— *l'implantation et le développement de l'infrastructure artistique, industrielle et commerciale du cinéma;*

— *le développement du cinéma québécois et la diffusion des oeuvres et de la culture cinématographique dans toutes les régions du Québec;*

— *l'implantation et le développement d'entreprises québécoises indépendantes et financièrement autonomes dans le domaine du cinéma;*

— *la conservation et la mise en valeur du patrimoine cinématographique;*

— *le respect des droits relatifs à la propriété intellectuelle sur les films et l'établissement de mécanismes de surveillance de la production, de l'exploitation et de la circulation de ces oeuvres;*

— *la participation des entreprises de télévision à la production et à la diffusion de films québécois. (Loi sur le cinéma, 1984, article 4)*

Pour conseiller le ministre sur l'élaboration et la mise en oeuvre de cette politique et en surveiller l'application, la loi a prévu la création de l'Institut québécois du cinéma. Cet organisme, composé pour les deux tiers de représentants d'associations du milieu du cinéma, l'autre tiers étant des gens qui n'appartiennent pas à ces associations, a pour fonctions :

1. *de déterminer les orientations de la Société générale du cinéma du Québec (SGCQ) en respectant les fonctions confiées à celle-ci;*

2. *de déterminer le plan d'aide et d'approuver les programmes de la SGCQ conformément à la présente Loi;*

3. *d'effectuer des recherches et des études dans le domaine du cinéma;*

4. *de collaborer avec le gouvernement, la Régie du cinéma et toute personne à l'établissement de normes techniques concernant l'industrie du cinéma. (Loi sur le cinéma, 1984, article 36.)*

L'Institut peut également donner son avis au ministre sur toute question que celui-ci lui soumet et faire des recommandations sur toute question relative à la politique du cinéma.

Toujours au chapitre des institutions, la loi a prévu la création de la Société générale du cinéma, un organisme chargé principalement de promouvoir ou d'aider financièrement la création cinématographique, la production de films québécois, la distribution et l'exploitation de films au Québec. Pour ce faire, la SGCQ dispose d'un fonds que le gouvernement destine au secteur privé du cinéma, fonds qui doit être attribué selon l'une des formes prévues par la loi.

■ Seuls les paragraphes 1 et 7 sont actuellement en vigueur. Les autres le seront le jour où la mise en place des systèmes nécessaires à l'application concrète de ces dispositions sera accomplie.

Pour assurer la surveillance des activités cinématographiques et l'exercice d'un certain contrôle sur l'exploitation et la distribution de films et de matériel vidéo au Québec, la loi a créé la Régie du cinéma et lui confère les fonctions suivantes :

1. *de classer les films et les films annonces selon la catégorie de spectateurs auxquels ils s'adressent;*

2. *de publier régulièrement, selon les moyens qu'elle juge appropriés, des informations sur les films classés;*

3. *de délivrer, renouveler, suspendre ou révoquer les permis d'exploitation et les permis de distributeur;*

4. *de délivrer des permis de tournage;*

5. *de surveiller et contrôler la vente, la location, le prêt ou l'échange de matériel vidéo, et de délivrer les certificats de dépôts;*

6. *de tenir un répertoire des films produits au Québec;*

7. *de surveiller l'application du présent chapitre et des présents règlements adoptés en vertu de celui-ci, de faire enquête sur son fonctionnement et sur son observation.* ■ (*Loi sur le cinéma*, 1984, article 135)

Au sujet du classement des films, il est intéressant de noter qu'un film dont la langue est autre que le français n'obtiendra de visa permanent que s'il satisfait à certaines conditions relatives au doublage ou au sous-titrage en français prévues par la loi. Cette disposition vise à favoriser la présence du français dans la cinématographie au Québec.

Enfin, la loi confère à la Régie le pouvoir d'adopter des règlements sur un certain nombre de sujets. Par exemple, les frais d'examen, les règles de procédure, les catégories de permis, droits et obligations rattachés à ces permis, etc. Certains de ces règlements nécessitent la convocation d'audience publique avant de pouvoir être adoptés.

La loi interdisant la publicité destinée aux enfants (Loi sur la protection du consommateur, 1978)

Déjà réglementée en 1971, la publicité destinée aux enfants est maintenant interdite depuis 1978 à la suite de l'adoption de la *Loi sur la protection du consommateur.* Cette loi, officiellement en vigueur en avril 1980, stipule à l'article 248 que :

> *sous réserve de ce qui est prévu par règlement, nul ne peut faire de la publicité à but commercial destinée à des personnes de moins de treize ans.*

Deux autres articles (249 et 252) viennent préciser cette interdiction en indiquant respectivement ce qu'il faut considérer pour déterminer si un message publicitaire est destiné ou non à des personnes de moins de treize ans et ce que c'est de « faire de la publicité ».

L'interdiction de la publicité destinée aux enfants s'applique à tous les médias et plus particulièrement à la télévision, le médium le plus consommé par ce public. Fait important à signaler : le Québec est la seule province à légiférer sur cette question.

Ailleurs au Canada, c'est le code d'éthique de l'Association canadienne des radiodiffuseurs (ACR) qui prévaut. Ce code, adopté en 1973 puis amendé en 1982, contient les directives devant guider le travail des annonceurs et des agences de publicité dans la préparation de leurs messages. Il énumère les éléments pouvant apparaître ou non à l'intérieur d'une publicité destinée à des enfants. L'adhésion à ce code est obligatoire pour l'obtention ou le renouvellement de toute licence de radiodiffusion. À cet égard, précisons que la Société Radio-Canada a retiré, à la demande du CRTC, la publicité de ses émissions pour enfants. Ce retrait est effectif depuis l'automne 1975.

C'est l'Office de la protection du consommateur (OPC) qui a la responsabilité de veiller à l'application de la loi et du règlement qui s'y rattache. Ce règlement sert à faciliter la tâche de l'OPC. Il mentionne d'abord les cas où l'interdiction de faire de la publicité destinée aux enfants de moins de treize ans ne s'applique pas. Il énumère ensuite les contraintes auxquelles les messages autorisés sont assujettis. Ainsi, un message ne peut exagérer ou minimiser les caractéristiques d'un produit ou d'un service, ni annoncer des produits ou des services pouvant représenter un danger pour l'enfant, ni employer certaines techniques comme l'animation cinématographique ou la bande illustrée, ni suggérer que l'utilisation ou la possession d'un objet développe chez l'enfant un avantage.

Outre ce règlement, l'Office dispose d'un guide d'application et d'interprétation des articles 248 et 249 de la *Loi sur la protection du consommateur*. Ce guide établit les critères qui doivent servir à définir ce que c'est « une publicité destinée aux enfants de moins de treize ans » et à identifier les émissions pour enfants. Le guide expose également le mode de fonctionnement du comité qui est chargé au nom de l'Office de l'application des articles 248 et 249 de la loi et du règlement. Ce comité n'est pas un tribunal. Il n'émet que des opinions sur les différents dossiers qui lui sont référés.

Depuis son entrée en vigueur, la loi interdisant la publicité aux moins de treize ans a suscité diverses réactions. D'un côté, les diffuseurs et les annonceurs se plaignent qu'elle nuit à leurs opérations. De l'autre, l'OPC insiste sur le maintien d'une telle mesure. Entre les deux, l'opinion publique reste partagée.

En 1985, un comité fédéral-provincial (Québec-Ottawa) est mandaté pour évaluer les effets de la loi québécoise interdisant la publicité destinée aux enfants. Au terme de ses analyses, le Comité fédéral-provincial sur la publicité destinée aux enfants (1985) constate que :

> *L'interdiction de publicité [qui] a suscité une baisse des investissements publicitaires des annonceurs de produits destinés aux enfants, a eu des répercussions importantes, à la fois sur l'offre et sur la demande d'émissions destinées aux enfants. En effet, d'un côté on a noté une forte diminution, surtout chez les diffuseurs privés, de la programmation et de la production d'émissions destinées aux enfants. D'autre part, on a constaté chez les enfants un certain désintéressement pour la télévision de façon générale jumelé à un attrait accru pour les émissions diffusées aux stations américaines. (p. 33)*

Nonobstant ce diagnostic pour le moins préoccupant, le Comité recommanda de maintenir la loi en invitant toutefois l'OPC à assouplir sa notion de publicité éducative et à élaborer des

■ Voir également les pages 271-273 et le chapitre 8 portant spécifiquement sur les relations fédérales-provinciales.

■ Nous vous invitons à comparer la réglementation québécoise à celle du CRTC, décrite aux pages 226-229.

politiques de publicité sociétale. En outre le Comité recommanda que l'obligation de produire et de programmer un minimum d'émissions pour enfants soit dorénavant inscrits dans le mandat de Radio-Québec.

LES RÈGLEMENTS

Le règlement sur la câblodistribution

Adopté en 1973, le *Règlement relatif aux entreprises publiques de câblodistribution* est devenu à toutes fins pratiques inopérant lorsque la Cour suprême du Canada décida en 1977 que la juridiction en matière de câblodistribution appartenait exclusivement au fédéral. L'adoption d'un tel règlement avait été rendue possible grâce à un amendement apporté aux lois du ministère des Communications et de la Régie des services publics. Cet amendement élargissait le champ d'action des deux organismes de telle sorte qu'il puisse comprendre « l'émission, la transmission ou la réception de sons, d'images, de signes, de signaux, de données ou de messages par fil, câble, ondes ou tout autre moyen électrique, électronique, magnétique, électromagnétique ou optique ». Il est bon de préciser que le Québec justifiait sa réglementation par le caractère local de l'entreprise de câble qui fonctionne en circuit fermé à l'intérieur des limites de la province. Pour sa part, Ottawa soutenait que la câblodistribution était une partie intégrante du système de radiodiffusion canadien et que ses composantes étaient des entreprises de réception. La décision de la Cour suprême mettait ainsi fin à une période où la câblodistribution fut l'objet d'une double réglementation. ■

Même si le règlement québécois n'a plus de force juridique, il demeure intéressant d'en regarder le contenu, ne serait-ce que par souci de connaître la nature des différentes dispositions ■ qui le composent.

Dès le départ, il est important de souligner que la câblodistribution était définie comme un service public, celle-ci ayant pour objet principal ou accessoire « l'émission, la transmission ou la réception de sons, d'images, de signes, de signaux, de données ou de messages par fil, câble, ondes ou tout autre moyen électrique, électronique, magnétique, électromagnétique ou optique ». De plus, quiconque désirait exploiter une entreprise de câblodistribution devait, selon le règlement, faire la preuve devant la Régie que son entreprise serait un instrument permanent de développement social, culturel et économique de la collectivité qu'elle desservirait.

Le règlement stipulait par ailleurs que la propriété des entreprises devait être québécoise et que la participation de la communauté locale à la propriété et à la programmation était une condition nécessaire à l'obtention d'une autorisation d'exploitation d'une entreprise. Par contre, une telle autorisation ne pouvait être donnée à une entreprise de presse, de téléphone, de télégraphe, de radio, de télévision ou de cinéma. La participation financière de ces entreprises ne devait pas excéder 20 %.

Les détenteurs d'une autorisation d'exploitation se voyaient octroyer un territoire exclusif déterminé en fonction des besoins socio-culturels des communautés et de la situation économique de l'entreprise. Le tarif d'installation devait être uniforme pour tous les abonnés d'une entreprise.

À propos de la programmation, le règlement mentionnait qu'elle devait être de haute qualité, utiliser des ressources locales, être de langue française (y compris la musique vocale) et promouvoir la création et la diffusion des productions culturelles québécoises. Cette programmation devait comporter également un minimum de dix heures d'émissions communautaires et locales. Les émissions à caractère partisan et les émissions d'opinion pouvaient être considérées dans ce total.

Ces dix heures ou plus d'émissions, devaient être exemptes de publicité. Le reste de la programmation n'était pas frappé d'une telle interdiction. Mais elle ne devait pas comporter de publicité non locale ou non produite au Québec. Des restrictions supplémentaires sur la réclame en faveur des boissons alcoolisées et de certains autres produits (tabac, drogues, médicaments, valeurs mobilières et certaines loteries) étaient aussi imposées. En outre, les entreprises étaient tenues de faire parvenir à toutes les semaines une copie de leur grille de programmes à la Régie.

D'autre part, le règlement prévoyait un ordre de priorité dans l'offre de programmation. Cet ordre s'établissait de la façon suivante : émissions éducatives, communautaires, locales, d'intérêt général, de la Société Radio-Canada etc. Des dispositions particulières sur les transactions, les rapports annuels, les droits et redevances de même que sur les normes techniques étaient comprises dans le règlement.

Le règlement sur la télévision à péage (1982)

À l'instar de la câblodistribution, la télévision payante a fait l'objet d'un règlement de la part du gouvernement du Québec. Ce règlement adopté en 1978, puis modifié en 1982, a toutefois davantage de valeur symbolique que de valeur légale, la réglementation du CRTC ayant préséance en cette matière au Canada. Quoiqu'il en soit, relevons les principaux points de ce règlement.

Tout d'abord, il est intéressant de constater que le règlement québécois s'ouvre sur un préambule de quelques paragraphes. Ce préambule énumère certains devoirs de l'État en matière de télévision payante. Ainsi, l'État doit s'assurer que la télévision payante est accessible à tous, qu'elle sert au mieux les intérêts de la collectivité et qu'elle contribue au développement des industries culturelles québécoises et de l'identité culturelle.

Un autre point intéressant à signaler : le *Règlement sur la télévision payante* contient moins de dispositions que le *Règlement sur la câblodistribution*, en particulier sur le plan de la programmation. À ce chapitre, le règlement se limite seulement à interdire la programmation partisane et la publicité tout en soulignant que la programmation doit être diversifiée et soumise à l'approbation de la Régie des services publics. Le règlement établit aussi le caractère prioritaire de la langue française dans l'offre de service et le contenu de programmation.

Quant aux dispositions relatives à la tarification, aux transactions financières et à la présentation annuelle de rapports, elles sont semblables à celles du *Règlement sur la câblodistribution*. Ce constat vaut également pour les dispositions touchant les permis.

Enfin le règlement stipule que les entreprises de télévision payante doivent faire partie d'un réseau central dont la fonction principale est de fournir aux entreprises de télévision payante une partie commune de programmation. Cette partie commune doit représenter un minimum de 75 % de la programmation.

LES PRINCIPALES POLITIQUES

La politique québécoise du développement culturel (1978)

Élaborée par le gouvernement péquiste, la politique de développement culturel pour le Québec avait comme principe directeur : si le Québec désire enrayer la « provincialisation » de sa culture, il est essentiel qu'il cherche à « se réapproprier les moyens, dont plusieurs sont provisoirement abandonnés en d'autres mains et à d'autres volontés politiques ».

Dans le domaine des communications, cette tâche s'était avérée jusque-là très ardue et rien ne semblait indiquer qu'il en serait autrement. Au contraire, le Québec subissait en 1977 d'autres défaites juridiques sur la question de la câblodistribution qui sont venues réduire considérablement sa marge de manoeuvre.

Malgré ces limites, le Québec a tenu quand même à exprimer une nouvelle fois sa volonté de s'attaquer aux grands problèmes que posait ce secteur important au développement et au rayonnement de la culture québécoise.

À la base de sa politique des communications, il y avait quatre grands principes susceptibles de guider et de circonscrire l'action de l'État :

— *mettre les médias de communication au service de la communauté en comblant ses besoins de divertissement, de culture, d'information et de formation;*

— *réaffirmer, pour toute personne, le droit à l'information, déjà inscrit dans la Charte des droits et libertés. Le citoyen pourra ainsi jouir de sa liberté d'opinion;*

— *redonner aux collectivités une emprise réelle sur leur milieu de vie, notamment en décentralisant les sources de communication et en les rendant plus accessibles;*

— *faire en sorte que les interventions de l'État restent sobres mais suffisantes afin qu'il ne s'arroge aucun pouvoir de contrôle sur les contenus. (La politique québécoise du développement culturel, 1978, vol. 2.)*

Ces quatre grands principes ont inspiré les mesures visant à résoudre les problèmes relatifs aux divers secteurs du champ des communications. Regardons brièvement ce qui était proposé pour chacun des médias de communication.

Dans le domaine de la presse écrite, les mesures proposées visaient à assurer une meilleure pénétration et une plus grande distribution de la presse dans les diverses parties du territoire québécois. À cet égard, il était proposé de subventionner la presse régionale et locale pour qu'elle puisse avoir les moyens de jouer son rôle d'informer le public. En complément, il était suggéré de créer une agence de presse québécoise susceptible de fournir aux médias une information plus riche et plus variée sur le Québec.

Du côté de la radio-télévision, l'état de la situation révélait deux grands problèmes. D'abord les régions ne pouvaient pas compter

■ Les principes énoncés ici proviennent de la politique du ministère des Communications (1977), *Québec et la radio-télévision : éléments d'une politique.*

sur une programmation aussi variée et abondante que les grandes zones urbanisées. De plus, exception faite de quelques régions qui jouissaient d'un service régionalisé, la production était fortement concentrée à Montréal.

Conséquemment, il était proposé de prendre des mesures devant assurer, par étape, la présence de stations de radio et de télévision dans toutes les régions. On était d'avis que cette présence devait comprendre, outre le signal éducatif de Radio-Québec, deux canaux radiophoniques et deux signaux télévisuels émettant en langue française ■. Cet ajout visait également à corriger le déséquilibre en faveur de la langue anglaise. Le poids relatif des stations anglophones par rapport à l'ensemble des statios disponibles à Montréal était plus grand que le poids relatif de la population anglophone par rapport à l'ensemble de la population de la région de Montréal.

Le problème de sous-équipement des régions se retrouvait également dans le secteur de la câblodistribution. Le gouvernement envisageait donc de contraindre les entreprises importantes à couvrir les régions moins rentables.

Toujours dans le but d'assurer la pluralité des sources de communication et de favoriser la liberté d'accès à ces produits, on envisageait accorder un soutien aux médias communautaires. Le Québec a créé en 1982 le Programme d'aide aux médias communautaires (PAMEC). Le gouvernement devait également prendre des décisions quant à l'extension de Radio-Québec, à son caractère distinctif et à sa régionalisation.

En dernière analyse, il est important de mentionner que la politique des communications incluait aussi des aspects propres aux minorités culturelles et aux autochtones. Dans le premier cas, des mesures ont été proposées pour que les médias jouent un rôle plus actif dans l'intégration des minorités. Quant aux autochtones, Québec leur reconnaissait le droit de définir leur avenir et leur développement.

■ Pour en savoir davantage sur les péripéties concernant l'implantation de la télévision à péage, veuillez consulter les documents suivants : *Rapport sur la télévision à péage*, 1978, CRTC. *Les années 1980 : décennie de la pluralité*, 1980, CRTC et *La télévision à péage : payante?*, colloque de 1981, recueil de quatre documents de travail, l'ARCQ.

La politique sur la télévision à péage (1977)

Une quantité impressionnante de documents (avis publics, rapports de groupes d'étude, rapports d'enquête, mémoires et déclarations) se sont accumulés au cours des dix ans qui se sont écoulés entre le moment du premier avis public du CRTC sur la télévision à péage (TVP) en 1972 et le début de la distribution par satellite des services de télévision à péage autorisés par le Conseil en 1983. ■

La principale contribution du Québec à ce long débat fut la publication en 1977 d'un énoncé de politique sur la télévision à péage intitulé « *Éléments d'une politique : la télévision à péage au Québec* ». Ce document décrit les modalités d'implantation d'une éventuelle TVP au Québec et il a largement servi à l'élaboration du règlement sur la télévision à péage. Plus précisément, il identifie l'objectif principal et les principes directeurs qui doivent guider le Québec dans l'implantation d'un modèle québécois de TVP. En deuxième lieu, le document propose la forme (organisation, infrastructure technique et programmation) que cette télévision devrait prendre. Voyons de plus près ce qu'il en est exactement.

Selon le document, l'objectif principal que le Québec doit viser dans le domaine de la télévision à péage est de *promouvoir et protéger la culture et l'identité québécoise*. En réalité, cet objectif est la pierre angulaire de toute la philosophie québécoise en matière de développement de la culture par les communications.

Sous cet objectif, on retrouve six principes directeurs devant présider à l'implantation de ce type de télévision. Les six principes retenus ont trait à l'accessibilité, à l'usage rationnel des infrastructures, à la concurrence, à la propriété, à la rentabilité du système et aux priorités socio-culturelles. Textuellement, il est dit que :

    — *l'État doit veiller à ce que les divers éléments de la société aient accès au réseau de TVP appelé à être implanté sur son territoire;*

■ En corollaire à ce principe, il est stipulé que la réglementation devrait limiter à un seul diffuseur l'accès au marché de la TVP sur un territoire donné.

■ Un des éléments découlant de ce principe est qu'aucune autorisation d'exploitation ne devrait être attribuée à une entreprise de presse, de téléphone, de télégraphe, de radio, de télévision, de cinéma et de cinéparc.

— *l'État doit veiller à ce que le développement et l'exploitation du service de TVP se fassent en utilisant les infrastructures de communication déjà existantes;* ■

— *l'État, tout en respectant la liberté d'entreprise dans le système économique, doit veiller à ce que des initiatives privées servent au mieux les intérêts de la collectivité;* ■

— *l'État doit favoriser la création et l'expansion d'entreprises québécoises en exigeant, notamment, que leurs propriété et gestion soient québécoises;*

— *l'État doit veiller à ce que le système de TVP soit planifié pour correspondre à ses propres coûts et produire ses propres bénéfices, tout en collaborant au développement de l'industrie de la production audio-visuelle québécoise;*

— *l'État, en tant que représentant de la collectivité et gardien de sa culture, se doit de prendre les mesures nécessaires à leur protection et plein épanouissement. (La télévision à péage au Québec, élément d'une politique, 1977, p. 14-15)*

Sur la base de ces orientations, il était recommandé que « l'organisation de la TVP soit établie sous la forme première d'un réseau obligatoire pour tout diffuseur du service ».

Selon le document, ce réseau devrait être administré par une agence centrale, propriété des seuls diffuseurs du système. Le CRTC avait défendu un point de vue semblable dans son rapport sur la TVP de 1978. Le réseau aurait pour principales fonctions d'élaborer et de mettre en oeuvre la politique de programmation, de commercialiser le service et d'en assurer une distribution efficace.

Au chapitre de la programmation vue en termes de nature des contenus, d'origine et de langue des émissions, l'énoncé de politique posait d'abord certains éléments : la TVP doit être considérée comme une offre additionnelle de loisirs et de culture qui est exempte de publicité et qui ne lèse pas le contenu des médias traditionnels. En conséquence, il était recommandé que la TVP respecte les quotas suivants : un maximum de 60 % de longs métrages de divertissement et un minimum de 20 % d'émissions de type culturel.

Par ailleurs, pour éviter que la TVP ne devienne un lieu privilégié de diffusion de productions étrangères et surtout américaines, un quota de 50 % de programmation d'origine québécoise était proposé. Il était recommandé que cette programmation soit majoritairement diffusée aux heures de grande fréquentation. Enfin, il était suggéré d'imposer que 80 % des émissions diffusées soient accessibles dans la langue officielle du Québec.

En dernière analyse, le document précise que l'action de l'État devra se situer surtout au niveau de la législation. À cet égard, l'État optera de préférence pour un règlement comme le lui permet l'article 3a) de la *Loi sur le ministère des Communications*. Ce règlement prévoira la structure et les modalités d'opération de la TVP et son application par la Régie des services publics. Le règlement déterminera aussi l'organisation et le fonctionnement de l'agence centrale. Enfin il précisera le rôle du diffuseur et établira les grands principes du contenu de la programmation à savoir la nature, l'origine et la langue des productions.

La politique sur la téléinformatique (1976)

Parce que la téléinformatique était en voie de devenir un phénomène de première importance à travers le monde, susceptible de modifier grandement les façons de faire et de voir, le gouvernement du Québec mettait sur pied, en 1973, un comité interministériel à qui il confia le mandat d'élaborer une politique de la téléinformatique pour le Québec. Par ce geste, le gouvernement du Québec réaffirmait une fois de plus sa volonté de définir ses priorités et de coordonner ses actions dans le domaine des communications. Trois ans plus tard, le Comité remettait au ministre des Communications son rapport intitulé *Dimension d'une politique de téléinformatique pour le Québec* (1976).

Ce rapport comprend deux volumes. Dans le premier, le Comité a tenté de mettre en évidence les multiples dimensions de la téléinformatique. Plus précisément, il a abordé les aspects industriels, socio-économiques, humains et culturels d'une manière

■ Comme la télé-informatique est un secteur qui évolue rapidement, il n'apparaît pas pertinent ici de faire état des différents chiffres contenus dans la première section et qui décrivent une situation datant de 1973-1974. À cet égard, nous invitons plutôt le lecteur à lire le document suivant : *Le Québec et les communications : un futur simple?* document de travail préparé par le ministère des Communications en vue de la Conférence des communications tenue en octobre 1983.

générale sans chercher à faire un document de référence sur les applications actuelles et futures de cette technologie. Le Comité a aussi décrit l'évolution de la politique canadienne, conscient qu'elle pouvait avoir des répercussions sur le développement de la téléinformatique au Québec.

Le second volume, qui traite spécifiquement de la téléinformatique au Québec, comporte deux sections. La première contient un portrait détaillé de la téléinformatique au Québec. La seconde présente sous forme de dix principes et de 33 recommandations, le projet de politique élaboré par le Comité conformément au mandat qui lui avait été confié en 1973. Mais avant d'en décrire le contenu ■ il apparaît utile et nécessaire de prendre connaissance de l'interprétation que le Comité donnait au terme « téléinformatique ».

> *La téléinformatique, comme son nom l'indique, relève à la fois de l'informatique et des télécommunications. On ne saurait par conséquent la réduire à l'une ou l'autre de ces technologies. Par ailleurs, la téléinformatique recouvre potentiellement l'ensemble du champ d'application de l'informatique puisque les services informatiques offerts localement dans un centre d'informatique pourraient l'être à distance à l'aide d'un équipement de télécommunication approprié. [...] L'inverse n'est cependant pas vrai. En effet, certains services informatiques offerts par télécommunications n'auraient plus de sens sans celles-ci. (Dimension d'une politique de téléinformatique, 1976, introduction)*

À la suite de cette interprétation, le Comité a posé un ensemble de principes qui l'ont guidé dans ses délibérations et dans ses formulations de recommandations. Ces dix principes directeurs qui servent de base au projet de politique font référence à la protection de la vie privée des citoyens, à la préservation de l'identité et à l'épanouissement de l'entité culturelle du Québec, au développement régional et à la liberté d'entreprise. Les autres principes avaient trait à la participation de la main-d'oeuvre québécoise au développement de la téléinformatique au Québec, à la création et à l'expansion d'entreprises québécoises de télé-informatique, à l'encouragement au commerce extérieur, à l'accessibilité des différents éléments de la société aux réseaux de téléinformatique, à la disponibilité des services de télétransmission des données et à l'autofinancement de ces services. En s'inspirant de ces dix principes, le Comité a formulé 33 recommandations qui ont été regroupées sous trois thèmes.

Une première série de seize recommandations se rapportaient au développement d'une industrie québécoise de téléinformatique. Il était entre autres suggéré :

> *[...]*
>
> 6. *Que le ministère de l'Industrie et du Commerce :*
>
> a) *incite les grands fabricants québécois de matériel électronique à s'intéresser au potentiel du marché nord-américain des produits informatiques;*
>
> b) *appuie l'orientation des entreprises québécoises vers les produits les plus prometteurs compte tenu des marchés accessibles, des projets gouvernementaux, des capacités et des intérêts des entreprises elles-mêmes;*
>
> c) *entreprenne un programme de prospection auprès des entreprises étrangères désireuses d'implanter au Québec des technologies complémentaires destinées à être exploitées sur l'ensemble des marchés nord-américains et mondiaux;*
>
> *[...]*
>
> 10. *Que dans l'élaboration des politiques régissant les activités d'informatique et de télétransmission de données des organismes publics et parapublics, soit reconnue la nécessité d'assurer la plus grande cohérence possible avec la politique informatique du Québec;*
>
> 11. *Que soit définie et mise en application une politique d'approvisionnement en biens et services informatiques pour les organismes publics et parapublics, qui tienne compte de la nécessité d'appuyer les développements de l'industrie québécoise, particulièrement celle sous le contrôle québécois.*

Pour le développement harmonieux du secteur de la téléinformatique, le Comité proposait une dizaine de recommandations. De ce groupe, nous en retenons deux.

> *[...]*
>
> 18. *Que le gouvernement favorise l'établissement d'un service public de télétransmission de données universellement accessible au Québec;*
>
> 26. *Que la responsabilité du suivi de la politique de téléinformatique du Québec soit confiée au ministère des Communications qui*

> *coordonnera les actions des ministères et organismes en matière de téléinformatique, favorisera la consultation avec le secteur privé, et servira de centre nerveux pour toutes les questions touchant la télé-informatique au Québec.*

Les sept dernières recommandations concernaient la protection du citoyen. La plus importante du groupe stipulait :

> *[...]*
>
> 27. *Que les principes fondamentaux relatifs à la protection des dossiers personnels (à savoir le droit à l'intimité, la propriété de l'information personnelle et le contrôle de la diffusion) soient reconnus et acceptés comme base de toute réglementation touchant les banques de données personnelles au Québec.* (Dimension d'une politique de téléinformatique pour le Québec, 1976, vol. 2, p. 5-6)

Pour terminer, il est important de signaler que ce rapport du Comité interministériel n'a jamais eu de suite.

La politique de développement des médias communautaires (1979)

C'est pour « reconnaître l'importance des médias communautaires en tant que forme d'organisation sociale des communications » et pour « répondre à leurs attentes » que le gouvernement du Québec s'est doté en 1979 d'une politique de développement des médias communautaires. En agissait de la sorte, le Québec se donnait enfin des principes et des objectifs pour orienter son action en ce domaine, lui qui subventionnait déjà depuis 1973 la radiodiffusion communautaire par le truchement du Programme d'aide aux médias communautaires (PAMEC).

Fondamentalement différent du média de masse tant par son mode de propriété que par sa finalité, le média communautaire est défini selon cette politique comme une « société de communication à des *fins sociales* gérée et soutenue par la participation active et formelle de la population d'*un milieu* ». Par fins sociales, on entend « le développement éducatif, politique, culturel et économique du milieu desservi, et plus particulièrement de la majorité de la population n'ayant pas d'accès à l'utilisation ou au contrôle des médias ». Quant au milieu, il est défini comme une « aire géographique où vivent les individus et des groupes de citoyens suffisamment liés par une expérience commune pour être capables de se concentrer sur un minimum d'objectifs à poursuivre et de s'associer à la mise sur pied et au fonctionnement d'un média communautaire ».

Au chapitre des principes directeurs qui doivent orienter les actions et les interventions du gouvernement dans ce secteur, la politique en propose cinq. D'emblée, il est déclaré que *les médias sont d'abord au service des collectivités où ils s'inscrivent*. Suivant ce principe, les médias doivent donc être considérés comme des services publics d'autant plus qu'ils sont absolument essentiels au fonctionnement de la société démocratique du fait qu'ils favorisent le droit du public à l'information.

Second principe, *les médias doivent* [également] *promouvoir le développement de l'identité culturelle et de la culture québécoise*, en favorisant la création et l'expression de groupes qui constituent la société québécoise et en assurant à l'ensemble des Québécois des services répondant à leurs besoins éducatifs et culturels. La politique stipule ensuite que *les médias doivent être* [aussi] *des instruments de participation des citoyens au développement de leur milieu* en favorisant les débats sur les situations et décisions qui concernent les enjeux collectifs.

Comme quatrième principe, on affirme que *les médias sont essentiels au plein épanouissement des volontés populaires et gouvernementales de régionalisation administrative, politique et culturelle*. Enfin, le dernier principe stipule que *l'État doit contribuer dans la mesure de ses possibilités à encourager les efforts des collectivités qui veulent se donner démocratiquement des objectifs et des moyens de développement*.

Sur la base de ces cinq principes directeurs, le gouvernement établit les objectifs que la politique de développement des médias communautaires doit poursuivre. Ainsi le gouvernement entend :

a) *favoriser l'appropriation collective d'un certain nombre de moyens de communication;*

b) *inciter les médias communautaires à contribuer au développement de l'identité culturelle et de la culture québécoise;*

c) *inciter les médias communautaires à développer une programmation ou édition qui favorise l'analyse des situations et décisions qui concernent les enjeux collectifs;*

d) *stabiliser le financement des médias communautaires;*

e) *assurer un appui aux localités et régions, particulièrement celles qui sont les plus mal desservies par les médias, désireuses de se doter d'un média communautaire;*

f) *augmenter la quantité et la diversité des productions ou contenus offerts par les médias communautaires;*

g) *amplifier la concertation et les échanges entre les agents de développement à l'intérieur des localités et des régions;*

h) *favoriser l'apprentissage à la communication et à l'utilisation rationnelle des médias par les citoyens. (Politique de développement des médias communautaires, 1979)*

Pour atteindre ces objectifs, la politique compte sur le Programme d'aide aux médias communautaires dont les origines remontent à 1973.

LES PRINCIPAUX ORGANISMES DU QUÉBEC

Dans cette section, nous parlerons plus en détail des principaux organismes publics des communication du Québec en commençant par le ministère de Communications. Suivront ensuite la Régie des services publics et la Régie du cinéma.

Le ministère des Communications (1969)

Historique

À l'exception de quelques gestes velléitaires du gouvernement Taschereau qui sanctionne en 1929 une « loi relative à la radiodiffusion en cette province » et celui de Duplessis qui crée Radio-Québec, du moins sur papier, le Québec n'est intervenu vraiment dans le domaine des communications que vers la fin des années soixante, plus précisément en décembre 1969. Cette année-là, le gouvernement du Québec adoptait une loi lui permettant de devenir la première province canadienne à se doter d'un ministère des Communications à qui on a confié la responsabilité d'élaborer et de proposer au gouvernement une politique des communications pour le Québec.

Dix-huit mois plus tard, le titulaire du ministère déposait devant le Conseil des ministres un document de travail intitulé *Pour une politique québécoise des communications*, (mai 1971), qui jetait les bases d'une politique des communications. Cette première ébauche de politique s'articulait autour de trois objectifs :

- *Le droit inaliénable pour tous les citoyens du Québec à la communication selon leurs besoins culturels, sociaux, économiques et politiques;*
- *L'obligation de pourvoir directement ou indirectement le gouvernement et ses organismes d'un système moderne de communication, leur permettant d'assumer pleinement leurs responsabilités envers la population du Québec;*
- *La promotion et le maintien d'un système de communication, intégré aux systèmes extra-territoriaux, qui facilite et contribue à l'épanouissement de tous à la réalisation du Québec. (Pour une politique québécoise des communications, 1971, p. 7)*

Le ministère des Communications mit toutefois deux ans avant de proposer une politique articulée sur les communications : *Le Québec, maître d'oeuvre de la politique des communications sur son territoire* (1973). Fondamentalement, ce livre vert affirmait haut et fort que « c'est au gouvernement du Québec qu'il incombe d'élaborer une politique des communications pour les Québécois » et que pour ce faire, il doit pouvoir régir le développement des communications sur son territoire et établir la réglementation des différents secteurs.

Cette pièce maîtresse de la position du Québec en matière de politique des communications allait sous-tendre son action et alimenter son discours public sur le front fédéral-provincial.

Quelques mois plus tard s'amorçait un long combat à finir entre Québec et Ottawa à propos de la juridiction sur le câble. Cette guerre du câble devait finalement connaître son dénouement en 1977 lorsque la Cour suprême statua en faveur du fédéral.

Forcé à se rendre à l'évidence qu'il ne pourrait contrôler les communications sur son territoire, le Québec s'est lentement résolu à changer son discours en lui ajoutant une nouvelle dimension, le développement économique des industries de commnunication. Cette préoccupation est devenue de plus en plus manifeste avec le début des années 80 et l'essor des nouvelles technologies de communication et d'informatisation.

Une des premières manifestations de ce virage économique fut la décision de tenir un sommet sur les communications à l'automne 1983. Le ministère s'employa donc à réviser ses politiques. Cette révision importante se solda par la publication d'un document, *Le Québec et les communications : Un futur simple?* (1983), un document qui présentait un état de la situation des communications (presse, radio, télévision, câblodistribution, télécommunications, informatique, formation, recherche et développement), les tendances futures et des pistes de réflexion.

Le Sommet des communications a mis en présence tous les partenaires des différents secteurs du domaine des communications. Les discussions ont permis de dégager un certain nombre de consensus qui ont orienté l'action du ministère en faveur des industries lesquelles ont pu ainsi bénéficier de nouveaux programmes d'aide : aide à l'informatisation des entreprises de communications et aide à la recherche appliquée en communication.

En 1984, le gouvernement libéral est défait par l'équipe conservatrice de monsieur Mulroney. Grâce à ce changement, l'état des relations Québec-Ottawa sur la question des communications s'est grandement amélioré. Les querelles de juridiction ont fait place à un climat d'entente et de normalisation des relations. À preuve, la création d'un comité fédéral-provincial permanent

■ Pour en connaître davantage sur les conclusions de ce rapport, veuillez consulter le document suivant : *L'avenir de la télévision francophone*, MCQ et MCC, mai 1985, 98 p.

dont la première tâche fut de se pencher sur l'avenir de la télévision francophone. ■

Le mandat du ministère

Outre l'obligation première d'élaborer et de proposer une politique des communications pour le Québec, le ministère a le mandat de promouvoir et de coordonner l'établissement et le développement des réseaux publics et privés de communication et de favoriser le développement des industries de communication sur le territoire québécois.

Ce mandat l'amène à identifier les besoins et les intérêts des Québécois en matière de communication, à fixer des objectifs de développement, à élaborer des politiques pour atteindre ces objectifs et à mettre sur pied un certain nombre de programmes et d'activités. C'est dans le cadre de ce mandat que le Ministère a décidé de créer des programmes d'aide aux médias communautaires et au développement des communications en milieu autochtone. À cela s'ajoutent les programmes d'aide à l'intention des entreprises et dont nous avons déjà fait état auparavant.

Le ministère des Communications a aussi pour mandat de favoriser l'accès de la population à l'information gouvernementale. Pour remplir cette mission, le ministère s'appuie sur Communication-Québec, un réseau de 30 bureaux dispersés un peu partout à travers la province. Ce réseau offre à l'ensemble de la population des services de renseignements et d'information sur les lois, les programmes et les services gouvernementaux. À titre d'information, mentionnons que Communication-Québec a reçu en 1984-1985 près de 775 000 demandes de renseignements. Ajoutons également que près de 80 % de la population du Québec peut atteindre un bureau de Communication-Québec sans passer par l'interurbain.

Par ailleurs, le ministère procède à l'édition de plusieurs guides, dépliants ou livres d'intérêt général. À titre d'Éditeur officiel du gouvernement, il publie les lois et règlements, la *Gazette officielle du Québec*, les livres verts et les rapports annuels.

Enfin le ministère des Communications a comme mandat de fournir des services à l'administration gouvernementale, en matière de communication. Cette responsabilité l'amène à développer des supports à la production, à la transmission et à la gestion de l'information (courrier, messagerie, traduction, photographie, production audiovisuelle, publicité, services informatiques et de télécommunications).

Trois organismes relèvent du ministère des Communications : la Commission d'accès à l'information, la Régie des services publics et la Société de radio-télévision du Québec.

La Régie des services publics (1979)

Historique

La Régie est la doyenne des tribunaux administratifs au Canada. Créée en 1909 sous le nom de « Commission des services d'utilité publique du Québec », elle adoptait en 1940 son appellation actuelle. En 1972, sa loi constitutive est modifiée de telle sorte que son champ d'action puisse comprendre « l'émission, la transmission ou la réception de sons, d'images, de signes, de signaux, de données ou de messages par fil, câble, ondes ou tout autre moyen électrique, électronique, magnétique, électromagnétique ou optique ». Par cet amendement, la Régie se trouvait alors en mesure de réglementer la câblodistribution concurremment avec le CRTC.

Cette cohabitation allait donner lieu à un affrontement capital pour l'avenir du Québec dans le domaine des communications dans la mesure où il a permis de déterminer qui, du fédéral ou du provincial, avait juridiction en matière de câblodistribution. Après d'interminables procédures juridiques, la Cour suprême rendait sa décision en faveur du fédéral qui obtenait ainsi la compétence exclusive sur ce champ. Il s'agit de l'affaire Dionne où le CRTC avait octroyé à Frank Dionne un permis de câblodistribution pour Rimouski. La Régie, pour sa part, opta plutôt pour un autre demandeur en l'occurrence Raymond D'Auteuil et sa compagnie Câbledistribution de l'est du Québec. Il s'en est suivi un long débat juridique marqué de requêtes, d'injonctions, de mandats de perquisition et d'interventions du gouvernement fédéral et du ministre des Communications du Québec, qui appuyaient respectivement F. Dionne et R. D'Auteuil. Trois ans plus tard, la Cour suprême rendait sa décision.

Aujourd'hui, le mandat de la Régie « consiste essentiellement à coordonner le développement harmonieux des télécommunications en milieu québécois » et à « s'assurer que les sociétés exploitantes de services de télécommunications disposent des ressources financières nécessaires pour offrir à la population des services de la qualité la plus appropriée qui soient à un coût juste et raisonnable pour l'usager ». Depuis 1979, elle est aussi chargée d'évaluer le caractère éducatif de la programmation de Radio-Québec, conformément à la *Loi sur la programmation éducative* (voir p. 244).

La nature et l'organisation de la Régie

La Régie des services publics est un organisme de surveillance et de contrôle des entreprises publiques définies dans sa loi constitutive (voir p. 247). Elle cumule des obligations et pouvoirs qui l'amènent à se manifester sous quatre formes.

À titre de tribunal administratif, la Régie prend des décisions qui se transforment en ordonnances. À titre d'organisme de surveillance et de contrôle, elle remplit des fonctions d'ordre administratif et exerce une vigilance quotidienne sur les activités de son ressort. Elle peut aussi agir comme « instrument et source de réglementation » c'est-à-dire comme prolongement des lois et règlements adoptés par l'Assemblée nationale ou le gouvernement. Elle peut finalement se manifester à titre d'organisme de consultation auprès du ministre de qui elle relève.

La Régie s'exprime par le biais d'ordonnance. Elle doit énoncer ses motifs et rendre publiques ses décisions. Toutefois elle demeure indépendante du pouvoir politique qui ne peut modifier ses décisions. Cette indépendance de la Régie la distingue du CRTC dont les décisions peuvent être l'objet de réexamen. En revanche, les pouvoirs du Conseil sont plus importants.

Les neuf membres de la Régie, nommés par le gouverneur en conseil, exercent leurs fonctions et leurs devoirs à l'intérieur de quatre unités administratives. À la Direction de l'administration et de la programmation, ils assurent la gestion de l'ensemble des activités humaines, matérielles et financières de la Régie. Les régisseurs apportent aussi un support au Secrétariat qui tient à jour les répertoires des actes administratifs et judiciaires, coordonne l'administration des différents dossiers, s'assure de l'exécution des ordonnances, reçoit les plaintes des abonnés ou usagers et prépare les audiences publiques.

La Direction de l'économique et de la tarification vérifie les opérations économiques et financières des entreprises et traite les demandes d'information des abonnés en matière de facturation. Enfin la Direction de l'ingénierie s'occupe des modalités techniques.

La Régie du cinéma (1985)

Instituée par la nouvelle loi-cadre sur le cinéma de 1983, la Régie du cinéma est un organisme quasi judiciaire autonome dont le mandat consiste à assurer la surveillance du cinéma et à exercer un contrôle sur l'exploitation et la distribution de films. Ses origines, sa nature juridique et son organisation sont décrits ci-dessous.

Historique

Il faut remonter jusqu'en 1913 pour retracer les origines de la Régie soit au moment où fut créé le Bureau de censure du cinéma. Par la suite et pendant cinquante ans, ce Bureau demeura le maître d'oeuvre du contrôle des films au Québec. Puis s'amorça une période de remise en question qui donna lieu à une réforme en profondeur des orientations et des structures du Bureau de censure. Ce changement d'orientations se concrétisa par l'adoption d'une loi sur le cinéma qui créait par la même occasion le Bureau de surveillance du cinéma dont la fonction consistait avant tout à classer des films par catégories d'âge et à procéder à l'apposition de visa.

Mais l'industrie du cinéma avait besoin de plus que ça, son développement dépendant de plus en plus d'une intervention régulatrice et financière de l'État. Le gouvernement adopta donc en 1975 sa première loi-cadre sur le cinéma qui en plus jetait les bases d'une véritable politique cinématographique.

Quelque années plus tard (1981), le gouvernement, désireux de réviser ses interventions dans le champ du cinéma, mettait sur pied une commission d'étude chargée de lui proposer des solutions à l'ensemble « des problèmes du cinéma et du vidéo ou afférents à la diffusion de la culture cinématographique au Québec ».

À la lumière de ses analyses qui lui révélèrent la menace qui pesait sur le cinéma au Québec, la commission proposa de redéfinir les objectifs de la politique nationale du cinéma en insistant sur la nécessité de revitaliser le secteur privé de la production et de la distribution de films au Québec. Cette menace avait de multiples facettes. La grande majorité des films présentés sur nos écrans étaient d'origine étrangère. Près de la moitié des films étaient diffusés dans une langue autre (anglais) que le français. Enfin, une part importante des activités d'exploitation et de distribution était contrôlée par des entreprises étrangères. Aujourd'hui, il est permis de croire que la situation s'est légèrement améliorée. Toutefois, il reste beaucoup de chemin à faire. Par ailleurs, la Commission soulignait aussi la nécessité d'étendre l'intervention régulatrice de l'État à tous les secteurs d'activités reliés au cinéma et de confier cette tâche à une régie.

Ces propositions furent traduites dans une une nouvelle loi-cadre. Ainsi la loi créa la Régie du cinéma et lui attribua le mandat d'assurer la surveillance du cinéma et un certain contrôle sur l'exploitation et la distribution de films et de matériel vidéo au Québec.

Les fonctions de la Régie du cinéma

Au rôle traditionnel qui consiste à s'assurer que le contenu des films ne soit pas contraire à l'ordre public, s'ajoute le mandat de réglementer l'ensemble des activités d'exploitation du cinéma en vue de poursuivre la politique québécoise du cinéma à l'intérieur des paramètres fixés à l'article 4 de la loi (voir p. 249). Suivant ce mandat, la Régie doit donc assumer un rôle de protection de l'identité culturelle et linguistique de la société québécoise. À cet égard, l'entrée en vigueur de l'article 83 qui définit les conditions relatives au doublage et au sous-titrage en français des films tournés dans une autre langue en vue de l'obtention d'un visa, a permis à la Régie de mieux remplir sa fonction de favoriser la présence du français sur nos écrans.

L'organisation

La Régie est un organisme jouissant d'une autonomie fonctionnelle pour régir les activités reliées au cinéma. Elle est constituée d'une instance quasi judiciaire de trois membres nommés par le gouvernement et d'une structure administrative. L'instance judiciaire est chargée de la révision des décisions sur le classement des films et de l'adoption des règlements de la Régie. La structure administrative, pour sa part, est chargée de toutes les autres tâches d'application de la loi : établissement et mise en marche du système de classement, apposition des visas, délivrance de permis et maintien du système d'inspection des lieux de présentation des films dans toute la province.

Le Conseil de presse du Québec

Le Conseil n'est pas une institution au sens stricte du terme car il n'a pas été institué en vertu d'une loi adoptée par l'Assemblée nationale. De plus, il est dépourvu de pouvoirs à caractère judiciaire ou réglementaire. Il n'a aucune force coercitive et n'impose aucune sanction. Sa seule autorité est une autorité morale dont le poids repose sur l'attention que lui accorde la presse et l'intérêt que lui porte le public.

Le Conseil de Presse est plutôt « un organisme [privé et sans but lucratif] d'enquête et de protection du droit du public à l'information ». Il se voit jouer « un rôle d'ombudsman ou d'arbitre dans tout différend relatif à l'honnêteté, à l'exactitude, au libre accès et à la libre circulation de l'information ». En raison de ce poids morale, il est apparu pertinent d'en faire état.

Historique

Cette idée a commencé à germer dans les esprits vers le milieu des années cinquante. À cette époque, on se préoccupait beaucoup de la piètre qualité qui affligeait la presse canadienne-française et plusieurs voyaient en ce « conseil » un moyen de remédier à cette situation.

C'est l'Union canadienne des journalistes de langue française (UCJLF) qui la première proposa de créer « un conseil ». Mais les propriétaires d'entreprises de presse s'y opposèrent car ils voyaient d'un mauvais oeil que cet organisme soit composé uniquement de journalistes. Quelques temps plus tard, l'UCJLF proposa un nouveau projet qui fut lui aussi rejeté. La raison alors invoquée fut que les propriétaires régionaux craignaient « une suprématie trop marquée de l'élément montréalais ».

La position du clergé face au travail des journalistes puis le risque de concentration des entreprises de presse entre les mains de quelques grands financiers feront ressusciter en 1964 le projet de création d'un « conseil » comprenant des représentants du public, des journalistes et des propriétaires. Mais le projet arrivait à un bien mauvais moment; une grève était en effet déclenchée au journal *La Presse* et cette grève allait durer sept mois.

■ Lire à cet effet le texte « Réflexion sur les droits et responsabilités de la presse », Conseil de presse du Québec.

En 1965, toujours aussi obstinée, l'UCJLF adopta une résolution à l'appui de la création d'un conseil de presse. L'idée qu'un jour on puisse avoir un tel organisme n'était pas encore morte et cette impression s'accentua à la suite de quelques incidents mettant aux prises les journalistes et les hommes publics (le clergé et les hommes politiques). Momentanément retardée à cause de mésententes entre les patrons et les journalistes, la mise au point d'un projet est finalement terminée. Mais comme le membership des associations avaient considérablement baissé, ces dernières se retirèrent le temps de se reconstruire. Une nouveau regroupement est fondé : la Fédération professionnelle des journalistes du Québec (FPJQ). Cette fédération plus représentative (les journalistes québécois anglophones y étaient admissibles) reprend le flambeau et à la suite des consultations avec les personnes concernées, signe en 1971 un accord avec les propriétaires. Deux ans plus tard, le Conseil de presse du Québec voyait enfin le jour.

Les objectifs, les fonctions et l'organisation du Conseil de presse

Le Conseil de presse du Québec est un organisme non gouvernemental et autonome. Il a été créé à l'initiative des journalistes et des responsables de la direction des médias parlés et écrits. L'objectif fondamental du Conseil est de « protéger le droit du public à l'information [...] et de sauvegarder la liberté de presse, c'est-à-dire le droit pour la presse d'informer et de commenter sans être menacée ou entravée dans l'exercice de sa fonction par quelque pouvoir ou intervention que ce soit ». Pour ce faire, le Conseil se fait le promoteur de l'application et du respect « des plus hautes normes d'éthique dans le traitement et la diffusion de l'information » ■.

Le Conseil se compose de dix-neuf membres dont six sont désignés par le groupe composé par l'Association canadienne de la radio et de la télévision de langue française, les hebdos régionaux, les quotidiens du Québec, la Société Radio-Canada, Radio-Québec et l'Association des médias régionaux anglophones du

Québec. Six sont désignés par la FPJQ. Sept membres, y incluant le président, proviennent du public.

Ces dix-neuf personnes peuvent exercer leur fonction à l'intérieur de quatre comités : le Comité de gestion (5 membres) chargé de l'administration des affaires quotidiennes du Conseil, le Comité permanent des cas (9 membres), responsable de l'étude des plaintes, le Comité permanent du programme (9 membres) dont la tâche consiste à définir et à planifier le programme de travail du Conseil. Une Commission permanente de la carte (6 membres) est responsable de la délivrance de la carte d'identité professionnelle des journalistes. Les membres du Conseil sont aussi appelés à faire des interventions publiques sur toute question concernant le droit du public à l'information.

Le Conseil publie un rapport annuel sur son fonctionnement, ses activités, ses interventions publiques et sur les décisions qu'il a

---

FIGURE 7.1   **Schéma des organismes provinciaux**

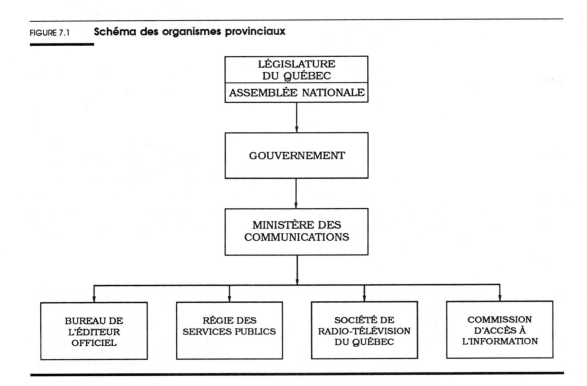

prises à propos des plaintes portées par toute personne ou groupe qui se croit lésé dans son droit à l'information. Des statistiques sur ces plaintes (motifs des plaintes, décisions rendues, parties en cause) viennent compléter ces rapports.

TABLEAU 7.1 **Cheminement historique du Québec en matière de communication**

ANNÉE	ÉVÉNEMENT	ENQUÊTE	LOI
1919	Première émission canadienne de radio MA par XWA (CFCF)		
1922	Première station émettrice de radiodiffusion française, CKAC		
1929			Loi relative à la radiodiffusion en cette province : première loi du genre au Canada.
			Nouvelle loi sur les radio-communications qui amènera le fédéral à demander à la Cour de déterminer qui a juridiction sur ce champ
1932	Le Conseil privé de Londres établit la juridiction fédérale sur la radiodiffusion		
1937	CBF-Montréal entre en service		
1939	Création de la Régie des services publics		
1945			Loi autorisant la création d'un service provincial de radiodiffusion : Radio-Québec
1952	Début de la télévision au Québec. Ouverture de la station de Radio-Canada à Montréal : CBFT		
1959	Grève des réalisateurs à Radio-Canada		
1961	Les stations privées de télévision CFTM et CFCF entrent en service		
1968			Loi de l'Office de radio-télévision du Québec

(suite à la page suivante)

TABLEAU 7.1 **Cheminement historique du Québec en matière de communication** *(suite)*

ANNÉE	ÉVÉNEMENT	ENQUÊTE	LOI
1969			Loi du ministère des Communications du Québec
1970	Élection du Parti libéral de R. Bourassa		
1971			Document : *Pour une politique québécoise des communications*
1972			Amendements à la Loi sur le ministère des Communications du Québec, à la Loi de l'Office de radiodiffusion du Québec et à la Loi de la Régie des services publics
			La Régie se voit confier la réglementation du câble
1973	Élection du Parti libéral de R. Bourassa		
1975	Inauguration des 2 premières stations émettrices de Radio-Québec : CIVM Montréal, CIVQ Québec		
1976	Élection du Parti québécois de R. Lévesque		
1977			La télévision à péage au Québec, éléments d'une politique
1978			Règlement concernant la télévision payante
			La politique québécoise du développement culturel
1979			Loi modifiant la Loi de l'Office de radiotélédiffusion du Québec : Société Radio-Québec
			Loi sur la programmation éducative
			Politique de développement des médias communautaires
1981	Élection du Parti québécois de R. Lévesque		

(suite à la page suivante)

TABLEAU 7.1	Cheminement historique du Québec en matière de communication *(suite)*		
ANNÉE	ÉVÉNEMENT	ENQUÊTE	LOI
1982			Document : *Bâtir l'avenir*
1983		Sommet des communications	
1984		Création du Comité Masse-Bertrand	
1985	Élection du Parti libéral de R. Bourassa	Rapport Masse-Bertrand	
1986	Télévision Quatre Saisons entre en service		

CONCLUSION

Comme nous l'avions souligné dans la conclusion du chapitre précédent, l'évolution du système de communication canadien de s'est pas faite sans heurts. En ce qui concerne le développement des institutions de communication québécoises cette évolution ne s'est pas faite non plus sans conflits. En effet, à y regarder de près, on pourrait facilement y observer une tentative historique du Québec de construire son propre système d'institutions en parallèle avec le système canadien, comme si le Québec, à la différence des autres provinces, échappait à l'emprise fédérale et constitutionnelle sur le développement des communications.

Le prochain chapitre mettra donc en lumière les relations fédérales-provinciales telles qu'elles ont été historiquement vécues entre le gouvernement du Canada et le gouvernement du Québec.

LECTURES COMPLÉMENTAIRES

L'Allier, Jean-Paul et Associés Inc. 1986. *La spécificité québécoise et les médias électroniques,* étude préparée pour le Groupe de travail sur la politique de la radiodiffusion, Ottawa, 102 p.

Ministère des Communications. 1979. *Politique de développement des médias communautaires,* Québec, 27 p.

Loi sur le ministère des Communications, L.Q., 1969, c. 65, L.R.Q., 1977, c. M-24.

Loi sur la Régie des services publics, L.R.Q., c. R-8.

TROISIÈME
PARTIE

LES ORIENTATIONS FUTURES DU CADRE POLITIQUE ET INSTITUTIONNEL DE LA COMMUNICATION

INTRODUCTION

Pour bien comprendre les orientations futures du système de communication mass-médiatique canado-québécois, il importe de connaître l'évolution des rapports politiques entre les gouvernements du Québec et du Canada. Le chapitre 8 trace l'historique de ces relations fédérales-provinciales en matière de communication. Puis, le chapitre 9 aborde les impacts prévisibles et les tendances d'évolution de la technologie moderne que l'on nomme les « services spécialisés ». Enfin, le chapitre 10 propose une analyse critique de la situation actuelle à la lumière du rapport du Groupe de travail sur la radiodiffusion, connu sous le nom de comité Sauvageau-Caplan.

LES OBJECTIFS

Dans ce chapitre
vous apprendrez à :
■ décrire le cadre
constitutionnel à
l'intérieur duquel
s'exercent les
compétences en
matière de commu-
nication;
■ identifier les
principaux événe-
ments historiques
constituant les
relations entre le
gouvernement du
Québec et le gouver-
nement fédéral en
matière de commu-
nication;
■ décrire les points
de désaccord entre
les deux gouverne-
ments en matière de
communication.

LES RELATIONS ENTRE QUÉBEC ET OTTAWA EN MATIÈRE DE COMMUNICATION

INTRODUCTION

Les communications sont, dans notre société moderne, un outil privilégié de développement culturel et prennent de plus en plus d'importance au niveau du développement social et économique. En ce sens, elles s'inscrivent au coeur même de la problématique du fédéralisme canadien. En effet, essentielles au développement du phénomène national québécois, les communications le sont autant au nationalisme canadien. C'est pourquoi le dossier des communications a été l'un des plus discuté de l'histoire des relations fédérales-provinciales. (Gil Rémillard, 1983, p. 438)

Tout au long de ce volume nous avons fréquemment mentionné l'importance du contexte dans lequel se situe tout acte communicationnel. Dans le premier chapitre nous avons fait ressortir les composantes spatiales, sur le plan territorial et sur le plan symbolique du contexte. Dans les deuxième, troisième et quatrième chapitres, nous avons fait ressortir les aspects politiques et culturels de la communication. Dans les trois autres chapitres, nous avons plutôt décrit comment les sociétés canadienne et québécoise occupaient leur espace médiatique. Il va sans dire que le fait que la société québécoise soit constitutionnellement une partie intégrée dans la société canadienne et que son espace physique (son territoire) soit une constituante de l'espace canadien, conduisent presque inévitablement à des problèmes de juridiction et de gestion des institutions de son espace médiatique. Le présent chapitre consiste à explorer ces différents problèmes mais surtout à décrire de manière parfois analytique, l'histoire des relations entre le gouvernement fédéral (Ottawa) et le gouvernement du Québec en ce qui concerne le dossier des communications.

LE CADRE CONSTITUTIONNEL

Les relations fédérales-provinciales en matière de communication ont toujours été pour le moins fragiles. En fait, bon nombre de dossiers, de lois et de règlements ont donné lieu à des affrontements, voire à des luttes politiques assez importantes concernant l'attribution des pouvoirs. Aussi, le lecteur ne se surprendra pas de retrouver plusieurs faits déjà abordés dans les deux chapitres précédents mais, cette fois sous l'angle strictement des relations politiques entre les deux niveaux de gouvernement.

Avant d'entreprendre le parcours historique des relations entre Ottawa et Québec sur le dossier des communications, il importe d'avoir en mémoire le contenu du cadre constitutionnel qui définit les pouvoirs et les champs de juridiction dans le secteur des communications.

Dans le texte de la *Loi constitutionnelle de 1867*, (L'Acte de l'Amérique du Nord britannique), il est peu fait mention des communications. Il faut se rappeler qu'à l'époque ce secteur des activités socio-économiques était très peu développé. Il n'y avait, pour ainsi dire que le télégraphe. Néanmoins l'Acte de l'Amérique du Nord donne la compétence aux provinces sur ce point en autant que le système télégraphique se situe sur le territoire de la province. Cependant, les autres moyens de communication modernes qui nous sont si familiers aujourd'hui n'existaient pas à l'époque. En conséquence on ne se surprendra pas de ne pas retrouver de clauses relatives à la régulation de ces moyens de communication dans la *Loi constitutionnelle*. Par ailleurs, comme nous le verrons ultérieurement, plusieurs événements d'ordre juridique et constitutionnel ont contribué, au fil des ans, à définir un certain ordre de juridiction dans le secteur.

[Par rapport à la téléphonie], la Loi constitutionnelle de 1867 accorde aux provinces, à l'article 92 (10), la compétence de légiférer sur « les ouvrages et les entreprises de nature locale ». Cependant, ce principe fondamental, quant au partage des compétences législatives en matière de communications, comprend trois exceptions qui relèvent de la juridiction fédérale de par l'article 91 (29) :

1. *au paragraphe (a), les « lignes de bateaux à vapeur ou autres navires, chemins de fer, canaux, télégraphes et autres ouvrages et entreprises reliant la province à une autre ou à d'autres provinces, ou s'étendant au-delà des limites de province »;*

2. *au paragraphe (b), les « lignes de bateaux à vapeur entre la province et tout pays britannique ou étranger »;*

3. *au paragraphe (c), les « ouvrages qui, bien qu'entièrement situés dans la province, seront avant ou après leur existence déclarés, par le Parlement du Canada, être à l'avantage général du Canada, ou à l'avantage de deux ou plusieurs provinces. »* (Rémillard, 1983, p. 441)

Malgré la clarté apparente de ces articles on dut à maintes reprises avoir recours à des interprétations juridiques pour le moins teintées d'arbitraire. Par exemple, comment déterminer objectivement ce qui est proprement local, provincial ou national? Qu'en est-il des réseaux interprovinciaux? Cependant, la situation actuelle semble refléter le contrôle des provinces, le CRTC s'étant abstenu, jusqu'à présent d'intervenir directement dans le dossier. La téléphonie est donc réglementée au moyen des articles régissant le transport et elle est sous le joug d'une jurisprudence semblable à celle qui prévaut dans ce domaine. Par ailleurs, on comprendra que toutes les technologies utilisant la téléphonie, par exemple les technologies télématiques jumelant l'informatique à la télécommunication, seront dans le même flou juridique et constitutionnel.

Comme la radio et la télévision n'existaient pas encore comme technologie à l'époque de la rédaction de la *Loi constitutionnelle*, on comprendra facilement qu'il n'y ait pas d'article réglementant ces deux champs de la communication. En l'absence de telles clauses, on a dû se référer aux tribunaux pour adapter la portée des clauses concernant le transport au domaine de la communication. L'interprétation de ces clauses s'est donc faite graduellement et selon l'évolution des technologies de communication. À cet effet, plusieurs jugements de la Cour suprême ont contribué à constituer une jurisprudence en faveur de la dévolution des compétences au gouvernement fédéral. Ainsi, la décision du Comité judiciaire de 1932, renforcée par celle de la Cour suprême de 1977 sur la câblodistribution dénuait toute équivoque sur le sens attribué par la Cour suprême aux clauses relatives au transport et pouvant s'appliquer aux communications dans la *Loi constitutionnelle*.

En effet, (ces jugements) ont le mérite d'être particulièrement clairs dans leur signification juridique : le Parlement canadien a la compétence exclusive de légiférer sur les ondes, ce qui signifie que la Radio, la télévision et la câblodistribution sont de sa seule juridiction. Cette compétence porte aussi bien sur les aspects techniques (répartition des fréquences, adoption de normes, installation de matériel, etc.) que sur le contenu. C'est ainsi que le CRTC peut imposer à un radiodiffuseur certaines conditions quant au contenu de la programmation en vertu de la Loi sur la radiodiffusion (SRC 1970, c. B-11). (Rémillard, 1983, p. 453)

Cependant, la *Loi constitutionnelle de 1867* reconnaît aux provinces leur compétence législative en matière d'éducation. Aussi, en autant que la démonstration est faite qu'une entreprise de radiodiffusion opère selon une charte l'assimilant à une fonction d'éducation, elle pourra être considérée comme relevant des compétences provinciales. On verra ultérieurement que c'est une voie utilisée par certaines provinces, dont le Québec par la création de la Société Radio-Québec en 1979. Cette stratégie demeurera toujours un peu hasardeuse puisque la définition d'un contenu éducatif fera toujours l'objet de vives discussions et prêtera à des interprétations divergentes.

Les modifications apportées à l'Acte de l'Amérique du Nord britannique par la *Loi constitutionnelle de 1982* ne rajoutent aucune précision quant aux compétences en matière de communication. Ce sera donc sur la base des marges de manoeuvre laissées par la *Loi constitutionnelle de 1867* et la jurisprudence qui s'ensuivit que se dessinera l'histoire des relations fédérales-provinciales en matière de communication et particulièrement celle des relations entre Québec et Ottawa.

HISTORIQUE DES RELATIONS ENTRE LE GOUVERNEMENT FÉDÉRAL ET LE GOUVERNEMENT QUÉBÉCOIS

L'ère des commissions d'enquête; de 1929 à 1968

Comme nous l'avons mentionné précédemment et compte tenu du peu d'évolution des technologies de communication, la *Loi constitutionnelle de 1867* n'aborde qu'indirectement les communications. Ce n'est que par le biais des articles précisant les dispositions constitutionnelles relatives à la législation et aux compétences en matière de télégraphie, de transport et d'éducation que les relations fédérales provinciales se dérouleront. Aussi, devant un certain vide constitutionnel relatif aux technologies de communication modernes, il ne faudra pas se surprendre de constater que, dans les cas de conflits d'interprétation de la constitution entre le gouvernement fédéral et le gouvernement québécois, on s'en remettra souvent, dans les cas les plus litigieux, à la décision de la Cour suprême. Cette dernière, comme on le sait, est l'autorité suprême en matière d'interprétation des textes juridiques au Canada. Nous verrons également que ces relations conflictuelles se manifesteront au rythme de l'apparition des technologies de communication.

La première manifestation de la volonté du gouvernement québécois de s'arroger les compétences législatives en matière de communication remonte à 1929. Cette année-là, le gouvernement du Québec a voté une loi portant sur la radiodiffusion au Québec. Même si cette loi ne fut jamais mise en application, ce fut la première manifestation des affrontements à venir entre Ottawa et Québec dans le domaine des communications. Par ce geste le gouvernement du Québec réclamait la compétence exclusive sur le contrôle de la radiodiffusion et exprimait sa volonté d'accroître ses autres compétences sur tout le secteur des commmunications.

Le gouvernement fédéral n'était pas prêt à céder ses compétences aux provinces. Aussi, il mit sur pied une commission d'étude, la Commission Aird de 1929, dont le mandat était de fournir une perspective de développement du système de radiodiffusion au Canada. Le modèle proposé par cette Commission était le développement d'un système de radiodiffusion inspiré du modèle britannique, nationalisé et évoluant vers le monopole d'État. On comprendra donc que ce qui devait arriver, arriva. Les relations conflictuelles entre Québec et Ottawa par rapport à leur conception respective du système de radiodiffusion conduisirent le gouvernement fédéral à aller recevoir la sanction de son modèle auprès du pays colonisateur.

Comme à l'époque le Canada n'était pas encore un État indépendant, les oppositions politiques consécutives à une mésentente entre les provinces et le gouvernement central devaient être résolues par l'Angleterre. Ainsi, dans ce dossier, le Conseil privé de Londres attribua, en 1932, la compétence exclusive au fédéral en matière de contrôle du spectre des fréquences. Comme nous l'avons vu dans le chapitre 3, le spectre des fréquences est l'espace physique d'opération des technologies de radiodiffusion et de télévision. Fort de ce jugement, le gouvernement fédéral extrapola son interprétation à l'ensemble des activités de radiodiffusion c'est-à-dire au contenant (le spectre) et au contenu (la programmation). Cependant, le Québec répliqua à ce jugement par une loi créant un service provincial de radiodiffusion en vain toutefois, puisque ce service ne sera pas opérant avant 1968, année de la création de Radio-Québec.

Cette volonté du gouvernement fédéral, d'occuper le domaine des communications, fut accentuée par les conclusions d'une deuxième commission d'enquête, la Commission Massey (1949) sur l'avancement des arts, des lettres et des sciences. En guise de protestation de l'orientation du fédéral, le gouvernement du Québec a boycotté les travaux de cette Commission l'accusant de s'immiscer dans l'éducation, un champ de juridiction provinciale reconnue comme tel par la *Loi constitutionnelle de 1867*.

Néanmoins, ce geste n'a pas empêché la Commission de renforcer la position fédérale en proposant la création d'un organisme fédéral de réglementation indépendant et en proclamant la compétence fédérale prépondérante sur la radiodiffusion et la télédiffusion.

En 1956, une autre commission fédérale vint renforcer cette dynamique, la Commission Fowler. Cette commission, créée par le gouvernement fédéral, avait pour mandat d'étudier le rôle et le financement de Radio-Canada. Ses recommandations se sont présentées sous forme de deux rapports.

Dans le premier rapport, diffusé en 1957, la Commission consacre le principe d'un système mixte (État-entreprise privée) de radiodiffusion et recommande la mise sur pied d'un « Bureau des gouverneurs de la radiodiffusion ». Le mandat de cet organisme serait de veiller à la gestion de Radio-Canada et à la réglementation de l'ensemble de la radiodiffusion. Ce qui fut fait.

Cependant confiner le Bureau des gouverneurs à accomplir ces deux mandats le conduisait inévitablement à être dans une position de conflit d'intérêts dans les litiges opposant Radio-Canada aux autres entreprises de radiodiffusion. Aussi, la Commission Fowler reprit ces travaux et déposa un deuxième rapport en 1965 dans lequel elle proposa la création d'un conseil de la radiodiffusion indépendant de Radio-Canada dont les pouvoirs s'étendraient aussi sur les entreprises de câblodistribution. Ainsi naquit le CRTC en 1968.

> *Fait à souligner, toutes ces commissions, bien qu'elles consacraient la prépondérance du gouvernement fédéral, soulignaient aussi la nécessité d'un contrôle provincial sur les communications, notamment sur la programmation des stations de radiodiffusion* (rapport AIRD) *et même sur les activités de Radio-Canada* (rapport Fowler no 2).
> (Hardy et Piette, 1983, p. 6)

L'ère de l'affirmation du Québec; de 1968 à 1976

Malgré l'appropriation progressive des compétences juridiques du gouvernement fédéral dans le dossier, le Québec n'abandonna pas ses revendications pour autant. Animé de l'esprit de la Révolution tranquille, les différents gouvernements qui se sont succédés au Québec ont rappliqué avec de plus en plus de vigueur, élargissant graduellement tout le domaine des communications d'abord à la souveraineté culturelle puis à la souveraineté politique.

Ainsi en 1968, à la conférence intergouvernementale canadienne d'Ottawa, le premier ministre du Québec, M. Daniel Johnson déclarait :

> *Le Québec ne peut tolérer plus longtemps d'être tenu à l'écart d'un domaine où son intérêt vital est aussi évident, surtout si l'on tient*

> *compte des perspectives d'avenir des moyens audio-visuels de communication de masse, en particulier pour l'éducation, non seulement des jeunes, mais aussi des adultes. (Hardy et Piette, 1983, p. 7)*

Cet esprit de revendication s'est davantage affirmé avec l'arrivée au pouvoir du gouvernement libéral. Ainsi, en 1969 le gouvernement du Québec créa son propre ministère des Communications. Comme on l'a vu au chapitre 8, le mandat du ministère était de :

1. Surveiller les réseaux de communication établis au Québec.

2. Favoriser l'établissement et le développement de nouveaux réseaux de communication.

3. Exécuter ou faire exécuter des recherches sur les communications en général.

4. Établir des services sur les communications pour l'ensemble des ministères.

De plus, le ministère devait servir de conseil auprès du gouvernement en élaborant et en proposant une politique des communications pour le Québec, en la mettant en oeuvre, en en surveillant l'application et en y coordonnant l'exécution. Une des résultantes de ce mandat fut la promulgation en 1971 du document *Pour une politique québécoise des communications.* Ce document exprimait les orientations que le Québec entendait donner au système de communication. Les principaux objectifs de la politique étaient :

> *Le droit inaliénable pour tous les citoyens du Québec à la communication selon leurs besoins culturels, sociaux, économiques et politiques.*

> *L'obligation de pourvoir directement ou indirectement le gouvernement et ses organismes d'un système moderne de communication, leur permettant d'assumer pleinement leurs responsabilités envers la population du Québec.*

> *La promotion et le maintien d'un système de communication, intégré aux systèmes extraterritoriaux, qui facilite et contribue à l'épanouissement de tous à la réalisation des objectifs du Québec. (Pour une politique québécoise des communications,* 1976, ministère des Communications du Québec, p. 5)

Pour opérationaliser ces objectifs, le document proposait d'intervenir dans le dossier des communications de trois manières soit :
— par le biais de la Régie des services publics;
— par la réglementation de la câblodistribution et des télécommunications;
— par la télévision éducative.

Parallèlement à cette démarche, le Québec s'affilia aux autres provinces pour proposer un partage des compétences avec le fédéral. Ainsi, après trois rencontres interprovinciales qui se sont déroulées entre 1972 et 1973, les provinces arrivèrent à un certain consensus sur leurs revendications. Ce consensus reconnaissait la nécessité d'un développement conjoint des politiques de communication mais avec le respect des particularismes provinciaux. Toutefois, le Québec n'abandonna pas les principes et les orientations développés dans son document *Pour une politique québécoise des communications* et, en ce sens, était beaucoup moins discret sur la définition de ses particularismes que les autres provinces. Cette affirmation alla jusqu'à l'adoption en 1973, par la Régie des services publics d'un règlement en matière de câblodistribution. Ce règlement obligeait les compagnies de câblodistribution à fournir à la Régie les données lui permettant d'émettre des certificats temporaires d'exploitation sur le territoire québécois. Cependant, comme nous le verrons ultérieurement dans ce chapitre, le fédéral contestera cette compétence et le gouvernement du Québec sera débouté en Cour suprême.

Par ailleurs, la même année, le gouvernement fédéral essaya de s'immiscer dans le secteur de l'éducation en tentant de s'accaparer le domaine de la télévision éducative. Mais devant le refus catégorique des provinces, le fédéral opta pour un compromis à savoir que les entreprises autres qu'éducatives relèveraient du CRTC et les entreprises éducatives seraient sous contrôle provincial.

Toutefois, devant la montée de ce consensus interprovincial et en guise de réaction aux orientations du Québec telles que déposées dans le document politique du Québec, le fédéral répliqua par le dépôt du Livre vert *Vers une politique nationale des communications*. Les orientations du fédéral y étaient présentées assez clairement.

> *Deux solutions principales s'offrent à nous. La première, que le gouvernement est prêt à examiner avec les provinces consisterait dans la création d'un double système de réglementation selon lequel l'activité internationale et interprovinciale des sociétés exploitantes relèverait du fédéral et l'activité intraprovinciale, des provinces. La seconde suppose des accords de réciprocité, de caractère consultatif surtout, concernant la collaboration entre les gouvernements et les organismes de réglementation fédéraux et provinciaux dont la divulgation et l'échange de renseignements.* (Pelletier, 1973, p. 8)

Cependant malgré l'apparente ouverture du fédéral à ces deux propositions, Ottawa s'affichait très sceptique face à la première solution. Ce scepticisme était d'autant plus grand qu'à la première conférence fédérale-provinciale en novembre 1973, le Québec avait déposé son document *Québec, maître d'oeuvre des communications sur son territoire*, où comme l'indique le titre, il affirmait très clairement ses intentions nationalistes.

Devant cette détermination des provinces, le ministre fédéral des communications effectua un repli stratégique en acceptant de discuter ultérieurement du partage de juridiction et en proposant de reporter la discussion des dossiers dans une prochaine conférence. Cette attitude du fédéral a quelque peu renforcé le front commun interprovincial qui s'est manifesté lors des conférences interprovinciales de Victoria, en mai 1974, et de Toronto, en octobre 1974. Les revendications communes des provinces étaient les suivantes : la nécessité que le fédéral reconnaisse la diversité considérable de la réalité sociale, économique et culturelle des régions et des provinces du Canada et octroie aux provinces les pouvoirs nécessaires pour qu'elles exercent leurs responsabilités fondamentales dans le domaine des communications. Reviendrait aux provinces la compétence exclusive des entreprises de câblodistribution, des émissions de permis d'exploitation des systèmes « intra » et « inter » provinciaux de radio-télédiffusion (sauf RC), et des compagnies exploitantes (sauf

Teleglobe, CN-CP et Telesat). Au fédéral irait la gestion du spectre des fréquences et les communications militaires. Mais cette position commune ne résista pas longtemps à la rigidité du fédéral.

Ainsi, en 1975, avec la « guerre du câble » en arrière-plan, le gouvernement déposa un document intitulé *Télécommunications, quelques propositions fédérales*. Dans ce document le gouvernement fédéral affirmait sans équivoque qu'il ne voulait plus négocier quelque partage que ce soit de ses compétences avec les provinces et qu'il refusait les propositions « irréalistes des provinces ». Ce fut l'éclatement de l'interprovincialisme avec le retrait du Québec de ces conférences alors que les autres provinces acceptaient de participer aux travaux d'un comité consultatif mis sur pied par le fédéral. Cependant, cette amorce de discussions bilatérales se solda par un échec.

L'ère de la confrontation systématique; de 1976 à 1985

Les années 1976 à 1985 se sont déroulées, sur le plan politique, dans un climat d'opposition entre le gouvernement du Québec et le gouvernement fédéral. Il faut se rappeler qu'en novembre 1976, la société québécoise s'était dotée d'un gouvernement souverainiste (le Parti québécois) qui, non seulement proposait des idées et des intentions souveraines par rapport à tous les dossiers politiques mais se faisait une mission (telle qu'inscrite dans le programme officiel du parti politique) officielle de tout mettre en oeuvre pour l'atteinte de la souveraineté politique. Aussi, durant les deux mandats de ce gouvernement (de 1976 à 1985) tous les dossiers politiques interférant avec les pratiques traditionnelles du gouvernement fédéral ou avec l'interprétation de la *Loi constitutionnelle de 1867* seront révisés à l'aide de cette lunette. Par ailleurs comme plusieurs événements politiques et constitutionnels sont venus bouleversés l'échiquier Québec-Ottawa pendant ces années, on comprendra que les stratégies politiques des deux gouvernements seront modifiées en conséquence.

Parmi ces événements politiques mentionnons les plus importants :

— l'arrivée du Parti québécois au pouvoir en 1976;

— la proclamation de la loi 101 faisant du français la langue officielle du Québec;

— la perte du référendum par le Parti québécois portant sur le plébiscite populaire conduisant à une démarche de mise en oeuvre d'un programme conduisant à la souveraineté du Québec;

— la réélection du Parti québécois en 1981;

— le rapatriement de la Constitution en 1982 sans la signature du Québec;

— l'enchâssement d'une charte des droits de la personne dans la constitution affaiblissant certains pouvoirs législatifs des provinces;

— l'inclusion d'une clause dite « nonobstant » permettant au gouvernement du Canada de s'immiscer dans les domaines de compétence exclusivement provinciale c'est-à-dire la culture et l'éducation.

Compte tenu de l'ampleur des revendications politiques du Québec dans le dossier constitutionnel on comprendra que le dossier des communications n'ait pas été mis autant en évidence que dans les régimes antécédents. Avant 1976, le dossier des communications était souvent le cheval de bataille politique et culturel du gouvernement du Québec pour manifester sa différence politique et nationale. Alors que sous le régime du Parti québécois, cette quête de reconnaissance passait par plusieursautres dossiers, par exemple ceux du développement des ressources naturelles, de l'emploi et de la main-d'oeuvre, des programmes de développement industriel, économique et social, etc.

Nonobstant ce caractère, en apparence secondaire des communications, les relations entre Québec et Ottawa ne sont pas demeurées statiques durant ces années. Ainsi, le gouvernement du Parti québécois a adopté, à ses débuts, une stratégie de consolidation de ce qu'il possédait, comme les compétences en matière de télévision éducative, en attendant d'obtenir la souveraineté politique.

En ce qui concerne le fédéral, son intérêt se tourne progressivement vers les nouvelles technologies de l'information (utilisant l'informatique); secteur dans lequel Québec arrivera beaucoup plus tard, concentrant davantage ses énergies pour la promotion de l'idéal souverain.

Les échecs des conférences fédérales-provinciales

Cependant, l'année 1978 fut assez marquante dans les relations fédérales-provinciales en général et de manière plus spécifique, dans les relations entre Québec et Ottawa. En effet, lors de la conférence fédérale-provinciale de Charlottetown en 1978, on assista à une vive opposition de principe sur la juridiction de la câblodistribution. De plus, le règlement sur la câblodistribution que le Québec avait adopté en 1973, puis modifié en 1976, fut jugé inconstitutionnel par la Cour suprême cette même année. Ce jugement attribua les compétences exclusives au fédéral en matière de câblodistribution et eut l'effet de confirmer les prérogatives du fédéral dans ses intentions de ne rien céder aux provinces en matière de communication. Cette rigidité se confirma d'ailleurs lors de la conférence fédérale-provinciale de Toronto où aucune évolution dans le dossier ne fut observée.

Devant cet imbroglio et attendant d'exercer sa souveraineté, le gouvernement du Québec accepta en 1980 d'entreprendre une nouvelle démarche d'interprovincialisme. C'est ainsi que sur la base d'un consensus interprovincial, le Québec accepta un compromis temporaire, à savoir la reconnaissance éventuelle d'un champ de juridiction partagé entre les provinces et le fédéral mais avec la primauté législative aux provinces.

Après la conférence interprovinciale de Vancouver, en novembre 1980, les provinces décidèrent de mettre sur pied une série de groupes de travail afin d'en arriver à une position précise et commune sur les secteurs pouvant faire l'objet de ce champ de juridiction partagé avec le fédéral et ceux dont elles voulaient se voir reconnaître la compétence exclusive. Ainsi, les provinces s'entendirent pour déposer un projet au fédéral dans lequel les provinces auraient les compétences exclusives sur la télévision payante et les services de câblodistribution. À la suite de la victoire du fédéral en Cour suprême en 1978 dans la « guerre du câble » contre Québec, on pouvait s'attendre à un refus du gouvernement fédéral de cette proposition. Ce qui effectivement arriva et qui plus est, le gouvernement fédéral décida de ne plus participer à toute discussion qui partirait de ce consensus.

Par la suite, en 1980, le gouvernement du Québec a procédé à un référendum sur la souveraineté politique du Québec. À la suite de ce refus de la population du Québec de donner son aval au gouvernement dans ce dossier, ce dernier se présenta, sans enthousiasme, à la conférence interprovinciale qui se déroula à Québec en 1981.

> Cette conférence devait à l'origine se dérouler à Winnipeg, et les représentants fédéraux devaient y participer. Devant leur refus de participer, on convoqua plutôt une conférence interprovinciale à Vancouver. (Hardy et Piette, 1983, p. 34)

Aussi, aucune mesure d'harmonisation commune entre les politiques de communication ressortit de cette conférence.

La conférence fédérale-provinciale de septembre de la même année, qui se déroula à Winnipeg, s'est soldée par un échec pour le gouvernement du Québec. Il y eut un affrontement systématique entre Ottawa et Québec. De plus on n'observa aucun échange sur les questions de fond et aucun changement d'attitude du gouvernement fédéral dans le dossier. À la différence du Québec et assistant de manière un peu retirée à ce conflit, les autres provinces acceptèrent de participer à un comité mixte institué par le fédéral dont le mandat était d'étudier la limite des intérêts des divers ordres de gouvernement et les mécanismes d'harmonisation des politiques en matière de télévision payante.

Toutefois, les résultats des travaux de ce comité présentèrent la même confusion que celle observée à la suite de la conférence de Charlottetown.

La conférence fédérale-provinciale de Calgary de mai 1982 aboutit à un nouvel échec.

> *Si les précédentes conférences fédérales-provinciales ont donné lieu à plus d'altermoiements et de passes d'armes qu'à de véritables mesures concrètes, la conférence de Calgary n'aura quant à elle pas assez duré pour que se répètent les scénarios habituels. À peine a-t-elle eu lieu! Les deux principaux dossiers à l'ordre du jour, la télévision payante et la réforme de la réglementation de la téléphonie interprovinciale, n'ont pratiquement pas été abordés par les participants. [...] La conférence n'a pas non plus débouché sur des décisions concernant la téléphonie interprovinciale, les participants n'arrivant pas à s'entendre sur un des trois scénarios proposés par le groupe de travail mis sur pied à Winnipeg.* (Hardy et Piette, 1983, p. 30)

Le bilan de la conférence de Calgary est donc assez sombre. Le fédéral manifeste clairement son intention de s'arroger la totalité de la législation et du contrôle de la télévision payante. Ce qu'il fera par l'entremise du CRTC dans les années qui suivirent.

Le rapport *Bâtir l'avenir. Les communications au Québec* (1982)

Pendant cette même année 1982, le gouvernement du Québec met sur pied un groupe dont le mandat consiste à faire le tour de la question des communications au Québec, à l'aube de la venue des nouvelles technologies de communication.

> *[...] le groupe de travail devra fournir une description et une analyse générales de la situation de la recherche-développement dans l'ensemble du domaine des communications au Québec, entre autres la téléphonie, la radio-télévision, la câblodistribution, la télématique, la publicité et la presse écrite. Le rapport couvrira les trois secteurs de la recherche, industriel, universitaire et gouvernemental, et portera sur les aspects « contenant » (technologiques) et « contenu » (programmation, logiciels, etc.) dans leurs volets sociaux, économiques, politiques et culturels. Le groupe de travail analysera les caractéristiques de la recherche en communication au Québec, les ressources qui lui sont consacrées, ses champs d'intervention privilégiés, ses points*

forts et ses principales lacunes dans la conjoncture actuelle. Il devra en outre recommander des voix d'action possibles pour l'avenir, en évaluant notamment les avantages comparatifs du Québec dans le domaine de la recherche en communication. (Bâtir l'avenir, Les communications au Québec, 1982, p. 2-3)

Les conclusions générales du rapport sont les suivantes :

Le Québec doit développer son autonomie dans la maîtrise des communications. Le Québec doit étendre sa souveraineté technologique. La R&D en communication se fait à l'extérieur du Québec en grande partie. De façon générale, la R&D commandée par les grandes multinationales se fait en très grande partie à l'extérieur du Canada. Le Québec est donc exclu de ce milieu. [...] Le développement des communications au Québec est très fortement orienté par le développement technologique extérieur, ce qui tend à imposer ici des modèles de développement et de services sans lien avec nos besoins et les priorités identifiés. Il est donc urgent de définir et d'évaluer les modèles à privilégier au Québec, d'établir les technologies requises et d'effectuer les recherches qui s'imposent. Le Québec doit affirmer sa personnalité dans le réseau d'échange scientifique international. [...] Il ne faut donc pas compter sur l'évolution spontanée de la situation actuelle pour améliorer ni même maintenir le niveau de réalisation du Québec en ce domaine. La perte de compétence québécoise qu'assurerait le maintien des conditions actuelles ne pourra être contrée que par une intervention forte de l'ensemble des agents impliqués. Cette intervention ne peut se faire que par et dans le cadre d'une politique volontariste, ferme et précise de l'État. (Bâtir l'avenir, Les communications au Québec, 1982, p. 106-107)

Toutefois, durant cette même année et les années subséquentes, on remarque un certain retrait du Québec dans le dossier des communications. Soit que le Québec soit saturé des échecs constitutionnels ou politiques, soit qu'il décide de se tourner davantage vers le développement économique et la prise en charge des nouvelles technologies de communication, on n'en remarque pas moins un certain repli dans le conflit l'opposant au fédéral. Ce repli se manifeste par un discours et une stratégie à l'intérieur desquels on fait peu de place à la guerre des compétences dans le dossier des communications et ses incidences politiques et culturelles. On parle de plus en plus des incidences économiques des nouvelles technologies, de la recherche et développement, de rapports économiques mondiaux, bref de la compétition entre les différents marchés mondiaux. Les priorités ne semblent plus être d'ordre constitutionnel et politique mais plutôt d'ordre économique.

À cet égard, une étude du ministère des Communications du Québec, parue en 1982, déclare ce qui suit :

> *Quoi qu'il en soit, le Québec ne profitera des avantages du système fédératif actuel que s'il évacue temporairement, et ce le plus tôt possible, les juridictions non accessibles et canalise ses énergies et son imagination pour bien utiliser celles qu'il a en main.* (Gagné, 1982, p. 7)

Une année plus tard, en 1983, le sous-ministre des Communications du Québec Pierre-A. Deschênes (1983) déclare dans une conférence prononcée dans le cadre de l'année mondiale des communications, que : « le fédéral a juridiction sur 80 % du secteur des communications et la bataille du partage des compétences ne conduit nulle part ».

C'est dans cette optique d'ailleurs que le fédéral et Québec, à la suite d'une entente négociée, s'engageront en 1985, dans un programme conjoint au coût de 45 millions de dollars portant sur le développement des utilisations des nouvelles technologies de communication. Les objectifs de ce programme sont les suivants :

— encourager la recherche et stimuler l'innovation technologique;

— stimuler les investissements des entreprises;

— soutenir l'exploitation, le développement et la commercialisation des biens et services des entreprises notamment sur les marchés d'exportation;

— encourager la création d'emplois dans de nouvelles catégories professionnelles;

— permettre la formation et le recyclage des travailleurs.

CONCLUSION

De ce bref historique des relations entre le gouvernement fédéral et le gouvernement du Québec concernant le dossier des

■ Interprétation du Mouvement national des Québécois, rapportée par André Hardy et Jacques Piette (1983), dans *Le contentieux fédéral-provincial sur la compétence en communication,* p. 37.

communications, il importe de retenir un certain nombre de positions parfois convergentes et parfois divergentes. Ainsi, les objectifs des deux gouvernements semblent être analogues : *protéger l'identité culturelle et nationale et assurer la coordination efficace des communications en même temps que l'accès à un plus large public possible.* Le fond du désaccord, mis en évidence jusqu'en 1982, consiste dans la façon dont Ottawa et Québec conçoivent *l'identité nationale,* (personnalité et unité canadienne dans un cas, souveraineté culturelle québécoise dans l'autre) et la *coordination efficace du système de communications* (juridiction fédérale exclusive exercée en consultation avec les provinces, ou interprovincialisme).

> *Ainsi, alors qu'il y a entente tacite entre Québec et Ottawa sur la nécessité d'un certain interventionnisme (qualité et accessibilité du service, caractère « national » de la propriété et de la programmation), le degré d'intervention pratiqué (subventions au Québec à la propriété collective locale des médias) ainsi que le degré de centralisation souhaité dans le processus de planification (le « one communication policy » fédéral et le « maître d'oeuvre » québécois) diffèrent grandement.* ■

Du point de vue de l'interprétation de la constitution on est face à une impasse. Dans ce dossier et jusqu'à ce jour, il a toujours existé deux conceptions différentes du fédéralisme. L'une concevant la fédération comme un gouvernement fort, l'autre considérant la fédération comme une union d'États indépendants. Ces conceptions opposées se sont manifestées par une certaine intransigeance du gouvernement fédéral.

Par ailleurs, outre une certaine entente sur les objectifs théoriques du système de communication de masse par rapport à la société, on remarque que les deux gouvernements ont quelques autres points en commun. Par exemple : la libre circulation des idées, les ondes sont un bien public, l'utilisation des ondes au service du public, le plus accessible possible, promouvoir des objectifs culturels et d'identité nationale, la reconnaissance de la nécessité d'un système mixte de communication. Mais comme nous l'avons mentionné précédemment, c'est la mise en commun de l'application de ces principes sur les préoccupations culturelles de chacun et la conception du fédéralisme qui diffèrent. Ces divergences, sont présentées de manière synthétique dans le tableau suivant.

TABLEAU 8.1	Divergences de préoccupation entre Ottawa et Québec en matière de communication	
	OTTAWA	QUÉBEC
	Intégrité culturelle canadienne face aux produits américains	Développpement et protection de l'identité culturelle et de la culture québécoise
	Contrôle de la programmation et de la propriété	Développement de l'accès aux médias
	Dissémination de la culture canadienne et des moyens de communication à la plus grande partie de la population	Vulgarisation et accès à l'information gouvernementale
	Unification de la politique des communications sur tout le territoire	Développement de la télévision éducative Subventions à la programmation éducative des entreprises

En guise de conclusion, nous laissons la parole à un des observateurs-acteurs les plus avertis de la querelle Québec-Ottawa en matière de compétence dans le dossier des communications, soit M. Jean-Paul L'Allier :

> *Le discours politique du Québec, en matière de communication et de culture, a été modulé au fil des années et suivant en grande partie, deux crans en dessous, la courbe du nationalisme québécois. Aujourd'hui, ce trait spécifique du Québec qui consistait à réclamer d'une façon systématique le droit d'avoir des politiques spécifiques, sinon autonomes, dans le domaine de la culture et des communications s'est à peu près estompé. [...] Québec et Ottawa ont à toutes fins pratiques normalisé leurs relations et tout laisse prévoir, pour les années qui viennent, que les choses iront encore plus loin. [...] Il faut cependant noter ceci : la principale cause de revendication du Québec en matière de communication était de pouvoir en arriver à permettre et favoriser, pour la population francophone et compte tenu de sa situation particulière en Amérique du Nord, le développement d'une*

radio et d'une télévision qui puissent éventuellement répondre à d'autres priorités, à d'autres objectifs et à d'autres modèles de développement que ceux pratiqués ailleurs au Canada. La juridiction québécoise n'ayant pas été reconnue, le Gouvernement fédéral aurait pu, dès lors dégager de son obligation d'agir de la même façon pour l'ensemble du pays à cause de la définition qu'il se donne lui-même de l'intérêt national, reconnaître sa responsabilité quant à l'identification, à la protection et au même développement de la diversité canadienne et voir lui-même, par loi ou par réglementation, à permettre le développement différent au Québec de la radio et de la télévision. Vérification faite, tel n'est cependant pas le cas. Dès lors, l'état actuel de la réglementation et de la législation ne peut qu'entraîner à la longue une normalisation du développement des télécommunications autant que de la radio et de la télévision au Canada, amenuiser l'élément de différence que souhaitait développer le Québec sur son propre territoire et à la longue, affaiblir les sources de production originales qui s'étaient manifestées et qui se manifestent encore du fait de la culture et de la langue pratiquée au Québec. [...] Tant et aussi longtemps que l'on percevra comme une réalité le fait que les médias sont un élément non seulement qui véhicule la culture mais qui aussi la façonne, en influençant directement et constamment la population, le gouvernement du Québec, quel que soit le parti qui le forme, aura vraisemblablement un discours qui indiquera à tout le moins son intérêt pour le développement, dans un sens plutôt que dans un autre, des télécommunications et des communications sur son territoire. (L'Allier, 1986, p. 41 à 57)

TABLEAU 8.2 **Les relations fédérales-provinciales en matière de communication**

DATES	*ÉVÉNEMENTS*	*DOCUMENTS*
1929	Loi sur la radiodiffusion	La loi
1945	Loi créant Radio-Québec	La loi
1968	Constitution de l'Office de Radio-Québec	La loi
1969	Création du ministère des Communications	La loi
1971	Réflexion du ministère des Communications	*Pour une politique québécoise des communications*
	Le gouvernement fédéral riposte par un énoncé de politique	*Vers une politique nationale des communications*
1972-1973	Trois conférences interprovinciales sur ce document	

(suite à la page suivante)

TABLEAU 8.2　**Les relations fédérales-provinciales en matière de communication** *(suite)*

DATES	ÉVÉNEMENTS	DOCUMENTS
1973	Adoption d'un règlement par la Régie des services publics sur la câblodistribution	
1974	Front commun interprovincial (Victoria et Toronto)	
1975	Éclatement de l'interprovincialisme 2ᵉ conférence fédérale-provinciale	Télécommunications, quelques propositions fédérales
	Énoncé de projet de politique	Dimensions d'une politique de téléinformatique pour le Québec
1976	Amendement au Règlement sur la câblodistribution	
1978	Livre blanc sur la politique de développement culturelculturel	*La politique québécoise de développement culturel* (2 tomes)
	Conférence fédérale-provinciale de Charlottetown	
	La Cour suprême attribue la juridiction en matière de câblodistribution au fédéral	
	Règlement concernant la télévision payante	
1979	Conférence fédérale-provinciale de Toronto	
1980	La conférence interprovinciale de Vancouver	
1981	La conférence interprovinciale de Québec	
	La conférence interprovinciale de Winnipeg	
1982	La conférence interprovinciale de Calgary	
	Énoncé de politique de développement économique	*Bâtir l'avenir* *Le virage technologique*
1983	Le Sommet des communications	Actes du Sommet *Le Québec et les communications : un futur simple*
	Comité Masse-Bertrand Étude de deux dossiers : 1. L'avenir de la télévision francophone 2. La concurrence en télécommunication	Rapport sur la concurrence en télécommunication
1985	Signature d'une entente de 40 millions sur le développement des télécommunications	
		Rapport du Comité fédéral sur l'avenir de la télévision francophone

LECTURES COMPLÉMENTAIRES

Hardy André, Jacques Piette. 1983. *Le contentieux fédéral-provincial sur la compétence en communication,* Québec, ministère des Communications.

L'Allier, Jean-Paul. 1973. *Le Québec maître d'oeuvre de la politique des communications sur son territoire,* Québec, ministère des Communications.

Tremblay, Gaétan. 1985. « L'évolution récente du système canadien de communication », *Communication information,* vol. VII, no 3, p. 57-81.

Woodrow, R. Brian, Kenneth Woodside, Henry Wiseman, John B. Black. 1980. *Conflict over Communications Policy; A study of Federal-Provincial Relations and Public Policy,* C.D. Howe Institute, « Policy commentary no 1 », Montréal, octobre.

LES NOUVEAUX SERVICES DE COMMUNICATION
ET LE CADRE INSTITUTIONNEL ET POLITIQUE TRADITIONNEL

LES OBJECTIFS

Dans ce chapitre
vous apprendrez à :
■ identifier les
principales carac-
téristiques des
nouveaux services
de communication
et leur stade de
développement;
■ identifier les
principales ques-
tions posées par les
nouveaux services
de communication
au cadre institution-
nel et politique
traditionnel.

INTRODUCTION

Nous avons déjà vu, dans la première partie de ce volume, que la manière d'occuper l'espace médiatique par une société donnée était grandement tributaire des technologies de communication disponibles dans cette société. Dans les chapitres six et sept nous avons scruté le cadre politique et institutionnel que se sont données les sociétés québécoise et canadienne en fonction de l'évolution des technologies de communication. Nous avons vu également que ce cadre semblait parfois trop étroit ou utiliser des références juridiques dépassées par rapport à l'évolution technologique. Ces problèmes sont d'ailleurs présents depuis la création de la *Loi constitutionnelle*. Les instances politiques et juridiques ont été, à maintes fois, obligées d'attribuer plusieurs significations, parfois un peu douteuses, aux articles constitutionnels traitant de transport et de télégraphie pour asseoir leurs compétences politiques en matière de radiodiffusion et de télévision.

Toutefois, la venue des nouvelles technologies de communication, dont le commun dénominateur est l'utilisation du langage informatique, fait en quelque sorte éclater cette pratique. En intégrant différents niveaux de langage, en rendant plus complexe la distinction traditionnelle entre le médium et le message, en intégrant également plusieurs technologies jusqu'alors indépendantes les unes par rapport aux autres, ces nouvelles technologies, et leurs utilisations multiples, nous obligent à remettre en question bon nombre de nos approches de représentation et de régulation de la communication.

Par ailleurs, ces nouvelles technologies peuvent présenter diverses formes d'utilisation possibles à l'intérieur d'un même groupe d'activités de communication. De plus, la même technologie peut, selon les utilisations, se retrouver dans différents services de communication. C'est le cas, par exemple, du terminal vidéotex qui peut servir autant à la communication interactive par ordinateur qu'à la consultation de banque de données ou au télé-achat.

Aussi, afin d'en arriver à une certaine catégorisation de ces utilisations, il est convenu de parler davantage de groupes de services fournis par un ensemble organisé de technologies et de fonctions programmées que des technologies en soi. À cet effet, pour l'analyse que nous en faisons, nous utiliserons l'expression *les nouveaux services de communication* plutôt que les nouvelles technologies de communication.

Mais avant de traiter de l'importance des questions posées par ces nouveaux services au cadre politique et institutionnel traditionnel il importe de présenter leur nomenclature et leurs formes actuelles au Québec. Cette description nous permettra de situer leur nouveauté par rapport à la manière traditionnelle d'*aborder* et de *définir* l'espace médiatique traditionnelle c'est-à-dire la réglementation canado-québécoise.

Étant donné la rapidité de l'évolution des innovations dans ce domaine, il est impossible de circonscrire avec certitude toute ces technologies et leurs utilisations existantes. Cependant, comme nous l'avons mentionné précédemment, on peut, sans risque d'erreur majeure, les regrouper par catégories de services. À cet égard, la classification proposée dans le rapport du Groupe de travail sur les nouveaux services de communication (1983) formé par le ministère des Communications du Québec, se présente comme un modèle légitimé par la communauté des chercheurs et des intervenants dans le domaine.

LES NOUVEAUX SERVICES DE COMMUNICATION : DÉFINITION ET NOMENCLATURE

À l'heure où les créations technologiques connaissent un développement sans précédent, il demeure toujours difficile, voire périlleux de départager ce qui est nouveau de ce qui est ancien. Dans le domaine des communications cette tâche s'avère particulièrement ardue. Pour ceux qui avaient quarante ans en 1960, la télévision représente encore une nouvelle technologie alors que pour les jeunes de vingt ans en 1987, cette technologie, prise isolément, fait presque partie de leur environnement naturel.

Aussi, comme l'évaluation du temps est un processus relatif, nous devons recourir à un autre critère pour démarquer le caractère nouveau d'une technologie. En matière de communication, on s'entend actuellement pour appeler nouvelle technologie de communication *toute technologie intégrant une ou des composantes de l'informatique aux technologies traditionnelles de communication* (voir chapitre 1).

Depuis la dernière décennie, cette intégration a donné naissance à une multitude de technologies décuplant les possibilités de transmission de l'information à distance sans compter les possibilités de traitement et de transformation de l'information.

Les technologies sont regroupées en neuf catégories : le courrier électronique, les services de transaction, les services d'accès aux banques d'information, les services de télétexte et de vidéotex, les services télématiques de prestation, la radiodiffusion directe par satellite (RDS), les téléconférences, la radio-mobile cellulaire et la radio-mobile par satellite, et les autres services.

1. *Le courrier électronique : Sous ce vocable, sont regroupés quatre types de services électroniques de communications : le télétex, la télécopie (fac-similé), la messagerie écrite et la messagerie vocale.*

2. *Les services de transaction : Ce sont des services télématiques qui permettent d'effectuer de façon électronique des transactions monétaires ou marchandes entre institutions, et entre institutions et clients. Les principaux services sont le transfert électronique de fonds (TEF), appelé aussi « système de paiment électronique », et la téléconsommation (télé-magasinage, télé-achat, télé-réservation, télé-facturation, etc.).*

3. *Les services d'accès aux banques d'information (SABI) : Il s'agit essentiellement des services de télé-référence, c'est-à-dire de bases documentaires ou bibliographiques, et des services d'accès aux banques de données numériques, factuelles ou textuelles.*

4. *Les services de télétexte et de vidéotex : Le télétexte et le vidéotex désignent deux formes de services d'accès à des banques*

d'information (SABI). Le premier est un service unilatéral (l'usager sélectionne des « pages » d'information diffusées), alors que le deuxième est un service interactif, à l'instar des SABI.

5. ***Les services télématiques de prestation** : Prenons un ensemble de services sociaux dispensés par des institutions publiques ou privées : éducation, services de santé, services juridiques, information touristique, centres de main-d'oeuvre, assurance-chômage, etc. Le propre de ces services est qu'une large clientèle de bénéficiaires s'adresse à des institutions (écoles, hôpitaux, bureaux spécialisés) pour obtenir des prestations : éducation, soins, aide juridique, informations, ces institutions se doteront progressivement de systèmes télématiques afin de dispenser une partie de leurs services directement aux bénéficiaires munis de terminaux appropriés. Par exemple, en télé-médecine, l'informatisation des opérations de dépistage et de diagnostic, ainsi que la constitution de banques de connaissances médicales, permettraient aux professionnels puis aux bénéficiaires d'interagir directement avec le système. La même organisation s'appliquerait à la télé-éducation assistée par ordinateur, aux services juridiques, etc.*

6. ***La radiodiffusion directe par satellite (RDS)** : Ce sont les services de radiodiffusion traditionnels utilisant les satellites de communication pour accroître leur aire de diffusion.*

7. ***Les téléconférences** : Il existe actuellement quatre types de téléconférences: l'audioconférence par téléphone, la vidéoconférence, la conférence audiographique et la conférence par ordinateur.*

8. ***La radio-mobile cellulaire et la radio-mobile par satellite** : Les systèmes de communication mobiles, terrestres, aéronautiques ou maritimes, ont des applications très diverses comme le télé-appel unidirectionnel, la radio-mobile privée bidirectionnelle, la radio-téléphonie publique ou le service radio-générale (CB). On les rencontre partout où la mobilité est essentielle, comme dans les services de sécurité publique, les transports, la surveillance du territoire, des réseaux ou des chantiers.*

9. ***Autres nouveaux services** : Il s'agit du visiophone (téléphone avec images mobiles ou fixes), des services de télécontrôle (télé-surveillance, télémesure, télégestion de la consommation énergétique ou autre) et du téléchargement, c'est-à-dire la livraison par télécommunication de contenus électroniques (émissions vidéo, jeux, logiciels, données, etc.). (Rapport du Groupe de travail sur les nouveaux services de communication, 1983, p. 51 à 63)*

Chacune de ces catégories contient plusieurs types de technologie dont la définition, la forme et l'état de développement sont présentés au tableau 9.1.

TROISIÈME PARTIE

TABLEAU 9.1   **Les nouveaux services de communication**

SERVICES	DÉFINITION	SYSTÈMES
COURRIER ÉLECTRONIQUE		
1. Télétex	Il s'agit du terme retenu par le Comité consultatif international télégraphique et téléphonique (CCITT) pour désigner le service international de transmission de textes. Ce service permet la communication entre des terminaux servant à la préparation, l'édition et l'impression de la correspondance, soit : des machines de traitement de texte et des machines électroniques.	Télétex
		Courrier T de t
		Télétex
2. Télécopie	Il s'agit d'une technique qui permet la reproduction à distance de documents (textes, dessins, photos, etc.) par l'intermédiaire d'équipements terminaux raccordés à un réseau de communications. À l'émission, on fait une exploration systématique de la surface du document et, à la réception, une synthèse produit un document identique à l'original, sur papier ou sur film. C'est un synonyme de fac-similé.	Intelpost
		Globefax
3. Messagerie écrite	Service de communication qui permet de préparer, corriger, transmettre, diffuser des messages entre les abonnés, tout en pouvant les conserver sur fichier électronique. La transmission peut s'effectuer d'un terminal à un autre, ou encore via une unité informatique centrale (messagerie par ordinateur).	Envoy 100
		Merlin
		Kontact
		Boîtes postales électroniques
4. Messagerie vocale	Service de communication basé sur une technologie informatique qui permet le traitement et l'emmagasinage d'informations vocales. L'ordinateur transforme la voix en « langage numérique » pour la reproduire, sur demande, sous forme de voix réelle.	VMS (Voice Message Service)
		VOIS (Voice Information System), USA
		Appellation à venir

SOCIÉTÉS	ENTRÉE EN FONCTION STADE DE DÉVELOPPEMENT	FAITS SAILLANTS
Télécom Canada	Mars 1981.	Deux manufacturiers québécois importants : AES Data et Micom.
Télécommunications CNCP	Octobre 1981.	Marché : affaires et gouvernements.
Télécommunications CNCP	Février 1983.	Service à valeur ajoutée offert par des entreprises de télécommunications : audiences du CRTC sur ce sujet en 1984.
Société canadienne des postes, Téléglobe Canada et Télécommunications CNCP	1979. Relie 12 villes canadiennes avec des villes des États-Unis et de 4 pays européens.	Travaux de normalisation en cours au CCITT. Aucun manufacturier québécois de télécopieurs. Services éventuels intégrant la messagerie écrite et la télécopie.
Téléglobe Canada	1980. Relie Montréal à 28 destinations dans 12 pays (différents de ceux d'Intelpost).	Discussions en cours pour fusionner les services publics d'Intelpost et Globefax.
Télécom Canada	Novembre 1981. Depuis mars 1983, livraison aux non-abonnés via Envoypost.	Certaines retombées sur les équipements produits au Québec : matériel de bureautique, Mitel, ... Marché : affaires et gouvernements.
Canadien Pacifique Ltée	En fonction comme système de bureautique.	Envoy 100 expérimenté positivement par Communication-Québec.
Mitel	1983. Terminal informatisé auquel on peut greffer modem, traitement de texte, ...	Merlin à l'essai à Hydro-Québec et au MEQ. Possibilités intéressantes de jumelage entre messagerie et traitement de texte..
Nombreuses firmes de services informatiques (I.P. Sharp, QL Systems, CSC Sciences informatiques Canada, etc.)	En fonction depuis quelques années.	Service à valeur ajoutée offert par des entreprises de télécommunications : audiences du CRTC sur ce sujet en 1984.
Vocatel Ltd	1979 : Toronto. 1983 : Montréal.	Marché : affaires et gouvernements, en milieu urbain seulement.
Comterm Inc. et Anaconda-Ericsson	En fonction aux États-Unis.	Concurrence avec les services de répondeurs automatiques.
Bell Canada	Lancement prévu fin 1983 dans quelques villes.	Service à valeur ajoutée offert par des entreprises de télécommunications : audiences du CRTC sur ce sujet en 1984.

(suite à la page suivante)

TABLEAU 9.1 **Les nouveaux services de communication** *(suite)*

SERVICES	DÉFINITION	SYSTÈMES
TÉLÉCONFÉRENCES		
5. Audioconférence	Service de communications orales entre un minimum de trois personnes situées à au moins deux endroits différents.	Conférence 100, 200, 300
6. Vidéoconférence	Service de communication permettant la réunion à distance par l'utilisation bidirectionnelle et simultanée de liaisons audio et vidéo. Ce service peut être assorti de présentations audiovisuelles avec graphiques, diapositives ou acétates.	Conférence 600 Conférence 800 Conférence 900
		Vidéoconférence internationale
		Vidéoconférence de l'Université du Québec
		« Series/I-based » Videoconferences; Videonet; MCS (Mini Conference System)
7. Conférence audiographique	Service de communications orales entre deux ou plusieurs personnes assorti de facilités complémentaires permettant la télécopie, la téléécriture, la transmission de textes, d'images fixes ou d'images changeant périodiquement.	Conférence 500
8. Conférence assistée par ordinateur	Service de communication permettant à deux ou plusieurs personnes de communiquer par l'entremise d'un ordinateur.	EIES (Electronic Information Exchange System)
		Téléscience

SOCIÉTÉS	ENTRÉE EN FONCTION STADE DE DÉVELOPPEMENT	FAITS SAILLANTS
Bell Canada	En fonction depuis plusieurs années.	Marché (affaires et gouvernements) en forte croissance. Études prouvent que le service permet des économies de temps et d'argent.
Bell Canada	C-600 : octobre 1983. Bell offre déjà C-800 dans 7 villes, dont Québec et Montréal. C-900 prévu pour 1984.	Marché : affaires et gouvernements. Conférence 800 expérimentée en 1983 par le MCQ. Résistances notamment psychologiques à l'utilisation des vidéoconférences. Rentabilité nécessite un seuil d'utilisation assez élevé. Symposium sur la téléconférence internationale en avril 1984 à Toronto.
Téléglobe Canada	Essai de marché en 1982-1983.	
Université du Québec	Depuis 1977. Peut relier 7 locaux du réseau de l'UQ.	
Développés respectivement par IBM-US, OAK Industries (Calif.) et Compression Labs. Ind. (Calif.)	Systèmes IBM et Vidéonet en fonction : MCS prévu pour 1984.	
Bell Canada	Phase d'essai depuis octobre 1982.	Marché : clientèles particulières du milieu des affaires (présentation d'un produit par exemple). Coût d'implantation élevé.
New Jersey Institute of Technology	Octobre 1976. En 1983, 1 200 abonnés répartis dans 70 groupes.	Marché : communautés scientifiques. Revient souvent moins cher que l'interurbain. Expérimentation de EIES par la DR du MCQ conjointement avec l'UQ à Rimouski, Montréal et Québec. Projet Téléscience présenté au MST.
Université du Québec, intervenants français	Projet.	

(suite à la page suivante)

TABLEAU 9.1   **Les nouveaux services de communication** *(suite)*

SERVICES	DÉFINITION	SYSTÈMES
SERVICES DE TRANSACTIONS		
9. Transfert électronique de fonds (TEF)	Ensemble des services de communication facilitant la réalisation des transactions électroniques soit à l'intérieur du réseau bancaire, soit entre le réseau bancaire et ses clients via des terminaux points de vente, des terminaux domestiques ou des guichets automatiques situés à l'extérieur des locaux bancaires.	SWIFT
		Système de compensation informatisé
		Système Inter-caisses. Autres systèmes
		Guichets automatiques
		Dépôts directs et retraits pré-autorisés
		PACE (Payment Alternative Communications Exchange)
10. Téléconsommation	Service de communication par l'entremise duquel il devient possible d'effectuer des achats, des réservations et éventuellement des paiements à distance (lien avec le TEF) par l'entremise de terminaux domestiques ou d'affaires.	SITA
		VISTA
		SID-Vidacom

SOCIÉTÉS	ENTRÉE EN FONCTION STADE DE DÉVELOPPEMENT	FAITS SAILLANTS
Society for Worldwide Interbank Financial Telecommunications	1977. Regroupe 300 institutions dans 20 pays.	Hausse de productivité du système bancaire.
Association canadienne des paiements	À l'étude.	Impact non négligeable sur l'emploi et le travail en milieu bancaire.
Desjardins et autres grandes banques	Depuis 1974 à Desjardins. 90 % des succursales interconnectées au Canada.	Importantes questions juridiques soulevées : — responsabilité en cas d'erreur ou de fraude; — protection de la confidentialité des transactions;
Toutes les institutions bancaires	En fonction. Développement très rapide.	— disparition du papier comme élément de preuve.
CARR, RRQ, CSST, Câblevision Nationale, Kruger, Trusts, compagnies d'assurances, ...	En fonction depuis quelques années.	Crainte quant à la sécurité des systèmes (crimes électroniques).
Bell, CNCP, IBM, NCR, Eaton, La Baie, Sears, Can. Tire, Steinberg, Dominion, partenaires VISA (B. Royale, TD, Commerce)	Entente sur protocole technique en 1983. Implantation de terminaux points de vente en 1985-1986.	Développement du télébanking lié à l'implantation de terminaux domestiques (Télidon, Vidacom).
Société internationale de télécommunications aéronautiques	1970. Regroupe 8 000 bureaux de 200 compagnies aériennes de 111 pays.	Développement de la téléconsommation lié à l'implantation de terminaux domestiques (Télidon, Vidacom).
Bell Canada, Infomart et Edimédia	1981. Essai de téléconsommation lors du projet de Toronto, mais non à Cap-Rouge.	
Vidéotron	Téléconsommation possible éventuellement (1985?) avec le terminal Vidacom.	

(suite à la page suivante)

TROISIÈME PARTIE

TABLEAU 9.1   **Les nouveaux services de communication** *(suite)*

SERVICES	DÉFINITION	SYSTÈMES
SERVICES DE BANQUES D'INFORMATIONS		
11. Télétexte **12. Vidéotex**	*Télétexte :* système unilatéral de transmission d'informations (texte, graphisme) sur un écran de télévision modifié. Au moyen d'un clavier, l'usager sélectionne une page d'informations parmi un ensemble de pages diffusées en permanence sur un canal de télévision.	IRIS (Information relayée instantanément de la source) SID-Vidacom
	Vidéotex : système interactif de transmission d'informations (texte, graphisme) sur un écran de télévision modifié. L'usager peut non seulement sélectionner des pages d'informations, mais il peut en commander sur un sujet précis et est également en mesure d'effectuer des opérations transactionnelles.	VISTA
		Service télétexte d'Infovision
		Vidéotex du Palais des congrès de Montréal
		Agora
		Médiatex
		Projet de Québec Téléphone à Rimouski
13. « Audiotex »	Service de communication, interactif ou non, permettant la transmission d'informations à l'aide de dispositifs provenant des technologies de synthèse et de reconnaissance de la parole. L'usager peut ainsi commander et recevoir de l'information sur un sujet précis.	Sauf erreur, aucun système au Canada actuellement
14. Téléréférence	Service de communication permettant l'accès à distance à un système électronique de recherche documentaire bibliographique.	Informatech actuelle

SOCIÉTÉS	ENTRÉE EN FONCTION STADE DE DÉVELOPPEMENT	FAITS SAILLANTS
Société Radio-Canada	Début avril 1983. Projet-pilote de télétexte. Montréal, Toronto et Calgary.	Vidacom semble offrir des retombées intéressantes au niveau de la fabrication des terminaux.
Vidéotron, avec Edimédia comme fournisseur de contenu	Début en 1979. Stade de la production du terminal. Diffusion du terminal prévue pour 1984-1985.	Au niveau des fournisseurs d'information, l'impact sur l'emploi est difficile à évaluer.
Bell Canada, avec Infomart et Edimédia comme administrateurs	Début en 1981. Projets pilotes de vidéotex à Toronto et Cap-Rouge. Fin en 1983. Décision finale suivra.	Le développement du vidéotex conditionne l'offre de nombreux autres services : TEF, téléconsommation, accès aux banques de données, etc.
Télédistributeurs autres que Vidéotron, avec Infovision comme fournisseur de contenu	En fonction.	Impact prévisible sur la répartition des revenus publicitaires entre les médias.
Palais des congrès de Montréal	1983 : phase d'implantation. Extension éventuelle aux hôtels de la région.	Le développement du télétexte et du vidéotex dépend actuellement davantage du développement des moyens techniques que de celui des contenus.
Laboratoire de télématique de l'UQAM	Projet de journal électronique communautaire lancé en 1982. Progrès pénibles.	Compagnies de téléphone, télédistributeurs, radiodiffuseurs et même les satellites deviennent les concurrents dans l'offre de ces services. La bataille réglementaire s'engage.
Université du Québec, Control Data et possiblement Edimédia	Lancé en août 1981, le projet est en veilleuse dû au retrait de Control Data.	
Québec Téléphone	À compléter.	
		Accès éventuel à des banques d'informations sans avoir à supporter les coûts élevés liés à la vidéographie.
Informatech, corporation sous la tutelle du MCQ depuis 1981	1966. Mandat d'Informatech en cours de redéfinition.	Informatech se consacrera au développement et à la promotion de banques d'information scientifique et technique, sous la tutelle du MST. Informatech diffuse actuellement : BIBLICOM, ENVIRODOQ, HISCABEQ, RADAR, BADIM, URBADOQ. Cette fonction diffusion serait désormais assumée par le nouveau serveur québécois.

(suite à la page suivante)

TABLEAU 9.1 **Les nouveaux services de communication** *(suite)*

SERVICES	DÉFINITION	SYSTÈMES
SERVICES DE BANQUES D'INFORMATIONS *(suite)*		
15. Service d'accès aux banques de données	Service permettant à un usager d'avoir accès, via un système de télécommunications, à de multiples banques d'information à partir d'un seul terminal.	Inet
		Serveur québécois
SERVICES DE PRESTATION		
16. Télé-éducation assistée par ordinateur (EAO)	Service d'enseignement à distance par l'entremise de didacticiels spécialisés accessibles via l'utilisation de terminaux locaux et des réseaux de télécommunications.	PLATO (Program Logic for Automated Teaching Operations)
		Projet EAO-NATAL
17. Télémédecine assistée par ordinateur	Ensemble de services télématiques permettant aux professionnels de la santé de fournir à distance certains types de services aux bénéficiaires, notamment par l'accès à des banques d'information.	Partagec
18. Autres services de prestation	Ensemble de services télématiques permettant la consultation de banques de données et le traitement à distance de ces informations à l'aide de logiciels spécialisés.	SOQUIJ

SOCIÉTÉS	*ENTRÉE EN FONCTION STADE DE DÉVELOPPEMENT*	*FAITS SAILLANTS*
Télécom Canada	Essai d'un an terminé en juillet 1983. Phase pré-commerciale en cours.	Marché : affaires et gouvernements. Inet offre des services à valeur ajoutée : audiences du CRTC sur ce sujet en 1984.
Filiale de Industrielle Services Techniques (hypothèse retenue actuellement)	Création de la société prévue pour l'automne 1983 (mémoire MST-MCQ). Monopole prévu sur les banques gouvernementales. Entente-cadre de 5 ans avec le MCQ.	Inet donne accès à la fois à des banques d'information et à des serveurs. Le serveur québécois serait responsable de la diffusion des banques de données québécoises.
Téluq, en collaboration avec Control Data	Depuis 1976. Un didacticiel en fonction, 2 autres en préparation.	Développement du système PLATO remis en cause par la mise en veilleuse du projet Médiatex.
Partagec en collaboration avec Maheu, Noiseux et Cie	En voie de mise sur pied. Subvention demandée au CNR.	NATAL s'adressera au personnel des services de santé.
Partagec, corporation créée en 1967 regroupant 224 établissements du Réseau des Affaires sociales, sous la responsabilité du CRSSS-03	Division informatique formée en 1980. Services de télétraitement et de télégestion déjà offerts.	Partagec offre maintenant des services d'aide aux activités médicales (programme d'analyse et banques d'information).
Société québécoise d'information juridique, Société d'État relevant du MJQ, créée en 1976	Informatisation débutée en 1980. Disponible : annuaire de jurisprudence. Pour 1983 : répertoire informatisé des lois du MJQ.	Marché : professionnels du droit et institutions. SOQUIJ a participé à l'essai d'Inet et compte poursuivre lors de la phase pré-commerciale

(suite à la page suivante)

TABLEAU 9.1 **Les nouveaux services de communication** *(suite)*

SERVICES	DÉFINITION	SYSTÈMES
AUTRES NOUVEAUX SERVICES		
19. *Télésurveillance et télécontrôle*	Services télématiques permettant la surveillance (services d'alarme contre le feu, le cambriolage, d'alerte médicale) ou le contrôle (relevé automatique de compteurs) à distance.	TOCOM monitoring system (câble bidirectionnel) Ademco system (terminal domestique et ligne téléphonique)
		DWV-150 system (système d'alarme « data-with-voice »)
		FOCUS 48 : (micro-ordinateur et poste de surveillance centralisé)
		SID-Vidacom
		Télésystème #100
		IDA
20. *Téléchargement*	Service de communication qui consiste à acheminer un produit (programme audio-visuel, programme audio, logiciel, jeu vidéo) électroniquement chez l'acheteur plutôt que d'utiliser un support physique et un moyen de transport conventionnel.	
21. *Visiophone*	Téléphone auquel on ajoute une petite caméra de TV et un écran de TV. Le visiophone permet à l'usager de voir et d'entendre l'abonné à l'autre bout du circuit. Les images reçues et transmises peuvent être animées ou fixes.	Picturephone
		Videovoice

SOCIÉTÉS	ENTRÉE EN FONCTION STADE DE DÉVELOPPEMENT	FAITS SAILLANTS
« Ottawa Cableguard », une division de Ottawa Cablevision Limited	Début de l'expérience en mai 1980 (feu, cambriolage, alerte médicale). À la fin 1983, le CRTC devra statuer sur la poursuite du service TOCOM.	Aux USA, on prévoit que le marché de la sécurité privée atteindra 30 milliards de dollars d'ici 10 ans (croissance de 400 %), dont 50 % dans les systèmes d'alarme.
Mankato Citizens Telephone Co. (Minnesota : 47 000 téléphones)	Phase expérimentale en cours (feu, cambriolage, alerte médicale).	Selon IRD Inc., les systèmes d'alarme sont le service interactif le plus désiré par les citoyens.
Systèmes sécuritaires ADT	Postes de surveillance en fonction à Québec et Montréal (feu, cambriolage, gicleurs, débit d'eau, etc.)	Forte compétition prévue entre télédistributeurs, compagnies de téléphone et compagnies de systèmes d'alarme traditionnels. Tous les marchés (affaires, résidences) s'offrent aux concurrents.
Vidéotron	Télésurveillance possible éventuellement (1985?) avec le terminal Vidacom.	Le CRTC sera certainement appelé à statuer sur les conditions de l'offre de tels services.
Bell Canada	Phase précommerciale. Gestion de l'énergie.	
Manitoba Telephone System	Projet-pilote de vidéotex incluant télésurveillance et télécontrôle. Abandonné en 1982.	
Sociétés offrant des systèmes d'accès à des banques d'information	Plusieurs services offerts ou en voie de l'être aux États-Unis. On connaît mal la situation canadienne.	IRD Inc. estime le marché américain à 9 millions de dollars en 1983, et à 20 milliards de dollars en 1993. Croissance prévue de 116 % par année. Marché se développera au détriment des magasins de détail.
Bell System, aux États-Unis	Aux États-Unis dans les années 1970, mais non au Canada ou au Québec.	Coûts de transmission élevés; difficulté de transmission d'un document dactylographié.
RCA		Le développement des téléconférences semble plus probable que celui du visiophone.

(suite à la page suivante)

TROISIÈME PARTIE

TABLEAU 9.1 **Les nouveaux services de communication** *(suite)*

SERVICES	DÉFINITION	SYSTÈMES
AUTRES NOUVEAUX SERVICES (suite)		
22. *Radio-mobile cellulaire*	Système de radio-mobile de grande capacité dans lequel les voies radio sont assignées à une ou plusieurs cellules à l'intérieur d'une zone de service donnée. Pour les systèmes comprenant plus d'une cellule, le service est ininterrompu pendant que l'unité mobile se déplace d'une cellule à l'autre. La capacité élevée du système est assurée par la configuration multicellulaire et la réutilisation des voies radio dans des cellules non adjacentes d'une même zone de service.	Service téléphonique mobile : 23 demandes de licences au Canada, dont 4 au Québec (Montréal, Québec, Hull-Ottawa, Chicoutimi)
23. *Radio-mobile par satellite*	Système de radiocommunication entre stations mobiles (terrestres, maritimes ou aéronautiques), ou entre celles-ci et des stations fixes (terrestres) assurée au moyen d'une ou plusieurs stations spatiales.	Programme expérimental M-SAT
24. *Radiodiffusion directe par satellite (RDS)*	Système de transmission unidirectionnelle par satellite d'émissions de radio ou de télévision destinées à être reçues directement par des usagers équipés d'une antenne permettant la réception des signaux en provenance du satellite et d'un convertisseur de fréquences rendant ces signaux compatibles avec leur récepteur de radio ou de télévision.	*RDS intérimaire :* Northstar Home Theatre *RDS véritable :* au Canada, aucun service planifié actuellement; aux États-Unis, 8 services autorisés

SOCIÉTÉS	ENTRÉE EN FONCTION STADE DE DÉVELOPPEMENT	FAITS SAILLANTS
Deux types d'exploitants éventuels : — les télécommunicateurs ou entreprises de téléphone — les radiocommunicateurs	Octroi des licences fin 1983. Systèmes opérationnels en 1985. À long terme, corridor ininterrompu le long des autoroutes principales.	Un seul fabricant au Canada (Novatel, Alberta). Selon MICT, l'industrie québécoise est peu spécialisée dans la radio-mobile. Marché des affaires surtout (coûts élevés). Cadre concurrentiel du système (duopole pour le réseau, concurrence pour les terminaux). Audiences du CRTC sur les conditions de l'interconnexion sur les territoires de juridiction fédérale, après l'octroi des licences.
MDC assure la maîtrise d'oeuvre	Actuellement en phase d'étude des besoins et de la viabilité commerciale du système. En 1987, lancement prévu de M-SAT et fonctionnement du réseau expérimental et précommercial.	SPAR Aérospatiale impliquée à titre de constructeur de l'engin spatial. Compatibilité nord-américaine assurée, d'où un grand marché potentiel. Groupe de travail MDC-gouvernements provinciaux (dont MCQ-DGST) depuis janvier 1983. Groupe de travail québécois sur le sujet depuis avril 1983, formé de MCQ (DGST-DDPT), MICT, MST, Hydro-Québec, SEBJ, SQ.
Jarmain Communications (Toronto)	Prévue pour mars 1984, avec 3 canaux de TVP, TVFQ-99 et 2-3 canaux de programmations spécialisées. Prévue aux États-Unis pour 1986-1987, et au Canada vers 1988.	SPAR Aérospatiale impliquée dans la construction de satellites et d'équipements de réception. PME québécoises construisent aussi des antennes de réception. Incertitudes quant au développement de la RDS : — coût des équipements de réception; — mode de financement du service; — concurrence ou complémentarité de la RDS et de la télédistribution — débordement de la RDS américaine sur le territoire canadien; — fragmentation des auditoires.

LES NOUVEAUX SERVICES DE COMMUNICATION ET LE CADRE RÉGLEMENTAIRE TRADITIONNEL

Depuis l'invention des machines à vapeur, jusqu'à celle des réseaux de communication informatisés intégrés, on ne compte plus les écrits scientifiques diagnostiquant des retards presque chroniques de l'organisation sociale sur les innovations technologiques. Certains disent que la société est presque toujours une dizaine d'années en retard sur les retombées pratiques des innovations scientifiques. Par exemple, l'informatique a été largement utilisée dans l'armée américaine dès les années 40 alors qu'elle ne l'est que depuis les années 60 dans les organismes publics et que depuis les années 80 par les petites entreprises. Le processus de diffusion des innovations technologiques est susceptible d'être d'autant plus lent que la technologie affecte nos manières d'être en interaction. En effet, comme toute organisation ou tout système social a une tendance à l'homéostasie dynamique (c'est-à-dire à demeurer stable et à résister au changement), plus une innovation technologique remettra en question la forme et la structure des échanges entre les acteurs d'une organisation, plus il y aura de résistance (consciente ou non) à son adoption.

À ce titre, la rapidité avec laquelle l'organisation sociale s'adapte à l'évolution technologique dans un secteur donné est proportionnelle au degré d'institutionnalisation de ce secteur. Or, nous avons vu dans les chapitres précédents que ce degré était très élevé dans le secteur des communications au Canada et au Québec. On doit rajouter à ce facteur de résistance au changement, le caractère conflictuel des relations fédérales-provinciales dans le dossier des communications.

Dans cet esprit, nous avons vu dans les chapitres 5, 6 et 7, que l'ensemble de la législation, des règlements et des politiques canadiennes et québécoises en matière de communication visaient à « réguler » surtout l'utilisation des technologies dites traditionnelles de communication, soit la télévision, la radiodiffusion, la câblodistribution et la téléphonie. On commence à peine à saisir la complexité et la profondeur de la remise en question de nos cadres politiques et institutionnels suscitées par la venue des nouveaux services de communication. Comme ces services sont pour la majeure partie en voie d'implantation, il est encore trop tôt pour définir leurs incidences sur nos pratiques communicationnelles. Cependant, le Groupe de travail sur les nouveaux services de communication attire notre attention sur certains problèmes à appréhender :

— *[Dans le champ] économique : soit les impacts sur les autres industries de communication concurrencées par les nouveaux services, les impacts sur les entreprises utilisatrices des nouveaux services et les impacts sur l'emploi et la main-d'oeuvre;*

— *[Dans le champ] social : soit les effets sur la vie privée, sur la protection des consommateurs et enfin le droit d'auteur;*

— *[Dans le champ] culturel : soit les risques engendrés par l'usage massif des produits informatiques et plus particulièrement par la consommation des produits étrangers. (Rapport du Groupe de travail sur les nouveaux services de communication, 1983, p. 34)*

En dépit du fait qu'on ne puisse pas encore déterminer clairement les incidences socio-économiques de ces nouveaux services, on peut très bien identifier les principes de réglementations affectés par leur venue.

Les nouveaux services de communications émergent à un moment où l'environnement régulatoire est complexe, voire confus. Sur la base de certains principes (services publics, monopole naturel, etc.), on a fortement réglementé plusieurs systèmes de communications (radio-diffusion, télédistribution, téléphonie, etc.) et peu réglementé, les autres (médias écrits, services informatiques, etc.) laissant aux acteurs concernés le soin de « s'auto-réglementer » (voir le tableau 9.2).

Les nouveaux services viennent remettre en cause les réglementations existantes et soulevèrent des questions importantes. D'une part, ils font s'estomper certaines distinctions traditionnelles : les services télématiques opèrent une fusion entre les services informatiques non réglementés et les services de télécommunications réglementés. Le télétexte et le vidéotex affectent directement le statut de la presse écrite et des livres, et on se demande s'il faut les considérer comme la presse ou comme la radiodiffusion. D'autre part, les nouveaux services ne peuvent, pour le moment, être considérés que comme des services spécialisés. Or ils font la concurrence à des services dits publics : courrier électronique face au courrier postal ou à la téléphonie, RDS face à la radiodiffusion, etc. Enfin, les services télématiques de transaction font intervenir des tierces parties (institutions financières,

TABLEAU 9.2 **Quelques principes de réglementation appliqués aux communications et les changements introduits par les nouveaux services de communication**

SYSTÈMES DE COMMUNICATIONS	RÉGLEMENTATIONS	FACTEURS DE CHANGEMENT
Médias écrits et livres	Principe de liberté de la presse, libelle, obscénité et coalitions	Presse télématique
Radiodiffusion	Licences sur fréquences Service public (équité d'accès) Contenu canadien Contenu éducatif (juridiction provinciale) Limitation de publicité	RDS, TV payante Télédistribution Enregistrements non autorisés Vidéocassette Production indépendante
Télédistribution (prolongement de radiodiffusion)	Territoires exclusifs Tarifs et étagement des services Service public Programation locale	TV payante Services télématiques RDS
Téléphonie et autres télécommunications	Service public Monopole « naturel » (local) Tarification Distinction transport-contenu Interconnexion des réseaux Raccordement des terminaux	Courrier électronique Téléconférences Services télématiques Radio-mobile cellulaire Tarification à l'usage
Services informatiques	Disposition fédérale sur séparation entre transporteurs et fournisseurs de services (1975)	Services télématiques : fusion des télécommunications et de l'informatique
Courrier postal	Monopole (1re classe) Tarification Service public Subsides aux médias écrits	Courrier électronique Téléconférences

commerces) qui sont régies par d'autres lois. La formulation d'une réglementation cohérente pour l'ensemble des services de communications devient alors une tâche complexe, voire impossible. Le gouvernement fédéral essaie de définir une loi sur les télécommunications et au moins quatre versions ont été présentées entre 1976 et 1979. Pour sa part, le CRTC s'est contenté d'introduire des modifications ponctuelles en envisageant de traiter des nouveaux services à partir de 1984. (Ce qui n'est pas encore fait au moment où nous écrivons ces lignes, c'est-à-dire en 1987.)

Toutefois, plusieurs facteurs viennent remettre en cause la pertinence de la réglementation comme instrument de développement, surtout sur le plan des nouveaux services. D'une part, au stade de développement où en sont les nouveaux services, il semble prématuré de les

■ Terme écono-
mique signifiant que
ces nouveaux
services se greffent à
des anciens. Ils s'y
ajoutent en les
complexifiant et en
les développant.

réglementer, car il s'agit de services spécialisés avec une configuration non encore définie. D'autre part, les tendances favorables à la concurrence et à la déréglementation remettent en cause l'opportunité d'une intervention réglementaire. Enfin, comme le soulignent le document **Un futur simple?** et les positions prises lors de la Conférence socio-économique sur les communications, d'autres instruments, notamment ceux d'incitation à la R et D et au développement industriel, paraissent devoir donner des résultats plus probants.

Dans les lignes qui suivent nous présentons un certain nombre de questions de réglementation qui sont autant de thèmes de réflexion à considérer.

Normalisation : L'incompatibilité des terminaux entre eux, l'incompatibilité entre terminaux et réseaux, et l'incompatibilité entre réseaux limitent le marché potentiel des nouveaux services et risquent de léser les usagers et les fournisseurs indépendants de services.

Interconnexion : Certaines modifications réglementaires permettent l'interconnexion des réseaux (accès du CNCP, aux boucles locales, etc.) et le raccordement des terminaux. Cette question se représente avec les nouveaux services, notamment avec les systèmes cellulaires de radio-téléphonie.

Compétition et complémentarité : D'une part en milieu urbain, dans quelle mesure faudrait-il favoriser un certain degré de concurrence entre les transporteurs existants (Bell Canada, CNCP, câblodistributeurs, etc.), en ce qui concerne les nouveaux services? D'autre part, en milieu rural, il semblerait plus approprié d'avoir une approche intégrée : en effet, plusieurs études montrent que dans le cas contraire, les coûts seraient plus élevés et la disparité urbain-rural accentuée. Enfin, doit-on favoriser la concurrence entre fournisseurs de services, dans les limites des contraintes de rentabilité?

Rôles, droits et obligations des acteurs : Les nouveaux services font intervenir de nouveaux acteurs (institutions financières, commerce, etc.). En outre, quelques acteurs assument plusieurs rôles (transporteurs, fournisseurs, producteurs) comme Bell Canada, Radio-Canada. Enfin, la plupart des nouveaux services sont à « valeur ajoutée » ■. Dans quelle mesure permet-on l'intégration verticale, et convient-il de définir les droits et les obligations des divers acteurs (respect de la confidentialité, responsabilité pour les dommages et délits, etc.)?

Séparation contenant-contenu : Cette norme, opérationalisée par l'obligation de la séparation administrative et financière entre transporteurs et fournisseurs de services, s'applique actuellement en téléphonie et, en vertu de la disposition fédérale de 1975, dans les services informatiques. Cette question vient d'être relancée à propos de la RDS. Faut-il généraliser cette norme aux autres réseaux de télécommunications (télédistributions, CNCP, radiodiffusion, etc.)?

Accès des fournisseurs indépendants aux réseaux : Les nouveaux services donnent l'occasion à des fournisseurs indépendants d'offrir des services en empruntant les réseaux de télécommunications existants. Il s'agit de savoir si les transports doivent respecter la règle de donner un accès non discriminatoire à tout fournisseur indépendant voulant offrir un nouveau service. Comme plusieurs transporteurs (Bell Canada, CNCP, Radio-Canada, etc.) sont aussi des fournisseurs de services, doit-on limiter les avantages acquis des monopoles? Enfin, dans le cas des services d'accès aux banques d'information, les fournisseurs de services doivent-ils donner un accès non discriminatoire à tout producteur d'information indépendant?

Accès équitable à tout usager : Ce problème ne se pose pas à court terme puisque les nouveaux services sont des services spécialisés. Mais à long terme, il s'agit de savoir si l'on doit envisager la possibilité d'adopter des solutions techniques et économiques qui permettront de donner à tout usager un accès équitable aux nouveaux services, en réduisant, entre autres, la disparité entre milieux rural et urbain. (*Rapport du Groupe de travail sur les nouveaux services de communication*, 1983, p. 41-45)

CONCLUSION

Les nouvelles technologies de communication ont plusieurs incidences possibles sur nos manières d'occuper notre espace médiatique. Pour l'instant, elles posent une multitude de questions aux fondements, aux mandats et même aux raisons d'être de plusieurs de nos institutions. Ce questionnement plonge nos institutions dans une crise qui se manifeste particulièrement par la quantité de débats, de comités et de commissions de toute sorte quant à l'orientation et aux choix à faire pour réguler le contexte mass-médiatique en voie d'émergence. C'est dans un contexte de crise que s'effectuent toujours les bilans et que se manifestent les intérêts convergents et divergents des différentes catégories d'acteurs sociaux.

Le dernier chapitre est consacré aux principaux débats actuels concernant le bilan et les orientations à donner au système de communication de masse. Il va de soi que nous ne présentons pas l'ensemble des positions de tous les groupes sociaux mais plutôt celles qui nous semblent les plus représentatives des différents intérêts dans la situation actuelle. Ces intérêts empruntent différentes formes : discours, rapports de comités, études, audiences publiques, publications scientifiques, pamphlets journalistiques, etc.

LECTURE COMPLÉMENTAIRE

Direction générale des politiques. 1983. *Rapport du Groupe de travail sur les nouveaux services de communication,* Québec, ministère des Communications.

LES OBJECTIFS

Dans ce chapitre
vous apprendrez à :
■ identifier *les
questions soulevées
et les propositions
d'aménagement* du
cadre politique et
institutionnel du
système de commu-
nication médiatique
canado-québécois
relativement : (1) à la
dimension culturelle;
(2) aux intérêts à
servir par ce cadre;
(3) aux rôles des
différents interve-
nants en matière de
communication.

LES PRINCIPAUX DÉBATS SOCIO-POLITIQUES ACTUELS RELATIFS AU CADRE INSTITUTIONNEL ET POLITIQUE DE LA COMMUNICATION

INTRODUCTION

Dans les chapitre 5, 6, 7et 8 nous avons vu la description de l'espace médiatique canado-québécois tel qu'occupé par les différents groupes d'acteurs sociaux et tel qu'encadré par les institutions et les politiques en vigueur. Dans le chapitre 9 nous avons constaté que la définition même de cet espace était de plus en plus remise en question par la venue des nouvelles technologies de communication. Cependant nous n'avons pas présenté de bilan analytique ni de prises de position des différents groupes d'intérêts face aux tendances évolutives ou aux orientations souhaitables du système de communication de masse canado-québécois.

Ce dernier chapitre a donc pour objet de présenter les principaux débats actuels quant au bilan et aux orientations à donner au système de communication canado-québécois. Nous avons opté pour le bilan et les recommandations du *Rapport du Groupe de travail sur la radiodiffusion* comme point d'ancrage de ces débats. Ce choix se justifie : (1) par le fait que le rapport de ce groupe est le fruit d'une consultation (audiences, mémoires, recherches, etc.) de tous les intervenants dans l'espace médiatique actuel, (2) par le fait qu'il a cristallisé les débats autour de ses recommandations en forçant les différents intervenants politiques à prendre position, (3) par l'exhaustivité, l'impartialité et l'actualité de l'étude.

Les débats actuels portent sur trois aspects de l'espace médiatique : l'aspect culturel, les intérêts à servir par le cadre politique et institutionnel et les rôles des différents intervenants dans le processus de régulation du système.

L'ASPECT CULTUREL

Nous avons vu dans le chapitre 2 que la dimension culturelle comportait plusieurs volets (la langue, les rituels, les habitudes, les normes de comportement, etc.). Selon les contextes, certains volets sont moins prioritaires, sans toutefois perdre de leur importance. Pourtant, selon la conjoncture socio-économico-politique et l'évolution du système de communication média-tique, certaines questions sont mises à l'avant-plan de la scène politique et des débats publics. Actuellement, les sociétés qué-bécoises et canadiennes font face à deux grandes préoccupa-tions : la *langue et les communications* mass-médiatiques et les *stratégies de protection et de développement* de la culture cana-dienne et québécoise.

La dimension linguistique de l'espace médiatique

En général, l'ensemble des intervenants dans le dossier des communications s'entend sur la précarité de la langue française dans l'espace médiatique canado-québécois. Cette menace pèse moins sur la langue anglaise puisque, sur le continent nord-américain, 244 millions d'habitants sur un total de 250 millions partagent l'usage quotidien de cette langue. Le danger d'assimi-lation culturelle au Canada par la langue utilisée dans le système de communication mass-médiatique se présente donc pour les 6 millions de francophones restant.

Comme nous l'avons vu au chapitre 5, la très grande majorité des produits mass-médiatiques canadiens de langue française sont conçus, fabriqués et diffusés au Québec. Aussi, il ne faut pas se surprendre que le débat sur la langue des médias soit une préoc-cupation surtout de la société québécoise. Il ne faut pas se surprendre également que ce débat puisse s'étendre à la contes-tation des compétences constitutionnelles fédérales à légiférer sur l'utilisation des langues officielles et de ce fait rejoigne assez fréquemment la question des pouvoirs des provinces voire de leur souveraineté politique.

Cependant, comme l'a souligné L'Allier (1986), depuis 1982, on semble dissocier de plus en plus ces deux débats. On semble faire le pari de protéger et de développer la langue française à l'inté-rieur du système de communication de masse canadien. Cepen-dant, relever ce défi ne signifie pas que les problèmes tradition-nels sont automatiquement surmontés.

Jusqu'en 1984, l'écoute de la télévision anglophone par les francophones gagnait progressivement du terrain au détriment de la télévision francophone. Cependant, depuis 1985 on remarque un changement dans les habitudes d'écoute de la télévision à savoir une tendance à la diminution progressive de l'écoute de la télévision anglophone par les francophones allant de 26 % en 1985 à 21 % en 1987. Du point de vue de l'écoute de la radio, on remarque la même tendance. Toutefois, il importe de se rappeler que l'écoute de la radio en langue française n'est pas équivalente, du point de vue linguistique, à l'écoute d'un poste de télévision en langue française. Dans le domaine de la radio, on peut écouter une émission dont l'animation est faite en français mais dont le contenu des pièces musicales diffusées est en anglais. C'est le cas d'ailleurs de la majorité des postes de radio MF et de plusieurs postes de radio MA. Cette caractéristique peut s'avérer d'autant plus inquiétante, du point de vue linguistique, que les stations de radios MF gagnent de plus en plus en popularité par rapport aux stations MA (voir les données dans le chapitre 5).

Au chapitre 2, nous avions mentionné l'importance de la propriété des entreprises de production et de diffusion comme variable pouvant affecter la dimension linguistique de l'espace médiatique. À cet égard, l'évolution récente du système de communication canado-québécois semble favoriser la propriété francophone au Québec. On n'a qu'à remarquer la venue de la télévision française TVFQ, la venue d'une nouvelle station francophone avec le réseau Quatre Saisons, l'achat de Télé-Métropole par la compagnie de câblodistribution Vidéotron.

Cependant le contexte actuel présente plusieurs sources d'incertitude : la venue d'une multitude de nouvelles technologies, pour la plupart importées des États-Unis, la multiplication des sources de diffusion mass-médiatique et un contexte de promotion de la libre concurrence. Plusieurs observateurs avertis de l'espace médiatique canado-québécois se posent de sérieuses questions sur l'avenir de la langue française dans les médias là où elle est la langue parlée dominante c'est-à-dire au Québec. Parmi ceux-ci notons l'analyse et les recommandations du Groupe de travail sur la politique de la radiodiffusion (1986) :

> *Pour le monde francophone, l'invasion culturelle se double en effet d'un problème linguistique.*
>
> *[...] À partir de 1982-1983, raconte la journaliste Nathalie Pétrowski, une nouvelle génération de musiciens et de compositeurs québécois francophones, commence à chanter en anglais. En 1984-1985 à Montréal, au concours l'Empire des futures stars qu'organise la station CKOI-FM pour promouvoir la relève musicale québécoise, 90 p. 100 des candidats chantaient en anglais. Évidemment, le Québec est loin d'être un cas isolé. Le phénomène se manifeste à l'échelle de l'Occident; il transcende les frontières politiques. À Montréal comme à Moscou, les jeunes s'identifient à la musique rock et, en conséquence, à la chanson de langue anglaise.*
>
> *Il n'empêche que [la] situation géographique [et l'] histoire encore jeune [du Québec], le rendent plus vulnérable à la pénétration culturelle américaine que des vieux pays comme la France. De la même manière, le « Sing White » des nouvelles générations, ne serait pas si dangereux, si les auteurs en herbe se servaient de la langue anglaise comme simple intermédiaire, pour décrire leur réalité immédiate et leur spécifité québécoise. Mais ils n'en font rien et produisent plutôt un produit sans identité, interchangeable et complètement dépersonnalisé, un sous-produit qui ne témoigne d'aucune urgence sinon celle de se faire absorber et assimiler au plus vite.*
>
> *Certains de ces jeunes artistes répliquent qu'ils n'ont pas à porter seuls le flambeau du français, qu'ils n'ont pas à sauver la culture d'ici, en rien supérieure à la nouvelle culture universelle, et qu'on peut fort bien, de toute façon, conserver son identité tout en chantant dans une autre langue. « Si je chante en anglais, c'est pour le fric, pour les profits et pour multiplier mes chances sur un marché qui dépasse les frontières du Québec. » C'est toute la problématique de la culture et des industries culturelles qui s'exprime ici.*
>
> *Et, bien qu'on comprenne aisément le désir légitime des artistes francophones d'accéder à des carrières internationales, on doit aussi reconnaître les conséquences énormes de l'américanisation galopante pour le monde francophone. Le Haut Conseil de la francophonie, que préside le président français François Mitterand, lançait récemment un cri d'alarme en identifiant la culture et les communications comme deux des secteurs clés où le français connaît, à l'échelle internationale, un recul impressionnant. On peut voir la télévision québécoise, à cause de son voisinage avec la télévision de langue anglaise, comme « un cas qui mérite toute notre attention, poursuivait le Haut Conseil, car il préfigure ce qui sera bientôt la situation dans de nombreux pays du monde avec le développement des satellites ».*

Que faire? Imposer des quotas? Obliger par exemple les radios de langue française à présenter des disques en français, et espérer qu'ainsi on stimulera la demande? C'est ce que fait le CRTC et ce que souhaitent de nombreux chanteurs, musiciens, auteurs, réalisateurs et techniciens québécois dont l'empressement à défendre l'identité culturelle est certes aussi intéressé. Mais le quota, sans politique de production, n'est pas une solution. Selon les auteurs d'une étude sur l'espace audio-visuel latin, qu'a commandé le ministère français de la Culture, il ne s'agit pas en effet de limiter, pour « faire national » mais parce qu'on a une solution de rechange à proposer.

Lorsque la défense de l'identité culturelle se confond avec la défense d'un passé figé, elle risque de n'être que conservatisme. Son effet est d'ailleurs immédiat : elle stimule la bureaucratisation, voire la médiocrité autosatisfaite. L'identité culturelle se trouve ainsi réduite à un rôle de complaisance et laisse le devant de la scène aux « imbéciles heureux qui sont nés quelque part ». Elle se trouve ramenée, de fait, à un localisme asphyxiant.

C'est ici que la notion de spécificité des médias francophones prend tout son sens et que l'application de règles uniformes pour l'ensemble du pays peut faire problème. À cause de sa langue menacée, de son marché limité, de sa population plus petite, le Canada français a besoin de plus d'oxygène encore que le reste du pays. Aussi la norme de contenu canadien ne doit-elle pas se concevoir de la même façon pour les deux communautés. Au Québec, quand on parle de norme, il s'agit d'accroître le contenu en langue française, d'où qu'il vienne. Les chanteurs français Renaud et Francis Cabrel sont tout aussi importants à l'antenne des stations rock québécoises que Martine St-Clair ou Daniel Lavoie.

Pour le Québec, la collaboration avec la francophonie est une question de survie. Et c'est dans cet esprit que les gouvernements canadien et québécois, Radio-Canada, puis Radio-Québec, ont conclu depuis quelques années de nombreuses ententes et réalisé plusieurs échanges avec les autres pays francophones dont, au premier chef, la France.

L'entente sans doute la plus importante, et la plus connue des Québécois, est celle qui a permis la venue de la télévision française au Québec (TVFQ). Cette entente, signée pour la première fois en 1979, met à la disposition des câblodistributeurs québécois, par l'intermédiaire de France Média International (FMI) et de la Société d'édition et de transcodage (SETTE), un volume annuel de 2300 heures d'émissions. Ces émissions proviennent principalement (2000 heures) des trois chaînes françaises de télévision (FR3, Antenne 2, TF1). Ce sont les ministères des Relations extérieures (France) et des Relations internationales (Québec) qui fournissent à parts égales les sommes nécesssaires aux frais techniques et à l'achat des droits de diffusion.

■ Voir à ce titre les différents mémoires déposés aux audiences publiques du *Groupe de Travail sur la politique de radiodiffusion,* en particulier ceux de l'ICEA, de J.-P. L'Allier, de Gaétan Tramblay, etc.

Le secteur privé manifeste aussi, de plus en plus, son intérêt pour la francophonie internationale. En juin 1984, Télé-Métropole a été admise au sein de la Communauté des télévisions francophones (dont Radio-Canada est un membre fondateur) et entend développer ses relations avec l'étranger. Télé-Métropole, Pathonic, Cogeco et des producteurs indépendants font également partie, avec les représentants du secteur public, du consortium créé pour participer à TV-5, un réseau satellite-câble dont les émissions sont diffusées dans différents pays d'Europe et d'Afrique du Nord. TV-5, auquel collaborent aussi la France, la Suisse et la Belgique, consacre chaque semaine une soirée aux émissions canadiennes-françaises.

Mais les résultats de tous ces projets sont encore minces et les résistances restent importantes. (p. 29-31)

Selon le même rapport, outre ses problèmes sur le plan international, la place de la langue française dans les médias au Canada et au Québec fait face à plusieurs difficultés :

1. La concentration de l'auditoire francophone potentiel au Québec (97 %), ce qui rend inopérant une loi régulant l'utilisation de la langue française à la grandeur du Canada.

2. La petite taille de cet auditoire rendant le jeu de la concurrence entre les entreprises francophone et anglophone inégal dû au coût supplémentaire que représente la production d'émissions pour un faible auditoire par rapport à un vaste auditoire.

3. Le petit nombre de chaînes de télévision en langue française au Canada par rapport à la quantité de postes de langue anglaise (l'arrivée du câble, de la télévision payante et des satellites agrandit énormément cet écart) diminuant ainsi les choix pour l'auditoire francophone voulant écouter des émissions dans leur langue maternelle.

Les propositions

De manière générale, les différents intervenants ■ dans le dossier des communications s'entendent sur ce diagnostic. À ce titre, il est révélateur de constater que le Sommet de la francophonie de 1987, qui s'est déroulé à Québec, a établi comme priorité de développement l'intégration de la langue française à l'évolution de la technologie informatique et des communications. C'est au chapitre des solutions envisagées que certaines divergences apparaissent. Par exemple, les pays francophones en voie de développement considèrent que l'intégration de la francophonie aux nouvelles technologies passent d'abord par le développement économique de leur pays avec l'aide des pays francophones industrialisés. Alors que les pays francophones industrialisés approchent la problématique sous l'angle des industries culturelles c'est-à-dire par rapport à l'élargissement des marchés francophones stimulant la conception et la diffusion des produits culturels.

Cependant, malgré certaines divergences persistantes au niveau national quant au caractère francophone des ondes, on trouve davantage de consensus et de solutions pragmatiques que sur le plan international. Ainsi, pour ce qui est de la reconnaissance du caractère distinct de la radiodiffusion québécoise, recommandation du rapport Sauvageau-Caplan (autre nom pour le rapport du Groupe de travail sur la politique de la radiodiffusion), tous les acteurs y adhèrent, incluant les ministres des Communications du Canada et du Québec.

De plus, le rapport Sauvageau-Caplan, recommande la création d'un service public spécialisé de langue française appelé Télé-Canada, « qui diffuserait ou rediffuserait des émissions dans divers genres : émissions pour enfants, nouvelles et affaires publiques, documentaires, émissions culturelles, etc. ».

> *Aucun autre télédiffuseur ne saurait relever seul le défi de rétablir, dans notre système de télédiffusion, l'équilibre entre les émissions américaines (actuellement dominantes) et les émissions canadiennes. Notre rapport est d'ailleurs un appel à tous — diffuseurs publics, privés et communautaires. **Nous demandons à chacun de jouer un plus grand rôle dans la création d'émissions canadiennes.** Nous savons, néanmoins, que même si tous les télédiffuseurs du pays faisaient, à cet égard, un effort maximum, cela serait encore insuffisant. Il manquerait toujours un autre véhicule spécialement consacré à des émissions conçues pour les téléspectateurs canadiens. Ce pourquoi nous proposons la création de Télé-Canada (en anglais, TV Canada). (p. 377)*

La création de ce nouveau service ne fait toutefois pas l'unanimité. La ministre des Communications fédérale, Mme Flora McDonald, se dit favorable à la création d'un tel service mais son homologue québécois, M. Richard French, est en complet désaccord.

> *Le gouvernement québécois est tout à fait d'accord avec le rapport Caplan-Sauvageau lorsqu'il recommande que le caractère distinctif de la radio-télévision francophone soit reconnu officiellement. Mais il est par ailleurs peu entiché de la recommandation du même rapport d'établir Télé-Canada, deux nouveaux canaux, un anglais, l'autre français, qui coûterait entre 45 et 50 millions, payés par les abonnés du câble. « L'important, de dire le ministre québécois des Communications Richard French qui recevait les journalistes à déjeuner hier à Montréal, c'est de consolider les quatre réseaux que nous avons déjà, qui vont chercher 85 pour cent de l'écoute télévisuelle au Québec. Et d'établir des canaux spécialisés francophones qui seront accessibles au service de base du câble. » Actuellement, les canaux spécialisés (sports et musique) sont payants. Le projet de Télé-Canada est peu élaboré dans le rapport de dire M. French, qui ajoute que rien ne l'a persuadé encore qu'il faille conscrire les abonnés du câble pour payer ce service dont le bien-fondé n'est pas enthousiaste lui non-plus. On sait que les câblodiffuseurs s'opposent à Télé-Canada. (La Presse, 14 avril 1987, B7)*

Par ailleurs les deux ministres des Communications sont d'accord sur les autres mesures visant à reconnaître et à développer la spécificité de la télévision francophone.

> *La recommandation la plus importante du rapport Caplan Sauvageau est **que la spécificité de la télévision francophone soit enchassée dans les lois et règlements**. Le ministère québécois des Communications, en accord avec le ministère fédéral équivalent (cette consultation a fait que la réponse à Caplan-Sauvageau, dont le rapport est paru en septembre, a été si longue à venir), recommande que la spécificité soit inscrite dans la loi sur la radiodiffusion et les règlements qui la mettent en oeuvre. Qu'il soit obligatoire que quatre membres à plein temps sur neuf au CRTC soient francophones. Que les provinces soient davantage consultées au moment des grandes orientations. Que les services français de Radio-Canada jouissent de plus d'autonomie dans une plus grande décentralisation de la Société. Que Télé-film Canada gère ses fonds en tenant compte de la spécificité francophone. Que les services français soient accrus dans les régions mal desservies. Que des mesures exceptionnelles soient prises au Québec dans le cas des canaux spécialisés. Que les normes relatives à la chanson française, au contenu canadien et aux règles de propriété tiennent compte de notre spécificité. (La Presse, 14 avril 1987, B7)*

En plus de la dimension linguistique, on s'inquiète également de la provenance des contenus des émissions.

Le dilemme de l'impérialisme américain

Que l'on parle de « l'américanisation de la culture », de « l'impérialisme américain », de l'assimilation ou de l'aliénation culturelle, tous les intervenants dans le dossier des communications soulèvent la menace de l'envahissement de nos ondes par les produits américains.

> Sur les 52 000 heures de programmation télévisée de langue anglaise offertes annuellement au Canadien moyen, 370 heures seulement sont des dramatiques canadiennes, ce qui comprend les comédies, les films, les mini-séries, etc. Sur les 27 000 heures de programmation télévisée de langue française offertes au téléspectateur francophone moyen, 630 heures seulement sont des dramatiques canadiennes.
>
> 98 p. 100 de toutes les dramatiques de langue anglaise sont d'origine étrangère. À la télévision de langue française, la proportion est de 90 p. 100.
>
> 29 p. 100 seulement de tout le programme offert à la télévision de langue anglaise est canadien. Les émissions produites au pays n'accaparent même pas le tiers du temps que les canadiens consacrent à la télévision de langue anglaise.
>
> La moitié du temps que passent les adolescents francophones devant la télévision, est consacrée à regarder des émissions étrangères. Chez les adolescents de langue anglaise, la proportion est de 80 p. 100. (Institut canadien d'éducation des adultes, 1987, p. 7)

Cela signifie qu'il y a énormément de retransmission directe de séries américaines dans les stations de télévision anglaises et qu'il y a une majorité d'émissions diffusées dans les stations françaises qui sont de simples traductions (postsynchronisations) d'émissions conçues et produites aux États-Unis.

Pour contrer ce phénomène et « canadianiser » les ondes, le comité Sauvageau-Caplan propose dans son rapport deux types de stratégies correspondant respectivement au secteur public, c'est-à-dire à Radio-Canada, et au secteur privé.

> [Pour ce qui est de Radio-Canada], nous proposons que dans toute décision relative à la suppression des émissions américaines du

programme de la télévision anglaise, on garde à l'esprit les points suivants :

— *La suppression progressive ne devrait pas viser toutes les émissions étrangères; il devrait être possible d'inscrire à la grille des heures de grande écoute des émissions étrangères d'ordinaire inaccessibles aux Canadiens.*

— *Les émissions canadiennes de remplacement ne doivent pas forcément prendre les émissions américaines pour modèle. Radio-Canada enlèverait tout son sens à cette section si ses productions canadiennes ne devaient être que des pastiches des émissions américaines. Toutefois, afin de recouvrer les audiences perdues à la concurrence américaine, elles doivent être de grande qualité, ce qui a une connotation de cherté.* (p. 322)

Le Comité permanent sur la culture et les communications (organisme consultatif de la Chambre des communes) est en accord avec presque toutes ces recommandations sauf la première :

> *La Société Radio-Canada a dit craindre que les recommandations du Groupe de travail ne lui permettent d'offrir que les émissions étrangères qui ne sont pas habituellement diffusées par les autres radiodiffuseurs. La SRC voudrait pouvoir acheter les meilleures émissions étrangères, pas seulement les « restes ». Le Comité estime que les craintes de la SRC sont justifiées et que la loi ne devrait pas laisser entendre que Radio-Canada ne peut diffuser d'émissions étrangères avant que les autres diffuseurs aient choisi leurs programmes. Le Comité est d'avis que le choix des programmes étrangers ne devrait pas être soumis à une telle condition et que la SRC se doit de présenter des émissions de qualité.* (Procès-verbaux et témoignages du Comité permanent des communications et de la culture, 4 mai 1987, p. 51)

Par ailleurs, pour ce qui est de la radio privée le Comité Sauvageau-Caplan prône le statu quo soit *le maintien des normes actuelles* qui, comme nous l'avons vu au chapitre 8, fixent les exigences de contenu canadien minimum à 30 % pour les radios MA.

Cependant, comme nous l'avons rapporté précédemment, le comité Sauvageau-Caplan considère que le problème du contenu canadien se présente avec virulence surtout dans la télédistribution privée. Pour le comité, il faut développer des mesures réglementaires et incitatives de manière à inverser la tendance actuelle. À cet effet le comité propose plusieurs solutions complémentaires :

1. *Que la politique du CRTC vise à favoriser le regroupement des ressources des stations anglophones de télévision, indépendantes de Radio-Canada et de CTV, en vue de stimuler la production d'émissions canadiennes de divertissement.*

2. *Que la politique et la réglementation de la radiodiffusion favorisent, dans la mesure du possible, la distribution de programmes étrangers au Canada par les stations et les réseaux de télévision canadiens détenteurs de droits de diffusion sur le marché national, de façon qu'ils disposent des ressources nécessaires à financer la présentation d'un large éventail d'émissions canadiennes et qu'ils soient pour l'industrie canadienne un véhicule publicitaire efficace.*

3. *Que le CRTC donne à la notion d'émission canadienne une définition propre à assurer que les programmes de divertissement canadiens reflètent les objectifs de la politique canadienne de radiodiffusion.*

4. *Que le CRTC maintienne l'exigence de 60 p. 100 de contenu canadien pour l'ensemble de la programmation et de 50 p. 100 pour les émissions diffusées entre 18 h et 24 h. Qu'il adopte par ailleurs un règlement obligeant les télédiffuseurs privés à respecter un minimum de 45 p. 100 de contenu canadien pour les émissions diffusées en soirée, soit entre 19 h et 23 h.*

5. *Que le CRTC prenne des mesures pour s'assurer que les productions diffusées par les exploitants privés, conformément aux exigences de contenu canadien sont d'excellente qualité. Et que ces productions fassent une place suffisante aux émissions des catégories les moins bien représentées à l'heure actuelle par la télévision privée canadienne.*

6. *Que les stations et les réseaux privés de télévision soient tenus de consacrer une proportion plus importante de leurs ressources au financement des émissions canadiennes. Que le CRTC utilise l'instrument des conditions de licence pour obliger les stations et les réseaux à investir dans les productions maison ou à acheter des droits de diffusion d'émissions canadiennes, en fonction notamment de leurs ressources financières.*

7. *Que le rôle fondamental de la télévision par câble soit de transmettre des émissions de radio et de télévision canadiennes de source publique et privée. Que la priorité soit accordée aux services canadiens du secteur public, puis aux canaux canadiens du secteur privé. Que les émissions de radio et de télévision étrangères soient considérées comme une programmation d'appoint par rapport à celle qui est disponible auprès des radiodiffuseurs canadiens. Que, pour les réseaux qui s'adressent principalement à des abonnés francophones, la priorité soit accordée à des canaux en français.*

8. *Que les entreprises de câblodistribution ne soient pas autorisées à faire concurrence, sur le marché publicitaire, aux radiodiffuseurs canadiens.* (p. 495-511)

Ces recommandations sont largement partagées au niveau des principes. Cependant, on retrouve difficilement ce consensus dans la pratique. En guise d'illustration de cette divergence, au même moment où le comité Sauvageau-Caplan déposait son rapport, le CRTC autorisait la compagnie privée de câblodistribution Vidéotron à acheter la chaîne de télévision Télé-Métropole. Or, la majorité des postes accessibles sur le câble Vidéotron sont de source américaine et en anglais, ce qui va totalement à l'encontre des deux dernières recommandations du Comité.

LE CHOIX DES INTÉRÊTS À SERVIR PAR LE CADRE POLITIQUE ET INSTITUTIONNEL DE LA COMMUNICATION

Un autre débat s'avère tout aussi chaud que le précédent soit celui de considérer l'espace médiatique comme d'abord un espace public ou un espace privé. Ce débat prend la forme des choix entre adopter un cadre législatif et réglementaire servant les intérêts *publics* ou les intérêts *privés*.

Nous avons vu dans le chapitre 7 que la loi sur la radiodiffusion canadienne affirmait que les fréquences radio-électriques utilisées pour la radiodiffusion faisaient partie du domaine public. Tous les intervenants actuels sont d'accord avec ce principe. Cependant, les manières de le mettre en application et de l'interpréter divergent. Pour le comité Sauvageau-Caplan, il ne fait aucun doute que dans l'esprit du CRTC actuel l'intérêt public passe d'abord par les intérêts des radiodiffuseurs privés.

> *La réponse du CRTC face à la dichotomie culture-industrie semble comporter trois volets. Dans un premier temps, son action est justifiée par des objectifs culturels. Ensuite, cette action vise à assurer la viabilité économique de l'industrie pour que les radiodiffuseurs soient en mesure de financer la réalisation et la programmation d'émissions canadiennes à même les profits tirés des émissions américaines. Enfin, le CRTC protège l'industrie par principe, comme une fin en soi.*

Mais ce troisième volet est-il autre chose que du protectionnisme commercial? Le CRTC estime que la radiodiffusion apporte une contribution non négligeable à notre économie du triple point de vue de l'emploi, de la balance commerciale et de l'investissement étranger, contribution qui serait évidemment réduite à zéro si le système canadien devait succomber à la libre concurrence avec les Américains. Est-ce en vertu du premier, du second ou du troisième de ces objectifs que le CRTC protège encore davantage les radiodiffuseurs privés en tenant des audiences de renouvellement de licence, qui excluent toutes les demandes concurrentes, et en n'acceptant des demandes de transferts de licence uniquement de la part du candidat que favorise le vendeur? « L'octroi d'un nouveau permis de diffusion est l'aliénation temporaire et conditionnelle d'un élément de la richesse publique à la fois important et précieux qui, de sa nature même, ne peut être partagé. » Ce principe fondamental a été intégré à la loi de 1968. Et pourtant, le CRTC a institutionnalisé, dans les faits, des droits de propriété privée en radiodiffusion. (p. 42)

Les intérêts privés

Ce sera donc de manière à pouvoir concrétiser davantage le principe de l'intérêt public que le comité a constitué ses trois priorités le guidant dans l'ensemble de ses recommandations.

Notre première priorité est que la radiodiffusion soit au service de la culture canadienne, au sens large, et cela plus efficacement à l'avenir que par le passé. Nous voulons que la radiodiffusion se concentre sur la production pour que les Canadiens puissent avoir l'embarras des choix parmi un grand nombre d'émissions canadiennes de qualité.

Lorsque nous recommandons de nouvelles orientations pour améliorer la situation de l'industrie de la radiodiffusion — c'est-à-dire les entreprises qui produisent ou distribuent des émissions — notre but est d'inciter le secteur privé à accorder aux objectifs culturels une place de choix dans ses activités. C'est notre deuxième priorité : le développement d'une industrie privée de radiodiffusion comme moyen d'atteindre des objectifs culturels, et non comme une fin en soi. C'est pourquoi nous demandons que le secteur privé apporte une importante contribution à la réalisation des objectifs de la radiodiffusion.

Enfin, au troisième rang dans l'échelle de nos priorités, nous avons accepté que, dans certains cas, pour des besoins de stabilité économique et pour éviter une débandade financière, les entreprises de radiodiffusion — sur le plan commercial uniquement — jouissent de certains mécanismes de protection mis en place par l'État. Ainsi, nous préconisons le maintien de certains instruments comme la Loi C-58 et la substitution simultanée. Mais il ne s'agit en réalité que de protéger les intérêts des entreprises qui font « commerce de la culture ». (p. 44)

On comprendra que si le Groupe de travail a jugé important de déclarer au tout début de son rapport de tels principes c'est qu'il a été sensibilisé par les différents mémoires qui lui ont été présentés et qui font consensus sur le diagnostic des problèmes actuels. De manière synthétique ce diagnostic se présente comme suit :

> *Les récents développements des industries culturelles exercent de fortes pressions sur le système canadien de radiodiffusion dans le sens d'une transformation qui affecte autant ses objectifs fondamentaux que son organisation (règles du jeu et rôle des différents groupes d'acteurs). La radiodiffusion canadienne vit une période de transition, si ce n'est de crise. L'actuel mouvement de déréglementation constitue en fait une réorganisation du système national de la radiodiffusion pour l'ajuster à la nouvelle donnée qui résulte du conflit fondamental qui oppose l'industrie de la diffusion et l'industrie de la télédistribution. D'un modèle articulé sur la notion de service public comme pierre angulaire, la radiodiffusion canadienne se dirige, sous la poussée combinée de facteurs économiques, technologiques et idéologiques, vers un modèle néo-libéral qui fait des produits culturels des marchandises comme les autres et qui, privilégiant les impératifs économiques, secondarise les objectifs socio-culturels de la radiodiffusion. Devant les défis et les difficultés nouvelles qui confrontent le système de la radiodiffusion, le gouvernement opte de plus en plus pour une politique qui favorise les intérêts de l'entreprise privée, plus particulièrement des câblodistributeurs qui se révèlent progressivement comme les acteurs dominants du système. (Tremblay, 1986b, p. 39)*

Les intérêts publics

Par ailleurs, le débat sur les intérêts servis par le cadre politique et institutionnel est maintes fois associé à celui de la régulation. On rencontre souvent les équations suivantes : service public = réglementation, intérêts privés = autoréglementation. Cette association d'intérêts et de cadre réglementaire est due au fait que les choix en matière de réglementation sont faits par les instances politiques au pouvoir et que celles-ci véhiculent une représentation idéologique particulière des rôles de l'État dans la réglementation. Ainsi, la conception libérale (au sens socio-économique du terme) de la politique attribuera à l'État un rôle de support aux entreprises de production et de diffusion, leur laissant le maximum de marge de manoeuvre dans leurs activités. Le double pari de cette philosophie est que le jeu de l'offre et de la demande servira les intérêts publics et que si l'État se limite à fournir aux entreprises privées les orientations politiques souhaitées, elles seront en mesure de les interpréter et de les appliquer beaucoup mieux que si on les y contraint. Par contre, la conception socialiste considère que le jeu de l'offre et de la demande servira davantage les intérêts privés que l'intérêt public en favorisant l'émergence de monopoles, en diminuant les choix possibles, en uniformisant les contenus, en éliminant les stratégies de protection culturelle, etc. La position du comité Sauvageau-Caplan se situe à mi-chemin entre ces deux extrêmes.

> *Malgré les sceptiques, il n'est pas rare que les entreprises adoptent spontanément des conduites conformes aux principes légaux de la radiodiffusion. L'auto-réglementation réussit généralement quand les entreprises y voient clairement leur intérêt. La pratique de l'auto-réglementation s'est répandue. Par exemple, les publicitaires et les radiodiffuseurs adhèrent à des conventions où ils s'interdisent les messages susceptibles de heurter les consciences. L'intervention coercitive de l'État — la réglementation — ne s'impose donc que si les radiodiffuseurs répugnent à une conduite utile à l'intérêt public mais qu'ils jugent contraire à leur propre intérêt. Voilà une distinction éclairante quant au modèle à suivre : là où l'auto-réglementation suffit, qu'on se contente d'y inciter les entreprises et de superviser l'opération. Le rapport des entreprises à la réglementation y gagnera : allégées de l'inutile, il leur sera plus facile de consentir à l'essentiel. Et le poids des contrôles ainsi mieux réparti, tout le système normatif en sera plus économique à gérer.*
>
> *Notre attitude à cet égard n'est pas celle du CRTC. Celui-ci est venu à la supervision par nécessité : toute autre forme de contrôle requiert des ressources qu'il n'a pas. Or, le seul motif qui justifie une orientation réglementaire, c'est le respect des principes et des objectifs que le Parlement a définis. Voilà ce qui nous inspire. S'il advient que la concurrence conduit les entreprises à adopter dans leur propre intérêt des comportements compatibles avec la politique de la radiodiffusion, inutile d'employer la contrainte; l'auto-réglementation et la supervision s'y substituent.*
>
> *Il faut voir, cependant, que toutes les situations ne se prêtent pas à cette démarche. Là où la politique de la radiodiffusion et les intérêts des entreprises divergent, la réglementation s'impose, dans la mesure appropriée aux circonstances. Selon la perspective que nous soumettons, l'auto-réglementation et la supervision sont des éléments indissociables des autres dans une stratégie de conformité à la loi.* (p. 197-198)

L'orientation vers le privé ou le public

Cependant, le débat se complique dans l'une et l'autre de ces positions extrêmes lorsque l'on fait intervenir le secteur public comme producteur et diffuseur. Dans la conception libérale le secteur public devrait occuper surtout les champs dits non rentables de la communication médiatique, par exemple les événements régionaux, l'éducation, l'information analysée, etc. Alors que dans la conception socialiste, le secteur public est considéré comme la voie privilégiée pour atteindre les objectifs nationaux du système de communication de masse. C'est le « leader » dans l'espace médiatique. Pour ce, il ne doit pas être asservi aux lois de l'offre et de la demande qui par le fait même négligent les fonctions sociales et culturelles des médias et la qualité des émissions au profit du rapport coût-bénéfice.

Ces oppositions idéologiques prennent des proportions différentes selon les contextes. Dans le contexte canado-québécois, le Groupe de travail sur la politique de la radiodiffusion, les chercheurs Gaétan Tremblay et Jean-Paul L'Allier, de même que l'ICEA (l'Institut canadien de l'éducation des adultes) se prononcent pour un renforcement du secteur public au détriment de l'entreprise privée. Par contre le Comité permanent sur les communications et la culture est plus mitigé sur cette orientation alors que le ministre des Communications fédéral se prononce ouvertement pour une rentabilisation accrue de la Société Radio-Canada et que son homologue québécois élimine carrément l'idée d'une nouvelle station publique. Même si ce débat de fond ne peut jamais être résolu une fois pour toutes, on le voit surgir surtout dans les situations de crise. À ce titre, malgré la reconnaissance de la propriété publique des ondes dans les principes de la *Loi sur la radiodiffusion*, on peut s'attendre à ce que ce débat occupe encore une large place dans l'espace public pendant les prochaines années. En ce sens, on peut s'attendre à voir primer davantage les raisons d'ordre idéologique et politique qu'économique dans ce débat.

Les choix de l'orientation entre le service public et les entreprises privées, entre la réglementation et l'autoréglementation, entre le rôle de l'État et celui des différentes organisations socio-économiques se traduisent plus concrètement par les rôles et les pouvoirs à attribuer aux différents acteurs dans le cadre politique et institutionnel de la communication.

LES RÔLES DES INTERVENANTS EN MATIÈRE DE COMMUNICATION

Tel qu'il a été dit au chapitre 7, c'est le Parlement qui définit les fins, les responsabilités et les pouvoirs légaux des différents intervenants en matière de communication. La *Loi sur la radiodiffusion* constitue à ce titre la principale pièce de référence. Elle définit entre autres les responsabilités respectives du gouvernement, du CRTC et des entreprises. Le rôle moteur dans la définition des fins du système de communication médiatique revient au gouvernement qui adopte ou amende les lois. Nous avons vu également que les responsabilités de définir et de surveiller l'application des règlements revenaient au CRTC. Cependant ces prérogatives, étant politiques, ne sont jamais arrêtées une fois pour toutes et il est toujours possible de remettre en question, voire de modifier les choix déjà faits. À ce titre, la répartition des responsabilités telle que décrite dans la *Loi sur la radiodiffusion* de 1968 fait l'objet de quelques critiques et revendications. Le comité Sauvageau-Caplan s'est exprimé clairement à ce sujet.

> *[Pour le comité], le Parlement doit continuer à suivre de près l'évolution de la radiodiffusion, dans le respect de l'indépendance dont ont joui jusqu'à présent la Société Radio-Canada et le CRTC et qui confère au système une liberté enviée de par le monde.* (p. 188)

Cependant, le comité n'est pas tout à fait satisfait de la manière dont le gouvernement s'est acquitté de son rôle politique depuis ces dernières années.

> *La loi de 1968 limite la part du gouvernement dans la politique de la radiodiffusion : c'est le Parlement qui fixe les objectifs et c'est le CRTC qui les traduit dans des règlements. [...] C'est néanmoins le gouvernement qui affecte des crédits au CRTC et en nomme les membres. Plus important encore pour notre propos, la loi l'autorise à s'introduire*

de deux manières, dans les fonctions du CRTC. En vertu de l'article 23, il peut annuler ou renvoyer au CRTC pour réexamen une décision quant à l'attribution, la modification ou le renouvellement d'une licence de radiodiffusion. En vertu de l'article 22, il peut adresser au CRTC des directives en certaines matières dont la nature et le nombre sont précisés.

Au cours de la dernière décennie, des désaccords ont surgi entre le gouvernement et le CRTC à divers propos : la substitution des messages publicitaires dans les émissions retransmises en direct des États-Unis, l'implantation au Canada de la télévision payante, et de nombreuses mesures qui touchent à l'autorité du CRTC sur les télécommunications. Le débat sur le partage des compétences a installé dans les esprits une confusion malsaine qui dure encore. Il n'est pas certain que, dans le texte de 1968, le législateur ait envisagé pour le gouvernement et le ministère des Communications le rôle qu'ils se sont permis de jouer par la suite.

La radiodiffusion se compare difficilement à toute autre industrie. Ses responsabilités dans la production et la circulation de l'information sont telles qu'on ne peut la soustraire aux dispositions habituelles qui protègent la liberté d'information contre les pressions de l'extérieur. Aussi faut-il protéger l'indépendance du CRTC. (p. 188-189)

C'est dans cette optique que le comité fait les recommandations suivantes :

Que la loi reconnaisse au gouvernement compétence pour intervenir auprès du CRTC selon l'un ou l'autre des modes suivants, mais non les deux : soit qu'il puisse renvoyer une décision au CRTC ou l'annuler, soit qu'il puisse lui donner des directives. Le Groupe de travail favorise pour sa part le pouvoir de donner des directives.

Que dans l'hypothèse où le choix se porte sur le pouvoir d'annulation ou de renvoi au CRTC, le gouvernement l'exerce selon une procédure qui respecte l'équité.

Que le conseil des ministres, avant de donner une directive, soit tenu de consulter l'opinion publique à la manière du CRTC quand il se propose d'adopter ou d'amender un règlement. Que le CRTC assume la responsabilité de ces audiences publiques.

Qu'il soit fait des directives un usage modéré de manière que l'organisme de réglementation reste libre d'intervention dans l'exercice courant de son mandat.

Et qu'en outre, on se plie aux règles suivantes :

— *les directives prennent la forme de règlements et obéissent aux dispositions de la loi sur les textes réglementaires;*

— *les directives n'ont pas d'effet rétroactif;*

— *seul le gouvernement peut émettre une directive, un ministre ne le peut pas;*

— *les directives sont formulées en termes généraux, comme les règlements, et c'est l'organisme de réglementation qui les interprète et en surveille l'application.* (p. 191-192)

[..]

Que la Loi sur la radiodiffusion maintienne le pouvoir étendu qu'a le CRTC de faire des règlements sur toutes les questions de sa compétence. (p. 208)

[...]

Que la Loi sur la radiodiffusion maintienne le pouvoir étendu qu'a le CRTC d'imposer à chaque entreprise des conditions de licence, notamment celles qui obligent un titulaire à consacrer des sommes d'argent déterminées à des fins particulières. (p. 210)

CONCLUSION

Le système de communication mass-médiatique a évolué, particulièrement depuis les deux dernières décennies, vers une complexité de plus en plus grande. Cependant, faute d'avoir emboîté le pas au même rythme que le système, notre cadre institutionnel et politique semble se retrouver actuellement en pleine crise. Comme preuve de cet état, il suffit de constater d'une part, la quantité phénoménale de comités et de groupes de toute sorte qui ont effectué des études ou présenté des mémoires sur les mêmes sujets depuis cinq ans. D'autre part, toute la confusion doublée de l'hésitation des différentes instances politiques devant les gestes à poser pour redéfinir et réorienter le cadre politique et institutionnel de notre système de communication mass-médiatique. Comme on peut l'observer encore une fois, c'est en situation de crise qu'apparaissent vraiment les intérêts en jeu et que les débats politiques s'animent.

Dans ce chapitre nous avons limité notre présentation des principaux débats à trois thèmes, à savoir les aspects linguistiques, les intérêts à servir et les divers intervenants. Cependant, il ne faut pas penser que les autres aspects du cadre politique et institutionnel ne présentent pas de problèmes ni de préoccupations. Au contraire, la dialectique des relations fédérales-provinciales est toujours sous-jacente à tous les dossiers en matière de communication. C'est également le cas pour les questions suivantes : la participation du public au processus décisionnel (audiences, commissions d'enquête, etc.), la présence des médias communautaires, la représentativité des minorités ethniques dans le système de communication mass-médiatique, les problèmes de régionalisation, la question du nationalisme canadien et québécois, les problèmes de réglementation unique posés par la venue des nouvelles technologies de communication, les problèmes issus de la monopolisation des médias par certaines entreprises, ceux reliés à la qualité et à la diversité des contenus, etc.

Cependant, selon les époques et la conjoncture socio-politique, certains débats prennent davantage de place que d'autres dans l'espace public. Toutefois, pour avoir une idée plus complète de l'étendue du questionnement actuel et en tenant compte du fait que les interrogations passées sous silence aujourd'hui seront tôt ou tard appelées à être à la une des débats de demain, nous vous suggérons d'effectuer les lectures complémentaires suivantes.

LECTURES COMPLÉMENTAIRES

Chambre des communes. 1987. *Procès-verbaux et témoignages du Comité permanent des Communications et de la culture*, fascicule no 36.

Comité permanent des communications et de la culture. 1987. *Rapport provisoire sur les recommandations du groupe de travail sur la politique de la radiodiffusion : services spécialisés et quelques propositions d'amendements législatifs*, Chambre des communes, Ottawa.

Frémont, Jacques. 1986. *Étude des objectifs et des principes proposés et adoptés relativement au système de la radiodiffusion canadienne*, rapport préparé pour le Groupe de travail sur la politique de la radiodiffusion, Ottawa, 149 p. (annexes).

Groupe de travail sur l'accès aux services de télévision dans les collectivités mal desservies. 1985. *Les choix, à quel prix?*, Ottawa, Approvisionnements et Services Canada.

Institut canadien d'éducation des adultes. 1984. *Actes des états généraux populaires sur les communications*, 21 et 22 janvier.

« Les industries culturelles : un enjeu vital ». 1986. *Cahiers de recherche sociologique*, vol. 4, no 2, Automne 1986, éd. Département de sociologie de l'UQAM.

BIBLIOGRAPHIE GÉNÉRALE

Association de la Recherche en Communication du Québec. 1981. *La télévision à péage : payante?*, recueil de textes présenté lors du 2ᵉ congrès annuel de l'Association, 169 p.

Babe, Robert E. 1979. *Structure, réglementation et performance de la télédiffusion canadienne*, Ottawa, Approvisionnements et Services Canada, 271 p.

Balle, Francis. 1980. *Médias et société*, Paris, éd. Montchrestien.

Bouchard, Marie-Philippe et Michèle Gamache. 1986. *La réglementation des entreprises de radiodiffusion par le Conseil de la radiodiffusion et des télécommunications canadiennes*, rapport préparé pour le Groupe de travail sur la politique de la radiodiffusion, Ottawa, 102 p.

Bourricaud, Francois. « Institution », Encyclopédie Universalis.

Brossard, Jacques. 1976. *L'accession à la souveraineté et le cas du Québec*, Montréal, Les Presses de l'Université de Montréal.

De Certeau, Michel. 1974. *La culturelle au pluriel*, Paris, Union générale d'éditions, collection 10/18.

Defleur, Melvin L. et Sandra Ball-Rokeach. 1975. *Theories of Mass Communication*, New York, David McKay Company, inc.

Frémont, Jacques. 1986. *Étude des objectifs et des principes proposés et adoptés relativement au système de la radiodiffusion canadienne*, rapport préparé pour le Groupe de travail sur la politique de la radiodiffusion, Ottawa, 149 p. (annexes).

Habermas, Jürgen. 1979. *Communication and the Evolution of Society*, Toronto, Beacon Press.

Institut canadien d'éducation des adultes. 1987. *L'américanisation des ondes!*, document de travail pour la journée d'étude sur le rapport Sauvageau-Caplan (Groupe de travail sur la politique de la radiodiffusion), ICEA, janvier.

Institut canadien d'éducation des adultes. 1984. *Actes des états généraux populaires sur les communications*, 21 et 22 janvier.

Lafrance, J.P. et C. Gousse (éds). 1982. *La télévision payante : jeux et enjeux*, Montréal, éd. Albert Saint-Martin.

L'Allier, Jean-Paul et Associés Inc. 1986. *La spécificité québécoise et les médias électroniques,* étude préparée pour le Groupe de travail sur la politique de la radiodiffusion, Ottawa, 102 p.

Lefort, Claude. 1981. *L'invention démocratique*, Paris, Fayard.

« Les industries culturelles : un enjeu vital ». 1986. Numéro thématique de la revue *Cahiers de recherche sociologique*, vol. 4, no 2, automne, éd. Département de sociologie de l'UQAM.

McLuhan, Marshall. 1972. *Pour comprendre les médias,* 2e édition, Montréal, éd. Hurtubise, HMH.

Métayer, Gérard. 1984. « De l'antique agora à l'agora en-tique », *Sociologie et société*, vol. XVI, no 1, avril.

Morin, Edgar. 1976. *La méthode*, Paris, éd. Seuil.

Patry, Maurice. 1986. *La télévision éducative au Québec : développements récents et perspectives d'avenir,* étude préparée pour le Groupe de travail sur la politique de la radiodiffusion, Ottawa, 78 p.

Peers, Frank W. 1979. *The Public Eye : Television and the Politics of Canadian Broadcasting, 1952-1968*, Toronto, University of Toronto Press, 459 p.

Peers, Frank W. 1969. *The Politics of Canadian Broadcasting, 1920-1951*, Toronto, University of Toronto Press.

Quéré, Louis. 1982. *Des miroirs équivoques, Aux origines de la communication moderne*, Paris, éd. Aubier.

Rémillard, Gilles. 1983. *Le fédéralisme canadien*, tome 1, La Loi constitutionnelle de 1867, Montréal, Québec/Amérique.

Rens, Jean Guy. 1984. « Révolution dans la communication : de l'écriture à la télématique », *Sociologie et sociétés*, vol. XVI, no 1, avril.

Sperber, Dan. 1974. *Le symbolisme en général*, Paris, éd. Herman, collection Savoir.

Tremblay, Gaétan. 1986a, *Le service public : principe fondamental de la radiodiffusion canadienne*, rapport présenté à la Commission Sauvageau-Caplan.

Tremblay, Gaétan. 1986b, « Développement des industries culturelles et transformation de la radiodiffusion canadienne », *Cahiers de recherche sociologique*, vol. 4, no 2, automne.

Trudel, Pierre. 1984. *Le droit de l'information et de la communication, Notes et documents*, Montréal, Les éditions Thémis.

Trudel, Pierre. 1981. *Le droit à l'information*, Montréal, Les Presses de l'Université de Montréal.

UNESCO. 1980. *Voix multiples, un seul monde : Communications et société aujourd'hui*, Paris, La Documentation-Française, Les nouvelles éditions africaines.

Gouvernement du Québec

Comité fédéral-provincial sur l'avenir de la télévision francophone, ministère des Communications du Québec et ministère des Communications du Canada. 1985. *L'avenir de la télévision francophone*, ministère des Communications du Québec.

Conseil de la langue française. 1984. *L'avenir du français au Québec*, documentation du Conseil de la langue française, no 14, Éditeur officiel du Québec.

Deschênes, Pierre-A. 1983. *La réglementation des télécommunications : dépasser l'impasse*, Québec, ministère des Communications.

Gagné, Murielle. 1982. *Québec-Ottawa face à la mutation des télécommunications : dépasser l'impasse*, Québec, ministère des Communications.

Hardy, André et Jacques Piette. 1983. *Le contentieux fédéral-provincial sur la compétence en communication,* Québec, ministère des Communications.

Loi sur la Société de radio-télévision du Québec, L.Q. 1969, c. 17 L.R.Q., 1979, ch. S-11.1.

Loi sur le cinéma, L.R.Q., 1984, ch. C-18.1.

Loi sur la programmation éducative, L.R.Q., 1977, P-30.1

Loi sur la protection du consommateur, C.72, 1978.

Loi sur le ministère des Communications, L.Q., 1969, c. 65, L.R.Q., 1977, c. M-24.

Loi sur la Régie des services publics, L.R.Q., c. R-8, 1979.

Ministère des Communications. 1979. *Politique de développement des médias communautaires,* Québec, 27 p.

Ministère des Communications. 1976. *Dimension d'une politique de téléinformatique pour le Québec,* volume I, 62 p.

Ministère des Communications. 1976. *Dimension d'une politique de téléinformatique pour le Québec,* volume II, 131 p.

Ministère des Communications. *Rapport annuel 1984-85, 1985-86,* Les Publications du Québec.

Ministère des Communications. 1983. *Le Québec et les communications : un futur simple?,* Québec, 140 p.

Ministère des Communications. 1977. *La télévision à péage. Éléments d'une politique,* Québec, 172 p.

Ministère des Communications. 1982. *Bâtir l'avenir, Les communications au Québec,* gouvernement du Québec.

Ministère des Communications. 1983. *Rapport du Groupe de travail sur les nouveaux services de communication,* Québec, Direction générale des politiques.

Ministère des Communications. 1985. *Rapport statistique sur les médias québécois,* gouvernement du Québec.

Ministre d'État au développement culturel. 1978. *La politique québécoise du développement culturel,* Vol 1-2, Québec, Éditeur officiel.

Ministre des Communications. Mai 1971. *Pour une politique québécoise des communications*, document de travail, Québec.

Régie des services publics du Québec. *Rapport annuel 1984-85, 1985-86*, Québec, Dir. générale des publications gouvernementales.

Régie du cinéma, *Rapport annuel 1985-86*, Québec, Les Publications du Québec, 1986.

Règlement sur les entreprises de télévision payante, décret 546-82, 1982, Québec.

Règlement relatif aux entreprises publiques de câblodistribution, A.C. 3565-73, (1973), Québec.

Société de Radio-Télévision du Québec. 1985. *Radio-Québec maintenant*, Montréal, 90 p.

Gouvernement du Canada

Chambre des communes. 1987. *Procès verbaux et témoignages du Comité permanent des Communications et de la culture*, fascicule no 36.

Comité consultatif des télécommunications et de la souveraineté canadienne. 1979. *Le Canada et la télécommunication*, Ottawa, Approvisionnements et Services Canada, 105 p.

Comité fédéral-provincial sur la publicité destinée aux enfants. 1985. *Les effets de la loi québécoise interdisant la publicité aux enfants*, MCC et MCQ.

Comité permanent des communications et de la culture. 1987. *Rapport provisoire sur les recommandations du Groupe de travail sur la politique de la radiodiffusion : services spécialisés et quelques propositions d'amendements législatifs*, Ottawa, Chambre des communes, fascicule no 36.

C.R.T.C. Comité sur l'extension du service aux petites localités éloignées et à celles du Nord. 1980. *Les années 1980 : décennie de la pluralité radiodiffusion, satellites et télévision payante*, Ottawa, Approvisionnements et Services Canada, 111 p.

C.R.T.C. *Rapport annuel 1984-85, 1985-86, 1986-87*, Approvisionnements et Services Canada, Ottawa.

C.R.T.C. *Politique relative aux entreprises de réception de radio-diffusion,* 1975.

C.R.T.C. *Faits sommaires sur la radiodiffusion et les télécommunications au Canada,* 1984.

C.R.T.C. *Règlement sur la télédistribution,* 1986.

C.R.T.C. *Règlement sur la télévision payante,* 1984.

C.R.T.C. *Règlement sur la télédiffusion,* 1987.

C.R.T.C. *Règlement sur la radiodiffusion,* 1986.

C.R.T.C. *Étagement des services de télévision par câble et Service universel de télévision payante,* Avis CRTC 1983-245, 1983.

C.R.T.C. *Énoncé de politique sur le contenu canadien à la télévision,* Avis CRTC 83-18, 1983.

C.R.T.C. *Énoncé de politique sur l'examen de la radio,* Avis CRTC 83-43, 1983.

C.R.T.C. *L'examen de la radio communautaire,* Avis CRTC 1985-194, 1985.

C.R.T.C. *Définition d'une émission canadienne,* Avis CRTC 1983-51, 1983.

C.R.T.C. *Projet de définition d'une émission canadienne,* Avis CRTC 1983-174, 1983.

Ellis, David. Canada, ministère des Communications. 1979. *La radiodiffusion canadienne : objectifs et réalités, 1928-1968,* Ottawa, Approvisionnements et Services Canada, 94 p.

Fox, Francis. Ministre des Communications. 1983a. *La culture et les communications : Éléments clés de l'avenir économique du Canada,* Ottawa, Approvisionnements et Services Canada, 41 p.

Fox, Francis. Ministre des Communications. 1983b. *Bâtir l'avenir : vers une Société Radio-Canada distincte,* Ottawa, Approvisionnements et Services Canada, 1983, 21 p.

Fox, Francis. Ministre des Communications. 1984. *La politique nationale du film et de la vidéo,* Ottawa, Approvisionnements et Services Canada, 44 p.

Groupe de travail sur l'accès aux services de télévision dans les collectivités mal desservies. 1985. *Les choix, à quel prix?,* Ottawa, Approvisionnements et Services Canada.

Groupe de travail sur la politique de la radiodiffusion. 1986. *Rapport du Groupe de travail sur la politique de la radiodiffusion*, Ottawa, Approvisionnements et Services Canada, 789 p.

Loi sur Téléglobe Canada, S.R.C. 1970, ch. C-11.

Loi sur la radio, S.R.C. 1970, ch. R-1.

Loi sur le ministère des Communications, S.R.C. 1970, ch. C-24.

Loi nationale sur le film, (1939), S.R., c. 185

Loi sur le Conseil de la radiodiffusion et des télécommunications canadiennes, S.C 1974-75-76, c. 49.

Loi établissant le Conseil de la radiodiffusion et des télécommunications canadiennes, ch. 49, 1974-75.

Loi de la Télésat Canada , S.R.C. 1970, ch. T-4.

Loi sur la radiodiffusion, ch. B-11, S.R.C. 1970. /1991

Loi sur la Société de développement de l'industrie cinématographique canadienne, S.R.C. 1970, ch. C-8.

Ministère des Communications. 1982. *Rapport du comité d'étude de la politique culturelle fédérale*, rapport Applebaum-Hébert, Ottawa.

Ministère des Communications. 1987. *Nos industries culturelles, des liens essentiels*, gouvernement du Canada, Ministère des approvisionnements et services.

Ministère des Communications. 1983. *Vers une nouvelle politique nationale de la radiodiffusion*, Ottawa, Approvisionnements et Services Canada.

Ministère des Communications. 1986. *Rapport annuel Communications 1985-86*, Ottawa Approvisionnements et Services Canada.

Pelletier, Gérard. 1973. *Vers une politique nationale de la télécommunication, exposé du gouvernement du Canada*, Ottawa.

Achevé d'imprimer en septembre 1989
sur les presses de l'imprimerie
Interglobe inc. à Beauceville, Québec.